미스터리
스토리텔링
사전

Mystery Storytelling Dictionary

미스터리 스토리텔링 사전

미스터리사전편집위원회 지음 | 모리세 료 감수 | 송경원 옮김

창작자에게 영감을 줄 트릭, 공식, 규칙 110

요다

'미스터리'란 원래 신비, 불가사의를 뜻하는 말입니다. 여기서 파생되어 불가사의한 일이 벌어지는 이야기라는 의미도 가지게 되었습니다. 일반적으로는 불가사의한 일이 일어나고, 그 속에 흥미진진한 수수께끼가 숨어 있으며, 이를 탐정이 밝혀내는(때로는 밝히지 못합니다) 구조를 가진 이야기를 두루 포괄하는 장르를 가리킵니다. 물론 불가사의한 일이 일어나고 마지막에 수수께끼가 풀리기만 한다면 꼭 범죄 사건이 아니어도 되고 탐정이 등장하지 않아도 괜찮습니다.

'미스터리의 참맛은 무엇인가'에 관해선 다양한 관점이 있습니다. 먼저 작품 속 수수께끼가 얼마나 기상천외한가에 무게를 두는 입장이 있습니다. 또 그러한 매력적인 수수께끼가 공정하고 논리적으로 풀려가는 과정에서 즐거움을 느끼거나, 혹은 수수께끼와 관련된 인물의 이상하고 흥미로운 심리를 들여다보는 것에 재미를 느끼기도 합니다. 어느 쪽이든 그 중심에는 매력적이고 불가사의한 수수께끼가 존재합니다.

미스터리는 긴 역사 속에서 수많은 매력적인 수수께끼와 이를 만들어내는 트릭, 그리고 그 배경이 되는 다양한 규칙을 차곡차곡 쌓아왔습니다. 그 풍요로운 세계는 정글에 비견할 만합니다.

그저 즐거움을 얻기 위해서라면 미스터리만 한 게 없지만, 직접 작품을 창작하는 일은 광대한 정글을 개척하는 일만큼이나 어렵습니다. 아이디어를 중시하는 장르의 숙명이 그러하듯, 미스터리 세계에도 작품의 소재가 겹치는 문제가 늘 뒤따릅니다. 문제로 삼을지 말지는 사람마다 다르고 경우에 따라 다르겠지만, 어쨌든 과거 작품에 쓰인 소재를 파악해둬서 나쁠 건 없습니다. 그렇다고 해도 미스터리라는 광대한 정글 속에서 어떤 소재가 어디에 잠들어 있는지 정확히 파악하기란 매우 어렵습니다.

이 책은 바로 그러한 정글을 개척하는 사람들에게 지도 역할을 합니다. 각 장과 항목에 따라 광대한 미스터리 세계를 분류하고 정리했습니다. 흥미가 가는 부분이 있다면 손쉽게 도움을 받을 수 있도록 칼럼과 참고 문헌을 실어두었습니다.

부디 여러분이 이 책과 함께 방대하고 매력적인 미스터리 세계에서 길을 잃지 않고 즐겁게 탐험하길 바랍니다.

이 책의 개요

이 책은 미스터리의 다양한 키워드를 '장르', '상황', '트릭', '캐릭터', '장치', '공식' 등 여섯 장으로 분류해 미스터리 창작에 도움이 되도록 구성했습니다. 각 장의 항목은 미스터리소설에서 배양된 정석과 공식, 그리고 작품에 현실성을 불어넣을 지식을 바로 써먹을 수 있는 형태로 정리했습니다. 최대한 세심하게 주의를 기울였으나 일부 설명에는 기존 미스터리 작품의 스포일러가 포함되어 있으니 미리 양해를 구합니다. 또한 각 장의 끝에는 칼럼을, 책의 맨 마지막에는 참고 문헌을 실었습니다.

각 장의 내용은 다음과 같습니다.

장르(1장)

세계 최초의 미스터리로 불리는 에드거 앨런 포의 「모르그가의 살인」을 시작으로 아서 코넌 도일의 '셜록 홈스' 시리즈로 전 세계적인 인기를 얻은 미스터리는 긴 역사 속에서 진화를 거듭해왔습니다.

홈스로 시작하는 명탐정의 계보를 이어받았으며 미스터리의 지적 유희를 중시하는 본격 미스터리, 이와 반대로 지적 유희에서 벗어나는 방향으로 새로운 길을 개척한 변격 미스터리, 한편 사회 변화에 따라 명탐정의 활약보다 조금 더 현실감 있는 작품을 추구하는 하드보일드나 사회파 미스터리, 현실의 경찰이나 사법 조직을 취재해 그려낸 경찰소설과 법정 미스터리 등도 등장했습니다.

지식이나 기술의 발달도 미스터리 장르에 커다란 영향을 미쳤습니다. 심리학과 프로파일링 기술의 발달은 사이코 미스터리라는 장르를 탄생시켰고, '스릴러'는 스릴러 영화와 함께 널리 확산했습니다. 만화나 게임도 다양한 새로운 미스터리를 만들어내는 모태가 되고 있습니다.

이 장에서는 각 장르의 특징과 주요 요소를 정리하고, 해당 장르의 작품을 만들 때 주의해야 할 점을 짚었습니다.

상황(2장)

애거사 크리스티의 작품 『그리고 아무도 없었다』에서는 폭풍우로 섬에 고립된 사람들이 하나둘씩 죽어가는 연쇄 살인이 일어납니다. 이처럼 한정된 공간에 용의자가 다 모여 있는 상황을 미스터리에서는 '클로즈드 서클'이라고 부릅니다. 이 장에서는 클로즈드 서클 등 상황에 따라 어떤 수수께끼가 생기고 어떤 사건이 일어나는지를 정리합니다.

초기 미스터리 작품은 대부분 사건이 일어나고 탐정이 등장해 사건을 해결하는 구조였기 때문에 어느 나라에서든 탐정소설로 불렸습니다. 일본에서도 처음에는 탐정소설로 불리다가 2차 세계대전 이후 추리소설로 명칭이 바뀌었습니다. 이 명칭에서도 알 수 있듯이 탐정이 범죄와 맞서는 것은 미스터리의 기본입니다. 즉, 미스터리의 중심이 되는 수수께끼가 어떤 상황에서 생기느냐는 어떤 범죄가 일어나느냐와 오랜 세월 같은 의미였다고 할 수 있습니다. 이 장에서는 '살인 사건', '협박 사건' 등 사건에 따라 어떤 미스터리를 만들어낼 수 있는지, 또한 그러한 사건이 현실 세계에서는 어떻게 다뤄지고 처리되는지를 정리했습니다.

미스터리에서 그려지는 상황이나 사건이 꼭 범죄와 엮여야 하는 것은 아니기에 일상 미스터리를 비롯해 범죄 사건 이외의 상황에 대해서도 다뤘습니다.

트릭(3장)

세계 최초의 미스터리 「모르그가의 살인」은 밀실에서 일어난 살인 사건을 해결하는 이야기입니다. 미스터리에서 불가해한 수수께끼는 그 해결과 떼려야 뗄 수 없는 관계이며 작가가 어떤 트릭을 사용해 독자에게 수수께끼를 던질지가 바로 미스터리의 원점이라고 할 수 있습니다. 다시 말해 미스터리의 역사는 트릭의 역사라고 해도 과언이 아닙니다.

이러한 미스터리의 트릭은 독자가 알아차려서는 안 되고 탐정의 설명으로 납득할 수 있어야 합니다. 그러기 위해서는 작중에서 트릭의 재료가 되는 사실을 분명하게 보여줘야 하며 독자가 실제 트릭은 알아채지 못하도록 해야 합니다.

그대로 드러내 놓았지만 눈치채지 못하게 하는 것, 즉 독자의 맹점을 교묘히 찌르는 것이 트릭입니다. 이러한 맹점의 종류는 다양합니다. 얼핏 불가능한 범죄가 일어난 것처럼 보여도 물리적인 장치에 맹점이 있을지 모릅니다. 혹은 등장인물의 선입견이나 편견이 이용되었을 수도 있습니다. 독자의 선입견도 맹점이 됩니다. 심지어 서술 방식을 이용해 독자를 속이는 서술 트릭이라는 것도 고안되었습니다.

이처럼 긴 미스터리의 역사 속에서 무수한 트릭이 만들어졌고, 후속 작품에서도 이를 토대로 한층 더 멋지고 기발하며 치밀한 트릭이 만들어지고 있습니다. 특히 본격 미스터리에서는 트릭의 아이디어가 곧 소설의 심장부라고 할 수 있어 독창성을 철저하게 따지는 면도 있으므로 창작 시 주의가 필요합니다.

이 장에서는 그러한 수많은 트릭을 분류하고, 각 트릭의 기본적 사용법이나 미스터리의 역사 속에서 이어지는 계보에 관해 설명합니다.

캐릭터(4장)

미스터리에서 매력적인 수수께끼를 만들어내는 정교한 트릭이 씨줄이라면, 캐릭터는 그 바탕이 되는 날줄이라고 할 수 있습니다.

캐릭터는 기본적으로 매력이 있어야 합니다. 「모르그가의 살인」에서 등장한 세계 최초의 명탐정 오귀스트 뒤팽은 비범한 추리력과 그에 걸맞은 개성 넘치는 성격으로 수많은 독자를 매료시켰습니다. 이 계보를 이어받은 셜록 홈스의 활약은 새삼 설명할 필요가 없습니다. 천재성이 번뜩이는 괴짜 명탐정 캐릭터의 발견과 발명이 미스터리를 창조하고 크게 발전시킨 원동력이라고 할 수 있습니다. 그리고 셜록 홈스에게 명콤비 왓슨과 라이벌 모리아티 교수가 있듯이, 명탐정 캐릭터는 자신에게 어울리는 단짝이나 호적수를 만들어냈습니다.

미스터리 장르의 진화와 함께 탐정 캐릭터 또한 다양하게 변주되어왔습니다. 사건 현장을 방문하지 않고도 사건을 해결하는 안락의자 탐정이나 소년 탐정, 혹은 명탐정 같은 화려한 추리보다 집요하고 끈질긴 수사로 눈길을 끄는 형사나 경찰관 등 다양합니다.

이러한 캐릭터의 매력은 저절로 드러나는 것이 아니라 스토리나 플롯,

트릭과 연계되면서 빛을 발합니다. 다시 말해 명탐정이 실력을 발휘하려면 그에 걸맞은 기묘한 수수께끼로 가득한 사건이 필요합니다. 이러한 관점에서 보자면 캐릭터는 스토리나 주제를 끌고 가기 위한 부품이라고도 볼 수 있습니다.

이 장에서는 미스터리의 대표적 캐릭터를 역할별로 정리하고, 창작 작품에 등장시킬 때 알아두어야 할 점을 짚어봅니다.

장치(5장)

미스터리에는 여러 가지 장치가 등장합니다. 대표적으로 지문이나 유서를 들 수 있습니다. 이러한 장치는 일단 등장하는 것만으로 미스터리한 분위기를 연출하는 효과가 있습니다. 예를 들어 죽어가는 피해자가 범인에 대한 정보를 남기는 다잉 메시지는 등장만으로도 미스터리의 냄새를 물씬 풍깁니다.

장치는 대부분 트릭이나 미스리딩(의도적으로 독자가 착각, 오해하게 만드는 것-옮긴이)의 일부가 됩니다. 앞서 말한 다잉 메시지 등도 대개는 내용의 의미를 알 수 없거나, 실제 내용과 다르게 받아들여지기도 합니다. 이처럼 장치는 플롯을 만드는 중요한 부품이라고 할 수 있습니다.

또한 장치는 캐릭터를 돋보이게 합니다. 모리스 르블랑이 창조한 괴도 아르센 뤼팽은 점찍어둔 물건을 훔치기 전에 미리 물건을 가져가겠다는 범죄 예고장을 보냅니다. 이 예고장이야말로 그의 대담무쌍한 성격과 신비로움을 더하는 변장·잠입 능력을 부각하는 최고의 장치입니다. 이 같은 장치는 에도가와 란포의 괴인 이십면상을 비롯해 많은 괴도 캐릭터가 이어받았습니다.

미스터리 작품 속 장치도 시대의 영향을 크게 받습니다. 예를 들어 '전화'라는 장치는 유선전화밖에 없던 시대와 휴대전화가 일반화된 시대, 나아가 인터넷에 쉽게 접속할 수 있는 스마트폰이 사용되는 현재는 그 의미도 사용법도 다르므로 주의가 필요합니다.

이 장에서는 미스터리에 등장하는 대표적 장치를 정리하고, 이와 더불어 창작 시 주의해야 할 점을 살펴봅니다.

공식(6장)

이 책 머리말에서 미스터리의 중심은 매력적인 수수께끼라고 말했습니다. 그러면 '매력적'이란 것은 무엇일까요? 작가라면 아마도 수수께끼가 불가사의할수록 재미가 보장된다는 생각이 먼저 떠오를 것입니다. 불가사의한 수수께끼를 작중에 넣는 일은 쉽습니다. 문제는 그런 수수께끼를 독자가 충분히 납득하도록 해결할 수 있느냐입니다. 무리한 해결로 끝을 맺으면 독자로서는 맥이 빠질 수밖에 없습니다. 그러면 납득이 가는 해결이란 무엇이고 어떤 규칙이 필요할까요? 이런 논쟁 속에서 '페어플레이'의 개념이 도출되었습니다. 그리고 어떤 해결이 과도하고, 어떤 해결이 바람직한지에 대한 논쟁에서 '녹스의 십계'나 '밴 다인의 20칙'과 같은 구체적인 규칙이 탄생했습니다.

수수께끼의 불가사의함을 더하는 것 말고도 미스터리를 흥미롭게 만드는 공식은 존재합니다. 이를테면 옛 동요의 노랫말이나 전설 내용을 본뜬 '비유 살인'은 사건의 수수께끼 자체가 지닌 재미에 오싹한 분위기를 더할 수 있습니다.

이러한 공식에는 각각의 공식을 만들어낸 작가나 평론가의 가치관, 즉 미스터리에서 맛볼 수 있는 매력이 응축되어 있습니다. 이 장에서는 각 공식의 내용과 탄생 배경을 정리했습니다. 이 내용을 분석해본다면 자기만의 공식을 만드는 데 도움이 될 것입니다.

두말할 것 없이 미스터리의 매력은 사람에 따라 다르고 시대에 따라서도 달라집니다. 따라서 이러한 공식에는 당연히 다양한 이론異論과 반론이 따릅니다. 이 책은 특정 공식을 따른 작품을 부정하려는 의도가 없음을 밝힙니다.

귀납과 연역

여기서는 이 책에서 종종 언급되는 귀납과 연역이라는 용어에 관해 설명합니다. 귀납과 연역이라는 말은 원래 논리학 용어로, 결론을 도출하기 위한 방법론입니다.

미스터리의 경우 결론, 즉 사건의 진상을 밝히는 추리에도 적용되어 귀납적 추리, 연역적 추리와 같이 사용됩니다.

연역이란 원리에서 출발해 논리에 따라 결론을 얻는 방법으로 삼단논법 등이 대표적 예입니다. 미스터리소설로 말하자면 '다음의 증거에 따라 범인은 왼손잡이다. 현장 부근에 있던 사람 중 왼손잡이는 한 명밖에 없다. 따라서 그가 범인이다'와 같은 추리법이 연역적 추리입니다.

각각의 원리와 논리가 당연하고 수긍이 가는 것이라 해도 이를 연결하면 상식을 뒤집는 놀라운 결론이 도출될 때가 있습니다. 이러한 놀라움이 미스터리 속 수수께끼의 매력이며, 논리에 따라 놀라운 진상에 도달하는 것은 셜록 홈스를 비롯한 명탐정의 전형적인 추리법입니다.

귀납이란 무수한 사례에서 공통된 요소를 추출하여 일반적이고 보편적인 원리를 끌어내는 것입니다. 귀납적 추리란 부단히 발로 뛰며 목격자의 증언을 취합해 결론을 내는 방식 등을 예로 들 수 있습니다. 탐정에게는 어울리지 않는 단순하고 투박한 방식으로 보이겠지만, 명탐정의 대명사인 셜록 홈스조차 온 런던을 뒤져 채취한 흙으로 샘플을 만들어 분석하고, 그 지식을 응용해 현장에서 발견한 진흙 한 점으로부터 놀라운 추리를 펼쳐 냅니다. 프로파일링 같은 수사 기술도 귀납적 추리에 속합니다. 이는 여러 부류의 범죄자들의 축적된 정보를 이용해 범인의 성격이나 행동 유형 등을 추리하는 것입니다.

귀납과 연역은 별개가 아니라, 양쪽을 조합해 사용하는 것입니다. 연역을 사용하기 위한 전제는 대개 귀납으로 얻은 것이고, 연역의 결과로 얻은 논리가 실제로 옳은지는 귀납에 의해 검증됩니다. 연역적 추리로 논리를 전개하기 위한 실마리나 사실은 귀납적 추리로부터 나온다고 할 수 있습니다.

CONTENTS

1장 ♦ 장르

2장 ♦ 상황

3장 ♦ 트릭

4장 ♦ 캐릭터

5장 ♦ 장치

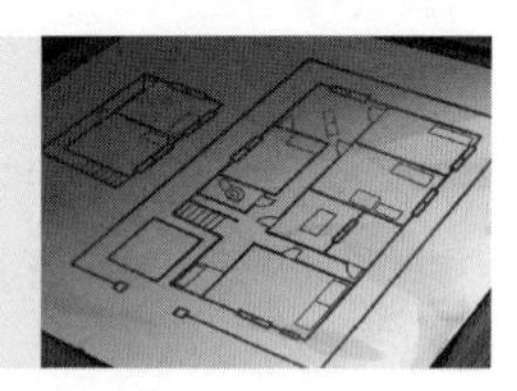

6장 ♦ 공식

장르

001 미스터리소설

MYSTERY NOVEL

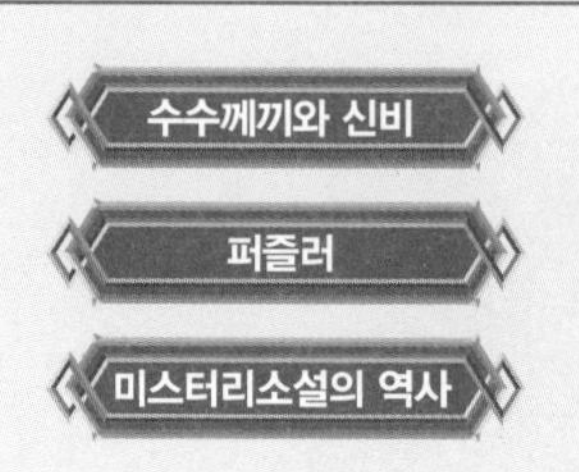

◆ 미스터리와 미스터리소설

미스터리라는 말의 어원은 비밀 의식이나 교리를 뜻하는 고대 그리스어 '미스터리온Mysterion'입니다. 중세에는 숨겨진 종교적 진실을 나타내는 신의 계시를 가리키기도 했습니다.

현대 영어의 '미스터리'는 수수께끼나 신비를 뜻하며, 영어권에서 미스터리소설이라고 하면 수수께끼 풀이 중심의 고전 미스터리 혹은 퍼즐 미스터리, 퍼즐러 작품을 가리킵니다. 사전적 정의를 따르면 작중에서 탐정이 우연히 맞닥뜨려 해결해야 하는 사건이 곧 수수께끼이자 신비인 셈입니다.

또한 그 어원의 흔적이 남아 외계인이나 초능력 같은 오컬트 주제도 종종 넓은 의미에서의 미스터리로 분류하기도 하는데, 여기서는 제외하겠습니다. 이 책에서 다루는 미스터리소설의 하위 장르는 다음과 같습니다.

- **본격 미스터리:** 명탐정이 사건의 수수께끼를 풀어가는 과정을 그린 미스터리의 본류.
- **스릴러, 서스펜스:** 이상한 사건·상황에 놓인 주인공의 공포감과 초조감을 그리는 데 초점을 맞춘 이야기.
- **도서 미스터리:** 범인의 시점에서 사건이 해결되기까지의 과정을 그린 이야기.
- **사이코 미스터리:** 사이코패스 성향의 범인이 저지르는 이상 범죄를 그린 이야기.
- **하드보일드:** 사건 수사를 통해 탐정 역할을 맡은 주인공의 거친 삶을 그린 이야기.

- **사회파 미스터리:** 사회를 반영한 소재로 현실을 날카롭게 그려낸 이야기.
- **경찰소설과 법정 미스터리:** 경찰이나 재판을 통해 사건 수사를 사실적으로 그린 이야기.
- **역사 미스터리:** 역사적 과거의 어느 한 시대나 역사상의 수수께끼를 다룬 이야기.

현재 '미스터리소설'이라는 말은 이들 다수의 하위 장르를 포함하는 총칭이 되었습니다. 그 중심은 주로 범죄에 얽힌 사건의 수수께끼 풀이에 있으며, 넓은 의미에서 사건의 수수께끼를 다룬 내용이라면 어떤 작품이든 미스터리소설로 봐도 좋습니다.

◈ 미스터리소설의 작은 역사

세계 최초의 미스터리소설은 미국 작가 에드거 앨런 포가 1841년에 발표한 「모르그가의 살인」으로 알려졌습니다. 포는 당시 기사도 이야기, 모험소설, 범죄 실록물이 대부분이었던 소설 장르에, 고딕소설이나 환상소설에서 다루는 초자연적 수수께끼를 과학적·논리적으로 설명할 수 있는 수수께끼로 대체하고, 그 수수께끼 풀이 과정을 이야기로 그려나가는 미스터리소설 장르를 더했습니다. 이후 영국의 아서 코넌 도일의 '셜록 홈스' 시리즈와 프랑스 모리스 르블랑의 '아르센 뤼팽' 시리즈 등이 널리 읽혔고, 그 계보는 1차 세계대전 이후 애거사 크리스티와 존 딕슨 카 등에게 계승되었습니다. 그렇게 주요 장르로 거듭난 미스터리소설은 다양한 모습으로 변신을 거듭하며 꾸준히 쓰이고 있습니다.

일본에서는 1차 세계대전 이후 잡지 〈신청년〉 등에 번역 작품이 소개되는 한편, 에도가와 란포, 고사카이 후보쿠, 고가 사부로 등의 손에서 탄생한 창작 미스터리를 접하면서 점차 많은 사람이 미스터리소설의 재미에 눈을 뜨게 되었습니다. 2차 세계대전 이후에는 요코미조 세이시와 다카기 아키미쓰, 야마다 후타로 등이 쓴 본격 미스터리 장편이 큰 성공을 거뒀고, 이에 힘입어 수수께끼 풀이에 치중한 미스터리소설이 유행했습니다.

◆ 소설 이외의 미스터리 작품

'미스터리'라면 소설을 먼저 떠올리겠지만, '형사 콜롬보' 시리즈, '후루하타 닌자부로' 시리즈 등 TV 드라마나 『명탐정 코난』 같은 만화도 미스터리 장르에 속합니다. 게임 중에서는 〈포트피아 연쇄 살인 사건〉이나 'J. B. 해럴드' 시리즈, '역전재판' 시리즈 등이 대표적인 미스터리 작품입니다.

특히 게임 매체의 미스터리 작품은 플레이어가 탐정으로서 수수께끼 풀이에 참여하고, 자신의 행동에 따라 사건 전개가 달라지므로 긴박감을 느낄 수 있습니다. 예상치 못한 최후의 적이나 사건의 진상이 기다리는 '파이널 판타지' 시리즈와 같은 작품도 넓은 의미에서 미스터리라고 할 수 있습니다.

002 본격 미스터리

TRADITIONAL MYSTERY

◈ 본격 미스터리의 탄생

본격 미스터리는 간단히 말해 수수께끼 풀이에 중점을 두는 소설을 말합니다. 본격 미스터리라는 말 자체는 일본에서 만들어졌으며 영어권에서 '하드보일드' 등 다른 장르와 구분하기 위해 쓰는 고전 미스터리나 퍼즐 미스터리, 퍼즐러 작품과 거의 같은 의미입니다.

대개 수수께끼 같은 사건이 일어나고, 이를 해결하려는 탐정의 활약으로 마지막에 사건의 진상이 밝혀진다는 단순한 구조를 띱니다. 밀실 살인을 예로 들자면, 범인이 설치한 트릭에 의해 밀실 살인이 일어나는 것을 시작으로 탐정이 단서를 모아 추리해나가다 마지막에 등장인물과 독자에게 '살인범'의 정체를 밝히며 끝을 맺습니다.

세계 최초의 미스터리소설로 불리는 에드거 앨런 포의 「모르그가의 살인」은 파리의 한 아파트에서 일어난 살인 사건을 그리고 있습니다. 굴뚝에 거꾸로 처박힌 시체가 발견된 참혹한 현장은 모든 문이 안에서 잠겨 있었고 굴뚝으로도 사람이 드나들 수 없는 밀실이었습니다. 경찰로부터 도와달라는 요청을 받은 아마추어 탐정 오귀스트 뒤팽은 현장에 남은 증거와 신문 보도를 단서로 살인범을 지목합니다. 범인은 놀랍게도…….

이러한 수수께끼 풀이 형식을 계승한 아서 코넌 도일과 모리스 르블랑 등의 단편 미스터리소설 시대를 거쳐 애거사 크리스티, 엘러리 퀸, 존 딕슨 카와 같은 작가들의 손에서 장편 미스터리가 연이어 탄생했습니다. 훗날 이 시기는 '미스터리소설의 황금시대'로 불리게 됩니다.

오랜 세월을 거쳐 본격 미스터리는 점차 세련미를 더하며 영역을 넓혀왔습니다. 매력적이고 이국적인 명탐정 캐릭터와 상상을 뛰어넘는 기발한 트릭이 속속 만들어졌고, '독자를 향한 도전'(110) 등 다양한 기법과 장치로 독자에게 즐거움을 안겨주었습니다.

◆ 일본의 본격 미스터리

서구의 미스터리 장르에서는 고전 스타일의 미스터리가 퇴조하면서 하드보일드나 모험소설, 스파이소설이 주류를 차지했습니다. 그러나 일본에서는 전쟁이 끝난 뒤 표현 규제가 완화되면서 오히려 본격 미스터리 장편이 성행했습니다. 특히 큰 영향을 미친 것이 요코미조 세이시의 '긴다이치 고스케' 시리즈입니다. 엽기적 범행 수법이나 명탐정의 탁월한 추리, 사건 관련자들 앞에서의 범인 지목 등 본격 미스터리의 모티프가 요코미조 미스터리로부터 일반화되었습니다. 특히 그의 작품에 등장하는 하얀 고무 가면을 쓴 남자(『이누가미 일족』), 매화나무에 거꾸로 매달린 채 발견된 소녀(『옥문도』) 같은 강렬한 이미지는 공포와 놀라움을 주기 위해서만이 아니라 수수께끼 풀이에 필요한 요소로 사용되었습니다. 이를 잘 다룰 수 있는지가 본격 미스터리의 핵심이라 할 수 있습니다. 예를 들어 밀실 살인이 일어난 경우, 독자들은 누구나 거기에 어떤 트릭이 숨어 있으리라고 생각합니다. 하지만 범행 방법이 밝혀지기 전까지는 마술과 마찬가지로 독자들이 알아채지 못하게 할 수 있습니다. 그러한 연출은 어느 시대에든 중요합니다.

◆ 신본격 미스터리의 부상

전쟁이 끝난 뒤 본격 미스터리 작품이 줄지어 발표되었지만, 실제로 '미스터리'라고 하면 흔히 떠올리는 것은 마쓰모토 세이초의 사회파 미스터리, 니시무라 교타로의 트래블 미스터리, 혹은 〈화요 서스펜스 극장〉과 같은 미스터리 드라마였고 이러한 이미지는 꽤 오랫동안 강하게 남았습니다. 이에 대해 1987년부터 매력적인 수수께끼와 논리적 해결에 중심을 둔 본격 미스터리로 돌아가고자 하는 움직임이 일어났습니다. 이것이 신본격 운동입니다. 아야쓰지 유키토의 『십각관의 살인』으로 시작된 이러한 움직임에서는 이야기의 현실성보다 본격 미스터리의 논리성과 게임성을 중시해 명탐정의 쾌도난마 추리, '클로즈드 서클'(016)에서의 밀실 살인, 수수께끼의 옥탑, 목 없는 시체, 범행 예고장 같은 연출적 무대와 도구, 그리고 대담하고 비현실적인 트릭이 사용됐습니다. 교고쿠 나쓰히코의 '교고쿠도' 시리즈나 모리 히로시의 'S&M' 시리즈 같은 인기작이 탄생했고, 동시에 『소년 탐정 김전일』 같은 만화, 〈카마이타치의 밤〉 같은 게임 등 미디어를 넘나들며 큰 영향력을 발휘해 현재의 미스터리로 이어졌습니다.

003 스릴러, 서스펜스
THRILLER, SUSPENSE

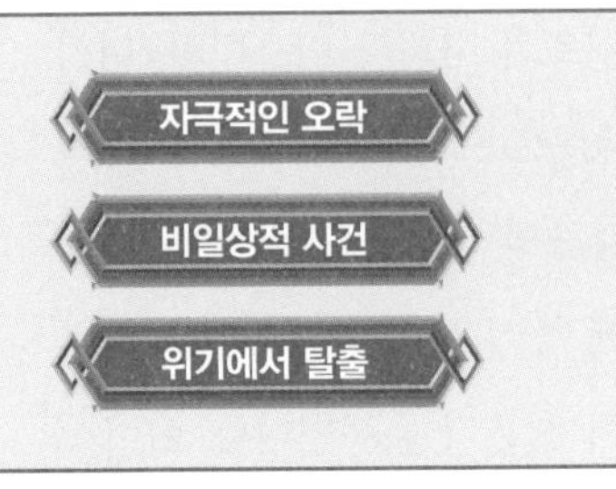

◆ 다채로운 스릴러의 세계

스릴러는 정말 다채로운 장르입니다. '사이코 스릴러'는 이상심리 서스펜스, '폴리티컬 스릴러'는 정치모략소설, '테크노 스릴러'는 신무기에 얽힌 군사모험소설, 법정 미스터리는 '리걸 스릴러', 의학 미스터리는 '메디컬 스릴러'라고도 불립니다. 말하자면 '손에 땀을 쥐게 하는 오락소설'은 모두 스릴러라고 해도 무방할 만큼 매우 폭넓은 장르입니다. 2004년 『타이태닉호를 인양하라』의 작가 클라이브 커슬러와 『퍼스트 블러드』(영화 〈람보〉의 원작)의 데이비드 모렐을 주축으로 국제 스릴러 작가 협회ITW가 결성되었습니다. 회원들은 미스터리는 물론이고 모험소설, 호러 작가도 포함해 면면이 화려한 작가였습니다.

모렐이 펴낸 『꼭 읽어야 할 스릴러 100선』에서는 고전문학인 셰익스피어의 『맥베스』부터 댄 브라운의 역사 미스터리 『다빈치 코드』까지 다루고 있으며, 여기서도 스릴러의 놀랄 만큼 다채로운 면모를 확인할 수 있습니다.

◆ 서스펜스-위기에서의 탈출

스릴과 서스펜스라는 말은 일상에서도 자주 쓰이지만, 장르로 보자면 서스펜스가 스릴러보다 더 이해하기 쉬울 것입니다. '평범한 일상을 보내던 주인공이 비일상적인 사건에 휘말리고, 이러한 위기 상황을 자력으로 벗어난다'는 형식의 이야기가 서스펜스입니다. 위기 상황의 예는 다음과 같습니다.

- **시간제한:** 정해진 시간 안에 결백을 증명하거나 범인을 붙잡아 사건을 해결해야 하는 상황. 고향으로 돌아가는 장거리 버스 출발 시간까지, 무고한 친구의 사형 집행일까지 등.
- **탈출:** 감금된 폐쇄 공간에서 탈출을 꾀하는 상황. 엘리베이터, 전화 부스, 가설 화장실, 망상에 사로잡힌 사람이 혼자 사는 저택, 탈취된 지하철이나 버스 등.
- **도망:** 자신을 죽이거나 위해를 가하려는 자에게서 도망치는 상황. 범행을 들켜 입막음하려는 범인, 표적을 착각한 킬러, 이혼에 응하지 않는 남편, 혐의를 확신하고 쫓는 형사 등.
- **추적과 탈환:** 도난, 유괴 등 사건의 범인을 찾아내 빼앗긴 것을 되찾아오는 상황. 도망치는 유괴범에게서 아이를 구해내거나, 자살용 독약이 든 조미료병을 잘못 가져간 사람에게서 되찾아오거나, 중요한 비밀을 감추어둔 저금통을 되찾는 등.
- **의혹:** 신변의 불안이나 주변 사람에 대한 의심을 풀기 위해 주인공이 수수께끼를 풀려고 하는 상황. 남편이 자신을 죽이려는 것은 아닌지, 아내가 다른 사람과 바뀐 것은 아닌지, 아버지를 죽인 것은 어머니가 아닌지 등.

◈ 고군분투하는 일반인

'위기 상황' 외에 서스펜스의 또 다른 특징은 주인공이 일반인이라는 점입니다. 범죄 사건과 무관한, 물론 경찰관도 명탐정도 아닌 사람이 예상치 못한 위기 상황에 휘말려 거기에서 벗어나기 위해 필사적으로 움직입니다.

윌리엄 아이리시의 『환상의 여인』을 예로 들어보지요. 아내와 심한 말다툼을 하고 집을 뛰쳐나온 남자는 우연히 만난 젊은 여인과 함께 몇 시간을 보냅니다. 그런데 집에 돌아와 보니 아내가 싸늘한 시신으로 변해 있었습니다. 그의 알리바이를 증명할 수 있는 사람은 '그 여인'뿐인데, 기억나는 것이라고는 그녀가 쓰고 있던 기묘한 모양의 모자뿐입니다. 부부 싸움을 하거나 우연히 친해진 상대의 이름도 연락처도 모르는 상황은 현실에서 얼마든지 일어납니다. 거기에 살인 사건과 알리바이 증명이 더해짐으로써 서스펜스 드라마가 탄생하는 셈입니다.

또 영업 사원이 출장지에서 다음 날 아침 거래처에 전달해야 할 신상품 견본을 도둑맞는 사건이 발단이 되기도 합니다. 상품의 수색과 탈환, 시간제한이라는 요소로 인해 업무상 생길 법한 문제가 서스펜스로 탈바꿈합니다.

004 도서 미스터리

INVERTED DETECTIVE STORY

◆ 범인의 시점에서 전개되는 도서 미스터리

범죄 사건 해결 과정을 수사하는 쪽 시점에서 이야기하는 것이 본격 미스터리라면 도서 미스터리는 반대로 범인의 시점에서 사건이 전개됩니다. 도서倒敍란 도치 서술의 줄임말로, 시간의 흐름과 반대로 서술한다는 의미입니다. 시간의 전후 관계로 보자면 범인을 처음부터 공개하는 도서 미스터리의 전개 방식이 더 자연스럽기 때문에 미스터리 장르의 특색을 잘 보여주는 명칭이라 할 수 있습니다.

범인의 시점에서 쓰인 만큼 우선 범행 계획을 시작으로 준비, 실행하는 과정을 그립니다. 범인, 동기, 수단을 독자가 이미 알고 있으므로 수수께끼 풀이와 다른 즐거움을 줍니다. 말하자면 치밀하게 계획된 범행이 어떻게 탐정이나 경찰에 의해 무너지느냐에 독자는 흥미를 느낍니다. 범인이 어디서 실수를 했고, 탐정은 어디서, 어떻게 이상한 낌새를 눈치채고 진상을 간파하는가. 본격 미스터리가 결과(사건)로부터 원인(범인이나 수단)을 밝혀내는 귀납적 사고에 의한 이야기라면, 도서 미스터리는 반대로 연역적 사고에 의한 이야기이므로 머리를 쓰는 방법도 달라집니다. 본격 미스터리가 단서를 하나씩 짜 맞춰나가는 퍼즐이라면, 도서 미스터리는 주어진 조건에서 승리법을 찾는 박보장기에 비유할 수 있습니다.

세계 최초의 도서 미스터리는 R. 오스틴 프리먼이 1910년에 발표한 단편 「오스카 브로트스키 사건」으로 알려져 있습니다. '셜록 홈스'와 동시대의 미스터리로서 범인 입장에서 사건과 범행 방법을 간파하는 명탐정 손다이크 박사의 과학 수사는 실로 참신한 것이었습니다. 이후 오늘에 이르기까지 많은 미스터리 작가들이 도서 미스터리를 발표했지만, 이 형식이 대중에게 친숙해진 계기는 역시 TV 드라마 '형사 콜롬보' 시리즈입니다. 어수룩한 외모의 형사 콜롬보가 치밀한 계획범죄를 집요하게 파헤치는 드라마는 엄청난 인기를 끌었고, 그 영향으로 일본에서도 '형사 콜롬보'를 일본식으로 변주한 TV 드라마 '후루하타 닌자부로' 시리즈가 제작되었습니다.

◆ 『크로이든발 12시 30분』

여기서 도서 미스터리의 명작 프리먼 윌스 크로프츠의 『크로이든발 12시 30분』의 전개를 따라 가보겠습니다. 이야기는 대부호 앤드루 클라우더가 항공기 안에서 갑자기 숨지는 사건으로 시작합니다.

❶ 앤드루의 조카 찰스는 공장 경영 실패로 파산 위기에 처한다. 삼촌 앤드루에게 도움을 청했다가 거절당하자, 그를 죽이고 상속받은 유산으로 공장을 회생시키려는 계획을 세운다.

❷ 찰스는 어렵사리 앤드루의 약병에 독약을 섞는 데 성공하고, 그 약병을 지닌 채 앤드루는 비행기에 오른다. 찰스는 여행지에서 삼촌의 죽음을 알게 되도록 알리바이를 꾸민다.

❸ 여행지에서 삼촌의 부고를 알리는 전보를 받은 찰스는 자신의 계획이 성공했음을 확인한다.

❹ 프렌치 경감이 찾아오지만, 계획이 완벽했다고 믿는 찰스는 당황하지 않는다. 하지만 생각지 못한 곳에서 계획에 차질을 빚는 인물이 등장하자, 완전 범죄를 꿈꾸는 찰스는 불필요한 '행위'를 하고 만다.

❺ 이 불필요한 '행위'로 찰스는 체포된다. 프렌치 경감이 깨뜨리려는 것은 찰스의 완전 범죄, 즉 앤드루 살해 사건이다. 끝내 찰스는 법의 심판을 받게 된다.

이런 식의 전개 방식은 이후 '형사 콜롬보'에서 발전·계승되었습니다. 도서 미스터리의 기본 형식을 만든 기억해둘 만한 작품입니다.

◆ 도서 미스터리의 변주

확립된 기본 형식을 과감하게 깨뜨리는 것 또한 미스터리의 일반적인 방식입니다. 도서 미스터리 역시 다양하게 변주할 수 있습니다.

예를 들어, 공범자의 시점에서 이야기를 서술하는 수법이 있습니다. 범행의 핵심, 즉 범인, 동기, 수단을 미리 밝히더라도 주범이 범행을 어떻게 실행했는가는 수수께끼로 남길 수 있습니다. 또 범인이 쓴 범행 계획서를 작품 앞쪽에 배치할 수도 있습니다. 얼마나 완벽한 계획인지 미리 독자에게 각인시켜 실제 범행과 계획의 차이점이 중요한 열쇠가 된다는 것을 보여줍니다.

도서 미스터리는 본격 미스터리 중 하나입니다. 범인이 치밀한 계획을 세우고 그것을 탐정이 무너뜨린다는 점은 똑같습니다. 다만 서술 방식의 차이만으로 플롯이나 독자가 흥미를 느끼는 부분이 크게 달라집니다.

005 변격 미스터리와 기묘한 맛

STRANGE TASTE

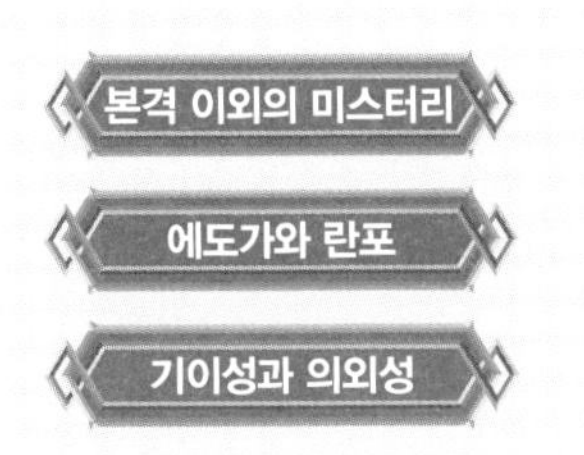

◈ 본격 vs. 변격

변격 미스터리란 일본에서 1930년 전후부터 본격 미스터리와 대비되는 성격의 작품들을 하나의 장르로 묶어 부른 이름입니다. 수수께끼 풀이 중심의 작품은 '본격', 그 외 흥미 위주의 작품, 즉 서스펜스나 스파이소설, 모험소설, 하드보일드, 범죄소설, 나아가 호러나 SF까지 포함해 '변격'이라 불렀습니다. 그 중에는 잔혹한 노동 현실을 그린 프롤레타리아 문학이나 희귀 증례를 다룬 의학 기담, 근미래 유토피아 소설까지 포함되었습니다.

이처럼 다양한 성격의 작품이 있었지만, 당시 사회 분위기로 인해 미스터리 소설은 범죄를 즐기는 나쁜 책이라고 생각하는 사람도 적지 않았습니다. 일례로 에도가와 란포 같은 유명 작가의 작품조차 책방의 책장 윗단에 꽂아두고 교복 차림의 소년이 손을 뻗어 꺼내려 하면 어른들이 못마땅한 눈초리로 쳐다봤다고 합니다.

◈ 기묘한 맛

전쟁이 끝나고 얼마 지나지 않아 외국 단편 미스터리를 섭렵한 에도가와 란포는 그중에서도 독특한 인상을 남기는 작품들에 나타나는 공통적인 성격을 '기묘한 맛'이라고 이름 붙였습니다.

란포는 '발단의 기이성'과 '결말의 의외성'을 뛰어난 미스터리의 조건으로 꼽았습니다. 이와 다른 인상을 주는 단편은 본격 작품으로도 변격 작품으로도 볼 수 있어 란포가 영미 단편 베스트 10을 꼽을 때 중요한 요소로 삼았습니다. 또한 아서 코넌 도일의 「빨간 머리 연맹」이나 G. K. 체스터턴의 「이상한 발걸음 소리」 등 작품을 쓸 때 본보기가 될 만한 예를 소개했습니다.

- 명탐정에게 범행을 간파당하고도 사기꾼은 시치미를 떼며 아무 일도 없었다는 듯 태연하게 범행을 이어간다.
- 노부인의 집과 재산을 빼앗고 감금까지 한 질 나쁜 젊은이가 충실하게 그녀를 돌본다.
- 신문 기자에게 붙잡힌 연쇄 살인마가 '왜 내가 그런 짓을 했는지 모르겠다'며 죽는소리하다 기자를 또 한 명의 피해자로 만든다.

란포는 '기묘한 맛'을 의외성의 일종으로 이해했습니다. 범인이 사용하는 트릭의 참신성보다는 그 사고나 발상과 상식 사이의 '어긋남'이 빚어낸 의외성이 뭐라 말할 수 없는 기이한 맛을 만들어낸다는 것입니다.

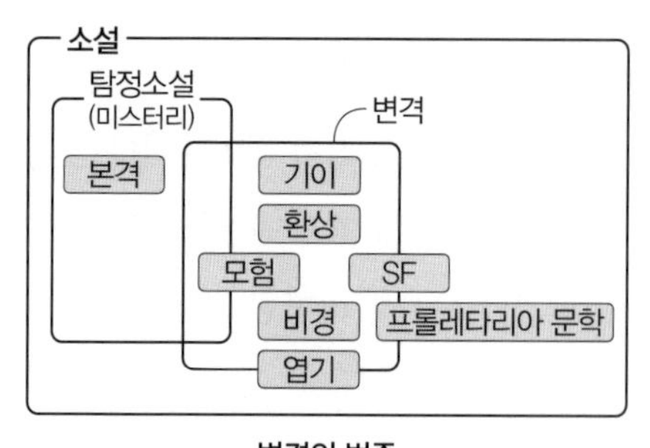

변격의 범주

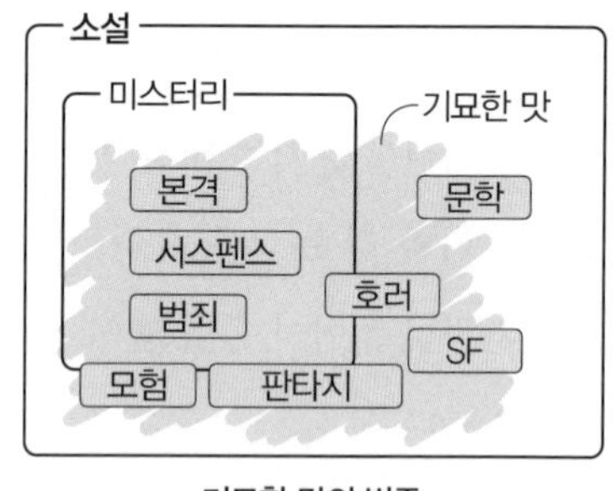

기묘한 맛의 범주

◈ 이색 작가

범주로 분류하기 어려운 작가들은 이색 작가라고 부르기도 합니다. 이것은 하야카와쇼보에서 출간한 '이색 작가 단편집' 시리즈에서 유래한 명칭으로, 미스터리와 호러, 판타지, SF의 경계선에 있는 작가, 그 밖에 개성적인 작가들의 작품을 모아 묶은 이 시리즈는 '기묘한 맛' 미스터리의 본보기라 할 수 있습니다. 시리즈에 수록된 인간의 사고와 심리, 그리고 그러한 것들과 상식의 '어긋남'을 그린 작품 가운데 몇 가지를 소개합니다.

- 무차별 범죄 피해를 당한 소녀가 친구들의 관심을 받고 싶어 모방범이 된다.
- 바람에 날린 메모를 붙잡으려고 고층 건물의 창밖으로 나온 남자가 그의 동료가 무심코 창문을 닫아버려 절체절명의 위기에 빠진다.
- 미스터리 마니아가 셰익스피어 『맥베스』의 진범을 알아맞히려고 한다.

작은 아이디어에서 출발해 인간이 지닌 '기묘함'이 드러나는 수많은 작품에는 '수수께끼 풀이'나 '범죄 수사'와는 다른 미스터리의 묘미가 있습니다.

006 사이코 미스터리

PSYCHO MYSTERY

◈ '사이코'의 탄생

사이코 미스터리는 사이코패스 성향을 띤 범인의 이상 행동과, 심리학 혹은 행동 과학적 분석 방법을 이용해 범죄의 흔적에서 범인상을 추정하고 사건을 해결해나가는 과정을 보여주는 미스터리소설의 하위 장르입니다.

넓은 의미에서 행동 분석학적 기법을 이용해 범인을 추적해가는 이야기를 대체로 사이코 미스터리라고 불렀는데, 최근에는 사이코패스 성향의 인물을 중심으로 이야기가 전개되는 작품을 사이코라는 장르로 크게 묶고 그 아래 이야기의 줄거리에 따라 호러, 서스펜스 등으로 나누는 것이 일반적입니다. 물론 그 경계가 모호한 작품도 흔합니다.

사이코라는 말은 1959년 미국 소설가 로버트 블록이 발표한 소설 『사이코』를 통해 대중문화계에 등장했습니다. 이는 에드워드 T. 게인(속칭 에드 게인)이라는 미국의 엽기적 범죄자가 1947년부터 1954년까지 실제로 저지른 범죄 행각에서 아이디어를 얻어 집필한 사이코 스릴러 작품입니다. 소설이 나온 다음 해인 1960년 6월에는 앨프리드 히치콕 감독의 동명의 영화가 공개되어 큰 성공을 거뒀습니다. 이 작품을 통해 '사이코'라는 말이 전 세계에 알려졌습니다.

1960년 4월에는 일본에서도 『사이코』가 번역 출간되었고, 9월에 영화가 개봉해 인기를 끌면서 사이코 서스펜스, 사이코 미스터리 열풍이 일었습니다.

일본에서는 그때까지 '사이코'라는 단어 대신 '엽기'라는 말이 사용되었는데, 엽기 소설이라고 하면 가장 먼저 떠오르는 작가는 에도가와 란포와 요코미조 세이시입니다. 란포는 일본 미스터리소설의 선구자로 여겨지며, 요코미조는 '일본판 사이코'라고도 불리는 『팔묘촌』의 저자입니다.

◆ 사이코패스란

사이코패스란 정신병질적psychopathy 성격을 가진 사람을 일컫는 용어로, 심리학이나 정신의학에서는 반사회적 성격장애APD의 범주에 들어갑니다. 또 미국의 연방수사국FBI 등에서 범죄학적으로 분류한 범죄자 유형의 하나이기도 합니다.

예를 들어, FBI의 심리분석관 로버트 레슬러는 살인 행위 자체를 목적으로 반복해서 살인을 저지르는 연쇄 살인범은 사이코패스 성향이 있다고 설명하며 일반적인 살인범과 구별했습니다.

사이코패스는 양심의 가책이나 죄책감을 못 느끼며, 거짓말을 입에 달고 살고, 자기중심적인 사고를 합니다. 하지만 말을 잘하고 지능도 평균 이상이며 행동력이 좋고 남에게 호감을 주는 인물이 많아 수사망을 쉽게 빠져나가 거듭 범행을 저지릅니다. 선천적인 기질을 갖고 태어나 성장 과정에서 사이코패스 성향이 촉발된 경우라면 개선될 가능성이 작습니다.

다음 표는 심리 진단 현장에서 사용되는 사이코패스 체크 리스트입니다. 이는 『정신장애의 진단 및 통계 편람DSM-IV』의 사이코패스 체크 리스트를 개정한 것으로, 사이코패스 성향을 측정할 때 쓰이는 도구입니다. 20개 문항에 대해 '전혀 그렇지 않다=0점, 조금 그렇다=1점, 정말 그렇다=2점'의 3단계로 점수를 매기고 각 점수를 합산해 진단합니다.

덧붙여 이 표는 어디까지나 전문가가 진단 시 참고하는 것이므로 재미 삼아 자신이나 주변 사람에 대한 판단 기준으로 사용해서는 안 됩니다.

사이코패스 체크 리스트 개정판 PCL-R

1. 말을 유창하게 잘하고 피상적인 매력이 있다.
2. 자기 가치를 과장한다.
3. 정신적 자극이 필요하고 쉽게 지루함을 느낀다.
4. 병적으로 거짓말을 일삼는다.
5. 남을 속이고 조종한다.
6. 양심의 가책이나 죄책감을 못 느낀다.
7. 감동적인 것을 봐도 무감각하다.
8. 매사에 냉담하고 타인에 대한 공감 능력이 없다.
9. 고정 직업 없이 남에게 빌붙어 산다.
10. 나쁜 행동을 자제할 능력이 부족하다.
11. 성생활이 난잡하다.
12. 어린 시절 문제 행동을 일으켰다.
13. 현실적이고 장기적인 목표가 없다.
14. 매사에 충동적이다.
15. 무책임하다.
16. 자기 행동에 책임지지 않는다.
17. 여러 번의 단기 혼인 관계 기록이 있다.
18. 소년 비행을 경험했다.
19. 조건부 가석방의 취소 기록이 있다.
20. 다양한 범죄 전력이 있다.

007 하드보일드

HARDBOILED

◇ 하드보일드란 무엇인가

하드보일드란 말은 원래 '계란을 완숙하다'라는 의미이며, 그것이 바뀌어 비정, 냉혹을 뜻하게 되었습니다. 또한 감정을 잘 드러내지 않는 냉담한 태도를 이르기도 합니다. 1차 세계대전 당시 미군 훈련 교관을 부르던 말에서 유래했는데, 이들이 입었던 빳빳한 옷깃의 제복을 뜻했습니다. 소설가 어니스트 헤밍웨이의 문체에서 유래했다는 설도 있습니다. 작가 스스로 "나는 엷게 펼쳐 놓기보다는 항상 졸인다Boiling"고 밝힌 바 있듯이, 감정을 배제한 채 군더더기 없는 간결한 문체로 묘사한 작품을 가리키게 되었다는 것이지요. 시대가 변하면서 특유의 문체도 바뀌게 되었고, 점차 하드보일드 특유의 비정하고 냉혹한 주인공이나 무대 배경이 등장하거나 그런 분위기를 풍기는 작품을 하드보일드라고 부르게 되었습니다. 엄밀하게 말하면 장르 고유의 특징을 잃은 지금의 하드보일드는 미스터리에 한정된 것도 소설 특유의 것도 아니며, 어쩌면 하나의 장르로 볼 수 없게 됐을지도 모릅니다.

그렇다면 하드보일드 특유의 분위기란 무엇일까요? 주인공은 사립 탐정으로서 권력 편에 서지 않고 폭력에도 굴하지 않습니다. 그래서 고독할 수밖에 없고, 그마저도 덤덤하게 받아들입니다. 자신만의 도덕과 논리를 가지고 있습니다. 무대는 주로 대도시이며, 사건의 발단은 실종자를 찾거나 흔하게 일어나는 다툼을 처리하는 일입니다. 현실에서 일어날 법한 사건들을 현실적인 방법으로 조사하는 과정에서 주인공은 다양한 사람(모두 사건 관련자는 아닙니다)을 만납니다. 그러면서 점차 자신이 조사하는 사건이 생각보다 중대한 사건임을 깨닫습니다. 이것이 '하드보일드 특유의 분위기'의 한 예입니다.

본격 미스터리에서는 규칙이 중시되지만 하드보일드에서는 연출, 나아가 분위기가 중시됩니다. 이러한 분위기는 하드보일드가 탄생한 1930년대 전후, 1차 세계대전의 상처가 아물지 않은 회의와 절망에 빠진 시대적 분위기가 반영된 것입니다.

◆ 주인공의 대사 - 재즈의 즉흥 연주

하드보일드 미스터리의 분위기를 연출하는 데 중요한 요소는 주인공인 탐정과 등장인물 사이에 오가는 '대화'이자 '대사'입니다. 감정을 드러내지 않은 채 때로는 자신이 궁지로 몰아넣은 범인에게, 때로는 사랑하는 여자 혹은 떠나가는 친구를 향해 나지막이 읊조리는 주인공의 대사는 본 줄거리와 상관없이 그 장면에서 빛을 발해 독자의 가슴에 깊이 새겨집니다. 이는 흡사 재즈의 즉흥 연주 한 소절을 떠올리게 합니다.

- "난 당신의 봉이 아니야." – 샘 스페이드(대실 해밋 『몰타의 매』)
- "별로 힘들지도 않더군." – 마이크 해머(미키 스필레인 『내가 심판한다』)
- "김렛을 마시기엔 좀 이르겠군." – 필립 말로(레이먼드 챈들러 『기나긴 이별』)
- "난 탐정이야, 난 모든 걸 다 알지." – 콘티넨털 옵(이름 없는 탐정)(대실 해밋 「피 묻은 포상금 106,000달러」)

◆ 하드보일드의 '비열한 거리'

하드보일드의 주인공은 레이먼드 챈들러가 창조한 필립 말로의 '비열한 거리를 홀로 걷는 고고한 남자'의 이미지로 대표되는데, 하드보일드 미스터리는 이 '비열한 거리'를 그리는 이야기이기도 합니다. 비열한 거리라고 하면 범죄와 부정이 판치는 암흑가를 떠올리겠지만, 꼭 그것만을 의미하지는 않습니다. 앞면과 뒷면, 빛과 그림자가 동시에 존재하는 현실의 거리가 하드보일드의 무대입니다.

하드보일드 미스터리의 무대가 된 미국 거리를 지도로 나타내면 다음과 같습니다.

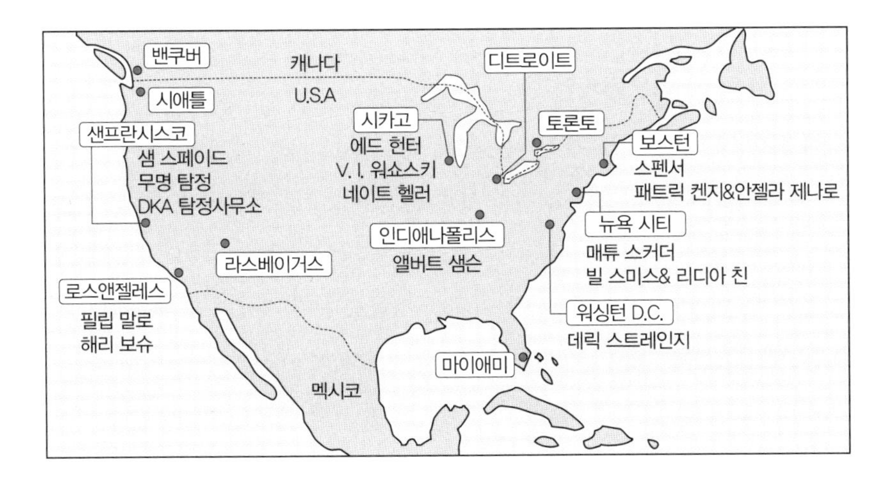

008 사회파 미스터리

MYSTERY OF SOCIAL REALISM

◈ 사회파 미스터리란 무엇인가

사회파 미스터리란 어느 특정 시대를 무대로 주로 사회 제도의 모순이나 공해, 대형 사고, 각종 비리 등 심각한 사회 문제를 소재로 현실을 적나라하게 보여주는 미스터리 작품입니다. 따라서 사회 문제를 이야기의 주요 배경 혹은 사건의 발단으로 삼고, 이를 사건 자체나 트릭보다 더 자세히 묘사합니다. 사회성 있는 소재를 다루면서 사건의 배경을 치밀하게 그리는 것은 미스터리소설 등장 초기부터 있었기 때문에 특별히 강조할 만한 부분은 아닙니다.

일본에서는 1950년대 후반 이후 마쓰모토 세이초, 미즈카미 쓰토무 등 순수문학 작가들이 뛰어난 사회파 미스터리 작품을 차례로 발표하면서 큰 인기를 끌었고, 이러한 작품군이 하나의 장르를 이루며 한때 일본 미스터리의 주류를 차지했습니다. 이 시기에 사회파 미스터리가 하나의 장르로서 확고한 위치를 차지하게 된 이유는 패전 직후 이어진 혼란과 갑작스러운 경제 부흥으로 인해 비정상적인 형태로 바뀌어가는 사회에 불안을 느낀 사람들이 사회 문제에 점차 관심을 기울이게 되었기 때문입니다.

이러한 배경으로 사회파 미스터리는 1950년대 후반부터 1960년대 초반까지 크게 유행하면서 유례없는 열풍을 일으켰지만, 이후 질 낮은 작품들이 우후죽순으로 쏟아졌고 트릭도 수수께끼도 없는 풍속소설로 분류될 만한 소설이 사회파 미스터리라는 꼬리표를 달고 출간되는 상황이 지속되다가 1960년대 중반 이후 쇠퇴의 길을 걷게 됩니다.

그러나 그 후로도 논리적 수수께끼와 사회성 있는 주제를 함께 다루는 뛰어난 본격 미스터리가 꾸준히 나오고 있으며, 다카무라 가오루, 미야베 미유키 등 실력 있는 작가의 사회성 짙은 미스터리는 지금도 '사회파 미스터리'라고 부릅니다.

◈ 『기아 해협』으로 보는 사회상 묘사

사회파 미스터리의 대표작으로 꼽히는 미즈카미 쓰토무의 『기아 해협』에서는 1954년 연락선 도야마루를 비롯한 선박 침몰로 1,400여 명의 희생자를 낸 '도야마루 태풍', 같은 해인 1954년 홋카이도 이와나이 마을의 주택 대부분이 전소한 '이와나이 대규모 화재', 이에 더해 부락(역사적으로 천민으로 분류되어 차별받던 이들이 살던 지역이나 마을-옮긴이) 차별 문제와 여성 매춘 문제 등을 자세하게 그렸습니다.

무엇보다 작품의 시대 배경을 1947년, 즉 극심한 물자 부족으로 살벌한 분위기가 팽배했던 시대로 설정해 비참한 상황이 한층 더 강조되었습니다. 작품 발표 당시에는 작품의 무대가 된 가메이도 등의 유곽이 1958년 성매매 방지법 시행으로 표면상으로는 폐지되어 매춘과 관련된 문제, 특히 인신매매가 완전히 사라진 것으로 여겨졌습니다. 그러나 이 작품에서는 그러한 문제가 생생하게 그려져 완벽하게 해결되지 않은 여성 매춘 문제를 부각하는 한편으로, 참혹한 해난 사고에 대한 묘사를 비롯해 홋카이도, 아오모리, 도쿄, 마이즈루로 무대를 옮겨가며 여러 사회 문제를 담담하게 그려냈습니다.

◈ 사회상으로 보는 사회파 미스터리의 흥망성쇠

사회파 미스터리 작품에서는 대체로 발표 시점의 사회적 관심사, 즉 사회적으로 중요한 사건이나 사고, 혹은 문제를 다루는 경향이 있습니다. 1970년대 이후에도 미야베 미유키의 『화차』 등 당시 당면한 사회 문제가 이야기 전개에 중요한 역할을 하는 작품이 적지 않습니다. 그러나 큰 사건으로 꼽을 만한 대학 투쟁이나 신좌파에 의해 일어난 여러 사건은, 그 사건들의 발생 시기가 사회파 미스터리의 쇠퇴기와 겹쳐서인지 다카무라 가오루의 『마크스의 산』에서 전공투(신좌파 학생운동연대)를 다룬 것을 제외하면 작품에서 거의 다뤄지지 않았습니다.

출간 연도	작품명	해당 연도에 발생한 사건
1958년	마쓰모토 세이초 『점과 선』	성매매 방지법 시행. 유곽 폐지.
1959년	미즈카미 쓰토무 『안개와 그림자』	구마모토대학교 의학부의 미나마타병 원인 물질 공표.
1960년	구로이와 주고 『배덕의 메스』	안보조약 개정에 반대하는 반정부, 반미 운동 격화.
1961년	마쓰모토 세이초 『모래그릇』	도요타가 개발한 소형차 퍼블리카 출시. 자동차 대중화 시대의 개막.
1963년	미즈카미 쓰토무 『기아 해협』	쓰루미 사고 발생. 열차 탈선 다중 충돌 사고.
1992년	미야베 미유키 『화차』	거품 경제 붕괴 시작.
1993년	다카무라 가오루 『마크스의 산』	호소카와 내각 출범. 이른바 55년 체제 붕괴.
1994년	우치다 야스오 『옥야의 전설』	마쓰모토 사린 사건. 화학 무기를 이용한 테러와 언론의 오보 사건.

009 경찰소설과 법정 미스터리

POLICE PROCEDURAL, LEGAL THRILLER NOVEL

◆ 우리 주변에 있는 명탐정들

우리가 미스터리 작품을 즐길 수 있는 것은 범죄와 무관한 평범한 일상을 보내고 있는 덕분일지도 모릅니다. 설혹 운 나쁘게 범죄 사건에 휘말린다면 실제로 만나게 되는 것은 소설 속 탐정 같은 인물이 아니라 경찰관이나 변호사, 검사이겠지요. 이처럼 우리 주변에 있는 경찰관이나 변호사, 검사의 활약을 그린 미스터리도 적지 않습니다. 각각 경찰소설과 법정 미스터리라는 미스터리의 하위 장르를 이룹니다. 그렇다고 주인공이 경찰관이기 때문에 경찰소설, 무대가 법정이기 때문에 법정 미스터리라는 명칭이 붙은 것은 아닙니다. 본격 미스터리에는 경찰관이나 검사가 명탐정 역할을 톡톡히 해내는 작품도 상당수 있으며, 형사나 변호사가 거칠 것 없이 몸을 던져 활약하는 하드보일드 미스터리도 적지 않습니다.

그러한 작품들과 경찰소설이나 법정 미스터리로 분류되는 작품의 뚜렷한 차이는 수사 방식과 이에 근거한 주인공들의 행동에 있습니다.

경찰소설에서는 수사 활동이 현실적으로 그려지는 것이 가장 중요합니다. 설령 가상 무대에서 상상을 뛰어넘는 기상천외한 사건이 일어나더라도 수사 방법이 현실에 바탕을 두고 있다면 경찰소설이라고 할 수 있습니다.

법정 미스터리에서는 법정에서 이뤄지는 논쟁, 예를 들어 피고인의 유무죄 여부, 유죄라면 죄의 경중을 두고 변호인과 검사가 벌이는 공방에 중점을 둡니다.

다음 표는 경찰소설, 법정 미스터리와 다른 장르를 비교한 것입니다.

분류	탐정역	수사 방법
본격 미스터리	재능 넘치는 아마추어	독특, 논리 중시, 때로는 기발
하드보일드	사립 탐정	행동 중심, 영웅적
경찰소설	경찰관(대개 여러 명)	끈기, 현실에 바탕을 둔 수사 활동
법정 미스터리	변호사, 검사, 판사	입증 중시, 논쟁 중심

◆ 취조실로 배달되는 음식

경찰소설의 참맛은 사건을 수사하는 과정에만 있지 않습니다.

- **인간관계:** 경찰소설과 다른 장르 미스터리의 가장 큰 차이점은 단독 수사가 아니라는 점이다. 콤비 혹은 팀으로 움직이며 충돌이나 갈등이 있더라도 사건을 해결하기 위해 함께한다. 여기에서 사건과는 별개의 드라마가 생겨난다.
- **조직 기구:** 경찰청 기구나 광역 수사에서의 각 지역 경찰서와 경찰청의 연계 등에 관해 알 수 있다.
- **수사 방법:** 피해자 가족을 어떻게 대하는지, 증거 수집은 어떻게 하는지, 용의자 심문은 어떻게 진행하는지 알 수 있다.
- **수사 기술:** 조사, 감식, 지문이나 성문 등 범죄 수사 기술도 중요한 요소다. 특수 기술을 보유한 감식관이나 몽타주 전문 수사관 등은 명탐정 못지않은 실력을 발휘한다.

실제 경찰 수사 방법에 기반해 그려지므로 자연스럽게 현실감을 띱니다. 취조실에 배달되는 음식은 설렁탕일까요, 짜장면일까요? 경찰소설을 읽다 보면 궁금증이 풀릴 것입니다.

◈ 법정 미스터리-논쟁에 의한 논리 드라마

법정 미스터리는 범인이 밝혀진 이후의 이야기가 그려진다는 점이 여타 미스터리와 크게 다릅니다. 범인을 피고인으로서 법정에 세우고, 그가 저지른 죄의 무게를 따집니다. 어떤 범죄를 두고 법률과 마음의 간극을 묻는 진지한 이야기가 있는가 하면 피고인의 유무죄를 두고 검사와 변호사가 논쟁을 벌이는 논리 게임처럼 펼쳐지는 이야기도 있습니다.

재판 제도 또한 나라마다 다르므로 법정 미스터리에서 그려지는 법정의 모습도 상당한 차이가 있습니다. 또 꼭 현실의 사법 제도에 기반해 그려진다고는 할 수 없습니다. 걸작으로 평가받는 법정 미스터리 중에도 전문가들로부터 오류를 지적받는 경우가 있습니다.

영화로도 만들어진 희곡 『12인의 성난 사람들』은 치열하게 논쟁이 벌어지는 과정을 그려낸 작품으로 유명합니다. 아버지를 살해한 혐의로 법정에서 사형을 선고받은 소년. 유죄가 확실해 보이는 상황에서 배심원 열두 명의 만장일치 결정이 남았을 뿐인데, 배심원 중 한 명이 의문을 제기합니다. 그는 처음부터 유죄로 인정하고 얼른 논의를 끝내고 싶어 했던 배심원들과 논쟁을 벌이며 범행 당시의 상황과 흉기, 목격 증언 등을 상세히 검증해나갑니다. 현실적인지 아닌지는 제쳐놓더라도 법정 미스터리의 좋은 본보기가 되는 작품입니다.

010 범죄소설

CRIME NOVEL

◇ 다양한 범죄와 범죄자

미스터리가 주로 범죄 사건을 해결하는 과정을 그린다면 범죄소설(크라임 노블)은 범죄자의 심리와 범행 과정을 그립니다. 따라서 범죄소설의 주인공은 사건을 해결하는 탐정이나 경찰이 아닌 범죄자이며, 작풍도 다루는 범죄도 다양합니다. 범죄소설에서 주로 다뤄지는 범죄는 다음과 같습니다.

분류	설명
살인	순간적 감정을 이기지 못한 무계획적인 것, 착각이나 오해에서 비롯된 것도 포함한다.
사기	신분을 속이고 유산을 가로챈다. 가짜 거래로 은행에서 큰돈을 가로챈다.
유괴	주로 금품이 목적이지만 때로는 유괴 자체가 목적이 되기도 한다.
협박	중요한 인물의 약점을 잡거나 많은 사람을 인질로 잡아 금품을 요구한다.
강탈	현금, 귀금속, 미술품 등을 여러 명이 사전에 계획을 세워 훔쳐낸다.
횡령	범죄자가 숨긴 불법적 현금이나 마약 등의 물품을 가로챈다.
위조	위조지폐, 위작 미술품, 보증서가 첨부된 인조 다이아몬드 등.

이처럼 작품 속에서 그려지는 범죄는 매우 다양하지만 현실적이라는 공통점이 있습니다. 예컨대 살인이라면 직장 상사에 대한 불만, 연인 간의 갈등, 불량소년 간의 격한 싸움이 범행 동기가 되는 등 신문 기사나 뉴스에서 볼 법한

사건을 소재로 삼는 경우도 드물지 않습니다.

범죄소설은 미스터리보다 일반 소설에 더 가깝다고 할 수 있습니다. 수수께끼다운 수수께끼가 없는 작품도 많으며, 이야기의 결말에 이르러서도 사건이 해결되지 않는 경우도 있습니다. 주인공이 범죄를 감쪽같이 성공시키거나 실패해 파멸할 수도 있습니다.

◈ 케이퍼소설과 콘 게임

범죄소설의 하위 장르 중에서도 특별한 위치를 차지하는 것이 케이퍼소설과 콘 게임입니다. 케이퍼소설은 범죄자들이 모여 무엇인가를 강탈하는 과정을 그리고, 콘 게임은 사기꾼들이 서로 속고 속이며 반전을 거듭하는 이야기로 한층 더 미스터리다운 맛이 있습니다.

- **케이퍼소설:** 전략가를 중심으로 각 분야의 전문 범죄자들이 모여 무언가를 강탈할 계획을 세운다. 목표물은 은행, 카지노, 호화 여객선 등 다양하다. 각 구성원은 잠입, 금고 털기, 도주 경로 확보 등 저마다 특기를 살린 역할을 맡는다. 실행할 때는 상대편과 엎치락뒤치락 공방이 오가기도 해서 모험소설이나 도서 미스터리와 비슷한 재미를 느낄 수 있다.
- **콘 게임:** 전문 범죄자가 모여 범죄를 계획하고 실행한다는 점에서는 케이퍼소설과 같다. 그러나 금품을 강탈하는 것이 아니라 상대의 신뢰를 얻어 돈을 뜯어낸다. 상대를 속이는 기술은 본격 미스터리의 트릭과 유사하다. 심지어 주인공인 사기꾼이 상대를 속이듯 작가가 독자를 속이기 위해 여러 방법을 동원하는 작품도 많다.

◈ 범죄소설의 캐릭터

본격 미스터리에 명탐정이 있듯이 범죄소설에도 시리즈 캐릭터가 있습니다. 천재적인 범죄자, 말하자면 '명범인'이라고 할까요?

예를 들어 모리스 르블랑이 창조한 아르센 뤼팽은 명탐정과 범죄자의 면모를 모두 지닌 주인공이고, 그 밖에도 여러 작가가 탐정의 면모는 전혀 없는 강도범, 도둑, 밀수인, 살인 청부업자, 사기꾼이 등장하는 범죄자 시리즈를 썼습니다.

다만 범죄를 저지르는 쪽이기 때문에 명탐정보다 시리즈를 이어가기가 어렵습니다. 계속해서 범죄를 성공하게 할 것인가, 실패하더라도 안전하게 도망갈 수 있는 곳을 마련할 것인가. 작가는 범죄자 캐릭터와 범죄 사건에 대한 설정을 조금 더 치밀하게 짜야 합니다.

퍼트리샤 하이스미스의 『재능있는 리플리』(영화 〈태양은 가득히〉의 원작)로 시작되는 '리플리' 시리즈는 기억해둘 만한 작품입니다. 평범한 미국 청년 톰 리플리는 실은 천재적인 범죄자입니다. 그는 첫 작품에서 부호의 아들인 친구를 죽이고 감쪽같이 죽은 친구 행세를 하며 그의 재산을 손에 넣습니다. 이어서 사망한 유명 화가로 위장해 그림을 위조하여 파는 조직까지 만들었고, 심지어 청부 살인 의뢰를 받고 자기 대신 평범한 인물을 추천해 살인을 떠맡게끔 일을 꾸몄습니다. 범죄소설 중에서도 유례를 찾을 수 없는 독특한 캐릭터입니다.

011 모험소설과 스파이소설

ADVENTURE NOVEL, SPY FICTION

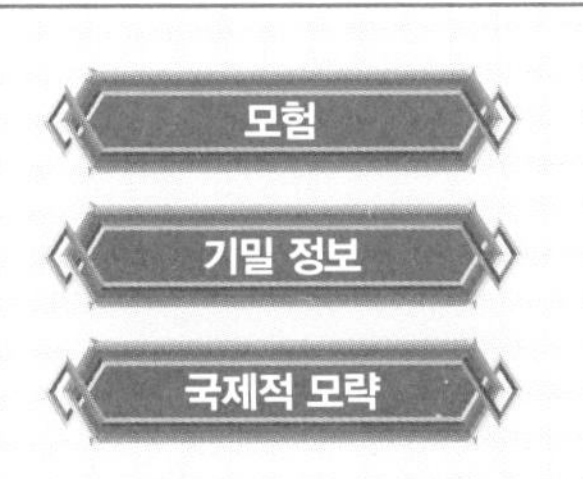

◇ 모험소설과 스파이소설의 역사

모험소설이란 등장인물들의 파란만장한 모험을 그리는 소설로, 미국 작가 페니모어 쿠퍼의 소설 『모히칸족의 최후』로 시작되었다는 것이 통설입니다. 북아메리카 식민지 전쟁 중 영국군 사령관인 아버지를 찾아가는 자매가 마주하게 되는 여러 고난을 그린 작품입니다. 쥘 베른의 『해저 2만 리』나 로버트 루이스 스티븐슨의 『보물섬』을 초기 작품으로 꼽기도 합니다.

모험이란 범위가 상당히 넓어서 신비한 비경을 찾아 떠나거나, 바다를 건너 세계를 여행하는 것에서부터 도시의 이면에서 벌어지는 암투 혹은 전투가 벌어지는 전장을 무대로 하는 것까지 다양한 소재로 이야기를 만들 수 있습니다.

스파이소설이란 국가 간 스파이들의 암투를 그린 소설입니다. 1차 세계대전 전후 유럽 각국의 경쟁과 갈등 속에서 수많은 스파이소설이 쏟아져 나오며 전성기를 이뤘습니다. 예를 들어 '셜록 홈스' 시리즈의 몇몇 작품은 스파이소설로도 볼 수 있습니다. 그 후 2차 세계대전이 끝나고 '냉전 시대'가 시작된 것을 계기로 스파이소설이 하나의 장르로서 자리 잡습니다. 당시에는 무력전쟁이 아니라 국가적 차원의 정보전이나 개발도상국을 무대로 한 대리전쟁의 형태였습니다. 그런 가운데 미국 중앙정보국CIA이나 구소련의 국가보안위원회KGB, 영국의 비밀정보부(SIS, 별칭 MI-6) 등이 암약하고 있었으며, 이들 조직을 소재로 한 스파이소설이 숱하게 쓰였습니다. 대표적인 작품으로는 영국 비밀정보부 소속의 스파이가 주인공인 이언 플레밍의 '제임스 본드' 시리즈가 있습니다. 냉전 시대가 저물며 스파이소설의 인기도 시들해졌지만, 미국의 9·11 테러 이후 다시 스파이소설에 대한 관심이 높아졌습니다.

이러한 모험소설과 스파이소설도 전통적으로 미스터리 장르로 분류됩니다.

◆ 모험소설의 플롯

모험소설의 플롯은 크게 의뢰형과 연루형, 두 가지로 나뉩니다.

- **의뢰형:** 고객에게 의뢰받거나 조직의 명령을 받고 모험을 떠나는 경우. 스스로 임무를 설정하고 모험에 나서는 것도 포함한다. 예를 들어 개빈 라이얼의 『심야 플러스 원』에서 주인공은 과거 동료의 의뢰로 프랑스 경찰과 암살자에게 쫓기는 대부호를 특정 목적지까지 호위하는 임무를 맡는다.
- **연루형:** 전문 모험가가 아닌 평범한 사람이 어떤 사건에 휘말려 모험을 하게 되는 경우. 안데스산맥에 불시착한 비행기의 승무원과 승객들이 극한의 환경을 견디며 수제 무기로 군대와 싸우는 이야기인 데즈먼드 배글리의 『안데스의 음모』 등을 들 수 있다.

이를 바탕으로 어떤 물건이나 서류를 전달하는 임무를 받고 떠나는 배송형, 누군가에게 쫓겨 안전한 장소로 도망치는 도피형, 반대로 배신자나 범죄자를 쫓는 추적형, 신비의 땅에 묻힌 보물을 찾아 떠나는 탐색형 등의 이야기를 만들 수 있습니다. 모험소설의 무대로는 바다, 산, 밀림, 외딴섬 같은 거친 자연환경, 혹은 도시, 산촌, 군사 기지 등 인공적인 장소가 설정되기도 합니다. 어느 쪽이든 거기에는 주인공들이 극복해야 할 난관과 모험이 필요합니다.

◆ 스파이소설의 플롯

스파이소설의 플롯은 주인공인 스파이가 조직의 상사로부터 받은 임무를 수행하거나 조직을 떠난 전직 스파이가 음모에 휘말리는 유형이 일반적입니다.

주인공의 임무는 대개 적대 조직의 구성원을 암살하거나 기밀 정보를 입수하는 것, 혹은 요인을 구출하거나 비밀리에 보호하는 일입니다. 심지어 어떤 조직에 소속된 척하며 그 조직의 내부 사정을 파악하는 이중 스파이로 활약하기도 합니다. 예를 들어 존 르 카레의 『추운 나라에서 돌아온 스파이』의 주인공은 영국 비밀정보부에서 일하다 불명예 퇴직을 당한 것처럼 위장해 적국의 조직에 잠입합니다.

스파이소설 중에는 이러한 직업 스파이 간에 벌어지는 국가 규모의 음모를 그리는 작품이 있는가 하면, 단지 일반인이 국제적 모략이나 테러 조직의 항쟁에 휘말리는 것도 있으며, 회사 조직 내부에서 암약하는 산업 스파이가 활약하는 작품도 있습니다.

012 역사 미스터리

HISTORICAL WHODUNNIT

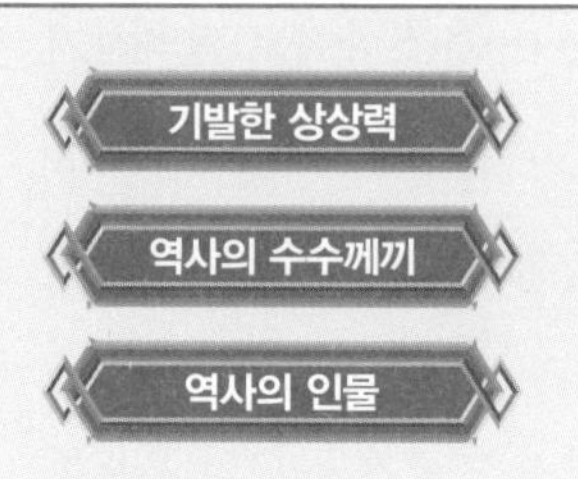

◆ 두 가지 수법

'역사 미스터리' 장르는 크게 두 가지로 나눌 수 있습니다. 하나는 옛 시대를 무대로 삼는 미스터리 작품이고, 또 하나는 역사의 수수께끼를 푸는 작품으로 현대를 무대로 하는 경우가 많습니다.

전자의 대표적 작품으로는 중세 이탈리아 수도원을 무대로 당시 기독교의 교리 논쟁과 살인 사건이 얽힌 움베르토 에코의 『장미의 이름』을 들 수 있습니다. 이러한 유형의 미스터리는 역사는 물론이거니와 당시의 풍속, 습관, 문화 등 방대한 지식을 갖추고 있어야 충실하게 작품 세계를 구축할 수 있습니다. 한편 역사적 사실보다는 그 시대 고유의 분위기만 빌려 오는 방법도 있는데, 이 경우 역사 본래의 재미와는 멀어집니다. 무대와 등장인물을 가능한 한 한정하는 방법도 있습니다. 앞서 언급한 『장미의 이름』에서도 수도원이라는 지리적·사상적으로 폐쇄된 공간을 무대로 삼았습니다.

후자의 작품으로는 댄 브라운의 『천사와 악마』, 『다빈치 코드』로 대표되는 시리즈를 들 수 있습니다. 이는 〈최후의 만찬〉 등 미술 작품에 숨겨진 암호를 발단으로 거기에 얽힌 역사의 비밀을 놓고 비밀 결사 조직과 주인공이 대결하는 형태로 이야기가 전개되며, 미스터리보다는 스파이소설에 가깝습니다. 이러한 주제로 작품을 만들 때는 작품에 등장하는 수수께끼와 풀이 방법의 재미가 중요합니다.

수수께끼를 재미있게 만드는 것은 기발한 상상력입니다. 역사적·지리적 상식에서 크게 벗어난 상상을 뛰어넘는 수수께끼일수록 독자의 흥미를 자극합니다. 게다가 그 수수께끼가 과거만이 아니라 현대 사회에도 영향을 미치는 것이라면 더더욱 효과적입니다.

한편 수수께끼를 푸는 열쇠는 역사적 뿌리가 깊을수록 더 재미있어집니다. 그 시대와 장소 특유의 사상을 열쇠로 삼는 한편, 과거와 현재의 사회와 사상 차이를 맹점으로 이용하는 것입니다. 그러한 수수께끼를 풀어나가는 과정에서 역사 자체에 대한 흥미와 이야기의 재미가 겹치면서 역사 미스터리에 걸맞은 작품이 됩니다.

이 두 갈래가 절충된 작품도 있습니다. 예를 들어 현대에 일어난 살인 사건을 통해 윌리엄 셰익스피어 죽음의 진상에 다가가는 엘러리 퀸의 『드루리 레인 최후의 사건』, 다카다 다카후미의 'QED' 시리즈 등은 역사의 수수께끼와 현대에 일어난 사건을 잘 엮어낸 작품입니다.

◇ 역사의 수수께끼

작중에 역사의 수수께끼를 등장시키려면 당연히 실제 역사를 취재해야 합니다. 실존하는 역사 속 수수께끼를 이용해 이에 관한 새로운 해석을 내놓아도 좋고 그 수수께끼를 본떠 가상의 사건을 만들어내도 좋습니다.

자주 이용되는 대표적인 역사의 수수께끼나 가설의 예는 다음과 같습니다.

- 이스라엘의 사라진 십지파
- 나사렛 예수(예수 그리스도)의 무덤 위치
- 다빈치의 그림 〈모나리자〉에 숨겨진 암호
- 연쇄 살인범 '잭 더 리퍼'의 정체
- 존 F. 케네디 대통령 암살 사건의 진상

- 혼노지의 변(일본 교토 혼노지에서 일어난 사건. 아케치 미쓰히데의 모반으로 일어난 이 사건으로 오다 노부나가가 죽고 도요토미 히데요시의 세상이 열렸다–옮긴이)의 진상

영미권 작품에는 기독교와 관련된 수수께끼가 상당히 많이 등장합니다. 이는 문화적 배경은 물론이고 앞에서 언급한 '기발한 상상력'의 면에서도, 기독교와 관련된 새로운 사실이 현대 서구 사회에 커다란 영향을 미칠 수 있다는 점에서도 소설의 소재로 적합하기 때문입니다.

실제로 1947년부터 1956년까지 이스라엘에서 발굴된 '사해 문서'가 초기 기독교와 관련된 통설에 영향을 주었습니다. 사해 문서에 현대 기독교를 위협하는 정보가 포함되어 있으며, 이를 은폐하기 위해 바티칸이 공개를 금지하고 있다는 등의 음모론도 있습니다. 이러한 수수께끼는 역사 미스터리의 소재로는 제격입니다.

일본에서는 역사상 유명한 인물의 행방 등을 작품 소재로 다루는 경우가 많습니다. 특히 비운의 죽음을 당한 인물이 사실은 죽지 않았고 이름을 바꿔 그 후에도 계속 활약했다는 전설은 예로부터 꾸준히 인기를 누렸습니다.

013 셜록 홈스

SHERLOCK HOLMES

◆ "내 친구 왓슨, 그건 아주 간단하다네 Elementary, my dear Watson."

1887년 11월 크리스마스 시즌을 겨냥한 잡지 〈비튼의 크리스마스 연감〉에 『주홍색 연구』라는 제목의 장편 소설이 실렸습니다. 저자의 이름은 아서 코넌 도일. 그는 의사로 일하면서 틈틈이 단편 소설을 써 잡지사에 투고했습니다. 도일은 에드거 앨런 포가 창조한 아마추어 탐정 오귀스트 뒤팽이나 에밀 가보리오의 명탐정 르코크 같은 탐정을 참고하는 한편, 에든버러대학교 의과대학 시절 은사였던 조셉 벨 박사를 모델로 셜록 홈스라는 캐릭터를 창조했습니다. 벨 박사는 뛰어난 관찰력과 추리력의 소유자로 처음 만나는 환자의 성격이나 근황을 알아맞히는 특기를 선보이곤 했습니다.

『주홍색 연구』는 그리 좋은 평판을 얻지 못했습니다. 뒤이어 발표한 장편 『네 개의 서명』은 그런대로 호평을 받았지만, 역사소설을 쓰고 싶어 했던 도일은 홈스 이야기를 이어갈 생각은 없었던 것 같습니다. 그러나 「보헤미아 왕국 스캔들」을 시작으로 잡지 〈스트랜드 매거진〉에 단편을 연재하면서 생각을 바꾸었습니다. 나중에 『셜록 홈스의 모험』, 『셜록 홈스의 회상』 등의 단편집으로 엮이는 이 단편들은 엄청난 인기를 끌었고, 도일은 일약 베스트셀러 작가가 되었습니다.

홈스 이야기를 쓰는 데 진력을 다한 도일은 〈스트랜드 매거진〉 1893년

12월 호에 실린 「마지막 사건」에서 홈스를 일단 죽이지만 독자들의 항의와 호소, 경제적 사정에 떠밀려 결국 홈스를 되살립니다.

셜록 홈스의 팬들이 '정전正典'이라고 부르는 장편 4편, 단편 56편의 홈스 이야기는 새로운 대중 문학 장르로서 '미스터리소설'을 개척했을 뿐만 아니라, 명탐정의 추리 방법이나 파트너 1인칭 시점의 기록 형식 등은 이후 나온 작품들의 본보기가 되었습니다.

◆ 홈스는 죽지 않는다

셜록 홈스가 상업적으로 성공하자 모방 작품들이 나타나게 되었는데, 신문과 잡지에 연이어 등장한 에마 오르치의 '구석의 노인'이나 R. 오스틴 프리먼의 '존 이블린 손다이크' 박사 같은 명탐정은 홈스의 라이벌로 불립니다. 좀 더 직접적인 모방은 1891년 11월에 발표된 「셜록 홈스와의 저녁」이라는 익명 작가의 소설로 「보헤미아 왕국 스캔들」이 발표된 지 불과 몇 달 만에 다른 작가가 쓴 홈스 이야기가 등장한 것입니다.

홈스 이야기를 패러디한 작품은 유머러스한 단편이 중심이었고, 도일의 생전부터 수도 없이 쏟아져 나왔습니다. 이 시기에 발표된 가장 유명한 작품은 모리스 르블랑의 『뤼팽 대 홈스』입니다. 1930년 도일이 사망하고 나서는 수많은 실력파 작가들이 '정전'을 충실히 모방한 패스티시(위작)를 발표했습니다.

이 시대 미스터리 작가들은 대부분 홈스의 열성 팬이었고, 패스티시 작품을 통해 원작에 대한 존경과 애정을 표출했습니다. 다른 작가들이 쓴 홈스 이야기는 대략 다음 세 가지 종류로 구분됩니다.

- **패스티시(위작):** 존 H. 왓슨 박사가 썼지만 어떤 사정으로 공표되지 않은 기록 형식의 작품. 이야기의 완성도뿐만 아니라 '정전'이라는 설정에 충실하며 문체와 분위기까지 고스란히 재현해냈다.
- **패러디:** 왓슨의 기록이라는 형식을 취하지 않는 홈스 혹은 그 주변 인물에 얽힌 이야기를 그린 작품. '정전'과 모순되는 경우도 적지 않다. 넓은 의미에서는 작가인 아서 코넌 도일을 탐정 역

할로 등장시킨 작품도 포함한다.

- **벌레스크:** 홈스 이야기를 익살스럽게 풍자한 이야기. 문호 마크 트웨인도 셜록 홈스와 그의 조카인 펫록 존스가 조연으로 등장하는 「더블 배럴 탐정 이야기」를 썼다.

◈ 장르를 횡단하는 셜록 홈스

종종 도일의 유족과 저작권을 둘러싸고 갈등이 일어나지만 새로운 홈스 이야기는 여전히 발표되고 있습니다. 2011년 11월에는 영국의 인기 각본가 앤서니 호로비츠가 코넌 도일 재단 공인의 후속작 『셜록 홈스: 실크 하우스의 비밀』을 출간했습니다. 후속 작가들이 쓴 홈스 이야기는 미스터리 장르에만 한정된 것은 아닙니다. SF나 로맨스 장르도 있으며, 심지어 크툴루 신화와 접목한 작품도 있습니다. 이제 '셜록 홈스'는 하나의 독립된 문학 장르가 되었다 해도 과언이 아닙니다.

칼럼

용어와 미스터리

미스터리에는 다양한 용어가 존재합니다. 오귀스트 뒤팽이나 셜록 홈스를 비롯한 외국 미스터리에 뿌리를 둔 만큼 대부분 외국에서 기원한 용어라고 생각하기 쉽지만, 일본에서 독자적으로 만든 용어도 많습니다.

대표적인 용어가 '트릭'입니다. 물론 마술에서 트릭이라는 말을 사용하듯이 일반명사로 '여기서 범인이 사용한 트릭은…'이라고 말할 수는 있지만, '트릭'이라는 단어에 미스터리소설 특유의 전문 용어로서의 의미는 없습니다. 따라서 '밀실 트릭', '서술 트릭'처럼 '○○ 트릭'에 해당하는 용어, 용법도 없습니다. 이러한 용법은 에도가와 란포가 사용하기 시작해 정착한 것으로 보입니다.

'괴도' 역시 마찬가지입니다. 모리스 르블랑이 창조한 아르센 뤼팽은 흔히 괴도 신사로 불리는데, '신사 도둑gentleman-cambrioleur(낮에는 신사, 밤에는 도둑)'이라는 말을 수필가이자 번역가인 미나미 요이치로가 괴도 신사로 옮긴 데서 유래했습니다. 최근에는 'Phantom Thief'라고 쓰기도 하는데, 이는 일본 만화와 애니메이션에 등장하는 괴도들이 미국에 역수입된 결과인 듯합니다.

게다가 '괴도'와 짝을 이루는 '명탐정'도 일본의 독자적인 용어라고 할 수 있습니다. 뛰어난 탐정, 위대한 탐정을 나타내는 말은 적지 않지만, '명탐정'만큼 미스터리 작품에 등장할 법한 초인적 추리 능력을 지닌 탐정이라는 뉘앙스를 단박에 전달하는 표현은 없습니다.

이는 한자를 조합해 손쉽게 새로운 단어를 만들 수 있는 일본어의 성질에 따른 영향으로 보입니다. 이를테면 '범인은 사전에 범행을 예고했다', '발생한 사건이 자신의 범행이라고 주장했다'와 같은 문장을 '범행 예고', '범행 성명'처럼 간결한 단어로 만들 수 있습니다. 또한 『그리고 아무도 없었다』, 『비숍 살인 사건』처럼 마더 구스(영미권의 전래 동요-옮긴이)나 전설에서 착상을 얻은 살인 사건을 그린 미스터리의 경우 영국과 미국에서는 '동요 등에서 모티브를 가져온 추리 소설'이라고 설명하지만 일본에서는 '비유 살인'이라는 용어로 간단히 표현할 수 있습니다.

영미권의 고전 스타일 미스터리가 시대의 조류에서 밀려나는 가운데, 일본에서는 탁월한 추리 실력을 자랑하는 명탐정이 현실적으로 도저히 불가능해 보이는 상황에서 벌어지는 범죄나 비유 살인에 뛰어들어 괴도와 진검승부를 벌이는 유형의 미스터리가 다양하게 패러디되면서 살아남았습니다. 아마도 이러한 매력적인 독자적 용어가 존재하기 때문이겠지요.

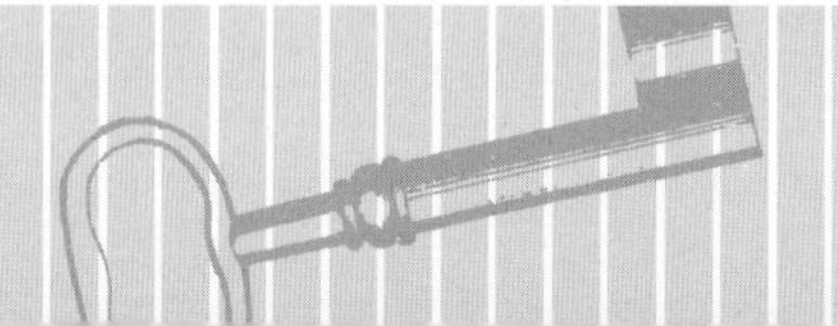

상황

014 살인 사건

MURDER

◇ 살인 사건 수사가 시작되기까지

살인이란 이유를 불문하고 타인의 생명 활동을 정지시키는 행위 전반을 가리킵니다. 또 살인 사건이란 사람을 살해함으로써 그 생명을 침해하는 범죄 사건을 말하며, 형법상의 범죄 중 흉악 강력 범죄로 분류됩니다.

살인 사건은 현행범이 체포된 경우를 제외하면 처음부터 살인 사건으로 취급하여 수사가 시작되는 것은 아닙니다. 우선 시체가 발견되었다는 통보를 받으면 형사가 현장으로 나갑니다. 이 시점에서 시체는 변사체(자연사가 아닌 어떤 원인으로 사망한 것으로 의심되는 사체)로 간주됩니다. 발견된 변사체는 현장에서 간단히 조사해 사인을 확인합니다. 이를 검시라고 합니다. 만약 검시로 사인을 확인할 수 없을 때는 법의학자가 사법 부검을 실시해 확실한 사인을 밝혀냅니다. 원래 범죄와 관련된 것이 확실하거나 그럴 우려가 있는 시체는 모두 사법 부검을 해야 하는데, 현재로서는 법의학자나 예산이 턱없이 부족한 실정입니다.

검시 혹은 사법 부검을 통해 타살로 결론이 나면 시체가 발견된 관할 경찰서에 정식으로 수사본부를 설치하고 수사를 시작합니다. 살인 사건의 수사 기간은 극단적으로 말하면 공소 시효가 만료될 때까지입니다. 다만 모든 사건을 수사하기에는 예산과 인원이 부족한 실정이며, 때에 따라서는 서류상으로만 처리하는 경우도 있습니다. 일본에서는 2010년 4월부터 개정된 형사소송법이 시행되면서 살인, 강도살인죄에 대한 공소 시효가 폐지되었습니다(한국에서는 2015년 살인죄의 공소 시효를 없앴고, 미국은 주마다 다르지만 법정 최고형이 사형인 범죄에 대해서는 공소 시효가 없으며 살인죄에 대해 시효를 두지 않습니다-옮긴이).

◈ 미스터리의 꽃

살인 사건은 한마디로 미스터리 작품의 꽃이라고 할 만한 주제로, 살인 사건이 없는 미스터리는 성립하지 않는다고 단언하는 사람이 있을 정도로 인기가 높습니다. 사실 등장인물의 죽음보다 더한 긴장감을 주는 것은 없으므로 제목에 '살인 사건'이라는 말이 붙는 작품이 여전히 주류를 이룹니다. 한편으론 살인 사건을 다룬 작품이 늘어나면서 독자도 여간해선 놀라지 않게 되었습니다. 미스터리 작가는 머리를 짜내어 현실에서는 일어날 리 없는 기발한 사건, 불가능해 보이는 사건을 고안해내야 합니다.

외딴섬에 모인 열 명의 남녀가 전래 동요 내용대로 한 명씩 죽어가는 애거사 크리스티의 『그리고 아무도 없었다』, 협곡을 사이에 두고 마주 보는 고성에서 거의 동시에 스무 명이 넘는 사람이 잔혹하게 죽어나가는 니카이도 레이토의 『인랑성의 공포』와 같은 대량 살인 또한 독자의 눈을 사로잡습니다. 대량 살인의 경우, 진짜 목표인 한 사람을 죽이기 위해 다른 여러 사람을 끌어들인다거나, 수단과 목적이 바뀌어 실험 등을 위해 대량의 시체가 필요했다는 등 살인 동기를 한 번 비틀기도 합니다.

반대로 시체를 확인하는 의사나 검시관이 허위로 신고하거나, 누군가의 과거를 파헤치기 위해 죽은 척하고 자백을 유도하는 등 실제로는 사건이 발생하지 않았으나 살인 사건으로 위장했다는 식의 작품도 있습니다.

◆ 현실의 살인 사건

뛰어난 트릭이 사용되거나 유서 깊은 가문의 역사에 얽힌 복잡한 동기가 있는 살인 사건은 현실에서는 찾아보기 어렵습니다. 대부분 보험 사기 살인처럼 금전적 이득을 노리거나 원한 때문에 사건이 일어납니다. 그러한 살인은 대개 충동적으로 일어나 명백한 증거가 남기 때문에 명탐정이 등장할 필요가 없습니다. 계획 살인이라면 범인이 증거를 없애기도 하지만, 실제로는 현대의 치밀한 과학 수사를 일반인이 빠져나가기란 거의 불가능합니다.

미스터리에 등장하는 살인을 위한 무대 설정도, 계획에 따라 완벽하게 실행하는 범인도 현실에서는 찾아보기 어렵습니다. 소설이라면 생략할 수 있는 세세한 부분에도 무수한 불확정 요소가 있습니다. 즉 범인이 통제하거나 예측할 수 없는 일이 일어날 수 있다는 뜻입니다. 예를 들면 공범자와 사이가 틀어지는 바람에 붙잡히는 경우도 많으며, 범행 사실을 장기간 숨기기도 현실적으로 어렵습니다.

015 연쇄 살인

SERIAL MURDER

◆ 연쇄 살인과 대량 살인의 차이

일반적으로 한 사람이 일정한 시간을 두고 두 명 이상 살해하는 것을 연쇄 살인, 한 번에 많은 사람을 살해하면 대량 살인이라고 합니다. 미국에서는 사건 사이에 냉각기를 두고 세 곳 이상에서 세 명 이상을 살해한 경우를 연쇄 살인으로 정의하고, 한 번에 네 명 이상이 희생되는 경우는 대량 살인으로 분류합니다. 일본에서는 연쇄 살인과 대량 살인을 묶어 무차별 살인으로 취급합니다.

일본에서는 총 네 명의 피해자가 나온 애견가 연쇄 살인 사건이 유명합니다. 대량 살인으로는 1938년 5월 21일 30명(범인 자살 포함 31명)의 인근 주민을 살해한 쓰야마 사건이 유명합니다. 이 사건은 요코미조 세이시의 『팔묘촌』을 비롯해 많은 소설과 영화의 소재가 되었습니다. 한국에서도 1982년 4월 26일 우범곤이라는 인물이 하룻밤 새 56명(사망자 수에 관해서는 여러 가지 설이 있습니다)을 살해한 사건이 발생했습니다.

쓰야마 사건과 우범곤 사건의 공통점은 외진 마을 등 폐쇄된 환경에서 벌어졌다는 점, 범인이 먼저 통신 수단을 끊어 마을이 고립되었다는 점을 들 수 있습니다. 보통 대량 살인을 계획해도 범행 초기에 도망친 누군가의 신고로 경찰에게 저지당하는데, 이 두 가지 조건이 충족되면서 두 사건이 일어난 것입니다.

범죄 동기는 보통 현실적인 이익이나 개인 간의 원한이지만, 대량 살인은 대부분 어느 쪽에도 해당하지 않습니다. 대량 살인은 실행하기가 극히 어려우며 성공한다 해도 그 후 경찰에게 붙잡히지 않고 도망친 사례는 거의 없습니다. 앞에서 말한 쓰야마 사건, 우범곤 사건은 모두 범인이 결국 자살했습니다. 그럼에도 대량 살인을 계획하는 이들은 대개 자신의 처지에 대한 비관과 좌절이 사회 전체, 때로는 인류 전체에 대한 절망과 증오로 바뀌어 끝내 살인에 이르게 되는 것 아닐까요.

연쇄 살인의 동기로는 우선 금전 문제, 복수가 있습니다. 일반적인 살인 사건과 기본적으로 같은 구조이며, 인간관계나 자금 흐름을 쫓아 수사할 수 있습니다. 한편 연쇄 살인 중에는 성적 흥분을 얻기 위해 살인을 거듭하는 유형도 있습니다. 이러한 사건은 일반적인 수사로는 해결할 수 없기에 심리학, 확률론, 통계학을 응용해 범인의 성격과 행동을 예측하는 프로파일링(066) 기술이 확립되었습니다.

연쇄 살인과 함께 발생하기 쉬운 범죄로 유괴와 감금이 있습니다. 성적 욕구를 충족한 후에 살해하는 유형이라면 이 경향이 강해집니다. 이러한 살인범은 자신의 영역이라고 생각하는 장소에 시체를 묻어 은폐하는 경우가 많으며, 자택 내부에서 대량의 백골화된 시체가 나오는 일도 드물지 않습니다.

◆ 작품 속 연쇄 살인

미스터리 작품 속 연쇄 살인과 대량 살인에는 다양한 매력이 있습니다. 먼저 훨씬 더 어려운 범죄를 보여줄 수 있습니다. 살해하는 인원이 많을수록 범인은 빠져나가기 어렵고 이를 실현하기 위한 트릭에 관심이 쏠리게 됩니다.

또 하나의 매력은 동기입니다. 만약 충동 혹은 자포자기로 인한 연쇄 살인이 아니라면 어떨까요. 자신이 위험한 상황에 놓일 수 있음에도 범인이 어려운 연쇄 살인을 저지르게 된 동기가 궁금할 것이고, 이에 대한 해석이 매력적인 요소가 될 수 있습니다.

세상의 이해를 넘어서는 동기를 가지고 어려운 범죄를 실행하는 범인은 캐릭터로서도 매력적입니다. 많은 작품에서 연쇄 살인범은 최후의 적 같은 존재로서 주인공이 살해 대상이 될 가능성을 암시하며 긴장감을 높이는 역할을 합니다. 다만 이야기 전개와는 상관없이 작품 후반에 갑자기 등장한 인물이 범인이라면 개연성도 재미도 떨어지므로 처음부터 등장한 중요 인물을 범인으로 설정하는 것이 좋습니다. 죽음을 맞는 인물이 늘어날수록 범인을 맞히기가 쉽고, 이를 어떤 트릭으로 빠져나가느냐가 관건입니다.

현실의 연쇄 살인범 가운데 미스터리 작품에서 소재로 삼는 가장 유명한 인물은 19세기 런던을 공포로 몰아넣은 연쇄 살인범 잭 더 리퍼일 것입니다. 적어도 다섯 명의 여성을 잇달아 참혹하게 살해하고 신문사에 편지를 보내 도발한 잭은 오늘날까지도 진범의 정체가 밝혀지지 않아 무수한 가설과 작품을 낳았습니다.

사건이 발생한 1888년 런던은 셜록 홈스가 활약한 기간 및 무대와 겹칩니다. 고명한 탐정과 악명 높은 연쇄 살인범이 마주쳤을 가능성은 많은 제작자에게 영감을 주었고, 그들이 대결하는 작품이 몇 편이나 만들어졌습니다.

016 클로즈드 서클

CLOSED CIRCLE OF SUSPECTS

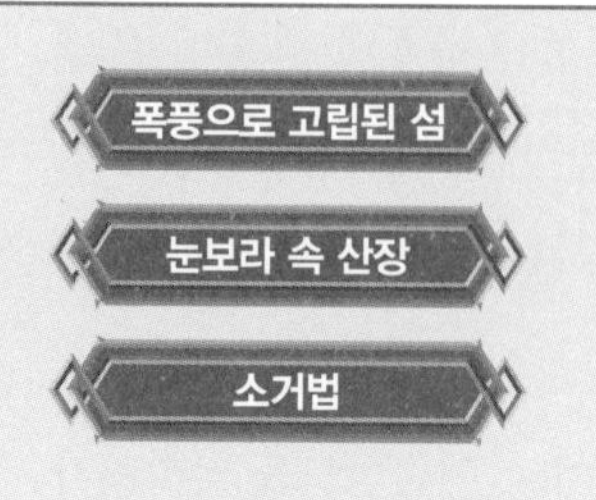

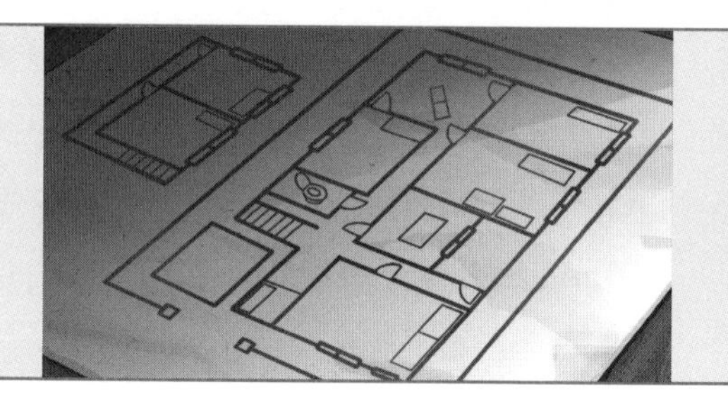

◆ 클로즈드 서클이란

폭풍으로 고립된 섬

눈보라 속 산장

클로즈드 서클은 글자 그대로 해석하면 '닫힌 원'이라는 뜻입니다. 미스터리에서는 범인의 공작이나 천재지변으로 외부와의 왕래나 연락 수단이 끊겨 고립된 상태를 의미합니다.

예를 들어, 태풍이 들이닥친 외딴섬에서 살인 사건이 일어납니다. 바다가 거칠게 요동쳐 배로는 도망칠 수 없고, 유일한 연락 수단인 무선 장치는 누군가가 망가뜨려 경찰에게 도움을 요청할 수도 없습니다. 분명 어딘가에 숨어 있을 것이라고 생각해 섬 안을 샅샅이 뒤져봐도 수상한 인물은 발견되지 않습니다. '범인은 분명 우리 안에 있다'는 이런 상황이 바로 클로즈드 서클입니다.

클로즈드 서클의 무대는 비단 외딴섬만이 아니라 눈보라에 갇힌 산장, 달리는 열차, 출입문이 봉쇄된 건물 등 다양합니다. 또한 연쇄 살인일 필요도 없습니다. 한 명만 살해당할 수도 있고 몰살당할 수도 있습니다.

클로즈드 서클의 무대가 만들어지는 요인은 크게 두 가지입니다. 하나는 범인이 범행 계획을 세워 의도적으로 만드는 경우, 다른 하나는 날씨의 급변 등 천재지변으로 범인이 의도하지 않았음에도 만들어진 경우입니다. 이것은 범인도 원하지 않았던 사고입니다.

◇ 클로즈드 서클의 매력

본격 미스터리에서 클로즈드 서클은 단골처럼 등장합니다. 외부 출입이 불가능해서 범인은 한정됩니다. 모든 등장인물의 증언을 취합해 범행 시간과 장소의 범위를 좁혀나가는 동시에 범행이 불가능한 인물을 소거법으로 차례로 제외하는 등 치밀한 논리와 추리를 전개할 수 있습니다. 범인 입장에서도 과학수사가 이뤄질 수 없는 상황을 이용한 트릭을 쓸 수 있다는 장점이 있습니다.

무엇보다 클로즈드 서클은 서스펜스적인 매력도 있습니다. 애거사 크리스티의 『그리고 아무도 없었다』에서는 외딴섬에 초대받은 열 명의 남녀가 차례로 한 명씩 살해당합니다. 서로 의심하는 가운데 남은 사람들이 하나둘씩 죽음을 맞으며 범인 후보가 좁혀지고 긴장감도 점차 고조됩니다. 한 명이 죽을 때마다 식탁 위에 있던 열 개의 인디언이 하나씩 사라지는 연출은 오싹한 분위기를 더합니다.

살인과는 별개의 요소로 서스펜스를 고조시키기도 합니다. 엘러리 퀸의 『샴 쌍둥이 미스터리』에서 엄청난 산불을 만난 탐정은 불길에 쫓겨 산 정상으로 향합니다. 탐정은 범인뿐만 아니라 재해와도 맞서 싸워야 합니다.

또 클로즈드 서클 내의 전원이 죽음을 맞는 경우, 그러한 대량 살인을 벌일 만한 동기는 무엇이며, 등장인물 간의 숨겨진 연결고리는 무엇이냐는 점도 수수께끼로서 매력이 있습니다.

◆ 현대적 클로즈드 서클

눈보라에 갇힌 산장, 폭풍으로 고립된 외딴섬과 같이 미스터리에 자주 등장하는 무대는 분명 매력적입니다. 그러나 같은 방식이 반복되면 독자는 싫증을 느끼게 마련입니다. 새로운 매력을 만들어내려면 어디선가 본 듯한 전형적인 설정과 전개를 한번 비틀어줄 필요가 있습니다.

오카지마 후타리의 『그리고 문이 닫혔다』에서는 한 어머니가 자신의 딸을 살해한 용의자들을 핵 방공호에 가둬두고 용의자끼리 서로 추궁해 범인을 찾아내게 합니다. 이시모치 아사미의 『아일랜드의 장미』에서는 살해된 피해자가 테러리스트였기 때문에 그의 동료들이 경찰에 신고하는 것을 반대합니다. 이 작품들은 클로즈드 서클이 만들어지게 된 이유가 잘 엿보일 뿐만 아니라 참신한 아이디어가 더해졌습니다.

1990년대 후반부터 익명의 기획자에 의해 강제로 모인 참여자들이 생존을 위해 서로 죽고 죽이는 살인 게임을 펼치는 작품이 유행했습니다. 유명한 작품으로 영화로도 만들어진 다카미 고슌의 『배틀로얄』이 있습니다. 이 작품들은 호러나 서스펜스 장르에 가깝지만, 요네자와 호노부의 『인사이트 밀』처럼 본격 미스터리로 평가되는 작품도 있습니다.

017 신원 미상의 시체

UNIDENTIFIED BODY

◈ 피해자는 누구인가?

신원 미상의 시체란 발견 당시 누구인지 알 수 없고 개인 정보도 없는 시체를 가리킵니다. 이러한 시체가 발견될 경우 경찰은 우선 사인을 확인해 사건성, 즉 범죄와 관련이 있는지를 판단하는 동시에 신원을 확인하기 위해 수사를 시작합니다.

신원 미상의 시체가 우연히 생기는 일은 거의 없으므로 경찰은 시체가 발견된 단계에서 사건성, 특히 살인이나 시체 유기를 의심합니다. 살인 사건의 경우 그 자리에서 살해되었거나 살인범이 시체 은닉(042)을 시도한 것으로도 볼 수 있습니다. 살인 사건은 '누군가 살해되었다'는 물적 증거, 즉 피해자의 시체가 있어야 사건으로 성립합니다. 따라서 시체가 발견되지 않도록 파묻거나 숨기면 사건 자체를 은폐할 수 있는 것입니다. 마찬가지로 사고나 과실 치사, 혹은 병사라도 보험 사기 등의 이유로 사망 사실을 숨기려 할 수 있습니다.

◈ 개인의 식별

시체의 신원 확인에 도움이 되는 것으로 소지품이나 복장, 그 밖에 시체의 얼굴, 지문, 장문(손바닥 무늬, 손금), 치아, 뼈, DNA, 골격 등이 있습니다. 특히 지문과 장문, DNA로는 개인을 특정할 수 있습니다.

DNA는 본인의 혈액이나 머리카락이 남아 있으면 그것과 대조할 수 있고, 본인이 아니더라도 가족의 DNA와 대조하여 혈연관계를 확인할 수 있습니다.

소지품이나 옷은 범인이 없애거나 짐승이 물어가거나 비바람에 훼손되었더라도 조금이라도 남아 있으면 복원해 개인을 특정할 수 있습니다. 카드나 신분증, 휴대전화 등 신원을 나타내는 물건이 남아 있으면 가장 좋고, 옷 조각에서도 섬유의 색상과 재질을 특정해 사망 당시의 복장을 추정할 수 있습니다.

치아는 오래전부터 개인 식별 수단으로 이용되었으며 치아 상태로 나이나 성별을 알 수 있습니다. 또 치과 치료 기록이나 엑스레이 사진 등과 대조하여 개인을 특정할 수 있습니다. 대부분의 사람이 치과 치료를 받은 경험이 있으므로 대략 생활 범위를 알면 치료 내용이나 치열을 비교해 동일인 여부를 확인할 수 있습니다.

◆ 법의인류학자가 하는 일

시체가 이미 부패했거나 백골화되는 등 손상이 심한 경우라도 뼈는 큰 단서가 됩니다. 뼈를 분석하면 나이, 성별, 인종 등을 특정할 수 있고, 뼈의 상태로 사망 당시의 상황도 추정할 수 있기 때문입니다. 고고학이나 인류학 현장에서는 뼈만 남아 있으면 발굴된 주변의 상황과 맞춰 몇백 년, 때에 따라서는 몇만 년 전 상황을 추측해 감정할 수 있습니다.

두개골이 발견되면 생전의 얼굴 모양을 복원하는데, 인종이나 나이를 추정해 뼈에 찰흙을 붙여 근육과 피부를 구현하거나 3D 컴퓨터 그래픽으로 재현합니다.

미국의 인기 TV 드라마 '본즈BONES' 시리즈는 최고의 뼈 전문가인 여성 법의인류학자가 자신이 근무하는 연구소 동료와 FBI 수사요원과 함께 일반적인 방법으로는 신원을 확인할 수 없을 정도로 손상된 시체의 뼈를 분석해 사건, 사고의 원인을 밝히고 해결하는 이야기입니다. 이 작품에서는 뼈에 남겨진 곤충이나 미생물을 분석해 정보를 도출하는 법의곤충학자와 3D 컴퓨터 그래픽으로 생전 얼굴을 복원하는 전문가가 활약합니다.

018 절도 사건

THEFT

◆ 절도란

절도란 다른 사람의 물건을 주인 허락 없이 훔치는 것을 말합니다. 상대방이 알아챘는데도 강제로 빼앗아 가는 행위는 강도가 됩니다. 형법상 절도를 저지른 사람은 절도죄로 분류해 처벌하고, 여러 사람이 계획적으로 대규모로 저지른 경우 그 집단을 절도단이라고 부릅니다.

절도는 범죄가 발생한 장소에 따라 세 종류로 나뉩니다. 먼저 지갑 등 몸에 지닌 물건을 훔치는 경우로 소매치기, 날치기 등이 있습니다. 다음으로 다른 사람의 집이나 건물에 침입해 물건을 훔치는 경우로 도둑질이 여기에 해당합니다. 마지막으로 옥외에 설치된 물건, 혹은 길가에 세워진 차량이나 설치된 자동판매기를 털어 가는 경우입니다. 자전거나 차량을 훔쳐 가는 경우도 포함됩니다.

직업적 절도범을 수사할 때는 우선 범죄 수법의 공통점을 분석합니다. 소매치기처럼 훈련이 필요한 경우는 물론이고, 설령 더 간단한 방법이 있더라도 한번 성공한 수법을 또다시 사용하려는 경향이 있기 때문입니다. 따라서 범죄 수법과 과거 범죄 기록을 비교·조사하는 과정에서 범인이 밝혀지는 일도 적지 않습니다. 범죄 수법을 분석해도 용의자가 쉽사리 떠오르지 않을 때는 초범일 가능성도 고려해야 합니다.

또 다른 단서는 장물의 매매 경로입니다. 범인은 훔친 물건을 현금으로 바꿔야 하는데 정상적인 가게라면 장물로 보이는 물건은 사들이지 않습니다. 따라서 장물을 팔아 현금화할 수 있는 한정된 경로를 수사하면 범인을 밝혀낼 수 있습니다. 미스터리 작품에는 종종 전문적으로 장물을 취급하는 암시장 브로커나 장물아비가 등장합니다.

◈ 도둑에서 괴도로

예로부터 절도가 직업인 사람을 도둑이라고 부릅니다. 역사상 유명한 도둑이라고 하면 일본에서는 이시카와 고에몬과 네즈미코조 지로키치를 들 수 있습니다. 종종 소설이나 희곡 등의 소재가 되는 네즈미코조 지로키치는 부잣집만 골라 털어 가난한 사람에게 나눠 주었기 때문에 의적으로 불립니다. 소설 등에서는 더 나아가 '괴도'(073)를 자처하는 자들이 등장해 호기심을 자극합니다. 괴도라는 말은 원래 아르센 뤼팽에게 따라붙는 수식어 'gentleman-cambrioleur'(신사 도둑)를 '괴도 신사'라고 번역한 데서 유래했으며 일본의 독자적인 표현입니다.

이러한 괴도들은 아르센 뤼팽을 본떠 단순히 물건을 훔치는 것에 그치지 않고, 신문사나 경찰서에 예고장을 보내 자신의 범행을 예고한 뒤 삼엄한 경비 속에서 대담무쌍하게 물건을 훔쳐내는, 이른바 극장형 절도를 벌입니다. 또 괴도 신사라는 이름에 걸맞게 사람을 해치지 않고 곤경에 처한 여성을 기꺼이 돕는 신사다운 행동을 보입니다.

◈ 절도를 소재로 한 이야기는 단편이 많다?

절도 사건을 소재로 하는 미스터리는 비교적 구조가 간단합니다. 가령 살인 사건이라면 피해자 캐릭터나 범인의 동기, 이를 둘러싼 다양한 인간관계 등 여러 요소가 필요하고, 그만큼 작품 분량이 길어질 수밖에 없습니다. 그런 까

닭에 살인 사건을 그린 작품은 대부분 장편이고, 반대로 절도 사건을 다룬 작품은 단편이 많습니다.

한 가지 소재에 집중한 작품은 원 아이디어 스토리라고 부릅니다. '어떻게 훔쳤는가'라는 소재 하나로 만들어진 이야기는 수없이 많으며, 인상적인 단편도 상당수 있습니다.

고전 미스터리로는 다음과 같은 예가 있습니다.

- 셜록 홈스의 「여섯 점의 나폴레옹 상」, 「해군 조약」 등
- 에르퀼 푸아로의 「'서방의 별'의 모험」, 「잠수함의 설계도」, 「백만 달러 채권 도난 사건」 등
- 브라운 신부의 「날아다니는 별들」
- 미스 마플의 「금괴」

019 유괴 사건

KIDNAPPING

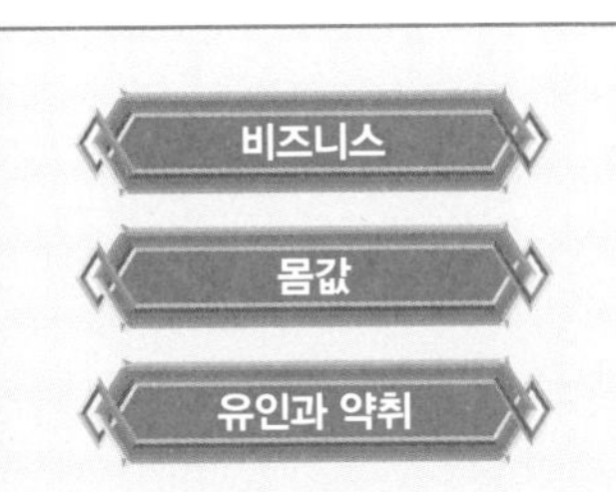

◆ 유괴와 스릴

유괴 사건이란 어떤 목적을 가지고 다른 사람의 신체적 자유를 빼앗고, 그러한 상태를 수단으로 이용하는 범죄 전반을 말합니다.

대개는 몸값을 요구할 목적으로 유괴 사건을 벌입니다. 그런데 일본에서는 2차 세계대전 이후 유괴범이 도망친 예는 8건에 불과하고, 몸값을 받아낸 사례는 거의 없습니다. 게다가 지금은 CCTV의 보급과 수사 기법의 발전으로 범죄가 성공할 가능성은 더욱 낮아졌습니다.

미스터리 작품에서 유괴 사건을 다룰 때는 이러한 상황을 뒤집을 만큼 지적인 범인이나, 앞뒤를 가릴 수 없을 정도로 코너에 몰린 범인 등이 적합합니다. 한편으로 치안이 불안한 나라 혹은 마피아와 테러리스트의 세력이 강한 곳에서는 유괴가 비즈니스로 자리 잡았으며, 일설에 따르면 세계 각국에서 연간 약 4천억 원의 이익을 낸다고 합니다. 또 유괴 사건의 특징은 범인과 피해자가 장시간 함께 있게 된다는 점을 들 수 있습니다. 피해자로서는 유괴당한 상황, 범인으로서는 경찰에 쫓기는 극한의 상황에서 몇 시간 혹은 며칠씩 함께 고립되어 지내는 사이 여러 의식의 변화가 일어납니다. 유괴범과 피해자의 사이가 가까워지는 경우도 있습니다. 이는 비단 소설 속 이야기만이 아닙니다. 실제로 극한 상황에서 범인에게 정서적으로 친근감을 느낀 피해자가 범인에게 동조해 자신을 구하러 온 경찰을 방해하는 등 비합리적 행동을 하기도 하는데, 이러한 심리 현상을 스톡홀름증후군이라고 합니다.

이러한 심리적 의존이 피해자에게만 나타나는 것은 아닙니다. 범인과 협상하는 사람도 심리적 변화가 일어날 수 있습니다. 유괴범이 피해자를 돕거나 혹은 피해자 자신이 유괴당하기를 원하는 경우도 있습니다. 어느 쪽이든 미스터리에서 유괴 사건을 소재로 다룰 때는 시시각각 변하는 극한 상황 속에서 인물들의 의식과 감정이 변화하는 과정을 그릴 수 있다는 강점이 있습니다.

◈ 유인과 약취

보통 유괴라고 하면 단순히 피해자를 납치하는 것으로 생각하기 쉽지만, 법적으로는 '유인'과 '약취'를 총칭해 유괴라고 합니다.

- **유인:** 유혹이나 거짓된 수단을 이용해 다른 사람을 지배하는 행위
- **약취:** 폭력이나 협박 등 강제적 수단을 이용해 다른 사람을 지배하는 행위

◈ 몸값을 노린 유괴 사건의 수사

몸값을 노린 유괴 사건이 발생해 경찰에 신고가 들어오면 수사가 시작됩니다. 탐정이나 친구, 친척 등이 수사를 벌이는 경우도 있지만, 여기서는 경찰의 수사 흐름을 간단히 살펴보겠습니다.

유괴 사건 신고가 접수되면 경찰은 가장 먼저 피해자와 간접적인 접촉을 시도합니다. 이 접촉은 외부에서 눈치채지 못하도록 교묘하게 이루어집니다. 경찰이 사건에 개입한 사실을 알게 된 범인이 피해자에게 위해를 가하는 것을 막기 위해서입니다.

이어 경찰은 범인이 피해자 가족에게 연락하기를 기다립니다. 이 단계에서는 주로 전화의 감청과 역탐지, 협박문 등의 분석이 이뤄집니다. 몸값이 목적

인 유괴 사건에서는 범인의 전화를 역탐지해 범인 위치를 파악하는 것이 사건 해결에 큰 역할을 합니다. 범인에게 전화가 걸려 오면 전문 훈련을 받은 경찰관이 가족으로 위장해 대응하기도 합니다.

역탐지에 실패해 범인을 못 잡으면 몸값을 건네주는 상황을 이용해 범인 체포를 시도합니다. 다만 범인도 몸값을 건네받을 때가 가장 위험하다는 사실을 알고 있습니다. 따라서 몸값을 받는 방법을 온갖 속임수와 트릭을 써서 복잡하게 지정합니다. 최근에는 금융 기관의 가상 계좌를 이용하기도 합니다. 이런 경우 현금이 인출되는지를 주시하다가 체포합니다.

만약 몸값을 건넬 때까지 범인을 체포하지 못했다면 피해자의 안전을 우선하는 방향으로 수사를 전환합니다. 그리고 피해자의 상태가 확인된 후 범인을 쫓습니다.

020 협박 사건

BLACKMAIL

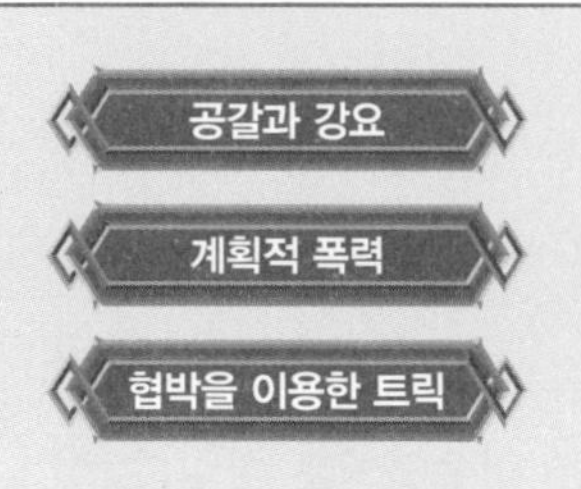

◆ 협박 사건이란

협박이란 폭력 또는 범죄를 예고하거나, 공갈을 통해 어떠한 이익을 얻는 행위를 말합니다. 일반적으로 법률상으로는 협박죄, 공갈죄, 강요죄로 나뉩니다. 위해를 가할 것을 예고하여 위협하면 협박, 이로써 금품을 빼앗으면 공갈, 원치 않는 어떤 일을 하게 하면 강요가 됩니다. 즉 '죽이겠다'가 협박, '죽고 싶지 않으면 돈을 내놔라'가 공갈, '죽고 싶지 않으면 시키는 대로 해라'가 강요가 되는 셈입니다. 금품 요구나 강요 없이 위협하는 것만으로도 범죄가 된다는 사실을 잊어서는 안 됩니다.

협박 사건은 계획적인 폭력이 있어야 성립하며 대부분 범죄 조직과 연결되어 있습니다. 이는 협박죄 자체가 가지는 위험성을 보여줍니다. 협박 행위는 불법이므로 경찰에 신고하면 그것으로 끝나는 문제입니다. 그러나 피해자가 신고하지 않은 상태에서 협박이 성립하려면 피해자 본인에게 말 못 할 사정이 있거나 상대에게 약점이 잡혀 경찰에 신고하지 못하는 상황 혹은 신고 자체를 두려워하는 상황이어야 합니다.

이처럼 경찰에게 말할 수 없는 정보, 특히 범죄와 관련된 정보를 손에 넣거나 폭력 등을 이용해 피해자에게 공포심을 일으켜 압박을 가하는 것이 범죄 조직, 폭력 조직의 수법입니다.

일본의 경우 폭력단 대책법(폭력단원에 의한 부당 행위 방지 등에 관한 법률)도 있어 명백한 협박에는 경찰이 적극적으로 개입할 수 있습니다. 범죄에 연루되지 않도록 주의하면서 증거를 모아 경찰에 신고하면 대부분의 협박은 대처가 가능합니다.

◆ 미스터리 속 협박

미스터리에서 협박은 크게 두 가지로 사용됩니다. 하나는 사건의 배경이 되는 경우입니다. 등장인물 가운데 누군가가 협박당하고 있다는 사실이 사건, 동기의 일부가 됩니다. 폭력 조직으로부터 협박당하는 일은 실제로 종종 발생하므로 이러한 협박 사건은 현실성을 띱니다. 다른 하나는 협박 자체가 트릭의 일부가 되는 경우입니다. 협박 행위 혹은 협박 내용에 여러 가지 미스리딩이 숨어 있고 그것이 사건의 숨겨진 진상이 되곤 합니다. 협박을 이용한 트릭은 다시 다음 세 가지로 분류할 수 있습니다.

- **협박의 내용:** 피해자의 약점에 트릭이 숨어 있는 경우다. 사람마다 살아온 환경이나 성격이 다르므로 보통이라면 생각지도 못할 일로 약점이 잡혀 이를 빌미로 돈을 강탈당하기도 한다. 그러한 예상 밖의 약점이 있다면 외부에서는 왜 협박당하는지 알 수 없으므로 사건을 미스리딩할 수 있다. 이를 위해서는 피해자와 독자의 가치관 차이를 잘 이용해야 한다. 무엇에 가치를 두느냐, 예를 들면 다른 사람 눈에는 잡동사니 같은 물건에 대한 애착이 깊어 이를 빌미로 위협당하고 협박에 굴복하는 피해자 등을 생각할 수 있다. 반대로 보통 사람들이 대수롭지 않게 생각하는 일을 매우 수치스럽게 여기고 그러한 과거를 들키고 싶지 않은 피해자도 있을 수 있다.
- **강요의 내용:** 협박범에게도 다양한 성격과 사정이 있다. 돈을 요구하는 대신 너무나 기이하고 무의미해 보이는 행위를 요구할 수도 있다. 협박범이 그런 요구를 하는 이유와 관련된 것도 좋은 트릭이 될 수 있다.
- **협박 사건 자체가 미스리딩:** 협박당하는 것처럼 보였지만, 사실은 거짓말인 경우다. 혹은 피해자가 사실은 협박하는 쪽이었다는 등의 트릭이다.

◆ 협박의 파생

협박 자체의 트릭과는 별개로 협박에서 파생되는 트릭도 있습니다. 바로 인간관계의 역전입니다. 예를 들어 무해하고 선량한, 탐정 편이라고 생각했던 캐릭터가 사실은 범인에게 협박을 받는 상황이라면 적과 편이 뒤바뀝니다. 그 캐릭터는 범인 편에 선 인물이며 그의 증언도 믿을 수 없게 됩니다. 이처럼 협박은 기존 증거나 인간관계를 한순간에 뒤집는 수단으로도 사용할 수 있습니다.

021 사기 사건
SWINDLE

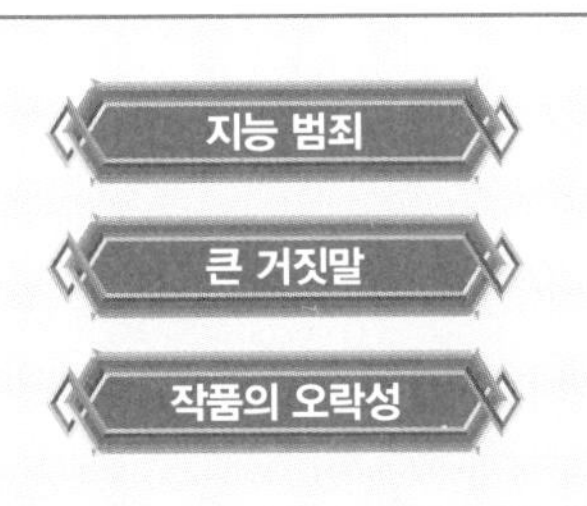

◇ 경찰이 사건으로 취급하는 '사기'

사기란 남을 속여 이익을 얻는 행위를 말합니다. 크게 두 종류로 나뉘는데, 하나는 재물을 고의로 편취하는 것, 또 하나는 피해자에게 중요한 사실을 속이거나 숨겨서 이득을 얻는 것입니다. 사기 사건이란 형법 범죄 중 지능 범죄로 분류되는 사기 범죄가 발생한 사건을 가리킵니다. 참고로 지능 범죄는 사기를 비롯해 위조, 횡령 등과 같이 지적 능력을 이용해 저지르는 범죄로 점차 늘고 있습니다.

사기는 크게 기업을 상대로 하는 금전적 사기와 개인을 상대로 하는 사기, 두 종류로 나뉩니다. 금전적 사기에는 토지 사기, 어음 사기, 물품 대금 사기, 개발 사기, 종교 사기, 허위 영수증 사기, 다단계 판매 사기, 지하 자금 사기 등이 있으며 때로는 국가를 상대로 한 사기도 있습니다. 개인을 상대로 하는 사기에는 꽃뱀 사기, 자해 공갈 사기, 결혼 사기, 부동산 사기 등이 있습니다.

사기 사건에는 위조 전문가가 관여하게 마련입니다. 진짜 같은 가짜 도장이 찍힌 서류는 다양한 사기에서 필수 무기입니다.

사기 범죄는 두뇌 싸움 같은 측면이 있어서 그런지 상황에 따라 긍정적으로 받아들여지기도 합니다. 전쟁 중인 상황에서는 계략, 책략 등으로 불리며 적군을 속이는 행위가 적극적으로 장려되고 높은 평가를 받기 때문에 옛날이야기나 신화에서는 사기꾼이 영웅 취급을 받기도 합니다. 교도소 내에서도 여성이나 아이 등 약자에게 주먹을 휘둘러 수감된 사람은 인간 취급을 못 받지만, 지능범에 해당하는 사기꾼은 비교적 좋은 평가를 받는다고 합니다. 그렇지만 이러한 사기에 대한 이미지는 어디까지나 이야기 속 허구에 불과하며 현실에서 일어나는 사기를 그런 낭만적인 시각으로 봐서는 안 됩니다. 직업 범죄자가 피해자와 대등한 입장에서 두뇌 싸움을 하는 경우도 없을뿐더러 정보와 지식이 부족한 사람을 함정에 빠뜨려 이득을 챙기는 것이 사기의 본질입니다. 사기로 인한 피해와 고통이 때로는 폭력 사건보다 훨씬 심각한 경우도 있습니다.

◈ 실제 사기 사건

사람은 작은 거짓말보다 큰 거짓말에 쉽게 속는다는 말이 있듯이 터무니없는 거짓말을 이용한 사기 사건도 일어납니다. 대표적인 예로 M자금 사기가 있습니다. M자금이란 2차 세계대전이 끝난 후 연합군총사령부GHQ가 일본은행에서 압수한 금괴와 보석을 총칭하는 말인데, 이를 기반으로 한 거대 자금이 여전히 비밀리에 운영되고 있다는 소문을 이용한 사기입니다. 여기서 M은 최고사령관 맥아더 혹은 경제과학국장 윌리엄 마케트의 머리글자에서 따왔다는 설이 있습니다. M자금을 활용하려면 사전에 신청금이나 수수료를 내야 한다는 식으로 속여 거액을 챙기는 수법이었습니다. 상식적으로 생각하면 수상하기 짝이 없지만, 자금 액수나 이야기의 규모가 상상 이상으로 크면 오히려 더 잘 속습니다. 또 다단계 사기 같은 유형은 규모가 클수록 '이렇게 많은 사람이 하고 있다면 사기일 리 없다'라고 생각하기 쉽습니다. 그 결과, 규모가 엄청나게 커져 인구 대부분이 휘말린 탓에 심각한 경제 위기에 빠져 비상사태를 선포한 국가도 있을 정도입니다. 이 또한 큰 거짓말일수록 속이기 쉽다는 것을 알려주는 한 가지 예입니다.

◈ 작품 속 사기 사건

이야기에 등장하는 사기 사건은 직접적인 이익은 물론이고 정보를 숨기거나 얻기 위해서도 사용됩니다. 예를 들어 다른 범죄를 위장하기 위해 많은 사람을 속여 특정 정보를 숨기는 경우 혹은 누명을 벗거나 거대 악을 폭로할 증거를 얻기 위해 사기로 상대방의 신뢰를 얻고 정보를 수집하는 경우 등이 있습니다. 이런 식으로 그려내면 사기범을 단순한 도둑보다 훨씬 매력적인 존재로 비치게 하고 작품의 오락성을 더욱 높일 수 있습니다.

그러한 사기 사건을 다룬 고전 미스터리의 대표적인 작품은 다음과 같습니다.

- 셜록 홈스의 「빨간 머리 연맹」, 「세 명의 개리뎁」, 「주식 중개인」
- 에르퀼 푸아로의 「대번하임 씨의 실종」, 「스팀팔로스의 새」
- 미스 마플의 「동기 대 기회」, 「방갈로에서 생긴 일」

영화로는 〈스팅〉이 고전적 명작입니다. 사기꾼을 주인공으로 내세운 〈캐치 미 이프 유 캔〉, 〈유주얼 서스펙트〉, 〈오션스 일레븐〉 등도 있습니다. 〈캐치 미 이프 유 캔〉은 제목 그대로 FBI 수사관이 천재 사기꾼의 뒤를 쫓는 이야기로 실화를 바탕으로 만들어졌습니다. 〈유주얼 서스펙트〉는 베일에 싸인 인물 카이저 소제를 중심으로 다섯 명의 범죄자가 서로 속고 속이는 뒤얽힌 관계 속에서 뜻밖의 진상이 드러나는 작품입니다. 〈오션스 일레븐〉은 사기꾼 집단이 하룻밤 사이에 대형 카지노를 터는 이야기로, 치열한 두뇌 싸움을 유쾌하게 그려냈습니다.

022 실종 사건

MISSING PERSON

◈ 생사를 알 수 없는 사람

실종 사건은 살인 사건과 더불어 미스터리에서 단골로 등장하는 소재입니다. 어느 한낮, 아무런 징조도 없이 사라진 실종자. 그는 어디로 갔을까? 실종 사건을 다룬 이야기는 '실종자는 살았을까, 죽었을까?', '스스로 사라졌을까, 아니면 누군가에게 끌려갔을까?', '살아 있다면 지금 어디에 있을까?' 등 여러 수수께끼가 더해지므로 수수께끼를 풀어가는 과정을 더욱 복잡하게 만들 수 있습니다.

힐러리 워의 『실종 당시 복장은』은 실종된 여학생과 그녀에게 무슨 일이 일어났는지 알아내기 위해 고군분투하는 경찰의 모습을 그린 작품으로 뛰어난 경찰소설로 꼽힙니다. 명탐정의 활약이 아니라 경찰의 치밀하고 끈질긴 수사 과정을 매우 세밀하게 그려 사실적 미스터리를 개척했다는 평가를 받습니다. 또한 콜린 덱스터의 『사라진 소녀』는 수사 기록에 전적으로 의지해 '실종된 소녀는 과연 살아 있을까?'를 비롯한 여러 가설을 세우고 무너뜨리기를 반복하며 논리를 전개해나가는 형사의 매력이 돋보이는 작품입니다.

수색 작업이 진행되고 있는 실종자를 고의로 끝까지 등장시키지 않는 기술도 종종 사용됩니다. 미야베 미유키의 『화차』에서는 과거 신용카드 빚으로 파산 신청을 한 사실이 드러나자 사라진 여성의 인생이 그녀를 쫓는 형사(휴직

중)의 시점으로 그려집니다. 다만 정작 실종된 여성이 등장하는 것은 마지막 두 페이지, 그것도 뒷모습뿐입니다. 그러나 추적 과정에서 그녀의 인생이 적나라하게 드러났기 때문에 그런 간결한 묘사가 반대로 깊은 여운을 남겼다고도 볼 수 있습니다. 어린 소녀의 실종 사건을 그린 기리노 나쓰오의 『부드러운 볼』처럼 사건을 둘러싼 논란과 망상이 거듭 그려지다가 최종적으로 사건의 진상이 안개 속에 묻히는 작품도 있습니다.

◆ 거짓으로 꾸며낸 실종

살인처럼 시체나 살해의 흔적이 필요 없고 가공의 사건을 만들기도 수월하기 때문인지 실종된 줄 알았던 사람이 사실은 처음부터 존재하지 않았다고 하는 트릭이 사용된 예도 있습니다. G. K. 체스터턴의 「폭발하는 책」에서는 평생 심령 현상을 연구해온 교수에게 저주에 걸린 책을 조사해달라고 요청한 의뢰인이 의문의 상황에서 실종됩니다. 그러나 실은 사건 자체가 교수의 비서가 저지른 장난이며 의뢰인도 비서가 변장한 것이었습니다. 아서 코넌 도일의 「신랑의 정체」에서는 의붓딸의 결혼을 반대하는 아버지가 변장을 하고 그녀에게 접근해 결혼까지 약속한 후 '약혼자의 수수께끼 같은 실종'을 연출합니다. 큰아버지에게 받은 유산 중 매년 일정 금액을 받는 딸이 결혼하면 그 돈을 관리하는 자신이 손해를 보리라 생각해 꾸민 일로, 뻔뻔하기 짝이 없는 아버지의 행태에 셜록 홈스마저 격분합니다. 이처럼 실종자는 처음부터 존재하지 않았다는 식의 기법도 미스터리에서는 유효합니다.

동기가 뭐든 간에 거짓으로 꾸며낸 실종 사건을 성립시키기 위해 1인 2역 트릭(043)이 사용되는 경우도 많습니다. 그중에는 앨런 알렉산더 밀른의 『빨강집의 수수께끼』에서처럼 실종되었다고 생각한 살인 용의자가 실은 죽은 척한 피해자 자신이 변장한 것이었다는 사실이 밝혀지는 복잡한 예도 있습니다. 덧붙여 이 작품은 레이먼드 챈들러가 자신의 에세이 『심플 아트 오브 머더』에서 냉철하게 비판하고 있으므로 실제 소설 작가의 시점으로서 참고해도 좋습니다.

◆ 실종자가 사망한 것으로 인정되는 경우

실종자의 생사가 불분명한 상황이 오랜 기간 지속되면 법적으로 실종 선고를 하여 사망한 것으로 인정합니다. 재해 시의 실종(특별실종) 등 특수한 사유가 없는 한 실종일로부터 7년(한국은 5년-옮긴이)이 지난 시점에 사망한 것으로 보며 혼인 만료나 상속 개시가 가능해집니다. 이 사망 인정이 새로운 사건의 계기가 되기도 합니다. 예를 들면 요네자와 호노부의 『빙과』에서는 여주인공 지탄다 에루의 외삼촌에 대한 실종 선고가 과거에 일어난 사건을 파헤치는 계기가 됩니다. 유럽에서도 실종자의 혼인 관계가 일단 유지되는 경우가 많습니다. R. 오스틴 프리먼의 도서 미스터리 작품 『포터맥 씨의 실수』에서 범인은 자신을 협박하던 사람을 죽이고 완벽하게 시체를 처리하지만, 자신의 옛 연인이 협박범과 결혼한 사실을 알게 되면서 어떻게든 협박범의 사망을 증명하지 않으면 그녀와 다시 새로운 사랑을 시작할 수 없는 희비극적 상황에 놓입니다.

023 물체 소실

DISAPPEARING TRICK

심리적 맹점

있어야 할 것이 없는 상황

마술처럼 사라진 물체

◆ 심리적 맹점과 분석적 추리

물체 소실, 즉 물체가 사라져 없어지는 것은 우리에게 꽤 친숙한 수수께끼입니다. 미스터리 장르의 선구자인 에드거 앨런 포의 작품 가운데 「도둑맞은 편지」라는 단편이 있습니다. 어느 장관이 정치적으로 중요한 편지 한 통을 숨기고 있어 경찰이 그의 집을 샅샅이 수색하지만 찾지 못합니다. 장관은 경찰 수색에 대비해 편지를 낡은 봉투에 넣어 편지꽂이에 아무렇게나 꽂아두었는데, 설마 그 중요한 편지를 누구나 볼 수 있는 곳에 두었으리라고는 경찰도 예상하지 못한 것입니다. 이는 중요한 물건이 이런 곳에 있을 리 없다는 선입견, 즉 심리적 맹점을 이용했다는 점에서 심리 트릭으로도 볼 수 있습니다.

예상치 못한 은닉 장소라는 것도 시대에 따라 변화해왔습니다. 그뿐 아니라 괴도가 훔친 보석을 숨긴다, 국제 스파이가 입수한 기밀 정보를 숨긴다, 국경을 넘으려는 밀수범이 불법적인 물건을 숨긴다 등과 같이 작중 상황에도 변주가 이뤄졌습니다.

물체가 사라진 것 자체도 결과에서 원인을 찾아내는 분석적 추리의 실마리가 될 수 있습니다. 탐정은 범행 현장에 있는 것을 관찰해 추리합니다. 그런데 반대로 마땅히 있어야 할 것이 없는 상황도 범인을 밝혀내기 위한 논리상의 단서가 될 수 있습니다.

이는 흉기 찾기(028)에만 해당하는 이야기가 아닙니다. 예를 들어 애연가인 피해자가 담배를 지니고 있었다고 합시다. 그뿐이라면 독자는 딱히 이상하게 생각하지 않을 것입니다. 하지만 탐정이라면 '왜 라이터는 가지고 있지 않았을까?'라는 의문을 품고 '범인이 어떤 목적이 있어 가져간 것은 아닐까?' 하고 추리를 해나가게 됩니다.

엘러리 퀸의 『스페인 곶 미스터리』에서 피해자는 모자를 쓰고 망토를 걸치고 있었지만 웬일인지 옷은 입고 있지 않았습니다. 탐정은 피해자가 벌거벗겨진 이유를 다섯 가지나 검토한 끝에 범인을 밝혀냅니다. '있어야 할 것이 없는 상황'은 왜 그렇게 될 수밖에 없었는지를 상상해보게 합니다.

◈ 다양한 물체 소실

물체 소실의 이유에 대한 대표적 사례는 다음과 같습니다.

분류		설명
가져갔다	도둑질	범인 입장에서 가치가 있어 훔쳤다.
	단서의 은폐	피해자와의 관계, 범행 방법 등 범인을 특정할 단서가 되는 물건이었다.
	정보의 은폐	피해자의 신원 등을 감추기 위해 가져갔다.
	제삼자	중요한 물건임을 모르는 제삼자가 가져갔다.
처음부터 없었다	상실	피해자가 범행 현장으로 가기 전에 잃어버렸다. 혹은 누군가에게 건넸거나 빼앗겼다.
	착각	증언자가 그곳에 있다고 오해했다.
	거짓말	증언자가 탐정을 속였다.
존재한다	가공	한눈에 알아볼 수 없도록 부수거나 변형시켰다.
	심리적 맹점	피해자가 삼켰다 등.

◆ 마술처럼 사라진 물체

지금까지는 작은 물건이 사라진 것에 대해서만 다뤘는데, 믿기지 않을 만큼 거대한 물체가 감쪽같이 사라지는 불가능 범죄를 다룬 작품도 많습니다. 아서 코넌 도일의 「사라진 특별열차」에서는 열차가, 엘러리 퀸의 『신의 등불』에서는 집이 사라집니다.

마술사 데이비드 코퍼필드는 자유의 여신상을 사라지게 하는 마술로 화제가 되었습니다. 하지만 마술과 미스터리에는 차이가 있습니다. 아와사카 쓰마오의 「스나가가의 증발」에서는 단 하룻밤 사이에 집이 사라집니다. 증언자들은 다음 날 아침이라고 생각했지만 사실은 수면제를 먹은 탓에 꼬박 하루를 자고 그다음 날 아침에야 잠에서 깬 것입니다. 범인은 그사이에 불에 탄 집을 정리했습니다. 이처럼 마술로는 불가능한 증언자의 시간 감각이나 인식 오류를 이용하는 방법도 있습니다.

그러나 한편으로 마술은 어떤 속임수를 썼는지 밝히지 않아도 되지만, 미스터리는 수수께끼 풀이가 필수입니다. 어떻게 물체를 사라지게 할 수 있었는지를 설명하는 것만으로 독자를 끌어당길 수 있어야 합니다. 더 어려운 것은 필연성입니다. 거대한 물체를 굳이 마술을 부린 것처럼 사라지게 해야만 한 이유가 필요합니다.

024 기억 상실

AMNESIA

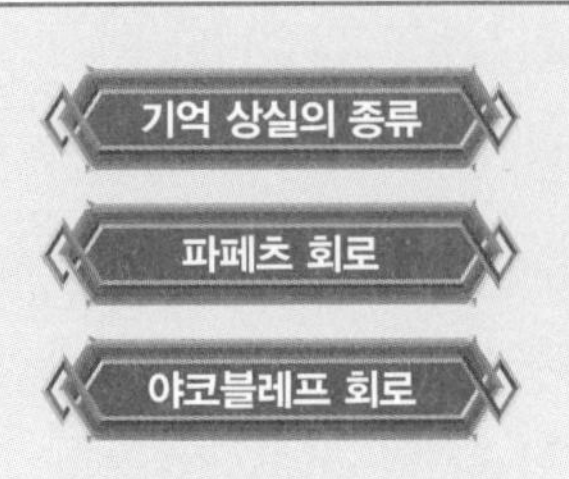

◇ 여기는 어디? 나는 누구?

작품에 등장하는 전형적인 기억 상실은 자신의 이름도 과거도 모두 잊어버린 모습으로 그려지지만, 실제 기억 상실에는 여러 단계가 있습니다. 먼저 '어느 특정 시기의 기억'을 잃는 경우입니다. 과음한 탓에 지난밤 어떻게 집에 돌아왔는지 기억하지 못하는 상태도 여기에 해당합니다. 다음으로 '현시점까지의 모든 기억'을 잃는 경우입니다. 다만 모든 기억을 잃어버린다 해도 대개는 자신이나 가족, 일 등 기본적인 사항은 파악하고 있습니다. 앞에서 언급한 자신과 관련된 모든 기억을 잃는 경우는 전반적 기억 상실이라고 하는데, 이는 극히 드문 증상입니다.

새로 하는 경험을 기억하지 못하는 기억 상실도 있습니다. 이는 선행성 기억 상실이라고 하며 기억을 오래 유지하지 못해 시간이 지나면 자신이 무엇을 하고 있었는지조차 잊어버리는 증상입니다. 비교적 금방 회복되는 일과성인 경우도 있고 증상으로 자리 잡는 경우도 있습니다. 후자의 증상을 겪는 환자의 고군분투는 영화 〈메멘토〉를 비롯해 미스터리에서도 종종 소재로 다뤄집니다.

기억 장애라는 측면에서 보자면 어떤 특정 기억을 '잊지 못하는' 증상도 있습니다. 원래 인간의 뇌에는 망각에 의해 부하를 줄이는 기능이 있기 때문에 특정 기억을 잊을 수 없는 상태는 기억 장애로 봅니다. 강한 심리적 충격을 받았던 기억이 뇌에 새겨져 반복적으로 관련 기억이 떠오르는 외상 후 스트레스 장애PTSD도 그중 하나입니다.

후천적으로 지능이나 기억, 판단력이 저하된 상태를 가리키는 치매 또한 기억 장애를 동반합니다. 히가시노 게이고의 『붉은 손가락』은 치매로 인한 기억 장애가 작품 주제 중 하나입니다. 기억 상실을 주제로 한 작품으로는 시마다 소지의 『이방의 기사』를 들 수 있습니다. 이 작품은 화자 자신이 모든 기억을 잃었음을 깨닫는 장면으로 이야기가 시작됩니다.

◈ 기억의 구조와 과정

인간의 기억은 부호화, 저장, 상기라는 세 가지 과정으로 이루어집니다. 부호화란 자신의 경험을 언어처럼 기억하기 쉬운 형태로 머릿속에 새기는 작업입니다. 예를 들면 '접시에 놓인 사과 세 개와 귤 네 개'와 같은 것입니다. 저장은 부호화된 기억이 망각되지 않도록 유지하는 작업입니다. 접시에 놓인 사과와 귤의 개수를 다른 도움 없이 떠올릴 수 있도록 해두는 상태입니다. 상기는 한 번 기억했던 사항을 생각해내는 작업입니다. 일주일 후에 누군가 묻는다면 접시와 사과와 귤을 떠올릴 수 있는 상태를 말합니다.

또 부호화된 기억은 감각 기억, 단기 기억, 장기 기억의 3단계로 보존되며 각각 몇 초에서 몇십 초, 몇십 초에서 몇 분, 반영구적으로 기억됩니다. 저장과 상기를 반복하면서 기억은 정착하고, 마침내 감각 기억에서 장기 기억으로 옮겨갑니다.

우리의 기억은 자신의 경험을 그대로 떠올리는 것이 아니라 상기될 때마다 부호화된 정보를 바탕으로 재구성됩니다. 앞의 예로 말하면 접시에 놓인 사과와 귤의 이미지는 명확하게 생각해낼 수 있지만, 사과나 귤의 품종이나 접시에 놓인 위치 등은 떠올릴 때마다 다시 만들어지기 때문에 매번 이미지가 미묘하게 달라집니다.

이러한 경험과 관련된 일화 기억은 뇌 안쪽 변연계 중심 영역에 있는 해마를 시작으로 연결 구조를 형성하는 신경 회로에서 생성되는데, 이 신경 회로를 파페츠 회로라고 합니다. 따라서 해마가 망가지면 지능이나 성격에는 영향이 없지만 새로운 정보를 기억하지 못하는 선행성 기억 상실을 일으킬 수 있습니다.

한편으로 정서, 감정과 관련된 기억은 해마 바로 옆에 붙은 편도체를 중심으로 만들어진다고 알려졌으며 이는 야코블레프 회로라고 부릅니다. 이에 따라 해마가 손상돼 사실과 사건에 대한 기억을 잃어버린 사람도 정서나 감정에 영향을 주는 자극에는 반응하는 사례가 보고된 바 있습니다. 일반적으로 일화 기억 또한 감정과 관련이 있기 때문에 강한 감정과 연결해 기억한 것은 장기 기억으로 쉽게 옮겨가고 더 오래 잘 기억할 수 있습니다. 반대로 감정과 연결되지 않은 기억, 예를 들어 벼락치기로 무작정 외운 지식이나 사실은 잊어버리기 쉽습니다.

반복적으로 몸을 움직여 습득된 절차 기억은 기저핵과 소뇌에 저장되며 한 번 기억한 것은 매우 강하게 정착합니다. 알츠하이머병 등으로 뇌가 손상되어도 절차 기억은 남는 경우가 있습니다. 흔히 말하는 '몸이 기억하는' 절차 기억은 잘 잊어버리지 않습니다.

작품에 적용할 때는 이러한 기억의 구조를 바탕으로 부호화, 저장, 상기 세 가지 중 어디에 어떤 장애가 생기고 어떤 종류의 기억에 영향을 미치는지를 선택하여 다양한 기억 상실, 기억 장애를 설정할 수 있습니다.

025 미스터리 연구회

MYSTERY SOCIETY

◆ 사건에 뛰어드는 학생들

미스터리 연구회는 이름에서 알 수 있듯 미스터리 마니아가 모인 단체입니다. 미스터리 연구회 회원들은 동서고금의 미스터리 작품에 대한 지식이 풍부할 뿐만 아니라 현실 사건에도 강한 호기심을 가진 사람으로 여겨지기 때문에 미스터리 작품에서 사건에 적극적으로 관여할 동기를 부여하기가 쉽습니다.

일본 대학의 미스터리 연구회 중에는 와세다대학교의 와세다 미스터리 클럽WMC처럼 1950년대까지 거슬러 올라가는 역사와 전통을 자랑하는 단체도 많습니다. 이러한 미스터리 연구회에서 배출된 작가, 번역가, 편집자 등 출판 관련 종사자들이 적지 않아 작품 속에서 사건에 휘말린 캐릭터들이 조언을 구하는 상대로 이런 선배들이 등장한다 해도 현실성을 잃지 않습니다. 이 선배 캐릭터들이 중개자로 나서면 학생들로서는 만나기 어려운 인물의 도움을 구하는 일도 가능합니다.

덧붙여 클럽이나 동아리는 크게 공인 단체, 비공인 단체로 나뉘며 각각 고려해야 할 장단점이 있는데 이를 정리하면 다음과 같습니다.

종류	장단점	설명
공인 단체	장점	학교로부터 활동 거점이 되는 동아리실과 활동비를 지원받을 수 있다.
	단점	공인 자격을 갖추려면 일정 이상의 부원 수, 활동 실적 등이 필요하다.
비공인 단체	장점	학교의 간섭을 받지 않으며 인원이 적어 모든 부원을 등장시켜 활약하게 할 수 있다.
	단점	정식 동아리실, 활동비가 지원되지 않아 다른 형태(빈 교실을 멋대로 점거하는 등)로 확보·유지해야 한다.

◈ 미스터리 연구회의 활동

정기 시험, 수학여행 등 학교 행사와는 별개로 미스터리 연구회는 다음과 같은 활동을 정기적으로 합니다. 이러한 활동을 이야기 초반이나 배경에 넣으면 미스터리 연구회다운 요소를 작품에 담을 수 있습니다.

- **독서 모임:** 특정 작품, 작가, 장르 등을 주제로 함께 읽고 의견을 교환한다.
- **회지 발행:** 회원이 쓴 소설이나 작품 평론 등을 싣는 회지를 발행한다. 대학의 미스터리 연구회라면 자신들이 만든 회지를 판매하기도 한다. 발행 주기는 저마다 다르며 학교 축제에 맞춰 1년에 한 권만 발행하는 경우도 있다.
- **합숙:** 대개 여름 방학과 겨울 방학에 맞춰 개최한다. 독서회, 토론회 등 미스터리 작품과 관련된 활동을 하거나 단순히 단체 여행인 경우도 있다.
- **아지트:** 전통 있는 문화 동아리에는 대개 카페나 술집 등 아지트가 있다. 이런 가게에 연락 노트를 두고 부원 간 연락에 활용한다.

◈ 회원의 능력

미스터리 연구회 소속 회원은 아마추어 사립 탐정으로 활약하기에 좋은 캐릭터입니다. 그러나 사회 경험이 부족하고 경제적으로도 자립하지 못한 젊은 학생이 지식과 경험이 뒷받침된 뛰어난 추리 능력을 갖추고 있다는 설정은 다소 설득력이 떨어집니다.

다만 이들이 미스터리 작품에 정통한 마니아라는 설정은 경찰관 등 직업적 전문가를 상대할 때 강점이 됩니다. 캐릭터 묘사 시 참고할 만한 것으로는 니카이도 레이토의 소설에 등장하는 니카이도 란코(처음 등장할 때는 여고생이었습니다)를 들 수 있습니다. 히토쓰바시대학교 추리소설 연구회 소속인 란코는 과거 미스터리 작품의 범죄 또는 범인상과 지금 눈앞에 일어나는 사건을 비교해가며 추리하는 방식을 선보였습니다. 『소년 탐정 김전일』에서는 미스터리 연구회 소속인 주인공 김전일(긴다이치 하지메)이 경찰과 협력해가며 활약하는 것은 저명한 명탐정인 할아버지 김경서(긴다이치 코스케)의 능력과 이름을 이어받았기 때문이라고 설정함으로써 설득력을 갖췄습니다. 미스터리 연구회 소속 인물을 주인공으로 할 경우 소년 탐정(060)과 마찬가지로 사회인이 아니기 때문에 생기는 제약을 무시하지 않는 것이 입체적인 캐릭터를 만드는 데 중요합니다.

026 일상 미스터리

COZY MYSTERY

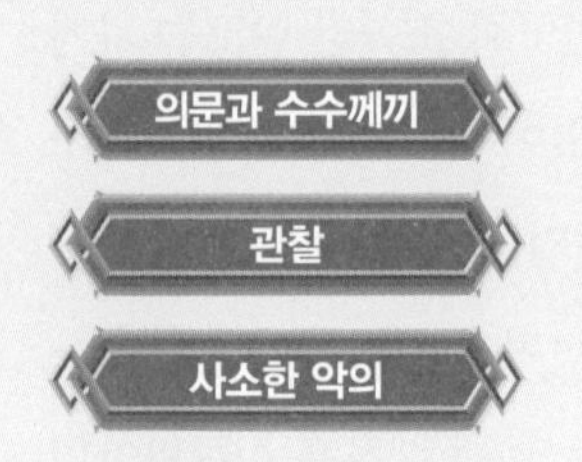

◆ 일상의 사소한 의문

미스터리에서 다루는 수수께끼는 밀실 살인이나 알리바이 무너뜨리기 같은 범죄에 얽힌 것만이 아닙니다. 우리 일상에 숨겨진 사소한 의문점이나 수수께끼에 집중하는 작품이 있는데, 이것을 일상 미스터리라고 부릅니다.

일상 미스터리에 등장하는 수수께끼는 다른 미스터리의 주제와 달리 우리가 실제로 마주할 가능성이 큽니다. 예를 들어 '매주 토요일에 나타나 50엔짜리 동전 스무 개를 천 엔짜리 지폐로 바꿔 가는 손님'이 있다면 어떨까요. 이는 미스터리 작가 와카타케 나나미가 학생 시절 아르바이트하며 실제로 겪은 일이라고 합니다. 왜 매주 같은 요일에 와서 동전을 지폐로 바꿔 갈까요. 이 일상의 수수께끼를 바탕으로 여러 미스터리 작가가 저마다 도출해낸 해답을 발표했고, 이는 『50엔 동전 스무 개의 수수께끼』라는 단편집으로도 간행되었습니다.

평범하게 살아가는 사람들은 밀실에서 살해당할 가능성이 거의 없지만, 일상 속 수수께끼를 만날 가능성은 꽤 높습니다. 아이의 호기심이 발단이 되어 수상한 인물의 수수께끼를 파고드는 등 살인 사건이 아니더라도 일상에서 벌어지는 불가사의한 이야기로도 풀어나갈 수 있습니다.

밀실 살인이 거대한 환상 마술이라면 일상 속 수수께끼는 트럼프를 이용한 테이블 마술에 가깝습니다. 다만 일상에서 수수께끼와 마주쳤을 때 그대로 지나치느냐 수수께끼로 인식하느냐는 또 다른 이야기입니다.

"자네는 사물을 보기만 하고 관찰은 하지 않는군. 보는 것과 관찰하는 것은 다르다네"(「보헤미아 왕국 스캔들」)라고 셜록 홈스가 왓슨에게 말했듯이 우리 주변에도 일상의 수수께끼는 수없이 존재합니다. 다만 그것을 보기만 해서는 깨닫지 못할 수 있습니다.

평소 주변을 관찰하며 일상에서 수수께끼를 발견했다면 그것을 추리해보는 것도 좋습니다.

◆ 범죄 수사의 단서

일상의 수수께끼를 다룬 미스터리는 예측 불가능한 미스터리 특유의 트릭이 등장하지 않기 때문에 다소 밋밋하다는 느낌을 주어 그다지 인기를 얻지 못했습니다. 그러나 기타무라 가오루, 가노 도모코 등의 작가가 등장하면서 미스터리 팬들도 일상에 숨은 수수께끼의 매력을 알아보게 되었고, 지금은 다양한 작품이 발표되고 있습니다.

기타무라 가오루나 가노 도모코의 작품은 왜 높은 평가를 받았을까요? 그들의 작품에서는 매력적인 여주인공과 세심하게 그려진 일상을 따라가다 보면 무심코 지나치기 쉬운 수수께끼를 만나게 됩니다. 독자들은 평범한 일상생활 묘사와 살인 같은 잔혹한 사건이 일어나지 않는 이야기 전개에 점차 매료되었습니다. 기타무라 가오루의 작품은 감동과 위안을 주는 치유 미스터리라는 평가도 있습니다. 그러나 이러한 평범한 일상을 다루는 작품 중에는 우리의 생활 속에도 숨어 있는 사소한 악의를 들춰 보이는 것도 적지 않습니다.

일상의 수수께끼가 범죄 수사와 전혀 상관이 없느냐 하면 그렇지도 않습니다. 애거사 크리스티가 낳은 명탐정 미스 마플은 사건을 추리할 때 자신의 경험이나 지인의 성격을 참고하지만, 범죄 수사에는 일상의 수수께끼를 참고하기도 했습니다.

일상 미스터리는 장편이 적고 단편이나 연작 단편의 형태가 많습니다. 특히 연작 단편의 경우 각 단편이 맞물리면서 하나의 커다란 수수께끼가 드러나고, 이로써 뜻밖의 범죄가 밝혀지도록 정교하게 짜인 작품도 있습니다.

◆ 작품 속 일상의 수수께끼

일상의 수수께끼를 다룬 미스터리 작품의 예는 다음과 같습니다.

- **『하늘을 나는 말』**: 기타무라 가오루의 데뷔작. 오리베 도자기(일본의 전통 도자기-옮긴이)를 싫어했던 선생님, 홍차에 설탕을 너무 많이 집어넣는 소녀들, 도둑맞은 자동차 시트커버, 공원에서 종종 보는 빨간 모자를 쓴 여자아이에 관한 소문, 밤에 사라졌다 다음 날 아침에 돌아온 목마 등의 수수께끼를 다룬다.
- **『일곱 가지 이야기』**: 가노 도모코의 데뷔작. 길가에 쏟아진 수박 주스, 100호 사이즈 그림의 수수께끼, 앨범에서 빠진 사진 한 장, 노부인의 기묘한 행동, 먼 거리를 날아간 비닐 튜브 공룡 장난감, 하얀 민들레를 그리는 소녀, 넷으로 늘어난 화분 등의 수수께끼가 펼쳐진다.
- **「9마일은 너무 멀다」**: 해리 케멜먼의 단편 소설. 넓은 의미에서 일상 미스터리라고 할 수 있는 작품이다. "9마일은 걷기가 쉽지 않다. 행여 비라도 내리면." 우연히 들은 이 한마디를 놓고 해석과 추론을 거듭해 미해결 범죄 사건을 해결한다.

027 모방 범죄

COPYCAT CRIME

◆ 모방범의 탄생

정보화 사회가 진전되면서 정보나 자극적인 뉴스를 접할 기회가 점점 더 늘고 있습니다. 범죄와 관련된 정보도 예외가 아닙니다. 이로써 이미 일어난 범죄 사건을 보고 그것을 따라 하는 모방 범죄가 일어나게 된 것입니다. 또 대중매체를 통해 극장형 범죄(034)가 보도되면 많은 사람이 범행 수단을 알게 되고 수많은 모방 범죄로 이어집니다.

1984년 괴인 이십일면상(에도가와 란포의 소설에 등장하는 '괴인 이십면상'에서 따온 것으로 추측됩니다)이라고 자칭한 범인에 의해 '글리코 모리나가 사건'이 발생했는데, 보도를 통해 사건의 개요를 파악하고 그 수법을 모방하는 사람이 나타났습니다. 사건의 시작인 에자키 글리코 사장의 유괴 사건 이후 수차례 금품을 요구하는 협박 사건이 있었고, 사건이 보도되자 또 다른 협박 사건으로 이어졌습니다. 과자에 독을 넣었다며 식품 기업을 협박하는 수법을 그대로 모방한 범죄도 잇달아 일어났습니다. 대만에서도 비슷한 사건이 일어났는데, 이것은 '천면인 사건'으로 보도되었습니다(대만과 홍콩 등지에서는 에도가와 란포의 '괴인 이십면상'이 '천면인'으로 번역되었기 때문에 대만에서 일어난 모방 범죄의 범인 역시 천면인이라 불렸습니다-옮긴이).

어떤 범죄 수법이 새롭게 생겨난 뒤 모방 범죄가 넓게 퍼지면 경험을 쌓아가면서 일에 숙련되듯이 범죄 수법도 점점 더 교묘해집니다. 예를 들어 보이스 피싱 사기 수법이 보도를 통해 세상에 알려지면 신종 사기 수법이 속속 등장하는데, 이 또한 모방 범죄의 특징입니다.

연쇄 살인범의 극장형 범죄를 다룬 미야베 미유키의 『모방범』처럼 과거에 일어난 범죄를 모방한 수법이 아니었음에도 모방 범죄라고 자극해 범인이 스스로 정체를 드러내게 하는, 모방 범죄를 역이용하는 수법을 사용한 작품도 있습니다.

◆ 인터넷 시대의 모방 범죄

정보 전달 수단은 서구의 산업혁명 당시 확립된 신문 제도에서 시작해 라디오와 TV로 옮겨졌습니다. 예전에는 대중매체를 통해서 정보를 얻었지만 지금은 인터넷 게시판, 블로그, 소셜 미디어, 동영상 등을 통해 정보를 찾고 전달합니다. 이러한 인터넷 시대가 열리면서 각종 범죄나 사건에 관한 정보가 급속히 확산하게 되었습니다. 휴대전화나 스마트폰 등으로 간편하게 확인할 수 있어 전달 속도도 이전과 비교할 수 없을 정도로 빨라졌습니다.

게다가 과거에는 간단히 정보를 얻을 수 없었던 범죄 수법 등을 인터넷을 통해 쉽게 손에 넣을 수 있게 되었습니다. 이슬람 원리주의를 내세우는 알 카에다 같은 테러 조직은 테러 네트워크 형태로 진화하면서 인터넷을 이용해 지시를 전달하고 테러 매뉴얼을 배포해 정보를 공유하는 등 모방 범죄라는 영역을 뛰어넘은 범죄 활동을 벌였습니다.

◆ 정보 획득 수단과 영향력

범죄를 모방하기 위해서는 정보가 필요합니다. TV에서 방송되는 뉴스처럼 가만히 있어도 얻을 수 있는 정보 혹은 자신의 노력과 시간, 돈을 들여 수집하는 정보 등 정보를 얻기 위한 수단과 방법은 다양합니다. 정보를 얻는 수단과 영향력을 정리하면 다음과 같습니다.

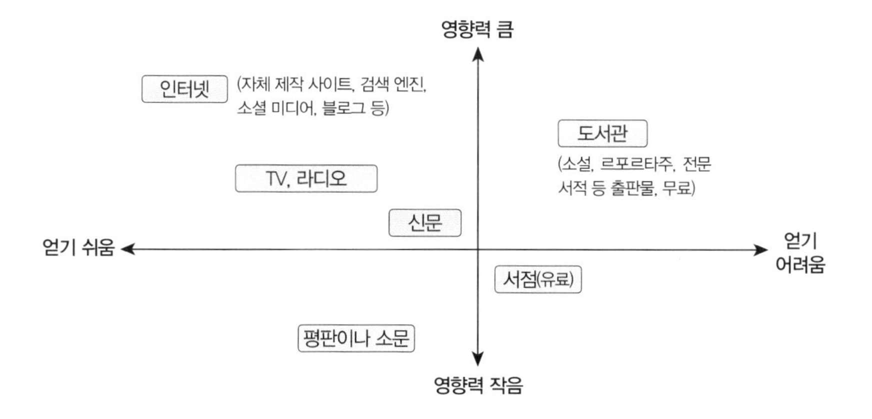

028 흉기 찾기

HOWDUNIT

◆ 흉기 수색과 그 이유

상해 사건이나 살인 사건에서 범인이 사용한 흉기는 중요한 증거로서 범죄를 입증하는 데 필요합니다. 따라서 범인들은 으레 흉기를 숨기려 하며, 특히 미스터리에서는 흉기를 숨기는 방법에 관한 다양한 트릭이 만들어졌습니다.

실제 상해 사건이나 살인 사건이 일어났을 때 경찰은 가장 먼저 흉기를 찾습니다. 사건 현장이 집 같은 실내라면 우선 방 안을 확인하고, 쓰레기통이나 쓰레기봉투, 책상 서랍, 옷장 서랍 안쪽까지 모조리 수색합니다. 그래도 흉기를 찾아내지 못하면 바닥까지 뜯어내 샅샅이 뒤집니다. 베란다나 창고 같은 곳도 예외가 아닙니다.

사건 현장이 실외라면 수색해야 할 범위가 훨씬 늘어납니다. 그럴 때 경찰은 범인의 이동 경로를 가정해 도중에 들를 만한 모든 장소를 수색할 뿐 아니라, 우연과 사고 등 모든 가능성을 고려해 '롤러 작전'을 펼치며 이 잡듯 뒤집니다. 롤러 작전은 말 그대로 로드 롤러로 땅을 고를 때처럼 경찰관들이 한꺼번에 모든 장소를 빠짐없이 철저하게 수색하는 것입니다. 장소가 산이든 길이든 실제로 경찰관들이 옆으로 일렬로 늘어서서 자신의 손이 닿는 범위를 샅샅이 뒤지며 조금씩 앞으로 나아가면서 유류품이나 흉기를 수색합니다. 하천의 경우 수심이 무릎 아래 정도라면 수색 방법이 크게 달라지지 않지만, 그보다 더 깊은 곳이라면 다이빙 장비를 착용한 뒤 잠수하여 수색하기도 합니다. 일반적인 강이라면 흙과 모래가 뒤섞여 물이 탁하기 때문에 시야가 좋지 않고 흉기를 찾기도 어렵습니다.

미스터리에서는 이러한 수색에 대비해 뜻밖의 흉기, 눈앞에 있어도 흉기임을 깨닫지 못하는 흉기 등이 사용되기도 합니다. 고전적인 예로는 상대를 찌른 후에 저절로 녹아 없어지게 하는 얼음 송곳이 있습니다. 바닥에 고인 물이 있어도 보통은 흉기와 연결해 생각하기 어렵습니다. 그러한 흉기를 발견하기 위해서는 명탐정의 번뜩이는 추리가 필요합니다.

◈ 흉기와 흉기가 아닌 것

발견한 단서가 흉기인지, 아니면 사건과 관련 없는 단순한 도구인지는 과학 수사가 발달하면서 과학적으로 판별할 수 있게 되었습니다. 예를 들어 미국의 FBI에서는 다양한 과학 조사 그룹을 만들어 대응하고 있습니다.

FISWG(얼굴 인식 연구), SWGANTH(인류학의 범죄 수사 응용), SWGCBRN(화학, 생물학, 방사능, 핵 테러 연구), SWGDAM(DNA 해석), SWGDE(디지털 데이터 분석), SWGDOC(문서 분석. 서류나 사인 등 진위 판정), SWGDOG(경찰견 등의 지원), SWGDRUG(약물 분석), SWGDVI(희생자 신원 확인), SWGFAST(지문 분석), SWGFEX(연소, 폭발물 연구), SWGGUN(총기, 화기 연구), SWGGSR(총격 시 화약 잔여물 분석) 등 여러 그룹이 있으며, 모든 그룹은 박사 학위를 소지한 전문가로 구성됩니다.

일본의 과학경찰연구소에는 생물학, 의학, 약학, 물리학, 농학, 공학, 사회학, 교육학, 심리학 등을 대상 범위로 하여 생물학, 물리학, 화재, 폭발, 기계, 화학, 정보 과학 등 분야별로 연구실이 있습니다. 그 밖에 교통 과학이나 소년 연구, 범죄 예방, 수사 지원 등의 범죄 행동 과학 연구실도 있습니다. 이들 조직에서는 단순 도구인지 흉기인지를 판별할 때도 흉기 사용 흔적의 유무나 루미놀 반응(혈흔 반응)이 나타나는지 여부로 판단합니다.

◈ DNA 감정

흉기에서 검출된 혈액으로 일반적인 ABO형을 비롯한 여러 종류의 혈액형을 조사하고, 이에 따라 용의자나 피해자 혈액과 일치하는지를 확인해 범죄 증거를 찾아냅니다. 나아가 지금은 DNA 분석도 본격적으로 사용되고 있습니다. 혈액 등 체액이나 피부 조직 일부에 포함된 DNA를 용의자의 체액에서 나온 DNA와 비교하는 것으로, 혈액형보다 동일인 판정의 정확도가 현격히 높습니다. DNA 분석에 의한 감정에도 몇 가지 종류가 있습니다. STR(짧은 연쇄 반복 서열)형 분석은 단시간에 적은 비용으로 개인 식별이 가능해서 가장 널리 쓰입니다. 그 밖에 미토콘드리아 DNA 분석은 모계 혈통 관계를, Y염색체 분석은 부계 혈통 관계를 조사할 수 있습니다.

DNA 감정은 정확도가 높은 중요한 기술이지만, 그 결과에 절대 오류가 없다고는 장담할 수 없습니다. 과거 DNA 감정 결과가 결정적 증거가 되어 유죄 판결이 난 사건이 DNA 감정의 정확도가 높아지면서 무죄로 뒤집힌 사례도 있습니다. 따라서 DNA 감정 결과는 다른 증거와 수사 결과를 조합하여 다루는 것이 중요합니다.

029 동기 찾기

WHYDUNIT

◈ 불가사의한 살인 동기

미스터리소설에서 이야기를 구성하는 중요한 요소로는 보통 '후더닛Whodunit(범인)', '하우더닛Howdunit(방법)', '와이더닛Whydunit(동기)' 이 세 가지를 꼽습니다. 이중 특히 어느 한 요소에 초점을 맞춰 이야기가 전개되는 경우, 누가 범인인지를 추리해나가는 과정을 그렸다면 후더닛 미스터리, 밀실이나 알리바이 등과 같이 범행 방법 규명에 초점을 맞췄다면 하우더닛 미스터리, 그리고 사건(혹은 현상)이 발생하게 된 동기를 주요 주제로 다뤘다면 와이더닛 미스터리라고 부릅니다. 수수께끼 풀이 중심의 미스터리에서 범행 동기를 찾는 것은 단순히 살인 동기를 넘어 '왜 피해자를 알몸으로 만들었을까?', '왜 시체 머리를 잘라 갔을까?'와 같이 범인이 그렇게 할 수밖에 없었던 행위의 이유를 좇는 것도 포함됩니다. 이러한 작품에서는 범인의 정체가 일찍 드러나도 크게 상관없습니다. 에드워드 D. 호크의 「직사각형의 방」에서는 대학 기숙사에서 룸메이트를 칼로 찔러 죽인 청년이 '왜 20시간 넘게 시체가 된 피해자 옆에 있었는가'라는 수수께끼가 제시되고, 마지막에는 친구가 부활하기를 바랐다는 추상적 동기(본인으로서는 합리적 동기)가 밝혀집니다. 한편으로 크리스티아나 브랜드의 「지미니 크리켓 사건」에서는 의문투성이의 상황에서 경찰이 살해당하는 사건이 일어나는데, 범행 동기는 단지 그 경찰이 입고 있던 제복을 빼앗아 다른 사건의 트릭으로 사용하려고 한 실리적인 이유였습니다.

추상적 동기와는 정반대편에 있다고 할 수 있는 물질적 동기 또한 이해할 수 없는 뜻밖의 살해 동기로 자주 쓰입니다. 흔히 접하는 유형은 시체로부터 무언가를 얻고자 범행을 저지르는 것입니다. 이를테면 피해자가 입은 특수한 옷을 가지고 싶었다거나, 피나 뼈가 필요했다는 식입니다. 추상적 동기보다는 물질적 동기 쪽이 소재도 많고 이야기를 전개하기도 수월합니다. 또 곧 세상을 떠날 인물을 죽이는 상황도 생각할 수 있습니다. 아야쓰지 유키토의 『키리고에 저택 살인 사건』에서는 죽음을 앞둔 미소녀를 살해한 것과 관련해 특이한 동기가 밝혀지고, 노리즈키 린타로의 「사형수 퍼즐」에서는 사형 집행 직전의 사형수가 독살당하는 불가사의한 살인이 등장합니다.

◈ 무시하기 쉬운 '와이더닛'

미스터리에서 다루는 범행 동기는 대개 현실의 일반적인 살인 동기와는 성질이 다르므로 주의해야 합니다.

현실의 경찰 혹은 사회파 미스터리에서는 사건을 수사할 때 그런 짓을 저지른 이유, 즉 범행 동기를 매우 중요하게 여기지만, 증거를 토대로 논리적으로 사건을 해결하는 과정을 중시하는 작품 속 명탐정은 때로 범행 동기를 등한시하곤 합니다. 요즘은 오히려 '누가', '어떻게'에만 초점을 맞춰 사건의 수수께끼를 풀어가는 과정을 그린 작품도 적지 않습니다. 예를 들어 모리 히로시의 『차가운 밀실과 박사들』에서 탐정 사이카와 소헤이는 사건의 논리적 해명을 위해 범행 동기는 논외로 하겠다고 처음부터 선언합니다. 자칫 안이하다는 인상을 줄 수도 있으나, 탐정 혹은 수수께끼 풀이에 치중한 작품의 캐릭터를 만들 때 유용한 방법입니다.

◆ 넓은 의미의 '와이더닛'

'와이더닛'을 중심에 두고 이야기를 끌어가는 작품 중에는 범인이 이해할 수 없는 행위를 하는 이유 등 살인이나 상해의 동기보다 넓은 의미의 '와이더닛'을 수수께끼로 다루는 경우도 있습니다.

미스터리 작가이자 비평가로 활약한 쓰즈키 미치오는 평론 『노란 방은 어떻게 개조되었을까?』에서 현대의 퍼즐러 작품은 뜻밖의 범인과 트릭에만 치중한 나머지 이야기가 부자연스럽고 비현실적이 되어버렸다고 지적하며, 범행 동기에 중점을 두고 그것을 규명하기 위해 논리의 곡예(추리)를 만들어두어야만 살아남을 수 있다고 주장했습니다. 특히 이 책에서 와이더닛에 중점을 둔 자신의 작품 「재킷 양복 슈트」의 수수께끼가 어떻게 생겨났는지를 세세하게 설명한 부분은 주목할 만합니다(「나의 추리소설 작법」). 사건 발생 시간에 슈트 차림을 하고 있으면서도 웬일인지 재킷과 양복 상의를 한 벌씩 손에 들고 지하철 계단을 내려오는 남성과 마주쳤다는 용의자의 이야기를 듣고 가설을 세워 추리해나가는 과정은 매우 인상적이며, 이치에 맞는 논리보다 일종의 논리의 비약이 수수께끼 해결에 설득력을 더한다는 것을 보여주는 보기 드문 작품 분석입니다.

그 후 쓰즈키의 주장에 대한 비판도 있었지만, 일상 속 수수께끼를 주제로 한 이야기는 1980년대 이후 일본의 '신본격 미스터리'의 하위 장르인 일상 미스터리(026)로 맥이 이어졌습니다. 홍차에 설탕을 과도하게 넣는 소녀들이 왜 그런 행동을 하는지 동기를 밝혀내는 기타무라 가오루의 「설탕 합전」 등 많은 명작이 탄생했지만 한편으로는 지나치게 사소한 수수께끼를 다루면서 이야기의 스케일이 작아진다는 약점도 있으므로 유의해야 합니다.

030 괴기, 오컬트

OCCULT

◆ 괴기와 추리

저주받은 일족의 비극, 음산한 저택에서 벌어지는 사건, 흡혈귀나 악령, 늑대인간 같은 괴물이 저질렀다고밖에 생각할 수 없는 살인 등 미스터리에서는 괴기소설에 등장할 법한 범죄 사건이 발생하면서 이야기가 시작되곤 합니다. 이러한 기괴한 상황은 독자를 작품 속으로 끌어들이는 요소가 되며, 범인의 범죄를 숨기기 위한 눈속임 수단으로도 이용됩니다.

예를 들어 밀실에서 누군가 살해당했다면 등장인물들은 (그리고 독자들도) 트릭을 사용한 살인을 의심할 것입니다. 그러나 그곳에서 하룻밤을 보내면 아침이 오기 전에 목숨을 잃는다는 전설이 전해지고, 더구나 범행이 불가능한 밀실이라는 상황까지 더해지면 범죄가 아니라 저주가 내린 것이라고 생각해도 전혀 이상하지 않습니다. 사람이 드나들기 어려운 밀실일수록 사람들의 의심은 트릭보다 저주 쪽으로 향합니다.

존 딕슨 카의 『기요틴 살인』에 이러한 저주받은 방이 등장합니다. 카는 밀실 살인 등 불가능 범죄의 거장으로 알려졌는데, 상식적으로 불가능해 보이는 트릭을 자연스럽게 사용하기 위해 여러 괴기 요소와 전설을 이야기에 한데 섞기를 즐겼습니다. 이러한 괴기, 오컬트 요소는 정교한 트릭이나 논리적인 추리와 대비되면서 이야기를 더욱 풍성하고 흥미롭게 만듭니다.

현대가 무대인 미스터리에서는 탐정이나 경찰이 범인의 계획에 현혹되지 않고 과학적이고 합리적으로 사건을 수사해나갑니다. 그러나 종교와 미신의 영향이 강한 시대나 그런 관습이 뿌리 깊게 남아 있는 지방을 무대로 한 역사 미스터리에서는 수사하는 인물이 저주나 괴물에 의한 살인 등 초자연적 사건이라고 믿어버리기도 합니다. 괴기, 오컬트에 쉽게 현혹되는 인물이 사건을 수사한다면 상황을 더 혼란스럽게 만들거나 혹은 사건을 해결하는 데 도움이 되는 행동이나 정보를 끌어낼 수도 있습니다.

◆ 오컬트 전문가

괴기, 오컬트 요소를 미스터리에 끌어들일 때는 흔히 관련 전문가를 등장시키는 방법을 사용합니다. 예를 들면, 초자연현상 연구자나 자칭 '영적 능력자' 등입니다. 이들이 조연으로 등장할 경우에는 사건의 괴기 요소를 과도하게 내세워 사건 해결을 방해하는 역할을 하기도 합니다. 전문가를 탐정 역할로 설정해 괴기 현상을 조사하러 온 연구자가 사건의 트릭을 풀어내기도 합니다.

윌리엄 호프 호지슨의 고전적 심령 탐정물 『유령 사냥꾼 카낙키』는 탐정 토머스 카낙키가 맞닥뜨리는 기괴한 사건에 초자연현상과 인간의 트릭이 뒤섞여 있어 다 읽을 때까지 미스터리인지 괴기소설인지 독자가 알 수 없게 만듭니다.

쓰즈키 미치오의 『떠들썩한 악령들』에서 오컬트 평론가 이즈모 고헤이가 마주치는 사건 또한 괴기와 트릭이 뒤섞여 있습니다. 쓰즈키는 그 밖에도 르포라이터가 각지에서 기이한 사건을 만나는 '나다레 렌타로' 시리즈나 기이한 일들이 벌어지는 상황에서 불가능 범죄를 파헤치는 '모노노베 다로' 시리즈 등 오컬트 미스터리 작품을 여러 편 썼습니다.

◈ 괴기와 추리의 접목

마녀사냥과 환생을 모티브로 한 존 딕슨 카의 『화형 법정』은 합리적으로 수수께끼가 해결된 후, 실은 사건의 배후에 환생한 마녀의 의도가 있었다는 진상이 드러나는 오컬트적 요소가 진하게 묻어나는 작품입니다.

일본에도 수수께끼가 해결된 후 사건의 배후에서 꿈틀거리던 악령들의 존재가 암시되는 작품으로 다카기 아키미쓰의 『대도쿄 요쓰야 괴담』이 있습니다. 다만 속편인 『가면이여, 안녕』에서는 『대도쿄 요쓰야 괴담』의 기이한 진상을 다시 한번 뒤집어 모두 다 합리적으로 해결되는 결말을 맞습니다. 또 니카이도 레이토의 '니카이도 란코' 시리즈나 미쓰다 신조의 '도조 겐야' 시리즈, 오노 후유미의 『동경이문』에서는 괴이한 존재를 암시하는 데 그치지 않고 당당하게 등장시키는 등 미스터리의 정석을 지키는 한편으로 괴기나 오컬트, 호러가 접목된 작품도 다수 있습니다.

처음에는 초자연적이고 오컬트적인 사건으로 이야기를 시작하더라도 마지막에 탐정이 이를 해명하고 합리적인 설명을 더하는 정석을 무너뜨리지 않는다면, 설령 마법이 실재하는 판타지 세계가 무대라 하더라도 미스터리 장르로 볼 수 있을 것입니다.

031 강도, 습격

ROBBERY

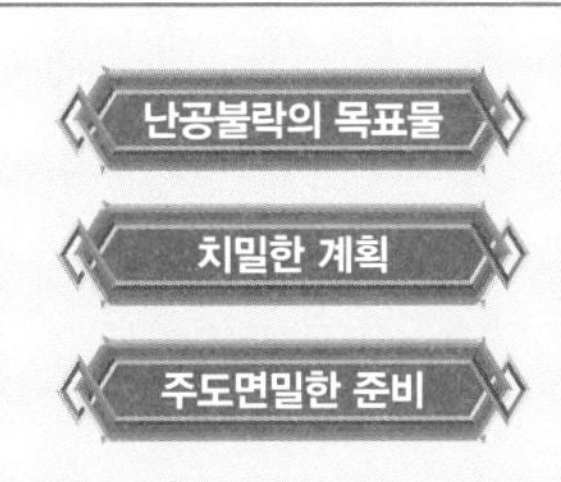

◆ 『루팡 3세』뿐만이 아니다

『루팡 3세』를 비롯해 머리 회전이 빠른 범죄자가 치밀한 계획과 주도면밀한 준비를 거쳐 주로 팀워크로 난공불락의 목표물을 공략해 현금이나 귀금속을 강탈하는 과정을 그린 미스터리 작품이 적지 않습니다. 강도, 습격을 주요 내용으로 하는 케이퍼소설(강탈극)은 특히 미국에서 인기가 높습니다.

범죄소설의 하위 장르이지만, 케이퍼소설의 진면목은 작전의 의외성, 계획의 논리성, 실행과 돌발적 상황으로 인한 서스펜스, 목표물이나 경찰과의 공방 등에 있고, 이는 도서 미스터리와 비슷한 데가 있습니다.

목표물은 은행, 현금 수송차, 도박장, 경마장 등이고, 목적은 주로 현금입니다. 그중에는 조폐국을 습격해 원하는 만큼 돈을 찍어내는 수법도 있습니다. 또 주범의 목적에 따라서는 와인 저장고, 호화 여객선, 미술관 등을 습격하기도 합니다.

예를 들어 은행 강도도 총기로 은행원을 위협해 거금을 강탈하는 통상적인 방법 외에 다양한 수단을 사용합니다.

- **2분간 강도:** 일반적인 은행 강도와 방식은 같으나 시간을 2분으로 제한한다. 그 사이에 가능한 한 많은 돈을 강탈한다(실화).
- **터널:** 하수도와 은행을 연결하는 지하 터널을 파서 침입한다(실화).

- **무장 금고 털이:** 지하에서 금고를 중기관총으로 부수고 안에 있는 현금을 빼낸다.
- **통째 강탈:** 현금 수송 차량이나 은행 출장소를 통째로 강탈한다.

또한 지능범으로 구성된 팀이 치밀한 계획을 세워 목표물을 노린다는 점에서 '콘 게임(사기극)'과 혼동되기도 하는데, 엄밀히 말해 서로 다른 장르입니다.

◈ 악당 파커의 범행

케이퍼소설 가운데 가장 유명한 작품은 리처드 스타크의 '악당 파커' 시리즈입니다. 통상 범죄자를 주인공으로 내세운 시리즈는 오래 지속하기 어려운데, 이 시리즈는 강도, 습격을 주제로 삼아 작품마다 변화를 주었습니다.

작품	목표물	범행
『스코어』	작은 마을	일시적으로 마을을 봉쇄하고 모든 금품을 빼앗는다.
『레어 코인 스코어』	호텔	옛 동전 수집가의 전시회를 습격한다.
『그린 이글 스코어』	공군기지	엄중한 경비를 뚫고 병사들의 월급을 강탈한다.
『컴백』	종교 단체	내부 관계자와 결탁해 기부금을 빼앗는다.
『블랙피쉬』	카지노 선박	선박 외부로부터 지시를 받아 습격 계획을 실행한다.
『파이어브레이크』	별장	컴퓨터 경비의 허점을 파고들어 명화를 강탈한다.

파커는 주인공이지만 항상 같은 역할을 하는 것은 아니며, 스스로 강탈 계획을 세우기도 하고 다른 사람의 계획에 참여하기도 합니다. 팀 동료도 매번 바뀝니다. 또 배신자를 추적하거나 자기 일에 방해가 되는 다른 범죄자와 싸우기도 하고 추격자를 함정에 빠뜨리는 등 강도, 습격만을 메인 플롯으로 하지 않는다는 점에도 주목해야 합니다.

◆ 모험소설로의 변화

케이퍼소설의 주인공은 미국 서부에서 열차나 마차를 습격하는 도적단을 원조로 볼 수 있습니다. 또한 말 그대로 '괴도 신사'인 아르센 뤼팽까지 거슬러 올라갈 수도 있습니다.

그러나 한편으로는 다른 장르의 소설 중에서도 케이퍼소설 구조의 영향을 받은 작품이 적지 않습니다. 난공불락의 독일 군사 요새에 잠입해 파괴하라는 사명을 받고 작전을 수행하는 연합군 특공대의 활약을 그린 알리스테어 맥클린의 『나바론 요새』나 독일의 암호기 '에니그마'를 탈취하라고 연합군의 요청을 받은 프랑스의 괴도 남작이 묘책을 짜내 실행하는 이야기인 미카엘 바르조하르의 『디 에니그마』 같은 모험소설에서는 케이퍼소설을 방불케 하는 난공불락의 목표물에 치밀한 계획과 주도면밀한 준비를 거쳐 도전하는 모습이 그려집니다. 반대로 말하자면 케이퍼소설은 현대 도시를 무대로 범죄자가 주인공인 모험소설로도 볼 수 있습니다.

032 범죄 조직

CRIME ORGANIZATION

◈ 조직에 의한 범죄

범죄 조직은 밀수처럼 국경을 초월한 범죄, 은행처럼 단독범이 노리기 어려운 큰 시설을 습격하는 등 조직력을 활용해 범죄를 저지릅니다. 미스터리 작품에 등장하는 범죄 조직으로는 셜록 홈스의 호적수인 제임스 모리아티 교수의 비밀 조직이 유명합니다. 모리아티는 범죄 계획만 세울 뿐 나머지는 모두 조직 구성원이 실행하게 하여 자신은 결코 붙잡히지 않는 완벽한 조직을 만들어냅니다.

미스터리에서만이 아니라 현실에도 범죄를 목적으로 만들어진 조직이 존재합니다. 열 명 안팎의 스트리트 갱부터 마피아 같은 거대 조직까지 다양합니다. 대부분의 조직은 자신들의 영역을 만들고, 그 영역 내에서 마음대로 범죄 행위를 저지르며 일반 시민에게 기생합니다.

범죄 조직의 구성원은 대부분 빈곤층 출신의 무직자로 생계를 위해 범죄를 저지른 사람들입니다. 이들이 범죄의 길로 빠지는 과정에서 인근에 사는 비슷한 처지의 범죄자들과 함께 어울리다 보면 점차 구성원들이 늘어나 마침내 범죄 조직이 됩니다. 의뢰인이 가족이나 친구가 나쁜 패거리와 어울려 다녀서 고민이라며 찾아오는 장면은 탐정인 주인공을 사건에 개입시키는 도입부로 자주 사용됩니다.

죄수들이 출소 후에도 함께 활동하기 위해 교도소 내에서 조직을 결성하는 특수한 사례도 존재합니다. 이탈리아 범죄 조직 카모라나 제정 러시아의 교도소에서 형성된 러시아 마피아가 여기에 해당합니다. 미국의 교도소에서는 인종별로 파벌이 생겨 내부 분쟁이 반복해서 벌어지고 이들 파벌이 새로운 범죄 조직을 결성해 교도소 밖에도 영향을 미칠 수 있습니다. 또 이탈리아의 코사 노스트라가 폭정에 대항하는 저항 조직을 기원으로 하고, 중국의 범죄 조직 삼합회가 청조 타도를 내세운 비밀 결사를 원류로 하듯 반정부 조직이 범죄 조직의 원형이 되는 예도 있습니다.

◈ 거대해진 범죄 조직

20세기 이후 범죄 조직은 거대화와 기업화의 물결을 탔습니다. 1920년대 미국에서 알코올이 포함된 음료의 제조, 판매, 수송을 전면 금지한 금주법이 시행되었지만, 코사 노스트라를 비롯한 범죄 조직은 밀주 제조와 밀매로 검은돈을 벌어들여 조직을 크게 키웠습니다. 금주법이 폐지된 이후에도 범죄 조직은 세계적으로 규제가 엄격해진 마약을 자금원으로 규모를 키워나가고 있습니다.

선진국의 범죄 조직이 마약을 취급하기 시작하자 마약을 생산하는 나라에서도 마약 대금을 토대로 한 거대 범죄 조직이 생겨났습니다. 중남미의 마약 카르텔이 대표적인 예입니다.

마약 소비국과 생산국의 범죄 조직이 서로 손을 잡자 국경을 초월한 마약 범죄가 급속히 증가했습니다. 나아가 인터넷 등 통신 수단이나 수송 수단이 발달하면서 범죄 조직 간의 교류는 점점 더 활발해지고 있습니다.

범죄 조직은 해마다 점점 더 몸집을 키워가고 있습니다. 그리고 경찰소설이나 하드보일드소설, 스파이소설, 모험소설 등에서는 빠뜨릴 수 없는 적대자가 되었습니다. 다음은 현실에서 활동하는 몇몇 유명 범죄 조직입니다.

- **코사 노스트라(시칠리아 마피아):** 마피아의 원조로 불린다. 원래는 오래전 지주 계급에 대항하는 저항 조직으로 시작해 범죄 조직으로 성장했다. 이탈리아의 대표적 범죄 조직으로서 시칠리아를 근거지로 삼고 활동한다. 미국에서는 이탈리아 이민자의 후손을 주축으로 한 범죄 조직이 만들어져 금주법 시대에 미국을 대표하는 범죄 조직이 되었다. 최근에는 거대 범죄 조직을 마피아라고 부르는 경향이 있어 이와 구분하기 위해 대개는 '코사 노스트라'라고 부른다.
- **마약 카르텔:** 중남미 등에서 활동하는 마약 조직. 콜롬비아의 카르텔이 가장 유명했지만, 정부의 정책과 미국의 단속, 내부 분쟁으로 세력이 약화했다. 멕시코의 마약 카르텔은 여전히 세력이 강한 편이다.
- **러시아 마피아:** 제정 러시아의 교도소와 수용소에서 형성된 보르 브 자코네라는 조직에 기반을 두고 있다. 보르 브 자코네란 강령을 준수하는 도둑이라는 뜻으로 러시아 혁명 이후 점차 체계화되어 조직 범죄 집단으로 성장했다. 소련 붕괴 후 옛 군인과 전직 스파이를 구성원으로 흡수해 국제적으로 활동을 확대하고 있다.
- **삼합회:** 청조 타도를 기치로 내걸고 탄생한 비밀 결사가 원류다. 중국 공산당을 피해 홍콩으로 옮겨 흑사회의 본류가 되었다. 화교가 사는 세계 각지에 세력을 뻗치고 있는 베일에 싸인 거대 범죄 조직이다.

033 테러 사건

TERRORISM

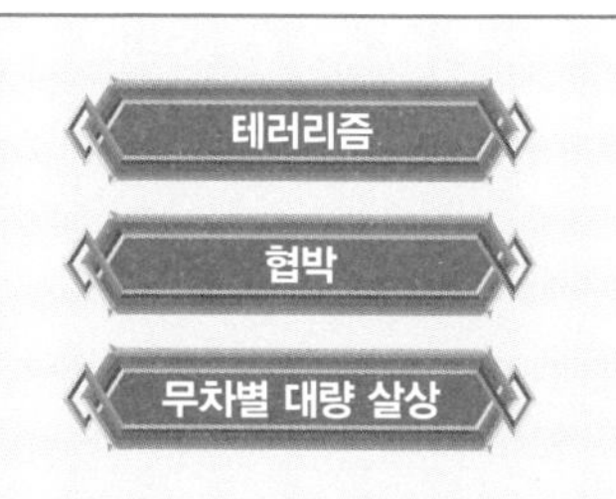

◈ 공포를 무기로 삼는 자들

테러란 폭력을 써서 상대방을 공포에 빠뜨리는 행위를 말하며, 그 어원은 '커다란 공포 또는 떠는 상태'를 의미하는 라틴어 'terror'에서 비롯되었습니다. 테러리즘은 폭력을 써서 공포나 불안감을 불러일으키고, 이를 이용해 목적을 이루려는 것을 정당화하는 주의를 의미합니다. 테러리즘에 근거한 폭력 행위가 테러 행위이고, 이로써 일어난 사건이 테러 사건입니다.

전쟁도 그렇지만, 테러리즘은 폭력을 이용해 물리적인 피해보다 심리적인 영향을 줌으로써 자신들의 목적을 이루려는 것입니다. 작은 사건이더라도 인적 피해가 나오면 많은 사람이 공포에 떨게 되면서 사회적 혼란과 마비 상태가 올 수 있습니다. 이를 방패 삼아 자신들의 요구 사항을 정부가 받아들이게 하는 것입니다.

미스터리 작품에서 테러 사건을 그릴 때는 사건 자체의 비참함은 물론이고 그로 인해 생겨나는 공포와 불안, 정부에 대한 불신 등을 세세하게 묘사해 사건이나 테러리스트에 대한 인상을 더욱 강렬하게 만들 수 있습니다.

테러 사건에 대처하는 방법에는 크게 두 가지가 있습니다. 먼저 테러 사건을 예방하는 안티 테러리즘으로, 테러 사건의 전조와 관련된 정보를 수집하고 분석해 대책을 세웁니다. 예를 들어 테러 사건 자체를 규제하는 법률을 정비하고 수사를 통해 테러리스트를 검거하여 그 자금이나 활동을 막는 것입니다.

또 하나, 안티 테러리즘에 실패하여 테러 사건이 발생한 상황에서 테러로 인한 피해를 최대한 줄이는 것을 목적으로 하는 대처 활동이 카운터 테러리즘입니다. 이러한 활동은 정부 대응부터 현장의 대처까지 매우 다양합니다. 특수 부대와 테러 부대의 대결, 인질 구출, 재난 구조 등도 카운터 테러리즘의 하나이며 작품에서 구현할 때는 화려한 액션을 연출할 수 있습니다.

◆ 협박에서 핵폭발까지

공포를 퍼뜨리는 것이 주된 목표인 테러 사건을 작품에서 다룰 때는 테러 대상의 예측 불가능성, 즉 자신도 언제 어디서 휩쓸리게 될지 모른다는 점이 강점이 됩니다. 따라서 중요 인물에 대한 협박이나 유괴, 암살 등 정밀하고 제한적인 폭력이 사용되는 한편, 더 포괄적이고 제어가 불가능한 폭력도 사용됩니다. 이것이 극단으로 치달아 최악의 형태로 나타나는 것이 무차별 대량 살상 행위입니다.

무차별 대량 살상 무기는 다음 표와 같이 다섯 가지 종류로 분류해 CBRNE이라고 부릅니다. 생물 무기나 방사능 등 제어가 어렵고 환경에도 악영향을 미치는 공격 수단은 현실의 전쟁에서는 사용하기 어렵지만, 테러 행위 시에는 제어가 불가능하다는 점이 이점으로 작용합니다.

테러리스트는 주인공에게 동기를 부여하기에 편리한 수단입니다. 무차별 테러에 대항하는 것은 누구에게나 자연스러운 선택이므로 테러리스트는 쓰러뜨려야 할 '악'으로 규정하기 좋습니다. 한편 테러리스트도 동기와 주장이 있기 마련이므로 사회와 인간을 다양한 각도에서 그릴 수 있습니다.

◆ 테러에 맞서다

무차별 테러는 공공의 적이므로 누구든 주인공이 될 수 있습니다. 전문가로서

대규모 테러 행위 다섯 종류

종류	경고 표시	설명
화학 Chemical		화학 물질(독극물)
생물 Biological		병원성 생물(바이러스, 세균 등)
방사성 물질 Radiological		방사성 물질에 의한 오염
핵 Nuclear		핵반응(핵폭발)
폭발물 Explosive		폭발물에 의한 폭발

테러에 대항하는 것도 좋고, 우연히 휘말린 어린이나 노인 등 일반 시민이 테러에 맞서 싸우는 이야기도 재미있습니다.

무차별 테러는 한번 시작되면 제어가 불가능하지만, 무기를 조달해 비밀리에 시도하기까지는 철저한 계획이 필요합니다. 그러한 테러리스트의 계획을 수사하거나 테러의 전조를 감지해 대처하는 과정을 이야기로 만들 수 있습니다. 세상을 떠들썩하게 만들어 그 반응을 즐기는 것이 목적인 테러리스트라면 고의로 단서를 남겨 다음 공격 지점을 맞히라며 스릴 넘치는 게임을 제안할지도 모릅니다.

034 극장형 범죄

THEATRICAL CRIME

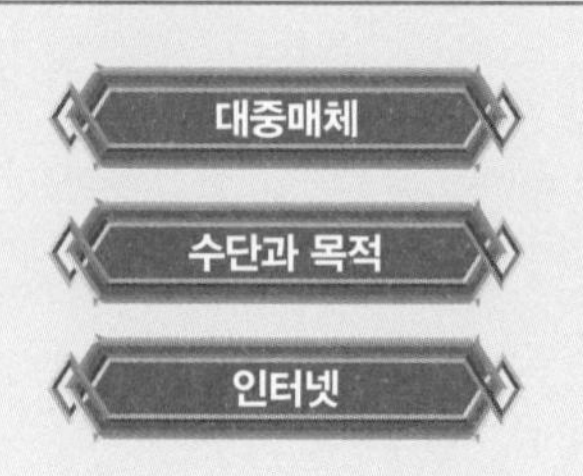

◆ 대중매체의 이용과 공개

극장형 범죄는 상황에 따라 크게 두 가지로 나뉘는데, 둘 다 TV나 신문 같은 대중매체와 관련이 있습니다.

먼저 대중매체에 대대적으로 보도되면서 사람들의 주목을 받는 범죄입니다. 총기 난사나 농성 현장, 또는 차량으로 도주하는 장면을 생중계로 많은 사람이 지켜보는 상황이 만들어지고, 대부분 단시간에 해결됩니다.

또 하나는 대중매체를 통해 범행을 예고하거나 범죄 성명을 발표해 자신의 범죄를 세상에 알리는 범죄입니다. 범인의 명확하고 강한 의지에서 비롯되는 범죄이며, 사건이 장기화하는 경향이 있습니다. 범인은 사건을 수사하는 경찰이나 언론을 통해 사건의 경과를 지켜보는 사람들을 향해 조롱 섞인 도전적 발언을 내놓고 세상의 반응을 즐기기도 합니다. 다시 말해 극장형 범죄는 범인이 스스로 사건을 연출해 무대에 올리는 것이며, 세상 사람이 자신에게 찬사를 보낸다고 착각하는 범죄입니다. 여기서 범인은 각본가이자 연출가이며 사건과 관련된 많은 사람, 즉 피해자나 경찰, 탐정 등과 마찬가지로 등장인물이기도 합니다.

또한 범죄가 특정한 목적을 달성하기 위한 수단인지, 아니면 사건 자체가 수단이고 목적은 다른 데 있는지에 따라서도 나눌 수 있습니다. 전자라면 거금을 빼앗거나 복수를 하는 등 대중매체를 이용해 세상에 공개하는 것을 제외하면 다른 유형의 범죄와 크게 차이가 없지만, 후자라면 사건을 통해 숨겨진 진실을 드러내거나 범죄 행위 자체에서 범인이 만족감을 얻기도 합니다.

극장형 범죄는 범인을 각본가나 연출가 같은 역할을 하는 캐릭터로 설정할 수 있어 미스터리를 비롯한 많은 작품에서 매력적인 주제가 됩니다.

◈ 극장형 범죄의 시대성

현실에서 벌어진 사건 혹은 작품에 그려진 극장형 범죄의 대표적 사례는 다음과 같은 것들이 있으며 이용되는 미디어는 시대에 따라 바뀝니다.

- **잭 더 리퍼 사건:** 신문이 정보 전달에 큰 역할을 하던 19세기 말 빅토리아 시대 영국에서 '잭 더 리퍼' 사건이 발생했다. 매춘부를 노린 잔인한 범죄로, 예리한 칼로 피해자를 살해한 후 장기를 도려낸 연쇄 살인 사건이다. 1888년 9월 27일 '나는 매춘부를 증오하며 살인은 계속될 것이다'라는 내용의 편지가 신문사에 도착했다. 편지를 쓴 사람은 자기가 살인을 저질렀으며 스스로 잭 더 리퍼라는 가명으로 소개했다. 이 사건은 최초의 극장형 범죄로 기록되었다. 당시 여러 사람이 용의선상에 올랐지만 끝내 범인을 밝혀내지 못하고 미제 사건으로 남았다. 오늘날에도 사건의 진범을 추리하는 소설, TV 드라마, 만화, 게임에 이르기까지 많은 작품의 소재가 되고 있다.
- **괴인 이십일면상 사건:** 1984년 에자키 글리코 사장 유괴 사건을 시작으로 글리코와 모리나가 제과 등 여섯 개 식품 회사를 대상으로 발생한 연쇄 협박 사건이다. 매장에 청산가리가 든 과자를 뿌리는 등 큰 사회 불안을 조장했다. 범인은 신문과 TV 등 대중매체에 범죄 성명이나 경찰에 대한 도전장을 보냈고 이것이 보도를 통해 대중에게 알려진 일본 역사상 유례가 없는 사건으로, 일본의 대표적인 극장형 범죄다. 범인 체포에 실패한 채 2000년 2월 13일 0시에 공소 시효가 끝나면서 결국 미제 사건으로 남았다. 협박을 받은 회사명을 따 '글리코 모리나가 사건'이라고도 불린다.
- **『모방범』:** 여성을 대상으로 한 연속살인 사건을 그린 미야베 미유키의 미스터리소설이다. 범인은 피해자의 가족이나 TV 생방송 프로그램에 음성 변조기를 이용하여 전화를 걸어 자신의 범죄를 세상에 알린다. 범인의 도발적인 전화나 연일 보도되는 범행 내용 등 이야기의 전반부는 극장형 범죄로 진행된다.
- **'웃는 남자' 사건:** 시로 마사무네의 SF 만화 '공각기동대' 시리즈를 원작으로 한 TV 애니메이션 〈공각기동대 STAND ALONE COMPLEX〉의 중심이 되는 사건이다. 무선 네트워크를 통해 인간의 뇌와 외부 세계를 직접 연결할 수 있는 전자화나 의체화(사이보그화) 기술이 진행된 근미래의 세계가 무대다. TV 생중계 프로그램을 통해 유명 기업 사장을 총기로 협박하는 범인의 영상이 전국에 송출된다. 하지만 범인은 방송국 전산망을 해킹해 영상을 조작하고 현장에 있던 목격자 모두를 전뇌 해킹해 자기 얼굴을 제대로 기억하지 못하게 만든다. 사건은 미궁에 빠지고, 그 충격적인 광경은 사람들에게 강한 인상을 남겨 많은 모방범을 만들어낸다.

칼럼

Q.E.D.(증명종료)

미스터리 작품에서는 명탐정 역할의 주인공이 사건의 진상을 밝힌 후 등장인물, 나아가 독자를 향해 Q.E.D.(증명종료)라고 말하며 끝을 맺는 장면을 종종 볼 수 있습니다.

'Q.E.D.'란 라틴어 'Quod Erat Demonstrandum'의 약자로 '이렇게 확실히 증명하였다'는 뜻입니다. 원래는 수학이나 철학에서 증명을 마칠 때 쓰는 말로, 그 역사는 고대 그리스의 유클리드와 아르키메데스까지 거슬러 올라갑니다(이 또한 그리스어 'hoper edei deixai'를 라틴어로 번역한 것입니다).

중세 유럽에서 성직자나 학자는 라틴어를 공용어로 사용했습니다. 그 영향으로 'Quod Erat Demonstrandum'이라는 말은 유클리드 이후로 논문 마지막 줄에 자주 사용되었습니다. 예를 들면 17세기 네덜란드 철학자 바뤼흐 스피노자의 『에티카』에서 볼 수 있습니다.

'Quod Erat Demonstrandum'을 미스터리에 응용한 작가는 20세기 최후의 미스터리 거장으로 일컬어지는 엘러리 퀸입니다. 작가와 이름이 같고 직업 역시 미스터리 작가로 설정된 명탐정 캐릭터 엘러리 퀸은 윌리엄 셰익스피어의 작품을 비롯한 고전문학을 자주 인용하는 현학적 면모가 두드러지는 인물로 이야기의 절정, 즉 사건의 진상 해명이 끝날 때 Q.E.D.(증명종료)라고 덧붙이곤 했습니다. 이는 퀸의 추리가 수학적 논리에 바탕을 두었다는 작가 퀸의 자부심을 나타낸 것이었습니다. 또 이 말이 상당히 마음에 들었던 듯 1968년에 펴낸 단편집 제목을 『QED: Queen's Experiments in Detection』으로 붙이기도 했습니다.

퀸에 의해 미스터리 용어로 정착된 Q.E.D.(증명종료)는 이후 다른 작가들도 즐겨 쓰게 되었습니다. 특히 '녹스의 십계', '밴 다인의 20칙' 등과 같은 장르의 독자적 용어에 민감한 일본에서는 제목에 'Q.E.D.'를 단 미스터리 작품이 여럿 발표되었습니다. 다카다 다카후미의 'QED' 시리즈는 역사와 오컬트에 해박한 괴짜 약사 구와바라 다카시가 살인 사건 등 현실 사건의 수수께끼와 역사의 수수께끼를 동시에 풀어가는 이색 미스터리입니다. 또한 가토 모토히로의 만화 『Q.E.D. 증명종료』는 MIT를 졸업하고 고등학교에 편입한 천재 토마 소가 탐정으로 활약하는 작품으로 2009년에는 TV 드라마로도 제작되었습니다.

트릭

035 밀실 살인

LOCKED ROOM MURDER

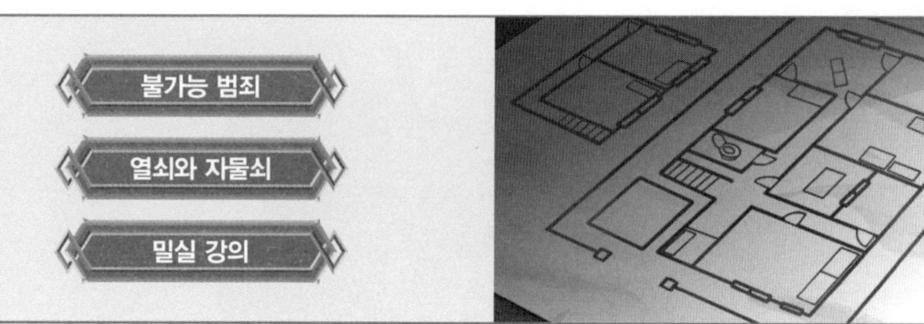

◆ 불가능 범죄에 도전

밀실은 잠긴 방 혹은 항상 누군가가 지켜보고 있어 사람의 출입이 불가능한 방을 말합니다. 그런 밀실에서 살인이 벌어지고 시체가 발견되었을 때 범인이 방 안에 없으며 심지어 문은 안쪽에서 잠겨 있는 것이 바로 밀실 살인입니다. 또한 살인이 일어나지 않더라도 괴인 이십면상이나 아르센 뤼팽 같은 괴도(073)가 활약하는 소설에서는 여러 사람이 지켜보는 가운데 괴도가 밀실에 침입해 물건을 훔친 뒤 어떻게 탈출하느냐를 주요 트릭으로 다룹니다.

눈밭이나 모래 해변 등 발자국이 쉽게 남는 장소에서 범행이 일어났을 때 피해자의 발자국밖에 남지 않은 경우도 변형된 밀실로 볼 수 있습니다. 이런 상황을 '눈의 밀실'이라고도 표현합니다.

불가능 범죄의 대표격인 밀실 살인은 그 불가능성과 해결이 주는 매력 때문에 미스터리 장르 초기부터 중요한 주제로 다뤄졌습니다. 세계 최초의 미스터리로 꼽히는 에드거 앨런 포의 「모르그가의 살인」에서도 밀실 살인을 다루었습니다. 이후 아서 코넌 도일이 셜록 홈스에게 밀실 살인 사건을 파헤치게 한 것 외에도 엘러리 퀸, 애거사 크리스티 같은 미스터리소설의 거장들도 여러 명탐정을 통해 이 주제에 도전해왔습니다. 그중에서도 밀실의 대가로 불리는 존 딕슨 카는 수많은 밀실 살인 트릭을 고안해 후대 작가들에게 큰 영향을 미쳤습니다.

일본에서도 에도가와 란포의 「D언덕의 살인 사건」을 시작으로 요코미조 세이시의 『혼진 살인 사건』 등 여러 작품에서 밀실 살인을 다뤘습니다.

◆ 카의 밀실 강의

밀실의 대가로 불리는 존 딕슨 카는 『세 개의 관』에서 명탐정 기디언 펠 박사의 입을 빌려 독자를 상대로 밀실 트릭에 관한 강의를 펼칩니다. 다음 표에서 카가 분류한 밀실 트릭의 유형을 간단히 정리했습니다.

대분류	소분류
범인이 밀실에 없었다	우발적인 일이 이어져 우연히 살인처럼 보였다.
	밀실 밖에서 피해자가 자살하거나 사고사를 당하는 상황으로 내몰았다.
	방 안에 미리 설치해둔 기계 장치를 이용해 살해했다.
	자살이지만 살인 사건으로 위장했다.
	살인이 일어났지만 밀실 안의 피해자가 아직 살아 있는 것처럼 위장했다.
	밀실 밖에서 발생한 살인을 마치 밀실 안에서 일어난 것처럼 위장했다.
	아직 살아 있는 피해자를 죽은 것처럼 위장하고 나중에 살해했다.
문이 안쪽에서 잠긴 것처럼 보이게 위장한다	열쇠 구멍에 열쇠를 꽂아둔 채 조작했다.
	문의 경첩을 제거했다.
	빗장에 속임수를 써놓았다.
	빗장이나 걸쇠가 풀리도록 조작해둔다.
	밖에서 문을 잠그고, 범행 발견 시 안쪽에서 잠겨 있었던 것처럼 위장했다.

카의 밀실 강의는 숱한 작가들에게 영향을 미쳤습니다. 클레이튼 로슨은 『모자에서 튀어나온 죽음』에서 카의 밀실 강의를 인용했을 뿐만 아니라 '범인은 밀실에서 나오지 않았다'라는 새로운 유형까지 더했습니다. 일본에서는 에도가와 란포가 존 딕슨 카와 클레이튼 로슨의 밀실 분류를 참고해 독자적인

밀실 트릭 분류를 발표했습니다.

◈ '밀실 강의'를 넘어

카의 밀실 강의 이후 '밀실 강의에 포함되지 않은 새로운 밀실'이 미스터리에서 하나의 과제가 되었습니다. 예를 들면, 다카기 아키미쓰는 '피해자를 밀실 안으로 옮겨놓는다'라는 역밀실 유형을 고안했습니다. 우편으로 진행되는 RPG 〈호라이 학원의 모험!〉에서는 10만여 명의 학생이 지켜보는 교정 한가운데서 여학생이 살해되는 '교정 밀실 살인 사건'이 일어나 추리 대결이 펼쳐집니다. 거장 카가 남긴 유산에 대한 도전은 지금도 이어지고 있습니다

036 발자국 트릭

TRICK OF FOOTPRINTS

범죄의 흔적

족적

과학 수사

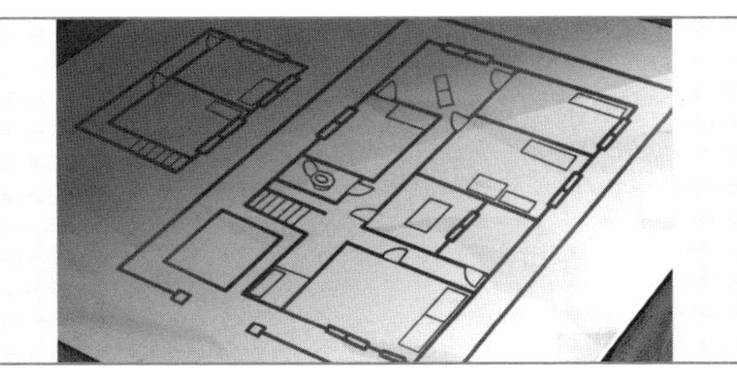

◆ 발자국은 밀실을 만든다

발자국이란 범죄 현장에 있던 사람이 발바닥이나 신발 바닥으로 남긴 흔적을 가리킵니다. 발자국이 남아 있으면 그곳에 누가 있었고 어떻게 이동했는가에 대한 증거가 됩니다. 미스터리에서는 그것을 거꾸로 이용해 발자국으로 다양한 트릭이나 미스리딩을 만들어냅니다.

고전적인 발자국 트릭에는 두 가지 유형이 있습니다. 먼저 발자국이 없는 경우로, 흉기에 찔린 시체가 발견된 눈밭에 피해자의 발자국밖에 없다면 일종의 밀실 살인이 됩니다. 발자국이 하나도 없다면 그사이 내린 눈에 덮여 사라졌다고 생각할 수 있지만, 피해자의 발자국이 남아 있다면 불가사의한 수수께끼가 되는 셈입니다. 눈밭 대신 발자국이 남기 쉬운 진창, 모래사장 등도 마찬가지입니다. 이 경우 '범인이 교묘하게 자신의 발자국을 지웠다', '날씨 등의 영향으로 발자국이 지워졌다', '다른 곳에서 죽였다'와 같은 수법을 생각할 수 있습니다.

또 하나의 고전적인 트릭은 '한 방

향으로 난 발자국'입니다. 살인 현장에는 범인의 것으로 보이는 발자국이 남아 있는데, 현장으로 향하는 발자국은 있으나 돌아 나간 발자국이 없거나 혹은 되돌아간 발자국은 있으나 현장을 향하는 발자국이 없는 경우입니다. 이때는 신발을 거꾸로 신고 걷거나, 피해자의 발자국 위를 밟으며 걸어 발자국을 위장하는 트릭이 쓰입니다. 그러나 이 정도 수법은 현재의 치밀한 과학 수사로 쉽게 밝혀집니다.

◆ 족적

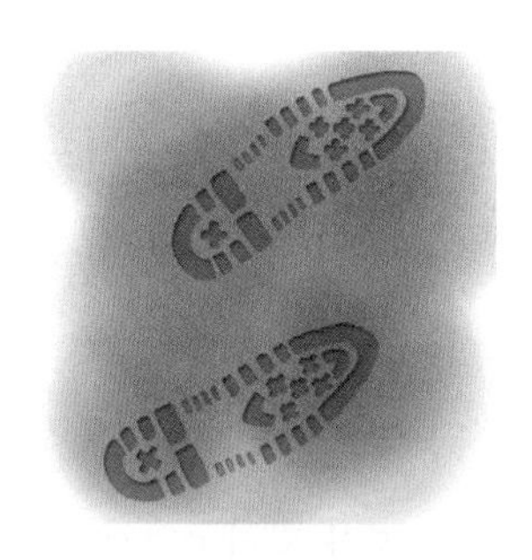

발자국은 경찰 용어로는 '족적'(영어권에서는 Footwear Impressions)이라고 하며, 채취할 때는 석고, 실리콘 고무, 젤라틴지 등을 사용합니다. 발자국은 신발에 따라 다르며 스니커즈, 운동화, 작업화 등은 제조사마다 특유의 바닥 문양이 있습니다. 또 걸음걸이 습관에 따라 특정 면이 닳거나 망가지기도 하므로 발자국을 자세히 살피면 지문처럼 개인을 특정하는 단서를 찾을 수 있습니다. 또 신발 안쪽에는 발 모양이 남기 때문에 신발 자체도 그 주인을 찾아내는 단서가 됩니다.

그뿐만 아니라 신발을 신은 사람에 대한 정보도 알 수 있습니다. 발자국의 깊이, 각도, 보폭 등에서 체중, 키, 걸음걸이를 추정할 수 있습니다. 나아가 술에 취했거나 다쳤거나 하면 그것도 발자국에 나타납니다. 채취한 족적의 상태에 따라서는 현장에서 범인이나 피해자가 어떻게 움직였는지 일거수일투족을 파악하여 사건의 전말을 재구성하는 일도 가능합니다.

◆ 발자국의 위장

발자국은 결정적 단서가 되기도 해서 범인이 위장하기도 합니다. 범행을 저지를 때 다른 사람의 신발을 신어 그 사람에게 혐의를 씌운다거나, 남자가 여자 신발을 신는다거나 그 반대 방법을 써서 엉뚱한 사람을 범인으로 몰아갈 수 있습니다. 하이힐 발자국만 남았거나 또각또각 하이힐 소리를 들은 경우라면 그 자리를 떠난 인물이 남성이라고 생각하는 사람은 별로 없을 것입니다.

그러나 이러한 잔꾀는 치밀한 과학 수사 앞에서는 힘을 못 씁니다. 예를 들어 남성이 무리해서 크기가 작은 여성용 하이힐을 신은 경우 비틀거리며 걸은 듯한 이상한 발자국이 남습니다. 구두에 쓸린 발에 피가 나 바닥에 혈흔이 남기도 합니다. 반대로 자기 발보다 큰 신발을 신었을 때도 발자국의 깊이로 체중이나 키, 발 크기까지 추정할 수 있으므로 결국 속임수가 들통납니다. 이처럼 발자국을 채취해 현장에서 범인이 한 행동을 재구성해나가다 보면 부자연스러운 부분이 드러납니다.

037 교통수단을 이용한 알리바이

ALIBI BY THE TRANSPORTS

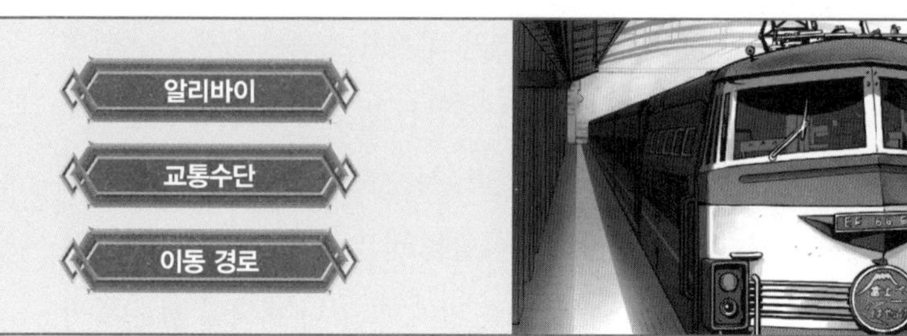

◆ 부재 증명

흔히 알리바이라고 부르는 현장 부재 증명은 어떤 인물이 사건 발생 당시 사건 현장에 없었다는 사실을 입증할 수 있는 간접적인 상황 증거를 말합니다. 이 알리바이는 범죄를 수사하는 과정에서 피해 갈 수 없는 요소입니다. 어떤 범죄가 언제 어디서 일어났는지가 명확한 경우, 그 시간 그곳에 없었다는 사실이 증명되면 그 인물이 아무리 의심스러워도 범죄에 직접적으로 관여하지 않았음이 입증되기 때문입니다.

어떤 인물이 자신이 범죄에 관여한 사실을 알리바이를 통해 숨기려고 할 때 증거로 이용하는 수단 중 하나가 이동 수단을 활용한 트릭입니다. 예를 들어 A지점과 B지점, 그리고 C지점이 있다고 할 때, C지점에서 사건이 일어났고 A지점에서 C지점으로 곧바로 이동하려면 30분이 걸린다고 합시다. 만약 사건 발생 29분 전에 A지점에 있었음을 증명할 수 있다면 그 인물은 어떠한 범행 동기가 있다 하더라도 '사건 발생 시간에 C지점에 없었다' 즉 '범죄를 직접 실행할 수 있는 상황이 아니었다'라고 입증됩니다. 그러나 만약 A지점에서 바로 C지점으로 향하지 않고 B지점을 거치는 다른 경로를 이용해 25분 만에 이동할 수 있다면 29분 전에 A지점에 있었음을 증명해도 이 부재 증명은 인정되지 않습니다. 따라서 사건을 수사할 때는 범행 동기가 충분해 의심이 가는

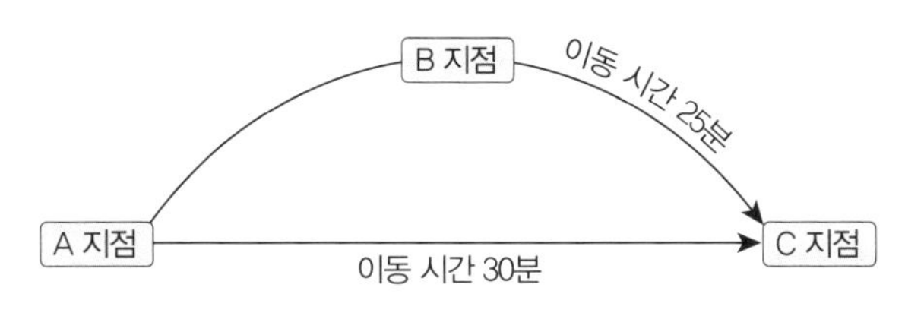

C지점에서 사건이 발생하기 29분 전에 A지점에 있었다 해도 B지점을 경유하면 시간 내에 도착할 수 있으므로 알리바이가 성립하지 않는다.

용의자가 이용할 수 있는 숨겨진 이동 경로가 있지 않은지 샅샅이 조사해 알리바이를 무너뜨릴 수 있는지 확인해야 합니다.

이처럼 대체 이동 수단을 알아채지 못하게 하여 범죄 발생 당시 자신이 그곳에 없었음을 증명하는 알리바이 트릭은 미스터리에서는 비교적 오래전부터 이용되어온 수법입니다. 또한 그 인물이 실제로 범죄를 저지른 경우뿐만 아니라 다른 진범의 범행을 독자의 눈에서 벗어나게 하기 위한 도구로도 활용할 수 있어 응용 범위가 넓습니다.

◈ 부재 증명을 무너뜨리는 법

마쓰모토 세이초의 『점과 선』은 교통수단을 이용한 알리바이 트릭의 전형적인 예를 보여주는 작품입니다. 이 작품에서는 후쿠오카시 동부 가시이 해안에서 발생한 남녀 사망 사건을 둘러싸고 도쿄-하카타-삿포로 각 도시 간 이동 수단의 조합과 중요 장소에서의 목격 정보, 부재 증명 등을 알리바이 만들기에 이용합니다. 범인은 피해자인 남녀가 도쿄역에서 침대 특급 열차 '아사카제'에 오르는 모습을 지인이 목격하게끔 한 뒤, 남자는 그대로 후쿠오카로 가게 하고 여자는 도중에 아타미에서 내려 그곳에서 머물다 후쿠오카로 향하게 합니다. 나아가 자신은 우에노에서 아오모리행 침대 급행열차에 탄 것처럼 꾸미고, 협력자에게 열차 내에서 전보를 치게 합니다. 범인은 하네다에서 지토

세 비행장까지 비행기로 이동한 뒤 오타루에서 다시 침대 급행열차에 탑승해 삿포로에서도 목격 증언을 만듭니다. 그 후 지토세 비행장에서 후쿠오카 공항으로 날아가 가시이에서 피해자들을 살해하고, 후쿠오카에서 하네다까지 비행기로 이동합니다. 즉 총 세 번에 걸쳐 비행기로 이동하는 적잖이 복잡한 절차를 밟습니다.

이 작품은 도쿄-규슈 간 혹은 도쿄-홋카이도 간 이동 수단이 국철에서 운행하는 장거리 열차밖에 없던 시절을 배경으로 하고 있으며, 피해 남성이 지니고 있던 의문스러운 영수증을 실마리로 수사관들이 치밀한 수사를 펼쳐 범인과 피해자 각각의 행적을 하나씩 밝혀나갑니다. 누구나 쉽게 비행기를 이용하게 된 지금은 이 같은 이동 경로를 수사관들도 충분히 추정할 수 있을 것입니다. 하지만 국철 특급 열차가 그야말로 '특별'한 급행열차였던 1957년 당시, 전쟁이 끝난 뒤 겨우 부활한 비행기는 국철의 특급 열차와 비교해도 매우 특별한 이동 수단이었습니다.

이러한 예에서 알 수 있듯, 교통수단을 이용한 알리바이 증명은 시대 설정을 정확히 해야 합니다. 물론 좁은 지역에서 단기간이라는 조건이 아니라면 그렇게까지 엄밀하게 정하지 않아도 되지만, 구체적인 예를 사용하는 경우에는 명확한 날짜를 특정해두지 않으면 시기에 따라서는 알리바이 자체가 성립하지 않을 가능성도 있습니다.

038 교통수단 이외의 알리바이

ALIBI BY OTHER MEANS

◆ 범행 현장과 범행 시간에 대해 착각을 유도한 경우

이번에는 범인이 교통수단(설상차나 암벽 등반 혹은 낙하산과 같은 특수한 이동 수단도 포함한다)을 이용하지 않는 알리바이 트릭에 대해 살펴보겠습니다. 우선 범행 현장과 범행 시간, 이 두 가지 개념을 알아두어야 합니다. 둘 중 하나를 오인하게 만들면 범인의 알리바이('그 시간 그 장소'에 없었다는 증거) 만들기가 성공할 수 있기 때문입니다.

범죄 현장을 오인하게 하는 알리바이 만들기의 예는 시체 이동 트릭에서 볼 수 있습니다. 가령 A라는 장소에서 알리바이를 만든 다음 피해자를 살해하고, 시간을 두고 A와 멀리 떨어진 B라는 장소로 시체를 옮겨 발견되게 합니다. B가 범행 현장으로 간주되면 그 사이 A에 있었던 범인에게는 알리바이가 생깁니다.

범행 시간을 오인하게 만드는 전형적인 수법은 시곗바늘을 돌려놓는 등의 방법으로 범행 시간을 조작하는 트릭입니다. 오랫동안 사용되어온 수법인 만큼 이 트릭을 사용할 때는 한 차례 더 비틀어줘야 합니다. 애거사 크리스티의 「사랑의 탐정들」에서는 두 개의 시계가 사건 현장에서 발견됩니다. 책상 위에 부자연스럽게 넘어져 있는 탁상시계와 피해자 주머니 속 회중시계는 서로 다른 시간을 가리키며 부서져 있습니다. 탁상시계의 바늘은 범인이 일부러 앞으

사건 현장 A에서 음식을 먹인 후 피해자를 살해한다.

현장 A로부터 멀리 떨어진 B에서 피해자로 변장해 목격자를 만들고 피해자가 먹은 것과 같은 음식을 먹는다. 그 후 B에서 알리바이를 만든다.

피해자의 위 내용물로 사망 시간을 추정하면 실제 범행 시간보다 늦은 시간, 즉 B에서 범인이 음식을 먹은 시간이 사망 시간으로 판단되어 그때 현장에는 없었던 범인에게 알리바이가 성립한다.

음식과 변장을 이용한 알리바이 트릭의 예

로 돌려놓은 것이고 회중시계가 멈춘 시간이 실제 범행 시간인 것처럼 보였지만, 나중에 진상을 알고 보니 실은 그 반대였던 것입니다. 또 어느 시점까지 피해자가 살아 있었던 것처럼 증거를 조작해 사망 시간을 늦추는 예도 있습니다. 타이머가 달린 녹음기로 피해자의 목소리나 생활음(일상생활 속에서 부득이하게 발생하는 소리-옮긴이)을 틀어 마치 살아 있는 것처럼 위장한 다음, 그 시간의 알리바이를 만들어두는 수법을 생각할 수 있습니다.

피해자의 사망 추정 시간에 오차가 생기게 해서 알리바이를 만들기도 합니다. 위에 남은 내용물의 소화 상태를 기준으로 사망 시간을 계산할 때 음식물을 섭취한 시간을 잘못 추정하게 함으로써 범행 시간도 오인하게 만들 수 있습니다.

법의학의 눈이 미치지 않는 클로즈드 서클(016) 상황에서는 시체를 차갑게 혹은 뜨겁게 만드는 등 체온을 조절하거나, 진통제인 아스피린으로 혈액 응고를 늦추는(정밀한 사법 부검에서는 쉽게 발견됩니다) 단순한 트릭도 유용하게 사용할 수 있습니다.

그 밖에 범행 현장에 발을 들이자마자 다른 사람이 눈치채지 못하는 사이 재빠르게 피해자를 살해하는 것도 범행 시간을 오인하게 만드는 트릭입니다. 현장에 발을 들이기 전 알리바이를 만들어두면 언뜻 보기에는 부재 증명이 성립해 범행이 불가능하다고 여겨지기 때문입니다.

◈ 범행 현장과 범행 시간에 대해 착각을 유도하지 않은 경우

이어서 범행 현장, 범행 시간에 오인이 없는 경우를 살펴봅시다. 대표적인 예는 기계 장치를 사용한 원격 살인입니다. 이 경우 범인은 범행 현장에서 멀리 떨어진 곳에 있으면서 범행도 저지를 수 있기 때문에 당연히 알리바이가 생깁니다. 다만 원격 조작이 가능한 장치로 살해할 수 있다는 사실이 밝혀지면 수포로 돌아가므로 범인이 현장에 있어야만 살인이 가능한 것처럼 보이게 하는 사후 처리도 중요합니다. '형사 콜롬보' 시리즈의 〈콜롬보, 대학에 가다〉에서는 범죄학과 학생 두 명이 자동 권총과 무선을 조합한 장치로 자신들의 시험 부정행위를 눈치챈 교수를 사살하고, 그 후 장치를 교묘하게 현장에서 가지고 나와 알리바이를 만듭니다.

단순하기는 해도 알리바이를 증언하는 인물이 고의로 거짓말을 하는 것도 어떻게 꾸며내느냐에 따라 인상적인 알리바이 트릭이 됩니다. 사카구치 안고의 『불연속 살인사건』에서는 뜻밖의 인물들이 공범으로 엮이는 수법을 사용합니다. 설마 공모했으리라고는 생각지도 못한 인물의 입에서 나온 위증은 독자를 놀라게 합니다. 용의자 열두 명 모두가 공범이었던 애거사 크리스티의 『오리엔트 특급 살인』은 이러한 알리바이 트릭의 정점을 보여주었습니다.

039 독살 트릭(개요)

TRICKS OF POISONING(SUMMARY)

◆ 독살범의 딜레마

독살이란 말 그대로 독극물(092)을 이용해 사람을 포함한 생명체를 죽이는 것을 말합니다. 주로 음식에 독을 넣어 먹게 만들지만, 독침으로 찌르는 등의 방법을 사용하기도 합니다. 독살은 직접 주먹을 휘두르지 않는 만큼 신체 능력에 좌우되지 않으므로 누구라도 실행할 수 있는 간단한 살인 방법처럼 보이지만 몇 가지 위험이 존재합니다. 존 딕슨 카의 『초록 캡슐의 수수께끼』에서 탐정 기디언 펠 박사는 독살에 세 가지 위험 요소가 있다고 말합니다. 세 가지 위험 요소란 성공 여부의 불확실성, 은폐의 어려움, 입수 경로의 노출입니다.

- **성공 여부의 불확실성:** 독살은 칼로 찔러 죽이는 것과 달리 성공 확인이 어렵고 확실성이 떨어진다. 간혹 피해자가 독이 든 술이나 음식을 입에 대지 않거나 실수로 쏟을 수도 있다. 독극물이 치사량에 못 미친다거나 몸이 아주 건강하다는 등의 이유로 독이 듣지 않는 경우도 있다. 또 독성 효과가 느리게 나타나는 독을 사용하면 결과가 나오기까지 몇 달이나 걸리기도 한다.
- **은폐의 어려움:** 독살범은 자신의 결백을 내세우기가 어렵다. 예를 들어, 음식에 든 독에 의한 독살임이 밝혀지면 음식을 만든 인물, 음식에 접근할 수 있었던 인물 등 한정된 인물이 먼저 의심을 받고 동기도 밝혀진다. 이렇게 되면 독살 혐의를 완전히 벗는 것은 대단히 어려워진다.
- **입수 경로의 노출:** 살인에 이용할 수 있는 유효한 독극물은 좀처럼 손에 넣기 어렵다. 비소나 청산가리 같은 독극물 취급에는 자격이 필요하며 판매 기록도 남는다. 산에서 자생하는 독초를 채취할 수 있는 사람 또한 적다. 한 번에 성공하지 못할 때를 대비해 독을 지니고 있다가 발각되면 이 또한 증거가 된다.

이 세 가지 위험 요소에 대응하기 위해 많은 독살범이 동물 등 다른 대상에게 독을 시험적으로 사용해보는 '독살 연습'을 하는데, 이 또한 커다란 위험 요소가 됩니다.

◆ 독살 트릭

독살 트릭은 어떻게 용의선상에서 벗어나면서 독을 먹이느냐가 관건입니다. 상대에게 의심받고 있지 않다면 독을 넣는 일은 간단한데 문제는 어떤 독을 쓰느냐입니다. 역사적으로 가장 널리 사용되어온 독은 비소입니다. 비소 화합물은 무미, 무취에 증상도 병사와 구별하기 어렵기 때문입니다. 과학 수사가 발달한 현대에는 이러한 이점도 통하지 않게 되었지만, 그럼에도 비소는 수많은 사건에서 사용되고 있습니다.

상대가 경계하면 같은 요리나 음료를 함께 먹음으로써 경계심을 풉니다. '먼저 먹는 모습을 보인 뒤 몰래 독을 넣는다', '먹는 척한다', '상대의 식기에만 독을 발라 둔다', '독을 넣은 얼음을 만든다'와 같은 트릭으로 상대에게만 먹일 수 있습니다. 미리 해독제(094)를 먹어둘 수도 있지만, 실제 해독제는 그다지 효과가 없습니다.

◆ 투구꽃과 복어의 독

가장 구하기 쉬운 독극물은 산과 들에서 자라는 독초입니다. 예를 들어, 미나리아재빗과에 속하는 여러해살이풀인 투구꽃은 자주색의 아름다운 꽃을 피워 관상용으로도 키우는데, 이 투구꽃의 뿌리줄기에는 맹독성 알칼로이드인 아코니틴이 들어 있습니다. 그 독성이 예로부터 널리 알려져 고대 로마 시대에

황제 자리를 놓고 다툼을 벌일 때 정적을 암살하는 사건에 자주 사용되면서 '계모의 독'이라고도 불렸습니다. 아코니틴이 몸속에 들어가면 신경 전달 물질의 움직임을 방해해 신경과 근육을 마비시키고 호흡 곤란까지 일으켜 사망에 이르게 합니다.

복어는 테트로도톡신이라는 독을 가지고 있습니다. 테트로도톡신은 치사량이 0.2mg으로 청산가리보다 1,000배나 독성이 강한 맹독입니다. 따라서 복어는 자격을 취득한 전문가만이 조리할 수 있지만, 관상용으로는 누구나 키울 수 있습니다.

놀라운 점은 투구꽃의 독과 복어의 독은 상반된 작용을 해서 두 가지 독을 함께 쓸 경우 독성의 효과가 느리게 나타납니다. 실제로 1986년 일본 이시가키섬에서 이 두 가지 독을 함께 써서 아내를 살해한 보험금 살인 사건이 일어났습니다.

040 독살 트릭(수단)

TRICKS OF POISONING (METHOD)

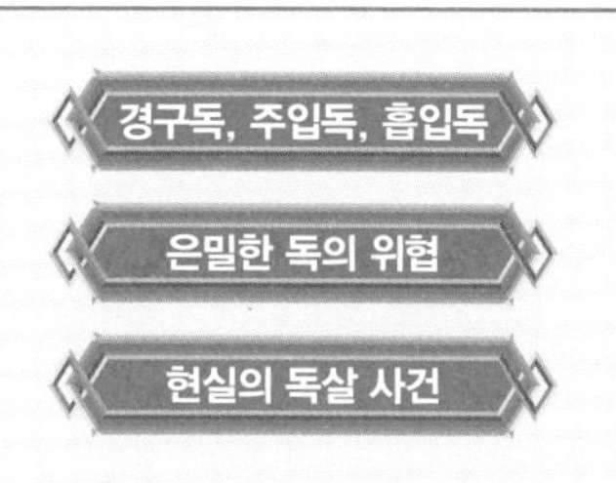

◈ 독의 유입 경로

독극물(092)은 다양한 경로로 인체로 들어옵니다. 음식에 섞는 독은 입을 통해 소화기로 들어가기 때문에 경구독이라고 합니다. 보통 경구독은 소화관에서 흡수된 후 간을 통해 혈관으로 들어가 독성을 발휘합니다.

혈관에 직접 투여하는 독은 주입독이라고 합니다. 독을 바른 단검이나 독침은 상대에게 상처를 입혀 혈관이나 근육으로 독소를 보냅니다. 독충, 독사 등 동물의 독은 침에 찔리거나 송곳니에 물려 근육에서 혈관으로 흘러 들어갑니다.

인체에는 간을 비롯해 어느 정도 독소를 처리하는 기관이 있어서 입으로 먹는 것보다 혈관에 주사하는 것이 더 효과가 좋습니다. 일반적으로 정맥 주사가 효과적이지만, 근육 주사가 더 잘 듣는 경우도 있습니다. 또 독이 아니더라도 공기를 다량으로 주입하면 혈관이 막히거나 심장이 제대로 뛰지 않아 죽음에 이르게 됩니다.

흡입독은 독가스나 병원균처럼 호흡을 통해 체내에 흡수됩니다. 이 독은 폐로 흡수되어 혈액으로 퍼집니다. 청산가리는 입으로 먹어도 효과가 있지만, 청산 가스를 사용하면 금방 온몸에 독을 퍼뜨릴 수 있습니다. 실제로 청산가리를 먹은 사람이 내쉬는 숨에도 독성이 있기 때문에 조심해야 합니다.

병원균은 일단 인체에 묻으면 손을 거쳐 입이나 점막, 상처로 옮겨져 체내로 침입합니다.

피부로 침투하는 독도 있습니다. 일명 겨자 가스라고도 불리는 미란성 독가스가 대표적인데, 흡입하지 않고 닿기만 해도 피부를 짓무르게 하고 때에 따라서는 죽음에 이르게 합니다. 이러한 독은 경피독이나 접촉독으로 분류하기도 합니다. 그리스 신화의 영웅 헤라클레스의 목숨을 앗아간 것은 독이 묻은 셔츠였는데, 온몸이 타들어가는 듯한 엄청난 고통을 느꼈다고 합니다. 이 또한 경피독이라고 할 수 있습니다.

◆ 예상치 못한 순간 은밀하게 다가오는 독의 위협

경구독 이외의 독살 트릭이 무섭게 느껴지는 이유는 대개 이를 전혀 예상하지 못하기 때문입니다. 대수롭지 않게 여겼던 일이 큰일이 될 때 사람은 더욱 큰 공포를 느낍니다. 예를 들어 벌 독에 의한 사망자가 많은 이유는 설마 벌에 쏘인 정도로는 죽지 않을 거라고 방심하기 때문입니다. 최근에는 아나필락시스 쇼크라는 말이 널리 알려지면서 벌에 쏘이지 않도록 주의하는 사람도 늘었습니다.

니코틴 독은 가정에서도 간단히 제조할 수 있고 독성도 강해 독침 살인에 활용하면 현실감이 생깁니다. 독을 바른 바늘은 의외로 통증이 없기 때문에 '독침을 미리 손을 집어넣을 곳이나 옷에 넣어두어 찌른다'라는 식의 트릭도 사용할 수 있습니다.

유독가스 또한 군용 독가스는 구하기 어렵지만 주변에 있는 물건으로 얼마든지 만들어낼 수 있습니다. '위험! 섞지 마시오!'라고 적힌 가정용 세제류에서는 종종 해로운 황화 수소 가스가 발생합니다. 화장실을 밀실로 만들어 상대를 가두고 독가스를 사용하는 경우도 있습니다.

경구독 이외의 독이 인체에 유입되는 형태는 대개 다음 표와 같이 크게 네 종류로 나눌 수 있습니다.

방법	개요	독의 종류
접촉	독이 피부에 직접 닿는다.	미란성 독가스, 옷에 묻은 독
흡입	입이나 코로 기체 상태의 독을 들이마신다.	유독가스, 일산화탄소 중독
주입	입 이외의 부위를 통해 체내로 독이 주입된다.	독극물 주사, 독침, 독검, 독충
감염	독성 세균, 미생물 등이 체내에 침입한다.	세균, 미생물

◆ 허구의 상상을 뛰어넘는 현실의 테러, 암살 사건

독살 사건은 현실 세계에서도 점차 늘고 있습니다.

일본에서는 1995년 지하철 사린 사건, 1998년 독극물 카레 사건 등 독을 사용한 대량 살인이 실제로 일어났습니다. 미국에서는 2001년 9·11 테러 사건 직후 탄저균 테러 사건이 발생했는데 맹독성 탄저균이 담긴 우편물이 공공기관에 배송되어 다섯 명의 희생자를 냈습니다. 지하철 사린 사건을 일으킨 옴진리교 역시 탄저균을 이용할 계획이 있었다고 밝혔습니다.

2006년에는 전직 KGB 요원이자 반푸틴파 저널리스트 알렉산드르 리트비넨코가 방사성 물질 폴로늄210에 중독되어 사망했습니다. 폴로늄은 일반인이 만들 수도 구할 수 없는 희귀 방사성 물질로, 과거에도 암살에 사용되었기 때문에 세간에서는 러시아 정부 기관에서 암살했다고 보고 있습니다.

041 군중 속의 살인 트릭

TRICKS OF MURDERS IN PLAIN SIGHT

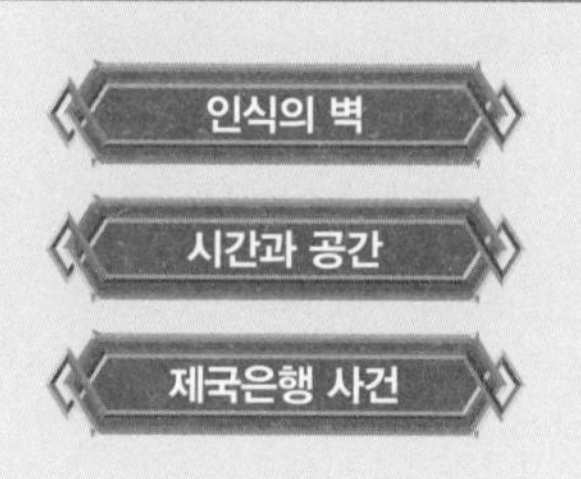

◆ 원격, 시간차… 불가능을 가능으로 만든다

남모르게 벌어지는 범죄와 달리 많은 사람이 오가는 장소에서 일어나는 범죄는 범행 순간이 쉽게 목격된다는 문제가 있지만, 들키지만 않으면 의심받을 가능성이 매우 작다는 이점이 있습니다. 사람이 많은 곳에서는 범죄가 일어나지 않을 것이라 믿는 심리를 이용해 등장인물은 물론 독자까지 깜박 속여 넘기는 기술이 필요한 트릭입니다.

군중 속에서 범행을 저지를 때는 주위 사람들에게 피해자와 가해자 사이에 직접적인 접촉이 없었다고 인식하게 해야 합니다. 피해자 혹은 범인에게 시선이 쏠려 있을 때 범행을 실행함으로써 범인은 자신을 제삼자로 위장할 수 있습니다. 주변에 사람이 많을수록 인간은 주위를 인식하는 능력이 떨어집니다. 친구들끼리 모인 경우라면 그 자리에 있던 모든 사람의 얼굴을 떠올리는 것은 그다지 어렵지 않습니다. 하지만 잘 알지 못하는 사람을 포함해 여럿이 모인 경우라면 자연스럽게 사람을 인식하는 범위가 좁아집니다. 즉 범인은 많은 사람 눈앞에 있으면서도 사실은 사람의 인식이라는 벽이 만든 밀실에서 단독 범죄를 저지르는 것이나 마찬가지입니다.

군중 속에서 범행을 저지를 때는 시간과 공간을 얼마나 자신에게 유리하게 조종할 수 있는지가 관건입니다. 약물은 시간과 공간을 동시에 조종할 수 있는 가장 간단한 방법입니다. 바로 효과가 나타나는 즉효성 독극물이라면 그 자리에 있지 않았거나, 그것을 섭취하는 방법에 관여하지 않았다는 것으로 자신이 사건과 무관함을 증명할 수 있습니다. 위산에 잘 견디는 내산성 캡슐을 사용하거나, 화학 반응이 일어나 독극물의 효과가 나타나기까지의 시간을 조작하면 수사 대상을 넓혀 혼란을 더할 수 있습니다.

흉기를 사용해 살해하는 경우라면 '흉기를 다른 물건으로 위장한다', '범행 순간 주위의 관심을 다른 곳으로 돌린다', '이미 살해한 피해자를 살아 있는 것처럼 착각하게 한다'와 같은 트릭도 자주 사용됩니다.

◈ 군중 속에서 벌어지는 범죄의 예

에도가와 란포는 장편 『외딴섬 악마』를 비롯해 사람들이 보는 앞에서 벌어지는 살인을 다룬 미스터리 작품을 여러 편 썼습니다. 1936년부터 아동 잡지 〈소년클럽〉에 연재한 아동용 탐정소설 『소년 탐정단』에도 그런 범죄가 종종 등장합니다. 이 작품에서 란포는 성인용 작품의 범죄자와는 다른, 아르센 뤼팽 같은 괴도 '괴인 이십면상'을 등장시켜 변장 등 특기를 이용해 사람들이 지켜보는 상황에서 다양한 트릭을 선보였습니다.

란포와 거의 동시대의 영국 미스터리 작가 중에는 불가능 범죄의 대가인 존 딕슨 카가 있습니다. 카는 밀실에서 사람들이 지켜보는 가운데 펼쳐지는 범죄 트릭을 다룬 걸작을 다수 발표했고, 란포는 그런 작품들을 일본에 소개했습니다. 카의 작품은 기발하고 정교한 트릭이 특징이며, 특히 언뜻 불가능해 보이지만 실행 가능성을 설명할 수 있는 불가능 범죄 트릭과 그 트릭에 설득력을 부여하는 교묘한 스토리 구성으로 높은 평가를 받았습니다.

◈ 제국은행 사건

1948년 1월 26일 일본의 제국은행(지금의 미쓰이스미토모 은행의 전신) 시나마치 지점에서 청산 화합물을 이용한 집단 살인강도 사건이 발생했습니다. 범인은 당시 우물이 오염되면서 자주 발생하던 이질을 예방하기 위한 것이라고 속인 다음 영업시간이 끝난 후 지점의 은행원 등 열여섯 명에게 독극물을 먹이고 그중 열두 명을 살해하고 현금 16만 엔과 수표를 훔쳐 달아났습니다. 범행 시간은 오후 세 시가 지난 평일 월요일 오후로 주변에는 사람들이 오갔고, 범행 현장에 있던 사람 모두가 피해자라는 특이성은 있지만 사람들이 지켜보는 상황에서 대량 살인을 저지른 희귀한 사건입니다.

범인은 은행원들 눈앞에서 스스로 약물(같은 것) 마시는 시범을 보이며 안심시키고, 차례로 두 종류의 약물을 마시게 했습니다. 이 약물들은 청산 화합물이라는 사실만 밝혀진 채 정확한 성분을 분석할 수 없었고, 두 종류의 약물이 섞여 효과가 나타나는 시간을 조작하려 한 것인지 아니면 두 번째 약물을 마실 때까지 구토하지 않게 하려 한 것이었는지는 밝혀지지 않았습니다.

사건 이후 용의자로 화가 히라사와 사다미치가 체포되어 유력한 물적 증거 없이 범인으로 확정되었습니다. 사형수가 된 그는 억울함을 호소하다 37년째 수감 생활을 하던 중 병사했습니다.

042 시체 은닉

CONCEALING OF THE BODY

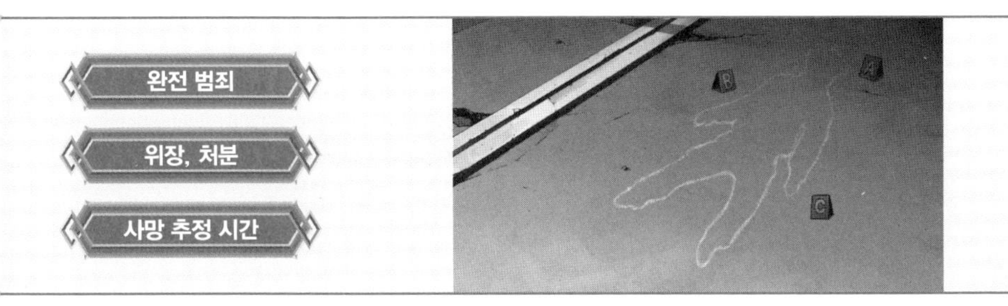

◆ 시체를 처분하라!

시체 은닉이란 시체를 숨기거나 처분하는 일을 말합니다. 시체가 발견되지 않으면 살인 사건이 성립하지 않으므로 범인은 대개 시체 은닉을 시도합니다. 미스터리에서는 시체를 은닉하기 위한 수단이나 트릭도 소재로 자주 다뤄집니다.

은닉 수단은 대체로 '숨긴다', '위장한다', '처분한다'로 나뉩니다.

'숨긴다'가 가장 일반적인데, 사람 시체는 꽤 무겁기 때문에 혼자서는 옮기기 어렵다는 문제가 있습니다. 다른 사람 눈에 띄지 않는 곳까지 옮겨 사람 한 명을 묻을 만큼의 구멍을 파고 묻는 작업은 상당히 힘듭니다. 넓이가 2m×1m 정도는 되어야 하며, 너무 얕으면 들개 등 야생 동물이 파낼 수 있으므로 깊이도 웬만큼 필요합니다.

구멍을 파기 어려울 때는 강이나 늪, 바다 등에 시체를 버리기도 합니다. 다만 사람의 몸은 원래 물에 뜨기 쉽고, 더욱이 시체는 부패 가스로 팽창할 수 있으므로 무거운 돌덩이를 매달거나 콘크리트에 묻은 뒤 던져야 합니다.

에드거 앨런 포의 「검은 고양이」에서는 시체를 벽 속에 넣고 새로 석회를 바릅니다. 벽이 얇으면 발견되기 쉬우므로 건설 현장에서 기초 콘크리트 공사에 쓰이는 양 정도는 필요하겠지요.

호러 장르에서는 시체를 밀랍 인형이나 박제로 만들어 보관하는 기이한 수법이 자주 등장하는데, 현재는 엑스선 등 비파괴 조사로 금방 발각됩니다.

시체 은닉 수법을 정리하면 다음과 같습니다.

종류	설명
감춘다	묻는다, 가라앉힌다, 버린다, 벽 속에 넣고 석회를 바른다, 보관한다
위장한다	다른 시체와 바꿔치기한다, 사인을 위장한다, 살아 있는 것처럼 위장한다
처분한다	태운다, 녹인다, 해체한다, 먹는다

◆ 시체의 위장

시체의 위장에는 대개 '죽은 사람과 바꿔치기'하는 방법이 쓰입니다. 나무를 감추려면 숲에 숨겨야 하듯이 시체를 감추려면 시체 보관소나 무덤에 숨기는 게 좋습니다. 화장되거나 매장되면 시체를 합법적으로 처분하는 것이 됩니다. 사고 현장에 던져 넣어 사고사나 추락사, 또는 차에 치여 죽은 것처럼 위장하는 트릭도 자주 사용됩니다. 단 사후에 시체가 손상된 경우에는 출혈이 적거나 하는 이유로 위장이 발각되기 쉽습니다.

그 밖에 이미 사망한 상태인데 살아 있는 것처럼 위장하는 시간차 트릭도 있습니다. 지금은 직장 내 온도와 시반, 경직 등을 통해 사망 시간을 추정할 수 있으므로 시체의 체온을 올리거나 내리는 방법으로 사망 추정 시간에 오차가 생기게 하는 트릭과 조합해야 할 것입니다.

◆ 시체의 해체와 처분

시체의 완벽한 처분은 완전 범죄의 조건 중 하나입니다. 그렇다고는 해도 인체는 휘발유에도 쉽게 타지 않으므로 시체를 태워서 처분하기는 어렵습니다. 화장 시설에서도 고온에서 30분 이상 태워야만 뼈 이외의 부분이 전부 탑니다. 소각하는 방법을 써도 뼈는 남으며 시체에 살이 조금이라도 남으면 발각될 수 있습니다. 강한 산성 물질로 시체를 녹이는 방법도 있습니다. 그러나 인체를 녹일 만큼의 양을 손에 넣기 어렵고 이상한 냄새도 나기 때문에 현실적인 트릭이라고 하기는 어렵습니다.

확실하게 처리하기 위해 시체를 해체하기도 합니다. 부엌칼, 손도끼, 톱 등이 있으면 관절을 따라 해체할 수 있습니다. 운반하든 묻든 우선 해체하는 편이 여러모로 편합니다. 엽기적인 범인이 시체의 살이나 내장을 먹거나 사람 뼈로 육수를 우려낸 사례도 있습니다.

시체를 해체하는 작업은 상당히 수고스럽고 고됩니다. 살인범이 손발이나 머리를 몸에서 잘라내는 단계에서 힘이 다 빠지는 이유도 여기에 있습니다. 1993년 사이타마 애견가 연쇄 살인 사건은 시체 은닉에 성공해 '시체 없는 살인 사건'이라고도 불렸습니다. 애완동물 가게를 운영하는 부부가 자신들의 사기 행각이 발각될 것을 우려해 고객을 독살한 뒤 시신을 해체하고, 뼈와 소지품은 드럼통에서 소각한 다음 나머지 잔해는 다른 지역 산속에 버렸습니다. 범인은 자신의 행위를 '시체를 투명하게 한다'라고 표현했으며 네 명을 같은 수법으로 살해했습니다. 시체가 발견되지 않아 수사는 난항을 겪었으나 공범자의 자백으로 겨우 범인이 체포되었습니다.

043 쌍둥이 트릭, 1인 2역

TWINS, DOUBLE ROLE

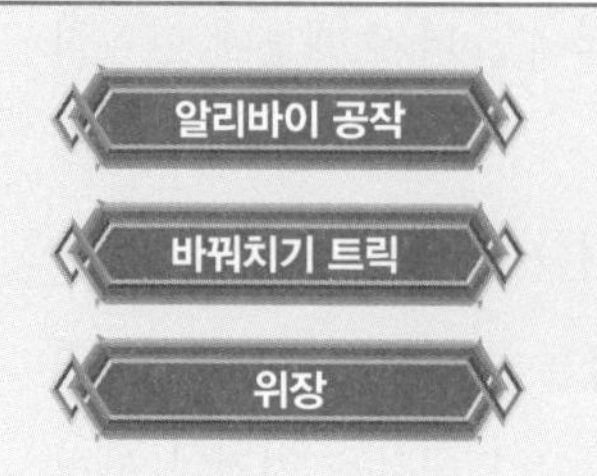

◆ 쌍둥이 트릭이란 무엇인가

쌍둥이 트릭은 외모가 비슷한 쌍둥이(일란성 쌍둥이) 혹은 외모가 매우 비슷한 타인을 이용해 알리바이나 상황을 거짓으로 꾸미는 트릭입니다. 기본적인 수법은 쌍둥이라는 사실을 숨긴 채 한쪽이 다른 곳에서 알리바이를 만드는 사이 다른 한쪽이 범죄를 저지르는 것입니다. 매우 닮은 인물과 바꿔치기해 속이는 경우도 여기에 해당합니다. 예를 들어 마크 트웨인의 『왕자와 거지』는 우연하게도 꼭 닮은 왕자와 거지가 서로 신분을 뒤바꾸면서 벌어지는 소동을 그린 작품입니다.

그러면 실제로 쌍둥이 트릭은 효과가 있을까요? 매우 닮은 인물을 이용한 알리바이 공작은 실제로 가능합니다. 아는 사람을 만나거나 단골 가게에 들러 정체를 들키지 않을 정도로만 인상을 남겨 알리바이를 만들 수 있습니다. 증거로 식사 영수증까지 구해두면 완벽합니다. 또한 편의점이나 은행 ATM 등 보안용 CCTV가 설치된 장소를 지나가면서 카메라에 흔적을 남기면 알리바이로 이용할 수 있습니다.

다만 진짜 쌍둥이인 경우 가족 관계나 출생, 사망 사실 등을 등록하는 신분 등록 제도가 있는 나라에서는 바로 쌍둥이의 존재가 드러나기 때문에 이를 해결할 아이디어가 필요합니다.

예를 들어, 영화 〈트릭TRICK〉에서는 마을의 관습에 따라 출생 신고를 하지 않아 서류상 존재하지 않는 쌍둥이가 등장합니다. 나가이 마사루가 주연한 드라마 〈페이스 메이커〉에서는 천재 성형외과 의사가 병원을 찾은 환자들 얼굴을 성형 수술을 통해 바꿔주면서 차례로 유사 쌍둥이가 탄생합니다. 또 SF 작품에서는 복제 인간이나 시간 여행자를 이용한 바꿔치기 트릭도 등장하는데, 이는 쌍둥이 트릭이라기보다 '두 명의 나' 트릭으로 불러야 할지도 모릅니다.

◈ 바꿔치기 마술

쌍둥이 트릭은 원래 마술에서 사용하는 바꿔치기 트릭을 응용한 것입니다. 예를 들어 한쪽 상자에 갇힌 마술사가 순간 이동을 하여 다른 상자에서 튀어나오는 마술이 있는데, 실제로는 들어간 사람과 나온 사람은 다른 사람입니다. 애니메이션으로도 만들어진 사쿠라바 가즈키의 미스터리소설 『고식GOSICK』은 1920년대 유럽의 소국들을 무대로 하는데, 여기에 순간 이동이 특기인 마술사가 등장합니다. 이 마술사는 쌍둥이라는 사실을 숨기고 활동합니다. 영화 〈프레스티지〉에서는 순간 이동 마술을 완성하기 위해 경쟁하는 두 마술사의 이야기가 그려집니다.

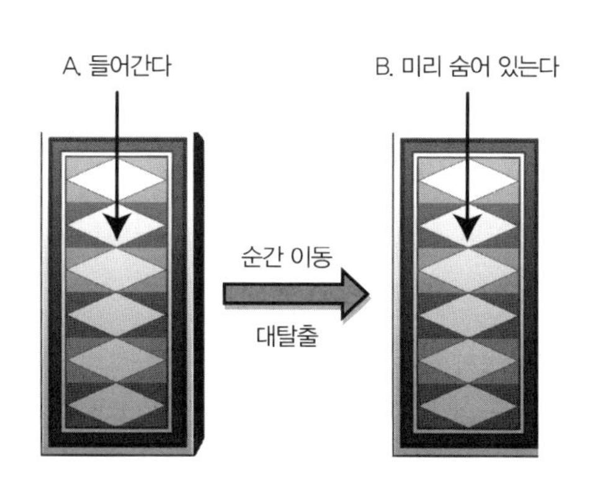

◈ 1인 2역

'쌍둥이 트릭'의 반대는 '1인 2역' 트릭입니다. 범인이 피해자로 위장해 다른 장소, 같은 시간에 피해자가 살아 있었던 것처럼 목격 증언을 만들거나, 범인이 변장을 하고 다른 인물이 현장에 있었던 것처럼 보이게도 합니다. 알랭 들롱이 주연한 영화 〈태양은 가득히〉에서는 방탕한 부잣집 아들을 죽인 남자가 피해자의 신분증과 서명을 위조해 그의 자리를 대신하려고 합니다.

피해자가 이미 죽었다는 사실을 숨기기 위해 범인이 몇 년 동안 피해자 행세를 하는 경우도 있습니다. 이처럼 오랜 기간 다른 사람을 연기하며 살아가려면 상당한 노력이 따르므로 범인에게도 강한 동기가 필요합니다. 금전적인 보수라면 상당히 큰돈이 들어오는 경우일 것입니다. 돈으로 바꿀 수 없는 것이라면, 예를 들어 복수도 흔히 동기로 작용합니다. 조금 다르게는 광기가 동기인 경우가 있습니다. 대표적으로 앨프리드 히치콕 감독의 서스펜스 영화 〈사이코〉를 꼽을 수 있는데, 어머니의 죽음을 받아들이지 못하고 정신 분열이 온 마더 콤플렉스 청년이 죽은 어머니와 자신, 1인 2역을 연기하며 살인을 반복합니다.

044 교환 살인

MURDER EXCHANGE

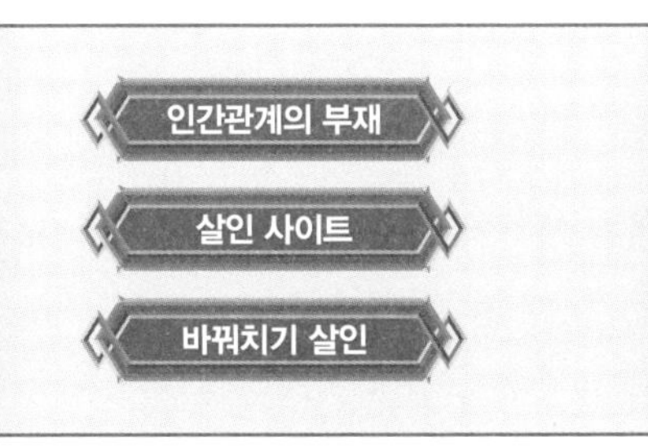

◈ 죽일 상대를 교환하자

교환 살인이란 말 그대로 죽일 상대를 교환하여 계획 살인을 저지르는 것입니다. 대개 두 명의 살인범에 의해 실행되며 범인끼리는 서로 접점이 없는 경우가 많고 적어도 피해자와는 아무런 인연이 없습니다.

살인은 매우 강한 동기가 있어야 가능한데, 교환 살인에서는 아무런 관계가 없는 사람을 죽이기 때문에 가해자와 피해자 사이에는 어떠한 살인 동기도 인간관계도 없습니다. 따라서 피해자는 가해자가 다가와도 위험하다고 느끼지 못하므로 방심하기 쉽습니다. 또 가해자가 피해자의 교제 범위 내에 없으므로 경찰도 범인을 찾기 어렵습니다. 성공하면 무차별 범죄로 결론이 나고 사건이 마무리됩니다.

미리 대략적인 범행 날짜를 정해두면 서로 알리바이를 확보할 수 있다는 점도 이점입니다. 먼저 A가 살인하는 동안 B는 자신의 알리바이를 확보해두고, 마찬가지로 B가 살인할 때는 A도 알리바이를 만들어두는 것입니다.

보통은 두 명의 범인이 일대일로 죽일 상대를 교환하는데, 세 명 이상이 죽일 상대와 순서를 정해 서로 교환하는 경우도 있습니다. 이로써 인간관계 범위 내에서 범인을 찾기가 더욱 어려워집니다. 단점은 착각해서 다른 사람을 죽이거나 한쪽이 배신하기 쉽다는 점입니다.

◆ 살인 사이트

교환 살인을 하려면 자신과 무관하면서도 죽이고 싶은 상대가 있는 사람과 만나야 합니다. 인터넷의 발달로 이러한 만남을 중개하는 사이트, 이른바 살인 사이트가 생겨났고 실제로 이런 사이트에서의 만남을 계기로 사람이 죽는 사건도 종종 일어납니다. 이런 사이트는 과거에는 웹사이트가 중심이었지만, 점차 트위터 등 각종 소셜 미디어로 퍼지고 있습니다.

교환 살인은 수사를 어렵게 만들지만 위험 요소가 없진 않습니다. 먼저 생면부지인 사람을 타인을 대신해 죽여야 합니다. 말할 것도 없이 이런 행위는 증오하는 상대를 죽이는 것보다 심리적 어려움이 큽니다.

또한 교환 살인의 파트너는 서로 모르는 사람일수록 좋지만, 이는 다시 말해 생면부지의 사람을 믿고 운명을 같이해야 한다는 것을 의미합니다. 그런 상황에서 상대를 믿고 살인을 저지를 수 있을까요? 배신이 두렵지 않을까요?

한편 전혀 모르는 상대이기 때문에 오히려 신뢰를 쌓기도 합니다. 인터넷을 통해 여러 개인적 고민을 공유하다가 서로 죽이고 싶은 상대가 있음을 알게 되면서 교환 살인을 계획하게 되는 경우, 이미 공감대가 형성된 상태이기 때문에 살인을 감행할 수 있는 것입니다.

◆ 바꿔치기 살인

바꿔치기 살인이란 누군가의 죽음으로 이익을 얻고자 그 사람 대신 다른 사람을 죽이는 것을 말하며 생명 보험금을 노린 살인 사건에 자주 이용됩니다. 예를 들어 빚더미에 오른 부부가 남편 명의로 고액의 보험에 가입한 뒤 남편과 외모가 비슷한 사람을 살해하고 사고사로 위장해 남편의 사망 보험금을 타내는 것입니다(그림 2 참조).

이러한 보험 사기를 노린 바꿔치기 살인은 치안이 좋은 나라에서는 발각되기 쉬워 주로 치안이 나쁜 나라에서 벌어지곤 합니다. 게다가 사망한 것으로

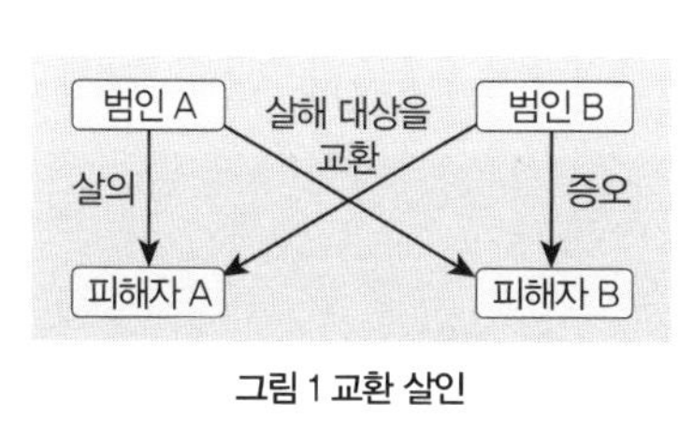

그림 1 교환 살인

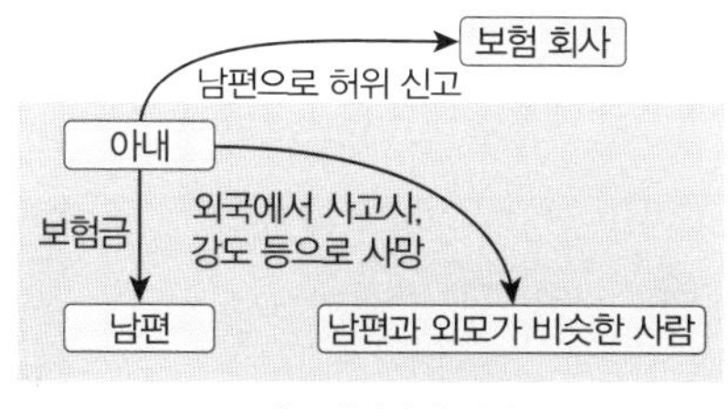

그림 2 바꿔치기 살인

처리된 사람이 잠시 몸을 숨기기에도 외국이 편리합니다. 그럴 때 현지 사정에 밝은 사람이 필요하므로 현지의 범죄 조직과 연결된 범죄자가 바꿔치기 살인을 계획하기도 합니다. 이러한 보험 사기 사건을 막기 위해 생명 보험 회사에서도 전문 조사원을 외국에 파견하곤 하는데, 미스터리에서는 그런 조사원이 탐정 역할을 맡기도 합니다. 사건이 일어난 후 보험금 청구 과정에서 생기는 문제를 피하기 위해 처음부터 생명 보험 판매원이 범죄에 연루되어 있거나 때에 따라서는 주범인 경우도 있습니다.

045 뜻밖의 흉기

UNEXPECTED WEAPON OF MURDER

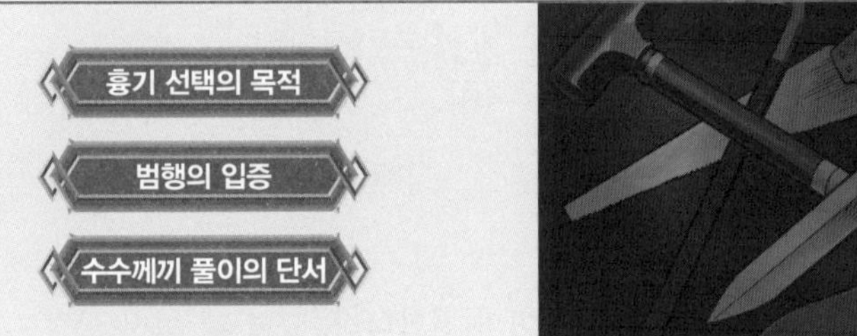

◆ 알리바이 만들기부터 극적 연출까지

미스터리에서 살인 사건을 빼놓고 이야기할 수 없듯이 살인에서는 흉기를 빼놓을 수 없습니다. 많은 미스터리 작품에서는 독자의 흥미를 불러일으키기 위해 칼이나 로프뿐만 아니라 상상을 초월하는 뜻밖의 흉기를 사용하기도 합니다. 범인이 뜻밖의 흉기를 사용하는 목적은 알리바이를 만들거나, 사인을 불명확하게 만들거나, 사고로 보이게 하기 위해서 등 다양하지만 단순히 기괴함을 과시하기 위함이기도 합니다.

- **기계 장치를 이용한 흉기:** 자동 혹은 원격으로 조종할 수 있어 주로 알리바이 만들기에 사용된다.
  - 손잡이: 독침이 튀어나온다. 고압 전류가 흐른다.
  - 피아노: 건반에 고압 전류가 흐른다. 내부에서 독가스가 발생한다.
  - 망원경: 눈을 향해 칼날이나 총알이 발사된다.
- **보이지 않는 흉기:** 흉기를 숨길 수 있다. 그 자리에 있어도 흉기라고 눈치채지 못한다.
  - 쇠 파이프: 총알을 넣고 바이스로 고정한 다음 망치로 충격을 가해 발사한다.
  - 조립식 건물: 크레인으로 90도 기울여 건물 안의 피해자를 추락시킨다.
  - 생물: 독사, 전갈 등. 서식지일 경우 범행 후 풀어놓으면 들키지 않는다.
- **사라지는 흉기:** 살해 방법을 착각하게 할 수 있다.
  - 얼음송곳: 범행 후에는 녹아 물이 된다.
  - 소금 총알: 혈액에 녹으므로 사살된 것이 아니라 자살로 보이게 할 수 있다.
  - 드라이아이스: 특정 장소에 설치, 이산화탄소를 발생시켜 산소 결핍 상태로 만든다.

- **프로 암살자의 작업 도구:** 흉기처럼 보이지 않는다. 범죄를 연출할 수 있다.
  - 벨트: 탄성이 좋은 강철로 만든 암살 검. 바지가 흘러내리지 않도록 주의해야 한다.
  - 신발: 발끝에 독이 발린 날을 박아 상대의 발치를 공격한다. 007도 고전했다.
  - 기타: 바늘만큼 가는 특별 단검, 목발로 위장한 장총 등.

◈ 흉기의 특정, 범행의 입증

사회파 미스터리의 거장 마쓰모토 세이초의 단편 「흉기」에서는 어느 시골에서 잡화 중개인이 누군가에게 머리를 맞고 사망하는 사건이 발생합니다. 한 여자가 수사선상에 오르고 기회도 있고 동기도 있지만 흉기를 알 수 없습니다. 둔기이며 아마도 흔하게 볼 수 있는 물건으로 추정되지만, 흉기라고 할 만한 것을 찾지 못한 채 사건은 미궁에 빠지고 맙니다. 그로부터 몇 년 후, 담당 형사는 정월 초에 사소한 계기로 사건의 흉기와 은폐 방법을 알게 됩니다. 하지만 때는 이미 늦었고, 당시 흉기만 특정되었더라면 사건이 해결될 수 있었으리라는 씁쓸한 결말이 그려집니다.

한편 사노 요의 단편 「증거 없음」과 같이 흉기를 알고 있어도 범행을 입증할 수 없는 사례도 있습니다. 장난으로 원숭이 마스크를 쓰고 상대를 깜짝 놀라게 하려고 했는데, 그 상대가 심장 발작을 일으켜 죽고 맙니다. 이는 살인 사건일까요? 마스크는 흉기일까요? 입증이 불가능해 사고로 수습된 사건은 2막에서 반전이 일어납니다. 이번에는 그때의 범인이 같은 원숭이 마스크를 쓰고 요리 중인 연인에게 장난을 치다가 깜짝 놀란 연인의 칼에 찔려 사망합니다. 흉기라고 생각할 수 없는 '원숭이 마스크'와 명백히 흉기로 보이는 '칼'. 각각의 사건이 고의적 살인으로 입증될 수 있을지를 묻는 작품입니다. 마스크는 피해자가 심장이 약하다는 것과 원숭이를 싫어한다는 사실을 용의자가 알고 있었다면 흉기로 간주할 수 있습니다. 칼은 당시 용의자가 무엇을 요리하고 있었는지가 핵심이 되겠지요.

◆ 생각지 못한 이유로 선택된 흉기

범인이 '뜻밖의 흉기'를 선택한 이유 자체가 누가 범인인지를 가리키는, 즉 수수께끼 풀이의 단서가 되기도 합니다.

엘러리 퀸의 장편 『Y의 비극』(버너비 로스라는 필명으로 발표되었습니다)은 해터 가문에서 일어나는 연쇄 살인 사건을 그린 작품입니다. 작품 속에서 사용된 흉기 가운데 하나는 악기 만돌린. 사람을 내려쳐 죽이기에는 무게도 가볍고 강도도 약한 이 현악기는 '뜻밖의 흉기'였습니다. 범인은 굳이 왜 이런 물건을 흉기로 골랐을까요?

이는 다른 사람이 쓴 살인 계획서를 읽은 범인이 흉기로 지정된 둔기blunt instrument를 '둔한 악기'로 착각하는 바람에 선택한 '뜻밖의 흉기'였습니다. 그리고 그 착각이 범인의 정체를 가리킵니다.

046 뜻밖의 범인

UNEXPECTED CULPRIT

◆ 뜻밖의 범인

뜻밖의 범인이란 독자가 전혀 예상하지 못한 등장인물이 사실은 범인으로 밝혀지는 미스터리에 자주 등장하는 트릭입니다. 어떤 심리적 맹점을 이용하느냐에 따라 뜻밖의 범인은 다음 세 가지로 나뉩니다.

- **동기상의 맹점:** 피해자의 죽음으로 슬픔에 젖은 가족이나 연인, 친한 친구는 범인으로 생각하기 어렵다. '동기가 없다', '살해까지는 하지 않을 것이다'와 같은 선입견으로 연인이나 가족은 용의선상에서 벗어난다. 다만 실제 사건에서는 가까운 사람일수록 피해자의 나쁜 점을 잘 알아서 은밀히 살의를 품는 경우가 많아 수사가 진행될 때 가장 먼저 의심받곤 한다. 살의를 품지 않을 것 같은 순진한 아이가 범인인 경우도 동기상의 맹점에 들어간다.
- **능력상의 맹점:** 아이, 여성, 환자 등은 살인을 실행할 능력이 없다고 생각하기 쉽다. 예컨대 사인이 둔기에 의한 손상, 강한 힘에 의한 목 졸림 등이라면 힘이 약한 인물은 실행하기 어렵다고 생각해 용의자에서 제외한다. 그런 인물이 어떤 장치를 쓰거나 실제로는 힘이 세어서 살인을 저지른다는 트릭을 쓸 수 있다. 이미 죽은 줄 알았던 인물이 사실은 살아 있었던 경우도 능력상의 맹점으로 볼 수 있다.
- **입장상의 맹점:** 경찰관, 소방관, 의사, 간호사, 변호사 등 사람을 보호하는 직업을 가진 사람들이 범죄를 저지르지 않는 이성적 존재로 여겨지는 부분이 심리적 맹점이 된다. 예를 들어 순찰 중인 경찰관이 시체를 발견한 경우라면 보통은 그 경찰관이 죽였다고 생각하지 않는다.

그 밖에도 일상을 책임지는 직업을 가진 사람은 마치 공기처럼 사람들이 특별히 의식하지 못하는 경우가 허다합니다. 택배 기사, 우편배달부, 신문 배달

원 등이 건물을 출입하는데도 못 보고 지나치기 쉽습니다. 이러한 인물이 스토커가 되면 매우 위험합니다.

◆ 예상하지 못하게 만드는 선입견

앞서 뜻밖의 범인이 만들어지는 심리적 맹점에 관해 이야기했는데, 이러한 의외성은 범인의 상황에 의해서만 생겨나지 않습니다. 때로는 다음과 같이 범죄를 둘러싼 상황 자체가 뜻밖의 범인을 만들어내기도 합니다.

- **범인은 한 명이 아니다:** 살인범을 한 명이라고 생각하는 것은 위험한 선입견이다. 단독범이 실행하기 어려운 살인이라도 공범이 있으면 가능해지기 때문이다. 여러 명이 협력하는 공동 범행은 현실적으로 불가능해 보이는 범죄까지도 가능하게 한다. 애거사 크리스티의 『오리엔트 특급 살인』은 바로 이 여러 명이 공모해 살인을 실행한 좋은 예이다.
- **오인 살인:** 범인이 살해 대상자를 착각해 다른 사람을 죽이는 경우가 있다. 이런 경우에는 '교환 살인'처럼 범인과 피해자 사이에 아무런 접점이 없으므로 살인 동기나 인간관계로부터 범인을 추론할 수 없다. 살인범 또한 결점 없는 완벽한 기계가 아니기에 종종 실수를 저지른다.

◆ 사실은 살인이 아니었다!

겉으로는 살인 사건처럼 보여도 실제로는 그렇지 않은 때가 있습니다. 예를 들어 자살의 경우, 보험 가입 후 일정 기간 내에는 보험금이 지급되지 않으므로 최초 발견자인 가족이나 친구 등이 자살 증거를 감추고 살인이나 사고사로 위장하기도 합니다.

사고로 사망했을 때도 어떤 특수한 조건에 의해 사인을 알기 어려운 경우가 있습니다. 법의학자가 주인공인 TV 드라마 〈불 닥터〉에서는 연못이나 호수가 없는 공원에서 익사한 여성이 발견되는 에피소드가 나옵니다. 처음에는 살인으로 추정했으나 수사 결과 경추에 손상이 있는 것으로 판명되었고, 결국 쓰러져 움직이지 못하게 된 여성이 강한 소나기 때문에 생긴 물웅덩이에서 익사한 사실이 밝혀집니다.

이를 변주한 형태로 사고사나 병사, 자살 등으로 피해자가 죽은 후 그에게 살의를 품고 있던 인물이 나타나 칼로 찔러 살인처럼 보이게 하는 수법이 법의학이나 과학 수사를 다룬 이야기에서 종종 다뤄집니다. 이런 경우 출혈 상태를 근거로 칼에 찔리기 전에 사망했음을 판단할 수 있다는 등의 이야기를 만들 수 있습니다.

또 이야기의 화자가 사실은 범인이고 독자에게 범행에 관한 정보를 교묘하게 숨기는 경우도 있습니다. 이러한 수법은 서술 트릭(053)이라고 부르며 의외성을 넘어선 반칙으로 비난받을 수 있으니 주의해야 합니다.

047 인간 이외의 범인

NON HUMAN CULPRIT

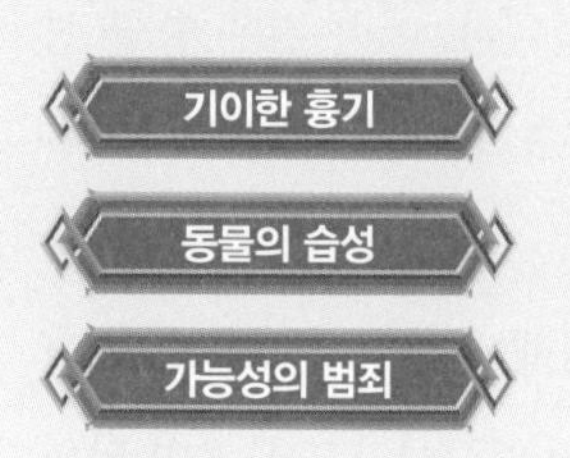

◆ 전통적인 사건의 진상

'뜻밖의 범인'에 대한 다양한 아이디어가 나오면서 인간이 아닌 존재를 범인으로 삼는 예가 많아졌습니다. 무엇보다 세계 최초의 미스터리로 일컬어지는 「모르그가의 살인」에서 아파트 4층에서 일어난 밀실 살인 사건의 범인이 오랑우탄이었다는 점을 생각하면 미스터리에서 인간이 아닌 범인은 전통적이며 친숙한 존재라고 할 수 있습니다. 그 밖에도 아서 코넌 도일의 「얼룩 띠의 비밀」 등 동물이 범인으로 나오는 작품이 상당수 있지만, 대부분 인간이 동물을 이용한 살인이며 엄밀히 말하면 인간 이외의 존재가 저지른 범죄가 아니라 '기이한 흉기'를 사용한 범죄로 봐야 합니다.

이러한 작품에서는 범인이 동물이라는 의외성에 초점이 맞춰집니다. 「모르그가의 살인」의 오랑우탄, 「얼룩 띠의 비밀」의 뱀 등 당시 흔히 접하기 어려운 이국적인 동물을 등장시켜 신비성, 의외성에 기대어 독자의 흥미를 불러일으켰습니다. 하지만 그 후 동물이 범인으로 밝혀지는 미스터리가 수없이 등장하면서 사건의 진상도 한 번 더 비틀게 됩니다.

동물을 범인으로 설정할 때는 그 동물의 습성을 충분히 파악해 이용하는 것이 중요합니다. 작품에서 동물의 습성을 단서로 제시해 그 동물도 용의선상에 올려놓음으로써 독자들이 공정한 수수께끼 풀이에 참여하게 할 수 있고, 덤으로 토막 지식을 익히는 재미까지 줄 수 있습니다.

더 나아가 동물의 시점에서 사건이 그려지기도 합니다. 예를 들면 반려동물이 인간인 주인을 돕는 이야기 혹은 동물 사회를 무대로 피해자나 용의자, 탐정까지 동물인 이야기 등입니다. 이런 경우 어느 정도 의인화가 필요한 판타지적 설정이 되겠지만, 동물의 습성이나 능력, 인간과의 관계성을 제대로 담아내면 훌륭한 미스터리가 됩니다.

◈ 일상 미스터리와 SF 미스터리

동물 말고도 정말로 우연이나 여러 자연 현상이 범인인 경우도 있습니다. 우연이 범인이 되는 경우란 평범한 우연이나 악의 없는 행위가 겹치고 겹쳐 기묘한 수수께끼를 만들어내는 것을 말합니다. 범상치 않은 범인이 필요하지 않으므로 일상 미스터리(026) 장르와 잘 어울립니다.

한편 SF 미스터리는 자연 현상이 범인인 작품과 잘 들어맞습니다. 예를 들어 진공의 우주 공간이나 저중력 환경, 우주선 내 등 다양한 극한 환경을 도입할 수 있고 그에 따른 자연 현상도 폭넓게 이용할 수 있습니다. 또 SF에서는 원래 좁은 땅 위 인간의 삶과 장대한 우주의 운행이나 엄정한 물리 법칙을 대비시키는 것이 중요한 주제 중 하나입니다. 그러한 작품에서는 자연환경이나 물리 법칙 자체가 등장인물과 동등한 위치를 차지하거나 때로는 그 이상으로 중요한 역할을 합니다. 자연 현상을 범인으로 하는 미스터리도 그러한 SF의 주제와 잘 맞아떨어집니다.

그 밖의 장르에서 자연 현상이나 우연을 이용할 때는 주의가 필요합니다. 예를 들어 장편 작품에서 참혹한 사건에 감춰진 비밀을 파헤치다가 '범인은 없고 우연히 일어난 사건이었다'라는 허무한 결말을 맞는다면 독자가 실망할 수 있습니다. 따라서 장편 작품에 접목하려면 '우연'이나 '자연 현상'이 사건의 발단이며 거기에서 비롯된 오해로 사건이 잇달아 일어나면서 거대한 수수께끼가 만들어진다는 식의 전개가 필요합니다.

◆ 확률과 운명

우연에 의해 만들어진 사건은 범인이 없는 범죄이며 바꿔 말해 운명이 범인이라고도 할 수 있습니다. 그러나 우연도 여러 번 반복되면 필연이 됩니다. 복권도 몇천 장, 몇만 장을 사면 언젠가는 당첨되듯이 거기에 주목한 범죄도 있습니다.

예를 들어 가파른 계단에 장난감이 굴러다니고 있다고 합시다. 계단을 내려가던 사람이 장난감에 발이 걸려 넘어질 수도 있고 넘어지지 않을 수도 있습니다. 그러나 여러 차례 계단을 오르내리면 장난감에 걸려 계단에서 굴러떨어질 가능성은 커집니다.

방이 정리가 잘 안되어 있고 장난감이 굴러다니게 내버려두는 것 자체는 범죄를 의도한 행위로 볼 수 없습니다. 그러나 만약 의도적으로 그러한 상황을 준비했다면 어떨까요?

에도가와 란포가 가능성의 범죄라고 이름 붙인 이러한 범죄는 인간과 운명이 공범이 된다는 의미에서 인간 이외의 범인으로 분류할 수 있습니다.

048 단서의 위장

CONCEALING THE EVIDENCE

증거 조작

시간과 장소

최초 발견자

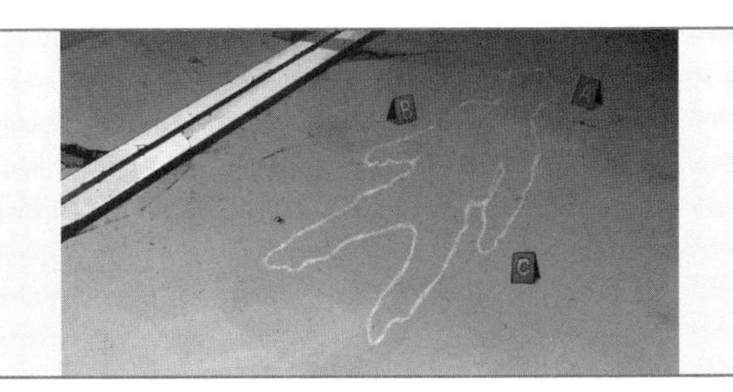

◆ 현장이나 시체를 바꾼다

'단서의 위장'이란 수사에 혼선을 일으키기 위해 증거를 거짓으로 꾸미는 트릭을 가리키며 크게 현장이나 시체의 변경, 증거 조작, 다른 사람 끌어들이기 등 세 가지로 나뉩니다.

'현장이나 시체의 변경'이란 범인이 단서를 남기지 않으려고 현장에서 증거를 가져가거나 시체의 복장이나 자세 등을 바꾸는 것을 말합니다. 예를 들어 방문한 흔적을 없애기 위해 현장을 청소하는 것이 여기에 해당합니다. 피해자와 함께 식사를 했다면 식기에 DNA나 지문이 묻어 있으므로 씻어서 정리해 두거나 가지고 갑니다. 서둘러 식기를 치웠지만 식탁 위나 아래에 커피가 흘러내린 흔적이 남아 범인의 존재가 드러나는 유형은 애니메이션으로 만들어진 인기 만화 『명탐정 코난』에서도 여러 번 사용되었습니다. 빈틈없이 치우거나 정리할 수 없을 때는 반대로 현장을 잔뜩

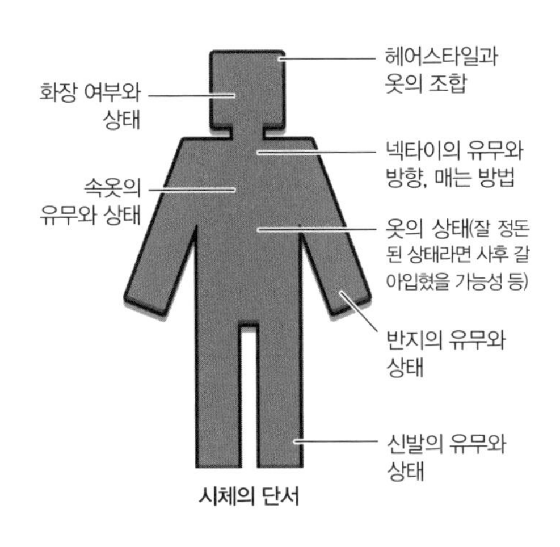

시체의 단서

어지럽혀 강도가 든 것처럼 위장하기도 합니다.

피해자의 옷을 갈아입히는 경우도 있습니다. 옷이나 화장에는 범인과 피해자의 관계가 반영되기 때문입니다. 예를 들어 함께 있던 누군가에게 살해당한 여성이 있다고 합시다. 여성이 화장기 없는 민낯이었다면 친밀한 상대, 옷을 잘 차려입었다면 호감을 가지고 있던 상대였음을 추정할 수 있습니다. 이를 위장하기 위해 시체의 옷을 갈아입히고 화장을 고치기도 합니다. 그렇지만 범인이 여성의 옷차림이나 화장에 대해 잘 모르는 남성이라면 오히려 뒤죽박죽되어 위장이 들통나고 맙니다.

◆ 증거의 조작

증거를 조작해 수사에 혼선을 주는 트릭도 있습니다. 예를 들어 '다른 누군가를 범인으로 만들기 위해 가짜 증거를 현장에 남긴다'는 식의 수법이 자주 사용됩니다. 타인의 소지품, 더구나 지갑이나 반지, 장신구, 수첩 등 주인을 특정할 수 있는 물건을 일부러 현장에 남기는 것이 일반적입니다.

과학 수사가 이루어질 것을 전제로 타인의 체모나 체액, 혈흔이 묻은 천 등을 현장에 고의로 떨어뜨려 경찰이 착각하게 하는 수법도 있습니다. 이런 경우 범인이 자신의 체모나 피부 조각이 떨어지지 않도록 꼼꼼하게 샤워를 하거나 머리를 완전히 감싸는 모자를 쓰는 등의 묘사가 있어도 좋겠지요.

다른 사람이 있었다는 증거를 만든다는 의미에서 범인이 변장하는 것도 증거 조작으로 볼 수 있습니다. 장갑을 끼고 얼굴을 가리고 발자국이 증거가 되지 않도록 평소에 신던 것과 다른 신발을 신는(가능하면 나중에 처분합니다) 등의 방법으로 상황을 위장할 수 있습니다. 또 범인 자신이 피해자로 위장하면 현장에서 수월하게 탈출할 수 있을뿐더러 누군가가 목격하게 해서 범행 시간을 속일 수도 있습니다. 출입 시 ID 카드로 인증해야 하는 보안이 엄격한 현장에서도 유효합니다.

타인의 소지품을 흉기로 사용하는 수법도 자주 쓰입니다. 누군가가 오래 사용해온 칼을 부엌에서 훔쳐내 살인에 사용하면 간단히 타인의 지문이 묻은 흉기가 만들어집니다. 일반 부엌칼보다는 전문가용 칼이 주인과 연결되기 쉽습니다. 요리사나 요리 평론가 등에게 누명을 씌울 때 사용하기 쉬운 수법입니다.

◆ 다른 사람을 끌어들인다

또 하나 현장에 다른 사람을 끌어들여 최초 발견자(105)로 만드는 수법이 있습니다. 최초 발견자는 종종 용의자가 되기도 합니다. 피해자나 친구로 가장해 누명을 씌우고자 하는 인물을 살인 현장으로 불러들임으로써 수사에 혼란을 불러일으키는 것입니다. 지금은 휴대전화 문자 하나로 쉽게 다른 사람을 불러낼 수 있습니다.

그 인물이 전과가 있거나 피해자에게 원한이 있다면 더욱 완벽합니다. 범죄 전력이 있는 인물이라면 범인으로 의심받을 것이 두려워 시체를 발견해도 신고하지 않고 그대로 도망갈 가능성도 있습니다. 보호 관찰 중인 미성년자나 집행 유예 기간 중인 범죄자라면 범죄에 연루되면 재수감될 가능성이 있기 때문입니다. 또 현장에 다른 사람을 끌어들여 범인이 남긴 증거를 덮어 없애버린다는 의미도 있습니다.

049 죽음의 위장

FAKING OF DEATH

◆ 시체 바꿔치기와 사망 장면의 연출

죽음의 위장이란 바꿔치기 살인 등의 수법을 사용해 누군가가 죽은 것처럼 보이게 하는 트릭입니다. 크게 시체 바꿔치기와 죽음의 장면 연출로 나눌 수 있습니다.

시체 바꿔치기는 진짜를 대신할 시체를 누군가에게 보여줌으로써 죽음을 위장하는 트릭입니다. 가장 흔한 수법은 외모가 비슷한 인물을 죽이고 그 시체를 이용해 속이는 바꿔치기 살인(044)입니다. 물론 DNA까지 똑같은 일란성 쌍둥이가 아닌 이상 '시체 바꿔치기'로 의학적 감정을 통과할 수는 없습니다. 따라서 '죽음의 위장'을 실행하려면 시체를 전문가나 관계자에게 보여주지 않는 것이 가장 안전합니다. 의사나 장의사를 끌어들여 병사로 위장하거나 경찰을 매수해 사고사로 가장하여 사망 증서를 조작한 뒤 서둘러 화장한다는 식으로 그리기도 합니다. 의사, 경찰, 장의사 등을 끌어들이려면 치안이 나쁘고 매수가 손쉬운 외국을 무대로 설정해야 현실감을 높일 수 있습니다.

치안이 좋지 않은 곳이라면 그럴듯한 시체를 사들이는 방법도 있습니다. TV 드라마 〈외교관 구로다 고사쿠〉에서는 주범인 의사가 현지에서 부검을 담당한 의사와 공모해 투신자살한 다른 사람과 시체를 바꿔치기하고서 가족에게는 흐릿한 사진과 유골을 건네어 속이는 트릭이 쓰였습니다.

극단적으로 말하자면 시체처럼 보이기만 하면 되므로 본인이 죽은 것처럼 연기를 하든 본인을 닮은 인형을 사용하든 상관없습니다. 본인이 시체인 것처럼 연기할 경우 누군가 만지거나 맥박과 호흡을 확인하지 못하도록 해야 합니다. 동맥을 압박하여 손목의 맥박이 뛰지 않게 하는 방법도 있지만, 최근에는 목에 손을 대고 맥박을 확인하기 때문에 이 트릭은 사용할 수 없습니다. 인형 같은 것으로 눈속임하는 경우 그것이 증거가 되기 때문에 신속하게 처리해야 합니다.

◈ 사망 장면의 연출

시체를 찾지 못하더라도 죽은 것이 틀림없다고 생각하게 하는 경우도 있습니다. 화재로 집이 무너져 내렸다거나, 절벽에서 떨어졌다거나, 무언가가 폭발했다거나, 배가 가라앉았다거나 이렇게 생존이 의심스러운 상황에서는 시체가 확인되지 않아도 사망한 것으로 간주됩니다. 전쟁에 휩쓸려 행방불명이 된 사람도 많습니다.

우연히 그러한 상황에 처했다가 운 좋게 살아남았더라도 죽은 것으로 위장하거나, 일부러 그런 상황을 연출하기도 합니다. 절벽에서 바다로 뛰어들었지만 헤엄을 잘 쳐 살아남은 사람도 있습니다.

시체 일부가 발견되면 사망 가능성은 커집니다. TV 드라마 '본즈BONES' 시리즈에서는 한쪽 팔을 잘라 폭발 사고 현장에 남겨놓고서 자신이 죽은 것으로 위장하는 범인이 등장합니다.

반대로 시체가 명확하게 확인되지 않은 사망자는 나중에 '사실은 살아 있었다'라는 식으로 할 수 있습니다. 미스터리에서는 아서 코넌 도일의 '셜록 홈스' 시리즈가 유명합니다. 「마지막 사건」에서 홈스가 폭포에서 추락사한다고 묘사되는데, 독자의 거센 항의와 작가의 경제적 사정으로 인해 '사실은 범죄 조직의 보복을 피하기 위해 죽은 것처럼 위장했다'는 이유를 대며 되살려냈습니다.

이 방법은 『링에 걸어라!』, 『돌격! 남자 훈련소』 등의 연재만화에서 자주 사용되었으며 미스터리 독자가 아니더라도 꽤 익숙한 방식입니다.

◈ 발각의 계기

'죽음의 위장'에는 항상 발각될 위험이 따라다닙니다. 발각의 계기는 대부분 범인 주위에서 만들어집니다. 우선 어떤 이유로 범인의 신원 조회를 한 경우입니다. 만약 사고를 당하거나 병으로 쓰러져 병원에 가면 건강 보험 적용 때문에라도 본명을 써야 하므로 신원이 드러날 수밖에 없습니다. 다른 사건에서 신원 미상의 피해자를 조사하다가 발각되기도 합니다.

또 다른 유형은 몇 년간 숨어 지내기는 했지만, 가족이 신경 쓰이는 경우입니다. 걱정하다 못해 편지를 써서 보내거나 가족이 어떻게 지내는지 보러 갔다가 살아 있다는 사실이 들통 나는 것입니다. 후자의 경우에는 스토커로 신고당할 수도 있습니다. 숨어 지내는 곳에서 우연히 지인과 마주치거나 유흥가에서 목격될 수도 있습니다. 죽은 줄로만 알았던 아버지가 먼 타지에서 목격되어 아이가 찾으러 간다는 등의 일은 현실에서도 벌어지곤 합니다.

050 눈의 착각

OPTICAL ILLUSION

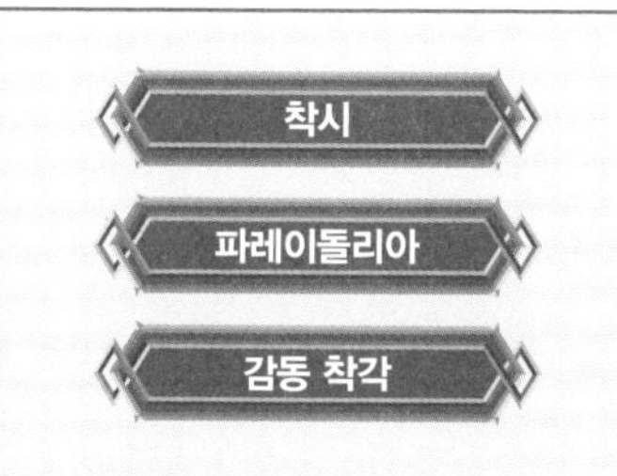

◇ 착시 현상

눈의 착각이란 목격한 대상을 잘못 인식하는 것으로 미스터리에서는 이것을 이용해 여러 증언이나 목격 사실에 다른 의미를 부여할 수 있습니다.

눈의 착각에는 '착시'라고 불리는 생리적 현상과 상황을 오인해서 생기는 '주관적 착각'이 있습니다. 착시는 뇌나 눈의 구조로 인해 일어나는 착각으로 인접한 직선, 그림자나 색을 뇌가 다른 모양이나 색으로 인식하는 것을 말합니다. 똑같은 길이의 직선이 끝에 달린 화살표의 방향에 따라 길이가 다르게 보이는 '뮬러 라이어 착시', 평행선이 휘어진 것처럼 보이는 '죌너 착시' 등 많은 예가 있습니다. 바탕색이 같더라도 그 위에 그은 선의 색에 따라 바탕색 이미지가 달라지는데, 검은색 바탕에 흰색 선들이 격자를 이루는 그림에서 흰색 선의 교차 지점이 회색으로 보이는 '헤르만 그리드 현상'이 유명합니다. 시각뿐만 아니라 어떤 음이 끝없이 올라가거나 내려가는 것처럼 들리는 '셰퍼드 음' 등 청각의 착각도 있습니다.

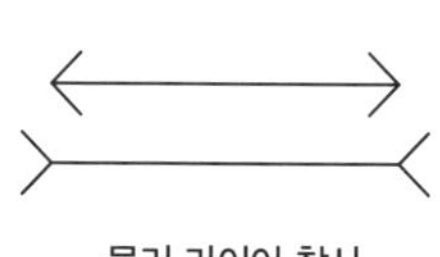

뮬러 라이어 착시

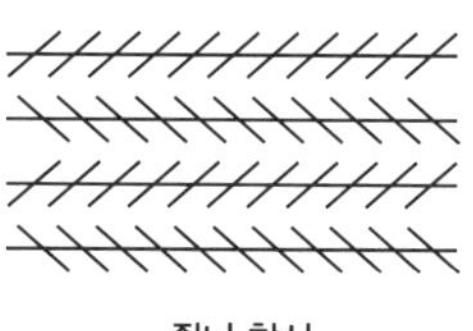

죌너 착시

헤르만 그리드 현상

◆ 주관적 착각

벽의 얼룩이 사람 얼굴처럼 보이는 예

생리적 착시 현상 말고도 목격자가 무의식적으로 정보를 왜곡하기도 하는데 이 또한 착각이라고 할 수 있습니다. 그 원인은 사람이 눈에 보이는 대상에 무의식적으로 의미를 부여하기 때문입니다. 예를 들어 허공에 얼굴이 둥둥 떠 있는 심령사진처럼 어떤 애매하고 흐릿한 형태를 보면 사람의 얼굴이나 의미 있는 현상이 떠오를 때가 있습니다. 이를 파레이돌리아(변상증)라고 합니다.

관찰력이 부족하거나 시야가 좋지 않은 상황에서 무언가를 다른 것으로 잘못 보는 현상은 부주의 착각이라고 부릅니다. 공포, 불안과 같은 감정이 지각에 반영되기도 하는데 이것은 감동 착각이라고 합니다. 어두운 길을 걸을 때 바람에 흔들리는 마른 나무가 귀신처럼 보이는 것 등이 좋은 예입니다.

◆ 착각을 이용한 트릭

미스터리에서 독자를 속이는 수많은 트릭은 착각과 비슷한 성질을 가지고 있습니다. 그렇기 때문에 착각을 이용한 트릭도 다양하게 시도됩니다.

- **증언자의 혼란:** 착시나 선입견으로 목격자를 혼란에 빠뜨려 잘못된 증언을 하게 한다. 붉은빛을 받은 범인의 옷이 피투성이처럼 보이거나, 공포에 질려 범인의 체격이 실제보다 더 크게 느껴지는 경우 등이다.
- **화자의 착각:** 다른 인물의 증언은 검증이 가능하나 이야기의 화자가 착각하는 경우라면 독자는 헷갈릴 수밖에 없다. 단순한 증언이 주는 혼란과는 다른 놀라움을 독자에게 안길 수 있다.
- **착각에 관련된 전문가가 범인:** 심리학자, 정신과 의사, 대뇌생리학자, 마술사, 트릭아트의 대가 등을 등장시킨다. 착각 현상을 능수능란하게 이용하여 기발한 트릭을 만들어내거나 반대로 속임수를 풀기도 한다.

051 컴퓨터를 이용한 트릭

TRICK BY THE COMPUTER

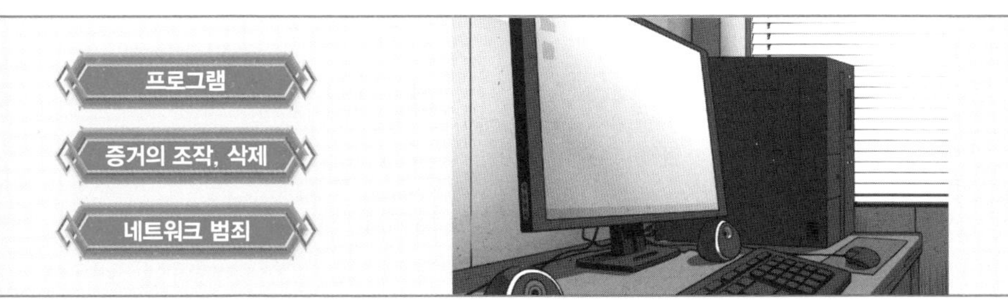

◈ 컴퓨터를 둘러싼 환상과 현실

컴퓨터는 작동시키는 프로그램이나 주변 기기에 따라 다양한 방법으로 이용할 수 있습니다. 이러한 컴퓨터는 트릭 도구로서 얼마든지 자유롭게 활용할 수 있지만 그만큼 다루기 까다로운 면도 있습니다. 컴퓨터를 이용하는 방법에는 다음과 같은 것들이 있습니다.

- 특정 파일의 타임스탬프(작성, 갱신 기록) 변조에 의한 증거 조작.
- 자동 실행 프로그램이나 타이머 기동 등을 이용한 주변 기기의 자동 제어.
- 상주 프로그램을 이용한 외부 통신에 대한 자동 응답.
- 외부 통신 등 특정 조건을 충족한 경우 파일 자동 삭제 등 증거 인멸.

이들은 모두 범죄 증거 조작 혹은 삭제와 관련된 것으로, 프로그램이나 네트워크와의 접속 상황 등 구성하기에 따라 자유롭게, 더욱이 자동으로 데이터나 주변 기기를 제어할 수 있는 컴퓨터의 특징을 살린 방법입니다.

그러나 어떤 방법이든 '그곳에 컴퓨터가 있다', '컴퓨터가 이용되고 있다' 혹은 '데이터 변조가 일어나고 있다'라는 가능성을 수사하는 쪽이 눈치채거나 알게 되면 알리바이가 무너져버리는 문제가 있습니다. 증거 데이터의 변조나 삭제는 그 데이터를 기록한 장치나 기록 매체를 물리적으로 파괴하거나 혹은 데이터가 기록된 영역에 다른 데이터를 덮어쓰는 등의 수단을 쓰지 않는 한 데이터를 변조한 증거가 발견될 수 있고 데이터 복구 작업으로 삭제된 데이터가 복원될 위험성도 있습니다.

특히 PC용 OS에서는 데이터 파괴에 대비해 다양한 정보의 백업 파일을 분산해 유지하고 있어 비교적 복원이 간단합니다. 또한 네트워크를 경유해 외부에서 PC를 원격 조작하는 방법은 법원에서 영장을 발급받으면 프로바이더에게 특정 이용자의 접속 기록 제공을 요청할 수 있으므로 언제 어디서 접속했는지 등의 정보가 비교적 쉽게 밝혀집니다.

컴퓨터는 활용 범위가 무궁무진하다는 인식이 널리 퍼진 만큼, 이를 이용한 트릭은 발각, 파멸의 위험 또한 매우 크다고 할 수 있습니다.

이러한 방법뿐만 아니라 어깨너머로 몰래 훔쳐보거나 카메라를 설치해 타인의 비밀번호를 빼내 부정하게 이용하는 등 사람의 심리나 행동의 빈틈을 파고드는 소셜 엔지니어링이라는 수법이 이용되기도 합니다. 이 수법은 부정하게 취득한 타인의 ID로 본인인 것처럼 가장하여 범행을 저지를 수 있습니다. 따라서 그 ID의 이용 기록으로는 범인이 누구인지 알려질 염려가 없습니다. 무엇보다 이 수법은 실행할 수 있는 사람이 한정되고, 또 CCTV에 범행 현장이 기록되어 있으면 그 단계에서 범인이 거의 특정됩니다.

◈ 추적

이러한 컴퓨터를 이용한 알리바이 조작의 어려움을 보여주는 전형적 사례로 클리포드 스톨의 논픽션 『뻐꾸기 알』에 그려진 대대적인 해커 추적극을 들 수 있습니다. 인터넷이 일반화되기 전, 저자는 자신이 근무하는 연구소에서 사용하는 대형 컴퓨터의 사용 요금에서 75센트의 차액이 발생하자 원인을 찾기 위해 남아 있는 접속 기록을 치밀하게 조사하기 시작합니다. 그 결과 독일 브레멘대학교의 인터넷 계정을 이용해 해저 케이블을 타고 미국 군사용 컴퓨터와 해당 연구소의 컴퓨터에 침입한 해커의 정체를 밝혀냅니다. 이처럼 저자와 해커의 두뇌 싸움은 보이지 않는 범인을 쫓는 탐정이 주인공인 미스터리소설의 전개와 매우 흡사합니다.

더욱이 이 작품에서는 주인공인 저자가 통신 회선 관리자의 협력을 얻어 해당 회선의 접속 기록(로그)을 손에 넣었고, 이를 바탕으로 침입자가 남긴 조작 흔적을 끈질기게 추적하는 등 해커가 체포되는 데 큰 역할을 합니다.

특정 이용자의 회선 접속 기록은 네트워크 범죄의 입증이나 방지, 대책의 결정적인 수단이 됩니다. 즉 침입자를 추적하는 것보다 오히려 피해와 범죄 사실을 네트워크 관리자에게 증명하고 협력을 얻어 회선 접속 기록을 확보하는 상황을 만드는 과정이 이러한 종류의 수사극이나 추적극에서는 상당히 중요한 과제입니다.

052 심리 트릭

PSYCHOLOGICAL TRICK

◆ 심리 트릭이란 무엇인가?

심리 트릭이란 어떤 인물이나 사물에 대한 착각 등 말 그대로 사람 심리의 이면을 읽어 실행하는 트릭의 총칭입니다. 복잡한 장치가 동원된 밀실 트릭이나 끼워 맞추기식의 쌍둥이 트릭 등을 쓰지 않더라도 그 시대의 문화나 일상생활에서 얼마든지 그럴듯한 착각을 만들어낼 수 있습니다.

예를 들어, 미국에서 사업차 일본을 방문한 자매 회사의 직원을 공항까지 마중 나갔다고 합시다. 그런데 약속 장소인 커피숍에서 한참을 기다려도 찾을 수 없습니다. 두리번거리며 사람들 얼굴을 살피는 사이 그때까지 일본인이라고 생각했던 사람이 말을 걸어옵니다. 일본을 방문한 회사원은 일본계 미국인이었던 것입니다. 여러 인종이 모인 미국에 동양계 미국인이 있는 건 너무나 당연하지만, 무심결에 백인을 떠올리고 있었기에 발견하지 못한 것입니다.

이처럼 심리 트릭은 선입견 때문에 어떤 사물이나 현상을 제대로 보지 못하는 것을 트릭으로 이용합니다. 선입견을 불러일으키는 재료는 앞서 말했듯이 시대 배경이나 일상생활, 국가 간 문화 차이 외에 나이, 성별, 다양한 직업상의 규칙 혹은 어떤 상황에서 임시로 정한 사소한 약속 등이 있습니다.

심리 트릭의 성패는 그러한 선입견이 되는 재료를 어떻게 작품에 잘 녹이느냐에 달렸다고 할 수 있습니다.

이러한 선입견을 만들어내는 재료는 독자가 기억할 수 있을 만큼 명확하게 보여줘야 하지만, 한편으로는 너무 명확해서 노림수가 빤히 보여도 문제입니다. 이 같은 모순을 드러내는 것도 하나의 심리 트릭이 될 수 있습니다. 기본적으로는 선입견을 형성하는 재료를 분명하게 보여주면서 독자가 그것을 다르게 이해하도록 만들어야 합니다.

◈ 심리 트릭의 일인자

심리 트릭의 일인자라고 하면 아마 많은 미스터리 팬들이 '브라운 신부' 시리즈를 남긴 G. K. 체스터턴을 꼽을 것입니다. 여기서는 체스터턴의 단편 「보이지 않는 남자」를 예로 들겠습니다.

탐정 브라운 신부가 협박장을 받은 난쟁이 남자의 아파트에 찾아갔을 때 그는 그곳에 없었습니다. 아파트로 통하는 유일한 입구에는 수상쩍은 발자국이 선명하게 남아 있었지만, 그 입구를 지켜본 사람 모두가 협박장을 보낸 남자도 협박을 당한 난쟁이 남자도 보지 못했다고 합니다. 그들은 왜 수상한 사람이나 난쟁이 남자를 보지 못했을까요? 사실은 매일 같이 편지를 배달하러 오는 우편배달부가 아파트 안에서 난쟁이 남자를 살해하고 커다란 우편배달 가방에 넣은 뒤 태연한 얼굴로 나왔기 때문입니다. 우편배달부가 가방을 들고 집을 드나드는 것은 당연한 일이므로 그가 살인자라고는 아무도 눈치채지 못한 것입니다. 줄거리로만 보면 얼토당토않은 이야기 같겠지만, 체스터턴은 신분 의식이 강한 영국의 시대적 배경도 포함해 일종의 우화로서 이런 이야기를 썼습니다.

우리 주변의 평범하고 흔한 존재가 사실은 다른 측면을 가지고 있다는 발상은 많은 트릭의 뿌리가 됩니다. 어떤 인물을 죽인 흉기를 발견하지 못한 이유가 흉기가 너무 커서 알아보지 못했기 때문이라는 「세 가지 죽음의 흉기」, 나뭇잎을 숲속에 숨기듯 시체를 숨기기 위해 전쟁을 일으키는 「부러진 검의 의미」 등 역설적인 발상을 체스터턴은 능수능란하게 구사합니다.

◆ 심리 트릭의 다채로운 변주

그 밖에도 눈을 가린 채 납치된 인물이 긴 시간에 걸쳐 먼 곳까지 끌려가 감금되었다고 생각했으나 사실은 납치 현장 근처를 계속 맴돌다 현장 바로 근처에 감금되어 있었다는 트릭, 범인이 명부 순서대로 무차별 살인을 이어간다고 생각하지만 사실은 어떤 특정 인물을 죽이려는 의도를 숨기기 위한 연속살인이었다는 트릭 등도 심리 트릭이라고 할 수 있습니다.

이러한 심리 트릭은 등장인물이나 독자의 선입견과 편견, 사회 문제와 깊이 연관되어 있습니다. 앞에서 언급한 '브라운 신부' 시리즈처럼 그러한 부분을 깊이 파고들기 때문에 미스터리는 문명 비평이자 사회 비평이며 인간 비평이기도 한 것입니다. 거기까지 나아가지 않더라도 이야기의 주제와 범인이나 피해자의 인격, 동기, 그리고 심리 트릭 내용을 잘 연결하면 더 재미있는 미스터리를 만들 수 있습니다.

053 서술 트릭

UNRELIABLE NARRATOR

◈ 서술 트릭이란 무엇인가

서술이란 사건이나 생각을 말하거나 쓰는 것을 뜻합니다. '내가 겪은 기묘한 일을 여기에 쓴다'와 같이 주관에 따라 1인칭 시점으로 이야기하거나, 객관적 사실을 있는 그대로 3인칭 시점으로 묘사하거나, 시간 순서와는 다른 순서로 설명하는 등 다양한 방식이 있습니다.

서술 트릭은 독특한 서술 방식을 이용해 의도적으로 어떤 부분을 빠뜨리거나 오해를 불러일으켜 독자를 착각하게 만드는 기법입니다. 많은 미스터리 작품에서 트릭은 범인이 탐정을 속이기 위해 사용하지만, 서술 트릭은 작가가 독자를 직접 속일 수 있습니다.

예를 들어 '가오루는 한숨을 쉬며 손목의 팔찌를 문질렀다'라는 문장을 읽으면 자연스럽게 가오루라는 인물은 여성이라고 생각하게 됩니다. 그런데 예를 들어 정전기 방지 팔찌라면 남성이 차고 있다고 해도 이상하지 않습니다. 이처럼 사실(가오루=남성)과 모순되는 결정적인 거짓말을 하는 것은 아니지만 모호하게 묘사함으로써 독자가 착각(가오루=여성)하게끔 유도하는 것입니다.

바꿔 말해 서술 트릭은 독자에게 사건을 어떤 방식으로 보여줄지가 중요합니다. 일반적인 미스터리에서는 사건을 수사하는 탐정이나 형사의 시점으로 이야기가 전개되고, 그 과정에서 수수께끼가 생겨납니다. 범인이 살인을 저지르는 장면을 있는 그대로 묘사하기만 해서는 수수께끼가 생겨날 여지가 없기 때문입니다.

애거사 크리스티의 『애크로이드 살인 사건』은 화자인 마을 의사 셰퍼드가 사건을 기록하는 형식으로 전개됩니다. 사실 작품의 화자인 셰퍼드가 살인을 저지른 범인이며, 범행 당시에 관한 직접적인 언급을 피하고 있습니다. 만약 『애크로이드 살인 사건』이 다른 방식으로 서술되었다면 독자들은 크게 놀라지 않았을 것입니다. '사건의 화자는 경험한 일을 있는 그대로 말한다'라는 독자들이 보통은 의식하지 않는 암묵의 이해가 깨졌기 때문에 뜻밖의 범인이 된 것입니다. 다만 이 작품은 페어플레이(102)에 어긋난다는 비판도 받았습니다.

◆ 서술 트릭의 기법

다시 한번 말하지만, 서술 방식을 통해 의도적으로 어떤 부분을 빠뜨리거나 오해를 불러일으켜 독자가 착각하게 만드는 것이 서술 트릭의 유일한 기법입니다. 이때 작가는 거짓말을 해서는 안 됩니다. 그러나 어떤 것이 거짓말이 되는지는 서술 방식에 따라 달라집니다.

남성인 가오루를 여성으로 보이게 했다고 해봅시다. 객관적 사실을 묘사하는 3인칭 시점의 서술에서는 지문에서 가오루를 가리킬 때 '그녀'라는 3인칭 대명사를 사용해서는 안 됩니다. 그러나 1인칭 시점의 서술에서 화자가 가오루를 여성으로 오해한다면 '그녀'라고 쓴다고 해서 거짓말이 되지는 않습니다. 화자가 가오루를 여성으로 생각하는 것은 주관적 사실이니까요. 다음 표는 대표적인 서술 트릭입니다.

분류		설명과 작품 예
착각하게 만들고 싶은 대상	인물	성별이나 신체적 특징 같은 속성, 심리를 오해하게 만든다. 동일 인물을 다른 두 인물처럼 묘사하는 등.
	장소 및 시간 순서	두 장소에서 동시에 진행되는 각각의 사건을 연속된 같은 사건으로 보이게 한다. 아야쓰지 유키토의 『살인귀』.
	서술 방식	3인칭 시점 서술로 보이게 하는 1인칭 시점 서술 등.
	SF 설정의 적용 범위	SF적 설정이 결합된 서술 트릭을 사용한다. 미치오 슈스케의 『해바라기가 피지 않는 여름』.
교묘한 서술	작품 속 작품	서술 트릭 작품을 작중에 또 하나의 이야기로 끌어들인다. 이 경우 등장인물은 독자와 마찬가지로 속는 입장이 된다.
	문장의 일부	프롤로그 등에 문장이 부자연스럽게 느껴지지 않도록 무언가를 암시하는 듯한 내용을 짧게 넣는다.
	작품 전체	작품 전체가 착각을 유도하는 서술 방식으로 쓰였다. 이누이 구루미의 『이니시에이션 러브』.
	문장 이외	건물 평면도, 삽화 등. 구라치 준의 『별 내리는 산장의 살인』.

독자에게 서술 트릭을 어떤 식으로 밝힐 것인지 연출에도 신경을 써야 합니다. 예를 들어 사건 관계자들은 모두 가오루가 남성이라는 사실을 알고 있고, 독자들만 여성으로 생각했다고 합시다. 이때 탐정이 사건 관계자에게 가오루는 남성이라고 설명하는 일은 있을 수 없습니다.

이런 경우 서술 트릭에 의한 착각과 사실 사이의 모순(예를 들면 가오루가 여성과 결혼식을 올린다)을 묘사함으로써 독자가 알아차리게 합니다. 단지 트릭을 이용하는 것만이 아니라, 어떻게 하면 독자를 깜짝 놀라게 할 수 있을지 수수께끼 풀이의 효과적인 연출을 모색해야 합니다.

054 특수 능력

SPECIAL ABILITIES

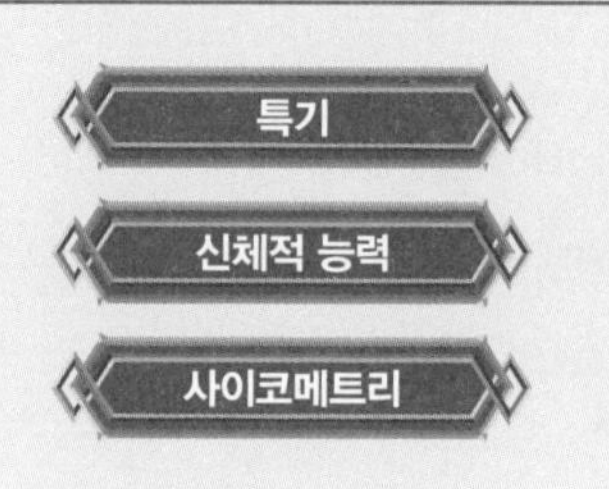

◆ 특수 능력의 종류

미스터리에는 다양한 특수 능력이 등장합니다. 여기서 말하는 특수 능력이란 일반 사람은 할 수 없는 일을 가능하게 하는 능력을 뜻합니다. 특수 능력은 크게 나누면 신체적 능력, 직업적 능력, 초능력으로 분류할 수 있습니다.

'직업적 능력'은 다양한 직무를 통해 얻은 능력을 범죄나 추리에 응용하는 것으로 미스터리에서는 예전부터 서커스나 마술 관련 특수 능력이 흔히 사용되었습니다. 고전적인 예로는 마술사 탐정이 활약하는 클레이튼 로슨의 『모자에서 튀어나온 죽음』 등이 있습니다. 최근 작품으로는 대대적인 환상 마술을 구사하는 범인과 수사에 협력하는 마술사의 선과 악의 마술 대결이 펼쳐지는 제프리 디버의 『사라진 마술사』도 유명합니다. 이노우에 마사히코의 『죽마남의 범죄』는 전직 서커스 스타들이 사는 양로원에서 일어난 사건을 다룬 작품으로, 관절을 빼서 좁은 틈 사이를 드나드는 등 초인적 능력을 지닌 용의자들이 등장합니다. 존 딕슨 카의 『기요틴 살인』에서는 밀실 안에서 복화술을 사용해 이미 죽은 사람이 살아 있는 것처럼 위장해서 사망 시간을 늦추는 트릭이 쓰입니다. 그 밖에도 다양한 직업을 가진 탐정이 자신의 직업적 능력이나 지식, 특기를 이용해 추리하는 유형도 직업적 특수 능력에 포함됩니다. 기다 준이치로의 『고서점 탐정의 사건부』 등이 여기에 해당합니다.

'신체적 능력'은 말 그대로 육체가 지닌 힘입니다. 빠른 발, 뛰어난 시력, 탁월한 기억력 등 보통 수준을 넘어서는 뛰어난 능력을 가진 인물이 트릭이나 추리에 얽히게 됩니다. 니시오 이신의 『잘린머리 사이클-청색 서번트와 헛소리꾼』에서는 공학 천재 구사나기 도모가 초인적 기억력으로 사건의 전말을 밝혀냅니다.

이러한 특수 능력은 단순히 월등한 능력을 가리키지만은 않습니다. 카의 『구부러진 경첩』에서 범인의 특수 능력은 두 다리가 없는 것이었습니다. 이 범인은 여러 개의 의족을 바꿔 끼워가며 키가 다르게 보이도록 하거나, 의족을 떼고 양손만으로 이동함으로써 목격자의 눈을 속이는 능력을 발휘했습니다.

◆ 미스터리와 초능력

신체적 능력이나 직업적 능력보다 조금 더 특별하다고 할 수 있는 특수 능력에는 초능력을 비롯한 완전히 인간의 한계를 훌쩍 뛰어넘는 상상적 능력이 있습니다. 미스터리에 등장하는 초능력의 대표적인 예는 손에 닿은 물건에 관한 정보를 읽어낼 수 있는 사이코메트리 능력입니다. 대개 단편적인 환영밖에 볼 수 없어서 미스터리에서 다루기 쉽습니다.

반대로 미스터리에서 다루기 어려운 능력은 다른 사람의 마음을 읽는 텔레파시 계통의 능력입니다. 그런 능력자가 있으면 범인을 금방 알아낼 수 있어 트릭을 만들 여지가 없어지기 때문입니다. 그런데 오히려 그런 어려움에 도전한 작품들도 있습니다. 앨프리드 베스터의 『파괴된 사나이』는 그러한 텔레파시 능력자가 존재하는 사회에서 계획된 완전 범죄를 주제로 삼았습니다. 교고쿠 나쓰히코의 '백귀야행' 시리즈에 등장하는 장미십자 탐정 사무소의 사립 탐정 에노키즈 레이지로는 타인의 기억을 이미지 형태로 읽어내는 능력이 있는데 이는 사이코메트리와 텔레파시의 중간에 있는 능력이라고 할 수 있습니다.

SF를 가미한 미스터리로 호평을 받은 니시자와 야스히코의 '초능력자 문제

비밀 대책 위원회' 시리즈에는 초능력의 악용 여부를 감시하는 단체가 등장합니다. 각 작품에는 효과와 한계가 명확한 다양한 초능력이 등장하고, 이를 이용해 범죄를 논리적으로 밝혀나갑니다. 마찬가지로 니시자와 야스히코의 『완전무결 명탐정』에는 직접 추리라고 할 만한 것을 하진 않지만, 자신과 이야기를 나누는 상대에게 사건의 숨겨진 진상을 깨닫게 만드는 재미있는 능력을 가진 인물이 등장합니다.

이러한 초능력 이외에 마법을 사용하는 예도 있습니다. 마법이 과학 기술을 대체한 패럴렐 월드를 무대로 펼쳐지는 랜달 개럿의 '다아시 경' 시리즈(『마술사가 너무 많다』 등)가 유명합니다.

게임에서는 정보 수집 과정을 게임으로 처리하기 위해 초능력을 활용하기도 합니다. 캡콤의 '역전재판' 시리즈에서는 등장인물로부터 정보를 끌어내기 위한 수단으로 영력을 통해 마음속 비밀을 해제하는 '사이코 록' 시스템, 뛰어난 지각력으로 상대의 몸짓이나 습관의 변화를 포착해 거짓말이나 심리적 동요를 꿰뚫는 '간파 시스템'이 도입되었습니다.

055 특수 공간

UNIQUE ENVIRONMENT

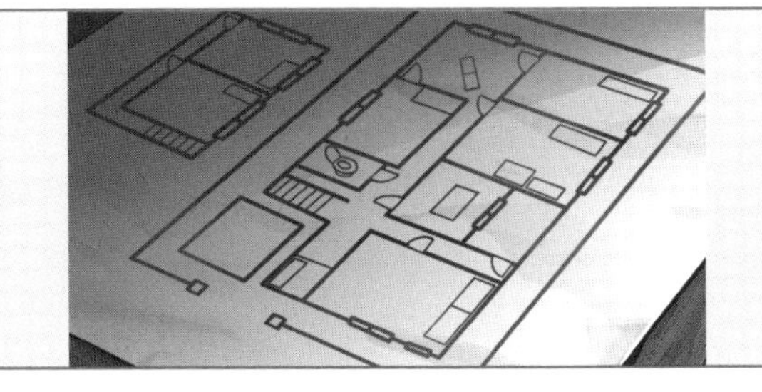

◆ 다양한 특수 공간

미스터리에서는 다양한 유형의 특수 공간이 그려집니다. 여기서 말하는 특수 공간이란 일상의 규칙이 적용되지 않고 독자적 법칙이 작용하는 공간을 가리킵니다.

예를 들어 살인 현장도 일종의 특수 공간으로 생각할 수 있습니다. 그 공간과 관련된 사람들, 가령 최초 발견자는 조사 대상이 되고, 만약 용의자로 전환되면 자유롭게 이동할 수 없으며 때로는 구속되는 등 경찰이 일상의 자유를 제한하는 새로운 규칙이 공간을 지배합니다. 악천후로 고립된 산장이 범죄 현장으로 바뀌고, 그곳에 갇힌 사람들 가운데 누가 범인인지를 가려내야 하는 클로즈드 서클(016) 또한 특수 공간이라고 할 수 있습니다.

이처럼 미스터리는 대체로 넓은 의미에서의 특수 공간을 다룹니다. 여기서는 그러한 미스터리 중에서도 더 특별하고 특수한 공간을 다루고자 합니다.

미스터리에 등장하는 특수 공간은 그 공간의 법칙을 만들어내는 근원이 무엇인지에 따라 세 가지로 나눌 수 있습니다. 바로 물리적 특수 공간, 사회적 특수 공간, SF적·초현실적 특수 공간입니다.

미스터리에서 흔히 쓰이는 물리적 특수 공간은 특수한 구조의 건축물로, 밀실 살인을 목적으로 지어진 저택에서 일어나는 사건을 그린 시마다 소지의

『기울어진 저택의 범죄』를 비롯해 저택과 관련된 작품이 많습니다. 그중에서도 저택의 물리적 구조를 이용해 그 공간 내에 비일상적인 법칙을 만들어내는 대가로 아야쓰지 유키토가 꼽힙니다. 데뷔작인 『십각관의 살인』을 비롯한 '관' 시리즈는 괴짜 건축가 나카무라 세이지가 설계한 기묘한 구조의 여러 저택이 무대입니다. 비밀 장치가 설치된 기묘한 건축물은 매력적인 트릭의 보물 창고와도 같지만, '밀실에서 범인이 사라진 것은 독자가 모르는 비밀 통로를 이용했기 때문'이라는 전개가 지나치게 많이 쓰이면 진부할뿐더러 페어플레이(102)에도 어긋나므로 미리 독자에게 정보를 주는 것이 바람직합니다. 아야쓰지의 '관' 시리즈에서는 '나카무라 세이지'라는 이름 자체가 독자에게 힌트가 되었습니다. 또 오구리 무시타로의 『흑사관 살인 사건』에서는 『위티구스 주법전』이라는 기이한 주술서가 사건의 무대인 흑사관(후리야기 저택) 건축과 관련되어 있다는 정보를 알려주며 그 건축물에 여러 장치가 존재한다는 사실을 독자에게 암시합니다.

사회적 규칙이 일반적인 것과 다른 공간, 가령 '기묘한 풍습이 있으며 미신을 깊이 믿는 사람들이 사는 외진 마을' 등도 특수 공간입니다. 또 여러 나라의 풍습과 사고방식 차이, 외국인 또는 여행자 같은 입장 차이 또한 사회적 특수 공간을 만들어냅니다. 마쓰오 유미의 『벌룬 타운의 살인』에서는 임산부만을 위한 마을에서 일어나는 사건을 다루며 탐정도 범인도 피해자도 모두 임산부라는 점으로부터 생겨나는 사회적 사각지대가 사건의 열쇠가 됩니다.

SF적 · 초현실적 특수 공간은 말 그대로 SF적 · 초현실적 설정으로부터 생겨나는 특수 공간입니다. 예를 들면 가가미 아키라의 『불확정 세계의 탐정 이야기』에서는 타임머신이 실용화되면서 사건의 진상마저 계속해서 바뀌어가는 세계에서 펼쳐지는 사립 탐정의 활약이 그려집니다. 니시자와 야스히코의 『인격전이의 살인』은 사람이 들어가면 인격이 뒤바뀌는 특수 공간을 다루고 있으며, 누구의 인격이 어느 육체에서 죽고 죽이는지, 동기는 무엇인지를 추적합니다. 아라마키 요시오의 『에셔 우주의 살인』은 네덜란드 화가 에셔의 그림 자체가 무대가 되는 특수 공간에서 벌어지는 범죄 수사를 그렸으며, 에도가와 란포상 사상 최대의 문제작으로 일컬어지는 고모리 겐타로의 『로웰성의 밀실』은 만화의 세계가 무대입니다.

◈ 특수 공간과 법칙

특수 공간의 특수한 법칙은 섣불리 사용하면 어떤 불가능한 일도 손쉽게 가능하게 만들기 때문에 미스터리로서는 김이 빠집니다. 따라서 재미있는 특수 공간 미스터리를 만들려면 명백한 법칙과 숨겨진 법칙, 이 둘을 구분해서 사용해야 합니다.

명백한 법칙이란 작품을 뒷받침하는 규칙의 근간이 되는 것으로, 독자에게 분명하게 전달되어야 하고 깨져서도 안 됩니다. 구체적으로는 그 특수 공간이 어떤 특수성을 가지며, 그 결과 무슨 일이 일어나고 있느냐는 것입니다. 한편 명백한 법칙에만 기대면 사건의 진상이 금방 드러나므로 숨겨진 법칙이 필요합니다. 숨겨진 법칙은 명백한 법칙으로 추론할 수 있는 동시에 독자에게는 숨겨진 것입니다. 명백한 법칙의 응용 편이라고 할 수 있습니다. 단순하고 알기 쉬운 명백한 법칙과 이를 응용한 바로 알아챌 수 없는 숨겨진 법칙을 구분해 사용한다면 좋은 특수 공간 미스터리를 만들 수 있습니다.

칼럼

악마의 증명과 까마귀의 역설

미스터리 작품에 종종 등장하는 악마의 증명과 헴펠의 까마귀에 대해 간단히 알아봅시다.

악마의 증명이란 어떤 명제를 완전히 증명하기란 대단히 어렵다는 것을 나타내는 말입니다. 예를 들어, '악마는 존재하지 않는다'라는 명제가 있다고 합시다. 악마가 실제로 존재하는지를 증명하기 위해서는 과거, 현재, 미래의 모든 시간과 지구상은 물론 우주와 저승(이 자체가 존재하는지도 알 수 없습니다)을 포함한 모든 공간을 샅샅이 뒤져 조사해야 하므로 사실상 입증이 불가능합니다.

고대 로마법에 따르면 토지 소유권이 누구에게 귀속되는지를 결정하기 위해서는 거의 무한정 시간을 거슬러 올라가 취득 경위를 확인해야 하는 증명 책임을 지게 되는데, 이는 실질적으로 불가능하다는 것을 중세 유럽 법학자들이 비유적으로 표현한 데서 유래했습니다. 미스터리 작품에서는 증명이 불가능한 사항을 들고 나오는 상대에게 '그것은 악마의 증명이다(따라서 그 주장은 무의미하다)'라고 지적함으로써 상대의 입을 막을 때 사용되기도 합니다.

까마귀의 역설은 귀납적 입증의 기본인 대우를 이용한 증명이 우리의 일상적 직관과 일치하지 않음을 보여주는 개념으로, 1940년대 독일 철학자 칼 헴펠이 이 역설을 제안했다고 해서 '헴펠의 까마귀'라고도 부릅니다.

'모든 까마귀는 검다'라는 명제가 있다고 합시다. 논리적으로 이 명제는 대우 관계에 있는 '모든 검지 않은 것은 까마귀가 아니다'라는 명제와 참, 거짓이 항상 같습니다. 따라서 '모든 검지 않은 것'을 관찰하면 까마귀를 단 한 마리도 관찰하지 않더라도 '모든 까마귀는 검다'라는 명제를 증명할 수 있게 됩니다. 그런데 이러한 결론은 우리의 감각으로는 이상하게 느껴지며 쉽게 받아들이기 어렵기 때문에 역설이라고 부릅니다. 대우를 이용한 증명은 논리적으로는 문제가 없지만, 현실적으로는 '모든 검지 않은 것'을 관찰하는 일은 '모든 까마귀'를 관찰하는 일보다 극히 어려우므로 결국 의미가 없다는 뜻입니다. 종종 '모든 까마귀는 검다'라는 명제는 '검지 않은 까마귀를 한 마리 발견'하는 것으로 반증이 가능하다는 논리를 '까마귀의 역설'이라고 설명하는데, 이는 오히려 '악마의 증명'과 관련된 것이지 '까마귀의 역설'과는 관계가 없습니다. 참고로 야생 까마귀 중에는 알비노나 백변종도 있으므로 '모든 까마귀는 검다'라는 명제에 대한 반증은 성립합니다.

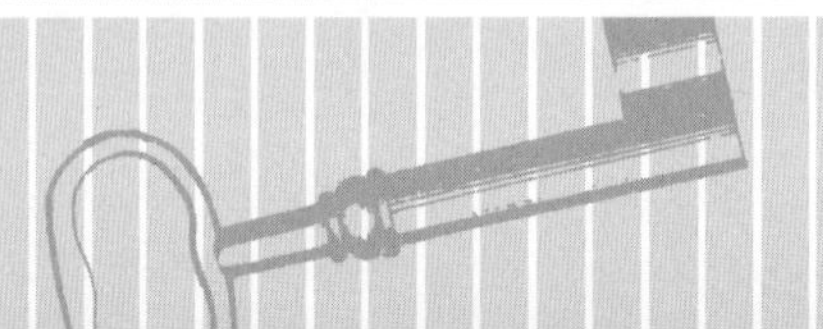

캐릭터

056 명탐정

GREAT DETECTIVE

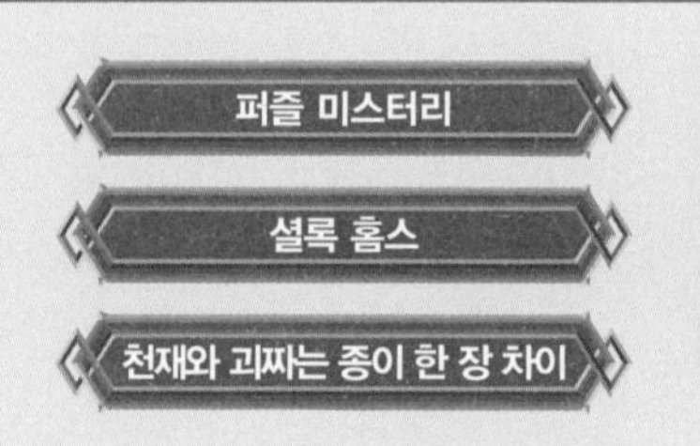

◆ 명탐정에게 필요한 것

미스터리, 그중에서도 수수께끼 풀이 중심의 퍼즐 미스터리(일본의 본격 미스터리)에서 주인공을 맡는 인물은 명탐정 캐릭터입니다. 이 명탐정은 작품 속 사건에서 캐릭터가 맡은 역할일 뿐 꼭 본업이어야 할 필요는 없습니다. 아이작 아시모프가 창조한 헨리 잭슨의 직업은 식당의 급사이며, 모리 히로시 작품 속 사이카와 소헤이는 대학의 조교수입니다. 경찰관이어도 좋고 초등학생이라도 상관없습니다. 보통 사람보다 뛰어난 능력을 발휘해 사건을 해결하는 캐릭터가 바로 명탐정입니다.

명탐정은 미스터리라는 장르와 함께 탄생했습니다. 세계 최초의 명탐정으로 꼽히는 아마추어 탐정 뒤팽은 에드거 앨런 포의 세계 최초의 미스터리소설인 「모르그가의 살인」을 통해 데뷔했습니다. 명문 귀족 출신 오귀스트 뒤팽은 파리 근교의 낡은 저택에 살면서 재미로 범죄 사건을 추적하는 별난 취미를 가졌습니다. 뒤팽은 때때로 경시총감 G의 의뢰를 받아 경찰이 포기한 사건을 조사해 그중 상당수를 해결했습니다. 명탐정 뒤팽의 캐릭터는 훗날 아서 코넌 도일의 셜록 홈스가 이어받으며 하나의 전형으로 자리 잡았습니다. 명탐정의 대명사가 된 홈스의 영향은 엄청났으며 홈스 이후 탄생한 수많은 명탐정이 홈스를 출발점으로 삼았다고 해도 과언이 아닙니다.

대개 미스터리 작가가 창조하는 명탐정은 많아야 두세 명입니다. 애거사 크리스티는 에르퀼 푸아로와 미스 마플, 에도가와 란포는 아케치 고고로, 엘러리 퀸은 작가와 동명인 엘러리 퀸 이외에 드루리 레인이라는 명탐정을 다른 필명으로 발표한 작품에 등장시켰습니다.

창조한 작가를 뛰어넘는 천재성, 비범한 능력을 지닌 명탐정을 여럿 탄생시킨다 해도 저마다의 특징과 수사 방법을 제대로 표현하기는 매우 어렵습니다. 또 미스터리의 주요 뼈대는 작중의 수수께끼이고 캐릭터는 부속물로 여기기 때문일지 모릅니다.

명탐정이 공통으로 지닌 능력은 대략 다음 다섯 가지로 정리할 수 있습니다.

- **관찰력:** 오감을 통해 얻은 주위 상황을 정확하고 세세하게 파악하는 능력이다.
- **추리력:** '논리성'이라고도 할 수 있다. 추리력에는 두 가지 면이 있고, 이는 종종 함께 사용된다. 하나는 '물 한 방울로 폭포나 바다를 가정하는' 연역적 추리력이다. 또 하나는 '방대한 사실과 전례를 법칙으로 만들어 원하는 해답을 끌어내는' 귀납적 추리력이다.
- **박학다식:** 귀납적 추리를 하기 위해서는 눈앞의 사실과 대조해 법칙성을 끌어낼 방대한 지식과 뛰어난 기억력이 뒷받침되어야 한다.
- **직관력:** 직감으로 진상을 간파한 다음 거꾸로 자신의 추리가 맞는지 확인해나가는 듯한 일종의 논리의 비약도 일반인에게서는 잘 볼 수 없다.
- **인맥:** 수많은 명탐정이 사회 상식과 사교성이 부족한 별난 인물로 설정되곤 하지만, 경찰을 포함한 각 분야 전문가와의 '연결 고리'는 명탐정이 범죄를 수사해나가는 데 큰 무기가 된다.

다섯 가지 능력 외에도 명탐정은 사건의 내용이나 전개에 따라 필요한 모든 지식과 기술을 지니고 있습니다. 그중에는 나중에 덧붙인 설정도 많습니다. 홈스의 경우 그가 처음 등장한 『주홍색 연구』에서는 범죄 수사와 관련한 것을 제외하면 완전히 무지하다고 쓰여 있지만, 이후 작품을 통해 박학다식한 인물로 변화했습니다. 작가에게 명탐정은 모든 문제를 단번에 해결하는 고대 그리스 연극의 '기계 장치의 신'(데우스 엑스 마키나. 고대 그리스 연극에서 기중기 같은 기계 장치를 타고 무대로 내려온 신이 작중의 모든 분쟁과 갈등을 해결해주는 수법에서 연유해 아무 논리적 연관성 없이 작품 외부의 요소가 개입하는 것을 말합니다-옮긴이) 같은 존재일지도 모릅니다.

◆ 천재와 괴짜는 종이 한 장 차이

범죄 수사가 주는 자극에 굶주려 의뢰가 없을 때면 코카인을 탐닉하는 등 기행을 일삼는 셜록 홈스는 말할 것도 없고 대부분의 명탐정은 일종의 사회 부적응자 혹은 괴짜로 묘사됩니다.

미스터리 작품은 재미를 위한 것인 만큼 명탐정의 천재성을 일반 독자들도 알기 쉬운 형태로 제시해야 합니다. 그러기 위해 가장 손쉬운 방법은 명탐정이 기이한 행동을 하게 하는 것입니다. 물론 현실 세계에는 뛰어난 능력과 훌륭한 인격을 겸비한 인물이 얼마든지 있으며, 그러한 우등생 같은 명탐정도 존재합니다. 그러나 천재와 괴짜는 종이 한 장 차이로, 약간의 결함을 안고 있는 천재 캐릭터가 완전무결한 슈퍼맨보다 매력적으로 보이는 것 또한 분명합니다.

057 왓슨 역

WATSONS

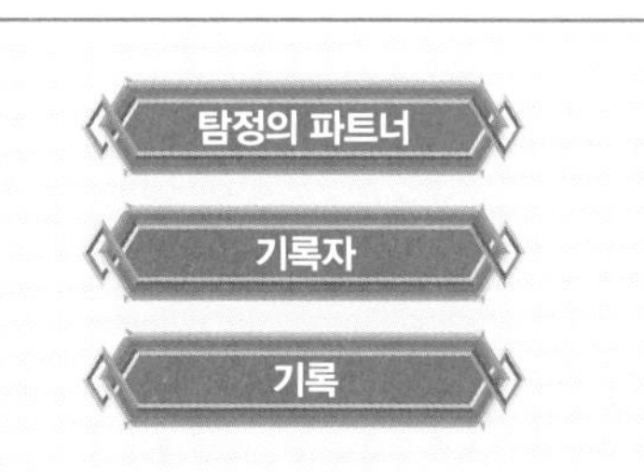

◈ 고전 미스터리에서 중요한 조연

아서 코넌 도일의 '셜록 홈스' 시리즈에는 홈스가 첫선을 보인 『주홍색 연구』 이후 홈스의 좋은 파트너이자 이야기의 1인칭 화자인 의사 존 H. 왓슨이 또 다른 주인공으로 등장합니다. '셜록 홈스' 시리즈는 대개 왓슨이 홈스가 해결한 사건을 기록해 세상에 발표하는 형식을 취합니다.

홈스 이야기는 오늘날 미스터리의 형식을 확립했으며 이후 고전 미스터리 작품의 상당수가 명탐정의 파트너로 왓슨에 해당하는 캐릭터를 등장시키고 있습니다. 애거사 크리스티의 '에르퀼 푸아로' 시리즈는 푸아로의 전우인 아서 헤이스팅스 대위가 사건의 경위를 기록하는 형식으로 전개됩니다. 니카이도 레이토는 여성 탐정 니카이도 란코의 파트너이자 기록자로 자신과 동명의 미스터리 작가를 등장시켜 작중의 기록이 곧 작품이 되는 형식을 취합니다. 이러한 주인공의 파트너 캐릭터는 사이드킥sidekick(조수)이라고 부릅니다. 또 대부분 1인칭 화자이자 기록의 작성자라는 점 때문에 미스터리 장르에서는 기록자로 불리기도 합니다.

작품에 등장하는 탐정 이름이 작가 이름과 동일한 작품도 있습니다. 엘러리 퀸의 작품이 대표적인데, 그의 작품에 등장하는 탐정 이름은 엘러리 퀸이고 직업도 미스터리 작가입니다. 다만 퀸의 조수인 니키 포터는 기록자가 아니며 작중에 등장하지 않는 J. J. 맥이라는 인물이 기록자입니다. 또 구리모토 가오루의 '우리들의 시대' 시리즈에 등장하는 탐정 역시 작가와 이름이 같으며 기록자를 겸합니다.

홈스 이야기 중 단편 「탈색된 병사」와 「사자의 갈기」는 홈스의 1인칭 시점으로 쓰였습니다. 따라서 여기에서는 기록자가 아닌 '왓슨 역'이라는 용어를 사용하겠습니다.

◆ 왓슨 역의 효용성

홈스보다 먼저 나온 에드거 앨런 포의 「모르그가의 살인」에서는 '나'라고 밝히는 인물이 아마추어 탐정 오귀스트 뒤팽의 활약을 1인칭 시점으로 서술합니다. 이는 18~19세기에 서구에서 유행한 기록 형식의 문학 양식을 따른 것입니다. 도일은 「모르그가의 살인」을 본뜨고 싶어서 왓슨이라는 화자를 등장시켰을 것입니다. 이후 홈스가 등장하는 많은 단편을 통해 1인칭 화자가 미스터리 장르 특성에 잘 들어맞는다는 사실이 드러났습니다. 명탐정(056)은 보통 사람보다 뛰어난 능력을 이용해 난해한 수수께끼를 풀어나가는 캐릭터입니다. 만약 미스터리 작품이 명탐정 1인칭 시점으로 쓰인다면 화자는 수수께끼가 풀리자마자 이를 독자에게 분명하게 제시하게 되므로 김이 빠진 단조로운 이야기가 되고 맙니다. 독자와 같은 눈높이로 바라보는 화자를 두고 수수께끼 풀이에 필요한 단서만을 문장 곳곳에 배치하는 방식은 독자와 공정한 대결을 내세우는 고전 미스터리에 적합했겠지요. 물론 3인칭 소설로 쓰는 방법도 있습니다. 사실 본격 미스터리의 대가인 엘러리 퀸은 한 편을 제외하고 모든 소설을 3인칭으로 썼습니다.

작가는 이야기의 방향성이나 수수께끼에 맞추어 1인칭 시점과 3인칭 시점 중 한쪽을 선택할 수 있습니다. 다만 1인칭 시점이라면 왓슨 역을 둘 것을 권합니다.

◆ 촉매 역할을 하는 왓슨 역

왓슨 역 캐릭터는 명탐정은 물론이고 일반 독자보다도 다소 둔감한 인물로 설정될 때가 많습니다. 이로써 명탐정의 천재성을 강조할 뿐만 아니라, 화자가 간과한 사소한 정보나 힌트를 눈치챈 독자들이 우월감이라는 형태의 카타르시스를 느끼게 합니다.

그렇다고 해서 초인적 영웅과 둘도 없는 친구로서 늘 함께하는 파트너를 단지 '상대를 돋보이게 하는 들러리'라고만 생각하기는 어렵습니다. 그들은 대부분 명탐정의 별난 언동을 참아낼 수 있는 인격자이거나, 의학 같은 전문 지식이나 사격술 등 뛰어난 특기를 가지고 있습니다. 또한 우리가 다른 사람과 이야기를 나누며 생각을 정리하듯이, 명탐정은 때로 왓슨 역과 소통하며 자신의 추리에서 미흡한 부분, 즉 새로운 관점과 정보를 더함으로써 진상에 도달하기 위한 돌파구를 찾습니다. 그야말로 상대를 자극하고 돕는 촉매 역할을 톡톡히 해내는 것입니다.

058 사립 탐정

PRIVATE DETECTIVE

◆ 사립 탐정의 역사

탐정이라는 말은 원래 밀정과 같은 의미였습니다. 오래된 소설에서는 군 첩보 기관 요원들이 탐정으로 등장했고, '스파이물' 장르는 '군사 탐정물'이라고도 불렸습니다. 일본에서는 야마나카 미네타로의 『아시아의 새벽』를 비롯해 '혼고 요시아키' 시리즈가 유명합니다. 넓게는 형사나 경찰관도 탐정에 포함됩니다.

이러한 공적인 의미의 탐정과 달리 민간에서 직업적으로 탐정 일을 하는 사람이 사립 탐정입니다. 사립 탐정의 원조라고 할 수 있는 인물은 프랑스의 프랑수아 비도크입니다. 범죄자 출신인 만큼 범죄 관련 지식과 뒷골목 세계에 해박했던 그는 프랑스 경찰과 협력해 여러 범죄 사건을 해결했습니다. 그 공적을 바탕으로 파리 범죄수사과 초대 과장에 취임해 여러 범죄자와 범죄 수법을 카드로 분류하여 근대적 과학 수사의 기초를 마련했습니다. 또 세계 최초의 사립 탐정 사무소를 열기도 했습니다.

1850년 앨런 핑커톤이 설립한 미국의 핑커톤 탐정 사무소도 유명합니다. 핑커톤 탐정 사무소는 대통령 후보 시절의 에이브러햄 링컨에 대한 암살 음모를 사전에 밝혀내고, 서부의 갱단을 잇달아 추적 · 검거하면서 전 세계에 알려졌습니다. 규모는 민병대 수준이었고, 사업체에 고용되어 노동자 파업 진압에 참여하기도 했습니다. 핑커톤 탐정 사무소 로고가 부릅뜬 눈 모양이었던 것에서 유래해 미국에서는 사립 탐정을 프라이빗 아이private eye라고 부르기도 합니다.

핑커톤 탐정 사무소의 활약은 작가 아서 코넌 도일에게도 영향을 미쳐 「레드 서클」이라는 작품에는 셜록 홈스의 협력자로 핑커톤 탐정 사무소의 탐정이 등장합니다. 또한 아카기 쓰요시의 '제도 탐정 이야기' 시리즈에서도 핑커톤 탐정 사무소에서 탐정 기술을 배운 쾌활한 남자 고구레 주자부로가 주인공으로 활약합니다.

◈ 사립 탐정 면허

사립 탐정 면허라는 말은 미국에 해당하는 이야기입니다. 주마다 취득 조건이 다르지만, 조사원으로서 일정 실무 경험을 거친 후 시험을 봅니다. 일본에는 이런 시험이 없습니다. 다음 조건에 해당하지 않는다면 각 행정구역의 공안위원회에 신청해 누구나 탐정 일을 할 수 있고, 전문 기술을 가르치는 탐정 학교도 있습니다.

◎ 2007년 6월 1일 시행 '탐정업 업무 적정화에 관한 법률'에서

- 성년 피후견인(금치산자), 피보좌인(한정치산자) 또는 파산자로 복권되지 아니한 자.
- 금고 이상의 형에 처해져 그 집행 종료 후 5년이 경과하지 아니한 자.
- 공안위원회로부터 탐정업의 정지 또는 탐정업에 관한 법률에 근거한 벌금형을 최근 5년 이내에 받은 자.
- 폭력단 탈퇴로부터 5년이 경과하지 아니한 자.

◈ 사립 탐정의 현실

현대 사회에서 사립 탐정은 '타인의 의뢰를 받아 특정인의 소재, 행동을 조사하고 보고하는 업무'를 합니다. 불륜이나 신원 조사, 실종자 찾기, 잃어버린 반려동물 찾기 등의 일을 주로 합니다.

일본의 경우 범죄 수사와 관련해서는 사립 탐정이나 일반인이나 별반 차이가 없습니다. 이를테면 사립 탐정은 현행범을 체포할 수는 있지만, 그 이상의 수사권은 없습니다.

이처럼 현실에서는 사건을 수사할 가능성이 적은 사립 탐정이 미스터리에서 '탐정' 역할을 맡는 경우가 많은 것은 홈스 이래로 자리 잡은 장르적 전통이라고 볼 수 있습니다. 물론 일반인보다는 분명 사건과 접점이 많고, 전직 경찰관이나 전직 변호사 같은 경력의 소유자로 설정하면 더욱 자연스럽게 사건과 엮이게 할 수 있습니다. 미국의 탐정 면허 시험 자격 조건에는 경찰 근무 경력이 포함되어 있어 실제 사립 탐정 중에는 전직 경찰 출신이 많습니다. 따라서 사립 탐정이 탐정 역할을 맡는 것이 부자연스러운 설정은 아닙니다. 한편 교고쿠 나쓰히코의 작품에 등장하는 에노키즈 레이지로처럼 자신을 미스터리의 명탐정으로 규정하여 현실 세계의 직업적 사립 탐정과는 다르다는 점을 강조하는 사립 탐정 캐릭터도 종종 보입니다.

059 안락의자 탐정

ARMCHAIR DETECTIVE

◆ 안락의자에 앉아 모든 것을 꿰뚫어 본다

안락의자 탐정이란 사건이 일어난 장소를 방문해 당사자의 이야기를 듣거나 현장을 조사하지 않고 제삼자를 통해 얻은 보고서나 정보만으로 사건의 진상을 추리해내는 탐정을 말합니다. 안락의자에 가만히 기대어 앉아 머리를 굴려 사건을 해결하는 모습에서 이런 이름이 붙었습니다.

안락의자 탐정의 전형적인 추리 방식은 의뢰인이 찾아와 자신이 겪은 기묘한 일을 들려주면 그 자리에서 바로 사건을 해결하는 것입니다. 또 신문 기사나 사건 기록 등을 단서로 수수께끼를 푸는 유형도 있습니다.

이러한 안락의자 탐정이 해결하는 사건은 크게 두 종류입니다. 하나는 모두가 의문스럽게 생각할 만한 불가사의한 사건, 또 하나는 언뜻 보기에는 별로 특별한 것이 없는 내용에서 아무도 눈치채지 못한 관련성을 발견해 큰 사건을 간파해내는 것입니다.

◆ 안락의자 탐정이 주는 즐거움

안락의자 탐정은 퍼즐 미스터리의 요소를 응축한 존재입니다. 처음부터 가공 안 된 순수한 정보가 한 번에 주어지고 이것을 바탕으로 오로지 머릿속 추리만으로 결론에 도달하기 때문입니다. 수사에 얽힌 여러 가지 에피소드나 그곳에서 일어나는 모험 혹은 이에 동반된 미스리딩은 안락의자 탐정물에는 존재하지 않습니다.

그러나 거꾸로 말하면 일반적인 미스터리소설에 있는 액션이나 서스펜스, 탐정 대 범인의 숨 막히는 대결 같은 요소를 사용할 수 없으므로 순전히 추리만으로 독자에게 즐거움을 안겨줘야 합니다. 그만큼 작가의 역량이 필요하고 장편으로 만들기 어려운 장르라고도 할 수 있습니다.

안락의자 탐정물은 실제로 수사를 하지 않아도 되므로 어떤 인물이든 탐정 역할을 할 수 있다는 이점이 있습니다. 보통 형사 사건을 수사하려면 경찰이나 신문 기자 등 사건 현장에 접근할 기회가 있는 인물이어야만 하지만, 안락의자 탐정이라면 사건과 관련이 없는 사람이든 노인이든 어린이든, 때에 따라서는 동물이라도 대화만 가능하다면 탐정이 되어 추리할 수 있습니다.

◆ 대표적인 안락의자 탐정

안락의자 탐정의 시초는 에마 오르치가 쓴 연작 단편 소설에 등장하는 '구석의 노인'으로 알려졌으며 홈스 이야기의 성공에 힘입어 19세기 말부터 20세기 초까지 잇달아 등장한 '홈스의 라이벌들'로 불리는 탐정 캐릭터 중 하나입니다. 이름도 직업도 알 수 없어 그저 구석의 노인으로 불리는 이 남자는 찻집 구석 자리에 앉아 여기자 폴리 버튼에게 미궁에 빠진 사건의 개요를 듣고 멋진 추리를 펼칩니다.

애거사 크리스티의 『화요일 클럽의 살인』에서 첫선을 보인 할머니 탐정 미스 마플도 대표적인 안락의자 탐정입니다. 세인트 메리 미드 마을에 사는 미스 마플은 조카가 마련한 '화요일 클럽'을 위해 집을 빌려줍니다. 이 모임에서 화두가 된 풀리지 않는 수수께끼 같은 사건들을 미스 마플은 앉은 자리에서 해결합니다. 『화요일 클럽의 살인』 이외의 작품에서 미스 마플은 적극적으로 수사에 참여하기도 하고, 여행지에서 사건에 휘말리는 등 안락의자 탐정 역할에서 벗어나기도 합니다.

렉스 스타우트가 창조한 미식가 탐정 네로 울프는 외출을 꺼려 조사원을 고용해 사건을 수사하게 하고, 사무실에서 한 발짝도 움직이지 않은 채 추리를 선보입니다. 이런 경우 작품은 일반적인 미스터리로 분류되지만, 네로 울프는 안락의자 탐정에 속합니다.

지금 꼽은 세 명을 포함해 안락의자 탐정이 또 다른 작품에 등장할 때는 안락의자를 떠나 몸으로 직접 부딪쳐 사건을 해결하기도 합니다.

그런 점에서 아이작 아시모프의 단편집 『흑거미 클럽』에 등장하는 급사 탐정 헨리는 완벽한 안락의자 탐정이라고 할 수 있습니다. 헨리는 기이한 사건을 두고 서로 이야기를 나누는 흑거미 클럽이라는 모임이 열리는 식당의 급사로, 매번 요리를 나르며 회원들이 풀지 못한 수수께끼를 조심스러운 태도로 해결합니다.

덧붙여 안락의자 탐정의 결정판이라고 하면 마쓰오 유미가 창조한 안락의자 탐정 아치를 들 수 있습니다. 아치는 놀랍게도 의식과 대화 능력을 지닌 안락의자입니다.

060 소년 탐정

BOY DETECTIVE

◈ 아이들을 사로잡는 또래 탐정

탐정의 손발이나 눈, 귀가 되는 아이들 혹은 어른 뺨치는 활약으로 사건을 해결하는 아이들. 이들은 소년 탐정으로 불리며 미스터리를 비롯한 많은 장르에 등장합니다. 일반적으로 초등학생부터 고등학생까지 소년들의 활약을 그리는데, 탐정의 일곱 가지 도구 같은 특수 장비를 사용하거나, 초법규적 조치 혹은 특례로 운전면허증, 심지어 권총 휴대까지 인정받기도 합니다.

소년 탐정은 크게 상징으로서의 '아이'와 세대로서의 '미성년'으로 나뉩니다. '아이' 유형은 자신이 탐정 역할을 맡아 슈퍼 히어로로 활약합니다. 명석한 두뇌와 추리력, 행동력, 거기에 특수 아이템까지 활용해 사건을 해결하는 이야기의 주인공이 됩니다. 반면 '미성년' 유형은 사립 탐정의 조수를 맡거나 용돈벌이로 탐정을 돕는 어설픈 탐정으로 이야기의 조연 위치에 섭니다. 그 나이에 맞는 작고 소소한 일을 하며 탐정을 지원하는 역할을 맡습니다.

소년 탐정이라고 하면 무엇보다 특수 장비를 빼놓을 수 없습니다. 범인을 추적하고 미행할 때 사용하거나, 어른보다 체력과 완력이 떨어지는 소년 탐정의 신변을 지키고 혹은 잘못해서 붙잡혔을 때 탈출하거나 동료에게 연락하는 데 사용합니다. 특수 장비는 나이프와 로프, 손전등 같은 일반적인 것에서부터 소형 통신기, 연락용 비둘기, 소형 권총, 발신기, 음성 변조기, 거대 로봇 등 그 종류도 다양합니다. 특수 장비는 소년 탐정 특유의 분위기를 연출하는 데 필요합니다.

◆ 소년 탐정의 역사와 위치

소년 탐정은 '셜록 홈스' 시리즈에 등장하는 베이커가 특공대에서 시작되었습니다. 이들은 홈스를 위해 일하는 부랑아로, 『주홍색 연구』에서 홈스는 경관 열두 명보다 특공대 아이 한 명이 더 도움이 된다고 말했습니다.

일본에서 소년 탐정의 시초는 에도가와 란포의 '소년 탐정단' 시리즈에 등장하는 고바야시 요시오와 소년 탐정단입니다. 아케치 고고로의 제자인 고바야시 소년이 이끄는 소년 탐정단은 BD Boy Detective 배지를 가슴에 달고 괴인 이십면상과 몇 번이나 대치합니다. 시리즈에서는 소년 탐정단과는 별도로 꼬마별동대도 등장합니다. 이는 고바야시 소년이 우에노 공원 부랑아들을 모아 결성한 것으로 소년 탐정단이 대응하지 못하는 상황에서 활동했습니다. 시리즈 연재 시작과 함께 소년 탐정단은 큰 인기를 끌었고 많은 아이가 가슴에 BD 배지를 달고 소년 탐정 흉내를 냈습니다. 그 후 『철인 28호』의 가네다 쇼타로 같은 로봇 조종사나 『명탐정 코난』처럼 고등학생에서 초등학생으로 변신한 명탐정 등 다양한 소년 탐정이 등장했습니다.

에도가와 란포의 소년 탐정단은 주로 란포가 어린이를 위해 쓴 탐정소설에서 활약합니다. 탐정단 단장인 고바야시 소년은 란포의 성인 탐정소설에도 등장합니다. 여기서는 소년 탐정이라기보다 탐정 아케치의 조수로

그려졌는데, 활약 장소가 어린이용 소설로 옮겨지면서 독자와 눈높이가 같은 탐정 캐릭터로 바뀐 것입니다.

또 아이들이 범죄 수사에 참여하는 부자연스러운 상황을 독자에게 이해시키기 위해서는 상황 설정이 이야기의 중요한 열쇠가 됩니다. 덧붙여 소년 탐정은 대상 연령 폭이 넓은 게임의 플레이어 캐릭터로 적합하지만, 아이들만 위험에 처하는 작품은 기피되는 경향이 있으므로 주의해야 합니다.

061 일반 시민

CITIZENS

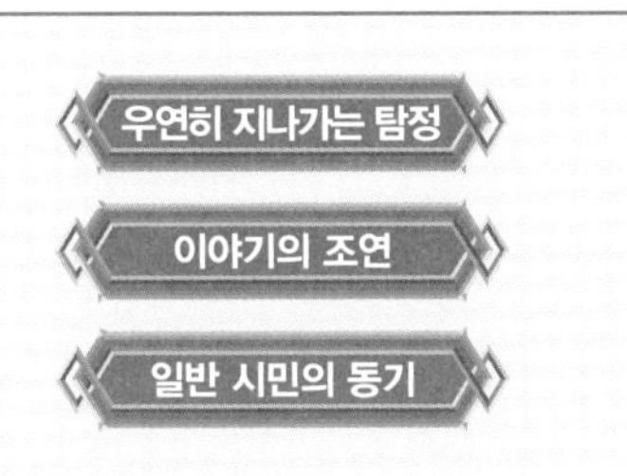

◈ 일상을 보내는 사람들

미스터리에서 일반 시민은 크게 두 가지로 나뉩니다. 하나는 '경찰, 탐정, 정보원과 같은 사건이나 범죄 전문가가 아닌 사람', 또 하나는 '범인'이나 '피해자'와 달리 사건에 직접 연관되지 않은 '그 밖의 많은 사람'입니다. 둘 다 사건과 거리가 먼 혹은 무관한 사람이지만 이를 한 번 비틀어주면 좋은 미스터리 작품이 탄생합니다.

먼저 범죄 전문가가 아닌 일반 시민이 아마추어 탐정 역할을 맡는 경우가 있는데, 평범한 학생이나 회사원이 누구나 쓸 수 있는 수단을 동원해 범죄를 수사함으로써 독자가 더 쉽게 감정을 이입할 수 있습니다. 혹은 범죄와는 관련이 없을 법한 직업을 가졌다는 점이 수사에 큰 도움이 된다는 전개도 재미있을 것입니다. 평범한 술집 주인이 술을 이용한 독살 사건에 휘말린다면 과연 어떤 추리를 선보일까요. 의외의 직업과 의외의 사건을 조합하면 인상 깊은 미스터리 작품을 만들어낼 수 있습니다.

또 우연히 사건 현장을 지나가는 일반 시민처럼 보이는 사람이 사실은 사건의 중요 인물이거나 사건 해결의 열쇠를 쥐고 있다는 설정도 미스터리에서는 흔합니다. 아무렇지 않게 하는 말이나 행동에 중요한 의미를 숨겨놓는 것입니다. 물론 등장하는 일반 시민이 전부 사건과 관련되어 있을 필요는 없습니다.

전혀 관계없는 인물을 끌고 와서 독자의 시선을 다른 곳으로 돌리게 할 수도 있습니다. 다만 일반 시민이 너무 많이 등장하면 이야기가 산만해지고 추리하기 어려워지므로 적정선을 지켜야겠지요.

사건과 무관한 일반 시민을 조연으로 등장시키는 것은 사건에 현실성을 부여하기도 합니다. 현실의 사건, 사고는 직접적인 관계자 이외에도 많은 사람이 엮입니다. 그러한 일반 시민의 반응이나 심정을 그리면 이야기에 깊이를 더할 수 있습니다.

◆ 일반 시민이 사건에 휘말리는 경우

일반 시민이 사건에 휘말리는 계기는 무엇일까요? 가장 흔한 사례는 피해자 혹은 목격자가 되면서입니다. 사건으로 피해를 본다는 것이 범인에게 직접 습격당하는 일만을 말하지는 않습니다. 사건의 영향으로 벌어진 일에 뜻하지 않게 휘말리는 경우도 있습니다. 처음에는 사소하거나 별것 아닌 듯했던 피해가 점점 더 큰 범죄로 연결된다는 식의 전개는 일반 시민이 사건에 휘말리는 상황을 효과적으로 그릴 수 있습니다.

또 목격자가 처음에는 자신이 사건을 목격했다는 사실을 눈치채지 못하는 경우도 있습니다. 사소하거나 기묘한 일이 점차 큰 사건으로 이어지는 것입니다. 반대로 우연히 발생한 일이거나 착각을 한 것임에도 자신이 실제로 피해를 입거나 목격했다고 여기기도 합니다. 이런 유형을 이용해 독자의 허를 찌르는 이야기를 만들 수 있습니다.

◆ 스스로 사건에 뛰어드는 일반 시민

스스로 사건에 뛰어들 때, 일반 시민은 이름 없는 존재에서 이야기의 중심적인 역할을 하는 존재가 됩니다. 그것은 과연 어떤 때일까요?

그런 결심을 하는 동기는 먼저 무언가를 '지키기 위해서'라고 설정할 수 있습니다. 살인 사건이나 상해 사건 등 미스터리에 등장하는 수많은 사건은 위험하고 참혹합니다. 자신이나 가까운 사람이 그런 위험에 처하면 일반 시민이라도 맞서게 될 것입니다. 그렇더라도 경찰에 맡기는 것이 더 현실적인 방법이므로 시민이 스스로 맞서야 할 이유를 마련해야 합니다.

가까운 사람이 사건에 휘말려 피해를 입은 경우라면 '복수'를 동기로 삼는 것도 가능합니다. 돌이킬 수 없는 피해를 입었을 때, 범인에게 복수하기 위해 혹은 적어도 사건의 진상을 파악하기 위해 일반 시민들은 사건에 뛰어듭니다. 복수라는 측면을 부각하려면 일반 시민과 피해자의 관계, 유대를 묘사하는 데 주력해야 합니다.

미스터리에는 밀실 살인 등 불가사의한 사건도 수없이 등장합니다. 그러한 사건에 맞닥뜨렸을 때 호기심으로 사건에 뛰어드는 사람도 있을 것입니다. 이 경우 매력적인 수수께끼와 본인이 그러한 수수께끼에 끌리는 심리를 어떻게 설정하느냐가 중요합니다.

일반 시민이라도 뜻하지 않게 혹은 어떠한 의도를 가지고서 범죄나 사건을 일으킬 수 있습니다. 탐정이 아니라 범인으로서 사건과 관련되는 것입니다. 이러한 사건을 그릴 때는 금전욕이나 질투, 장난 등 모두가 가지고 있는 범죄에 대한 호기심이나 욕망을 이용해 공감할 수 있는 범죄를 설계해야 합니다.

062 형사, 경찰관

INVESTIGATOR, POLICE

◆ 법과 질서와 정의의 이름으로

형사를 포함해 경찰관들은 법과 질서의 수호자로서 정의를 집행하는 사람들입니다. 경찰관은 법 집행 기관인 경찰에 소속된 공무원으로서 공공의 안전과 질서 유지가 주요 임무입니다. 범죄에 대처하는 것은 물론이고 주의와 경계를 당부하고 범죄를 사전에 방지하는 일도 맡습니다. 거리를 순찰하고 파출소를 찾아온 사람들 상담에 응하는 일 또한 경찰관의 중요한 업무입니다.

그중에서도 형사는 수사 활동에 전문적으로 종사하는 직종으로 국가에 따라서는 수사관이라고도 부릅니다. 보통은 사복 차림으로 일반 시민들 사이에 섞여 들어가 범죄 정보를 수집합니다. 신중하고 꼼꼼하게 사건을 파헤치고 범죄자와 난투극을 벌이는 형사들은 수많은 미스터리 작품에서 중요한 역할을 맡아왔습니다.

형사들은 일본 경시청의 경우 수사 대상에 따라 주로 형사부를 중심으로 다음과 같은 부서에 배속됩니다.

- **수사 제1과:** 살인이나 방화, 강도, 폭행 상해, 유괴, 농성 등 강력 범죄를 담당한다.
- **수사 제2과:** 사기나 화폐 위조, 뇌물 수수, 선거법 위반 등 지능 범죄를 담당한다.
- **수사 제3과:** 강도 이외의 모든 절도 사건을 담당한다.
- **조직범죄대책부(구 수사 제4과):** 폭력단이나 국제 범죄, 약물, 총기 범죄 등을 담당한다.

그 밖에도 방범 활동이나 보안 사건을 담당하는 생활안전부, 극단적인 사상 활동 또는 테러 사건을 담당하는 공안부에도 사복형사들이 소속되어 있어 일반적으로 알려진 형사들과 마찬가지로 범죄 수사를 맡습니다. 참고로 미스터리에 종종 등장하는 살인과라는 부서는 일본 경찰에는 존재하지 않으며 범죄 유형상 앞에서 소개한 수사 제1과가 담당합니다.

◆ 현장의 형사, 경찰관

일본의 경찰은 순사부터 경시총감까지 총 아홉 개 계급이 있습니다(한국 경찰의 계급 체계는 순경부터 치안총감까지 11개 계급으로 구성됩니다–옮긴이). 이 가운데 일선에서 뛰는 실무 경찰은 경시 이하 하위 계급의 경찰관입니다. 경찰 조직은 피라미드형으로 상급자가 하급자를 지휘하는 상의하달(하향식) 구조입니다. 주인공 캐릭터는 주로 현장에서 뛰는 순사부터 경시 계급까지 등장합니다. 경시총감 등 상위 계급 캐릭터를 등장시킬 때는 거대하고 심각한 사건을 다룰 수 있습니다. 일본 경찰의 경시 이하 계급과 직무는 아래와 같습니다.

계급 (괄호 안은 한국의 경찰 계급–옮긴이)	설명
경시(경정)	본부 관리관 혹은 경찰서 서장급. 수사 현장에 나오는 일은 매우 드물다.
경부(경감)	본부 계장 혹은 경찰서 과장급. 수사 현장에 간간이 모습을 드러낸다.
경부보(경위)	본부 반장 혹은 경찰서 계장급. 현장에서 수사하는 경찰관을 지휘한다.
순사부장(경사) 순사·순사장(순경·경장)	수사 현장을 지탱하는 대다수 층. 상관의 지휘 아래 수사를 위해 동분서주한다.

◆ 이야기 속 수사관들

작품에 따라서는 외국에서 파견된 국제형사경찰기구ICPO나 미국 연방수사국FBI의 수사관이 등장하기도 합니다. 애니메이션 〈루팡 3세〉에 등장하는 제니가타 경부도 ICPO 수사관입니다.

그러나 실제 ICPO는 회원국들 간의 국제 공조 기구이므로 현장에서 수사하는 수사관이 기구에 소속되어 있는 것은 아닙니다. 원래 각국 경찰의 수사 활동은 그 나라의 주권에 속하는 문제이므로 특별히 정한 경우를 제외하고는 국외 수사관이 독자적으로 수사를 벌이는 일은 매우 드뭅니다. 사건이 발생한 나라로 파견되는 경우에도 수사 공조라는 형태로 그 나라 경찰에 협력할 뿐 대부분 수사권을 가지고 있지 않습니다.

미스터리 작품은 픽션이므로 현실을 그대로 따를 필요는 없습니다. 특별한 수사 권한을 가진 조직을 설정해도 좋고, 아니면 어쩔 수 없이 다른 나라의 수사에 휘말리거나 제멋대로 행동한다는 식의 이유를 붙여 외국에서 활약하는 수사관을 등장시킬 수도 있습니다. 물론 현실을 토대로 수사관들 간의 꾸준한 정보 공유나 협조 활동을 실감 나게 묘사함으로써 매력적인 이야기를 만들 수 있습니다.

063 검시관, 감식관

FORENSIC INVESTIGATORS

◆ 과학의 힘으로 범죄에 맞서는 사람들

검시관과 감식관은 전문 지식과 과학 기술을 이용해 범죄 사건을 수사하는 과학 수사 전문가입니다. 감식관은 과학 수사 전반에 대한 업무를 담당하고, 검시관은 시체를 조사하는 일을 합니다.

일본의 경우 검시관이 되려면 감식관으로서 경험을 쌓은 뒤 경찰 내부 교육을 통해 법의학 과정을 이수해야 합니다. 검시란 시체를 관찰하고 범죄와 관련된 여러 흔적을 조사하는 작업을 말합니다. 범죄와 관련 여부를 가리는 업무를 하며 부검은 하지 않습니다. 검시를 통해 시체에 수상한 점이 발견되어 범죄 가능성이 의심되면 행정 부검, 사법 부검 등을 실시합니다. 검시는 본래 검찰에게 권한이 있지만, 현재로서는 경찰 소속 검시관이 직무를 대행하고 있습니다. 참고로 유럽에서는 검시부터 사법 부검까지 포괄하여 검시라고 부릅니다.

감식관의 일은 두 가지로 나뉩니다. 우선 하나는 최신 과학 기술을 이용해 범죄 현장에서 구체적인 범죄 행위의 흔적이나 수사로 이어질 만한 단서를 발견하는 일입니다. 그렇게 발견한 단서는 경찰이 오랜 세월 수사를 통해 쌓은 방대한 자료와 대조합니다. 이를 통해 가령 현장에서 발견된 실오라기 하나로부터 어떤 옷에서 나온 것이고 어떤 곳에서 팔았으며 어떤 사람이 입는지와 같은 부분까지 알 수 있습니다. 그렇게 방대한 자료를 유지·관리하고 정보를 분석하는 것이 감식관의 또 다른 일입니다.

검시관과 감식관은 성실하게 작업을 계속해나가는 자세가 중요합니다. 현장이나 시체를 정밀하게 분석해 무수한 흔적을 수집하고, 이를 방대한 기록과 대조하는 작업을 묵묵히 반복합니다. 이처럼 보이지 않는 곳에서 우직하게 수행하는 일을 묘사할 때는 현장에서의 활약뿐만 아니라, 그 뒤에서 많은 사람이 뒷받침하고 있다는 것에 조명을 비추면 조금 더 매력적으로 그려낼 수 있습니다.

◆ 다양한 검시와 감식 활동

실제 검시 작업에서는 시체의 외관을 관찰하는 일이 중심이 됩니다. 외관이나 촉감으로 확인할 수 있는 이상 등을 근거로 범죄의 흔적을 찾아냅니다.

- **현장 감식:** 사건 현장 수사는 구체적으로는 머리카락이나 피부 조각, 의복의 섬유 등 유류품 검출이 중심이다. 이러한 유류품은 자료와 대조 작업을 거친 후 사건 수사에서 범인을 특정하는 증거 등으로 활용된다.
- **지문 검출:** 사건 현장에 남은 지문을 검출하는 작업이다. 지문은 사람마다 다르므로 현장에서 채취한 지문은 수사 시 중요한 단서가 된다. 지문 검출 기술은 화학과 밀접한 관련이 있으며, 물건에 묻은 체액과 지문을 확실하게 채취하기 위한 여러 가지 방법이 고안되고 있다. 일반적으로 가장 많이 이용하는 방법은 분말법이다. 알루미늄 가루 등 미세한 분말을 묻힌 다음 솔로 문질러 지문이 드러나게 하는 방법으로, TV 드라마나 영화를 통해 널리 알려졌다. 지문이 오래되어 분말법으로 채취하기 어려울 때는 닌히드린 용액을 이용하는 액체법으로 채취한다. 닌히드린 용액이 피부의 단백질을 이루는 아미노산과 반응하는 성질을 이용한 것이다.
- **사진 촬영:** 범죄 현장을 모든 각도에서 기록한다. 범죄의 윤곽을 드러내거나 실제 현장에서 놓친 사건의 흔적을 밝혀내기 위해 활용한다. 과거에는 촬영한 사진을 조작하지 못하도록 필름 카메라를 사용했으나 최근에는 데이터 조작을 원천 봉쇄하는 기술의 발달로 영상, 사진 등 디지털 증거물이 활용되는 영역이 확대되고 있다.
- **유류품 감정:** 현장에서 채취한 머리카락 등 유류품을 감정하여 어떤 인물의 것인지 확인해나가는 작업이다.

◆ 미스터리 작품에서의 역할

검시관이나 감식관은 현대의 미스터리 작품에서 빠질 수 없는 캐릭터입니다. 소설이나 TV 드라마 중에는 이들을 주인공으로 한 인기 작품도 많습니다. 한편 게임의 경우, 전문 지식이 없는 플레이어가 맡기는 다소 어려운 역할이므로 주인공 캐릭터로는 그다지 적합하지 않습니다. 따라서 일반적으로 주인공을 지원하고 도와주는 역할로 등장합니다.

이 점을 역이용하는 방법도 있습니다. 예를 들어, 수습 감식관 등으로 설정하면 무리 없이 전문 지식을 전달할 수 있습니다. 혹은 과거로 시간 여행을 하는 설정이라면 지문이나 혈액형 등의 지식을 활용해 감식관으로 활약하는 이야기를 만들 수 있습니다.

064 검사, 변호사

PROSECUTOR, ATTORNEY

◈ 법을 지키는 자, 사람을 지키는 자

검사와 변호사는 양쪽 모두 재판과 관련된 직업으로, 미스터리에서는 주로 탐정과 대립하는 역할을 맡습니다. 어느 쪽이 어떤 역할을 맡을지는 정해져 있지 않지만, 한쪽이 탐정이라면 다른 한쪽은 라이벌로 등장하게 됩니다.

검사는 법을 위반한 혐의가 있는 피의자를 형사재판에 회부할 권한을 가진 검찰청 소속 공무원으로, 말하자면 국가의 법률 대리인인 셈입니다. 검사의 일은 형사 소송 절차의 중심에 있는 만큼 매우 엄정하게 이루어집니다. 일본에서는 사법시험을 통과한 후 사법 연수를 거쳐 검찰청에 채용되거나 검찰 사무관이나 경찰관으로 일정 기간 근무한 후 법무성의 심사를 통과해 부검사가 되는 두 가지 방법을 통해 검사가 됩니다.

이에 반해 변호사는 기본적 인권을 옹호하는 법률 전문직으로, 민사재판에서는 의뢰인의 주장을 대변하고 형사재판에서는 피고인에게 불리한 증거에 반론하거나 이익이 되는 증거를 제시하는 이른바 개인의 대리인입니다. 그런가 하면 기업 변호사처럼 조직의 이익을 지키는 변호사도 있어 개인마다 입장이 다릅니다. 또 여러 이유로 사선 변호인을 선임할 수 없는 피고인을 위해 국가에서 변호인을 선정해주는 국선 변호인 제도가 있어서 자신이 원치 않는 사람의 변호를 맡기도 합니다.

미스터리에서는 얼 스탠리 가드너의 '페리 메이슨' 시리즈의 주인공이자 변호사인 페리 메이슨처럼 주로 형사 사건이 전문인 저돌적이고 민첩한 변호사가 주인공인 경우가 많지만, 와쿠 슌조의 '아카카부 검사' 시리즈처럼 검사를 주인공으로 한 작품도 꾸준히 인기를 얻고 있습니다.

◆ 검사 vs. 변호사

검사는 경찰의 수사 결과를 바탕으로 피의자가 지은 죄에 대한 합당한 형량을 정해 재판에 넘깁니다. 사건의 진상을 잘못 파악하거나 실제로 수사한 경찰 내부의 음모 등으로 검사가 판단을 잘못하는 경우도 있습니다.

이에 비해 변호사는 개인을 위해 일하므로 자기 이익을 위해 범인을 무죄로 만들어버리는 악당 변호사가 등장하는 이야기도 드물지 않습니다.

또한 게임뿐만 아니라 거의 모든 작품에서 재판이나 법정에 대한 묘사는 현실과 다르게 조금씩 바뀝니다. 법정을 무대로 한 게임으로 유명한 '역전재판' 시리즈에서도 재판이 매우 단기간에 끝나는 등 현실과 다른 부분이 더러 있습니다. 이러한 변경은 현실의 재판을 작품에 녹여내기 위한 작업이지만, 독자에게 혼란을 불러일으킬 수 있으므로 주의를 기울여야 합니다.

◆ 법과 권리의 상징

검사와 변호사는 신분을 증명하기 위해 각각 다른 배지를 착용합니다(한국에서는 검사에게 별도로 주어지는 배지가 없습니다-옮긴이).

검사 휘장은 국화의 흰색 잎과 금색 잎의 중심에 붉은 해가 그려져 있습니다. 원래 균형과 조화를 상징하는 것이었는데, 휘장 디자인에서 비롯돼 가을 서리나 여름 햇살과 같은 혹독한 기후처럼 검사라는 직무가 갖는 엄격함, 형벌의 엄격함과 의지의 견고함을 상징하게 되었습니다.

한편 변호사 휘장은 해바라기 중심에 저울이 그려져 있습니다. 태양을 향해 피는 해바라기는 정의와 자유를 상징하고, 무게의 균형을 맞추는 데 필요한 저울은 공정과 평등을 상징합니다. 정의의 편에서 국민의 권리를 대변하는 것이 변호사의 직무임을 나타내는 것입니다.

검사 휘장　　　　변호사 휘장

065 학자

SCIENTIST

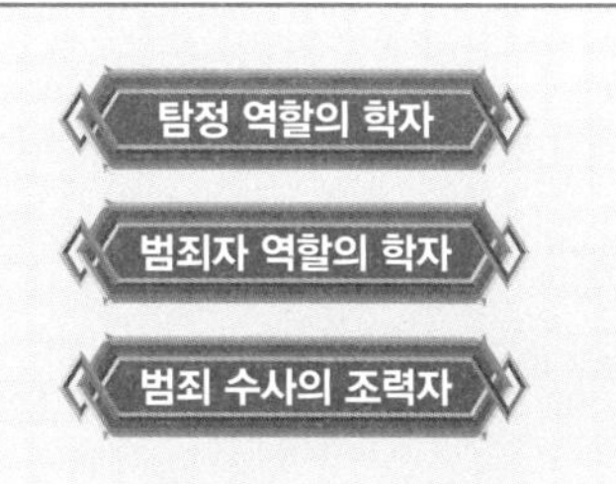

◇ 학자의 지식이 진상을 밝혀낸다

학자란 특정 학문 분야의 연구나 논문 발표 등을 통해 일정 평가를 받아 대학이나 연구소 같은 학술 기관에 고용된 사람입니다. 일반적으로 자연과학, 인문과학, 사회과학으로 분류할 수 있으며, 자연과학은 기초과학과 응용과학으로 나뉩니다.

분류	설명
자연과학	기초과학: 수학, 물리학, 생물학, 화학, 천문학 등. 응용과학: 의학, 약학, 해부학, 농학, 공학 등.
인문과학	철학, 문학, 언어학, 미학, 역사학, 고고학 등.
사회과학	법학, 정치학, 경제학, 사회학 등.

그러나 최근 여러 학문 분야가 전문화되는 한편으로 환경학이나 정보학과 같은 종합적인 학문 분야도 나타나고 있어 위의 표와 같은 분류가 어려워지고 있습니다.

학자이자 명탐정(056)이라고 하면 우선 TV 드라마 〈갈릴레오〉의 유카와 마나부를 들 수 있습니다. 히가시노 게이고가 낳은 유카와는 데이토대학교 이공학부 물리학과 준교수로 자신의 전문 지식을 살려 여러 물리학적 · 화학적 트릭을 간파합니다. 그 밖에 모리 히로시가 탄생시킨 사이카와 소헤이가 있습니다. 국립 N대학교 건축학과 조교수인 사이카와는 학술 분야의 지식을 이용한다기보다 논리적 사고를 펼쳐 추리하는 유형입니다. 아리스가와 아리스의 '작가 아리스' 시리즈에 등장하는 명탐정 히무라 히데오도 비슷한 경향의 학자탐정입니다. 에이토대학교 사회학부 부교수로 전공은 범죄사회학입니다. 더 거슬러 올라가면 다카기 아키미쓰가 창조한 가미즈 교스케는 도쿄대학교 의학부 법의학과 조교수이자 최고의 천재 탐정입니다. 이들은 모두 학자로서의 전문 지식을 많든 적든 추리에 활용하는 한편, 그들이 지닌 전문성 때문인지 특이한 행동을 보이곤 합니다.

◆ 학자의 지식이 사건을 일으킨다

범죄자 역할의 학자로는 먼저 아서 코넌 도일이 창조한 제임스 모리아티 교수를 꼽을 수 있습니다. 범죄 조직의 수장이면서 명망 있는 수학 교수이기 때문에 '교수'라는 이름으로 불립니다. 세바스찬 모런 대령을 비롯한 많은 부하를 부려 거대하고 교묘한 사건을 숱하게 일으켰으며, 홈스로부터 '범죄 세계의 나폴레옹'이라는 칭찬을 들을 정도였습니다. 모리아티와 같은 매력적인 악역은 이후 천재적 범죄자 캐릭터의 모델이 되었습니다. 천재적 범죄자라고 하면 한니발 렉터를 빼놓을 수 없습니다. 토머스 해리스가 만들어낸 정신과 의사이자 엽기적 연쇄 살인마인 렉터 박사는 사람을 죽여 인육을 먹는 것으로 악명이 높아 '식인종 한니발'이라는 별명이 붙었습니다. 작가의 출세작이라고 할 수 있는 『양들의 침묵』은 영화로도 만들어졌는데, 렉터 박사가 정신분석학적 지식을 활용해 FBI 여성 훈련생 클라리스에게 조언하는 장면은 많은 관객에게 강렬한 인상을 남겼습니다. 이 지적인 범죄자의 이미지는 앞서 언급한 명탐정 사이카와 소헤이와 두뇌 싸움을 벌이는 마가다 시키 박사 등 많은 범죄자에게 계승되었습니다.

이러한 학자 출신 범죄자는 다른 범죄자와 달리 보통 사람이 이해할 수 없는 독자적인 범죄 미학에 따라 행동하곤 합니다. 이는 아마도 메리 셸리가 창조한 프랑켄슈타인 박사처럼 과학 지식을 신봉한 나머지 일반 상식을 초월한 미치광이 과학자라는 이미지의 영향이겠지요.

◆ 학자의 지식이 수사를 뒷받침한다

수사가 벽에 부딪혔을 때 단서가 될 만한 정보를 주는 존재로 학자를 등장시킬 수 있습니다. 애초에 사건 관계자이거나 수사하는 캐릭터의 동료일 수도 있습니다. 엘러리 퀸의 『꼬리 많은 고양이』에서 사건의 진상을 밝히기 위해 노력하는 탐정 엘러리 퀸에게 벨라 셀리그먼 교수는 적절한 조언을 해줍니다. 애니메이션 〈명탐정 코난〉에서 아가사 박사는 검은 조직에 습격당해 정체불명의 약을 먹고 어린아이가 된 주인공을 보호하고 초등학교에 다닐 수 있게 하는가 하면, 그의 탐정 활동을 돕기 위해 여러 도구를 개발해 협력합니다.

현실 세계라면 일본의 경우 경시청 소속 과학수사연구소 직원들은 현장에서 발견된 증거물에서 DNA를 감정하고 총기나 총탄을 분석하는 등 과학 분야의 지식을 이용해 범죄 수사에 공헌합니다.

066 프로파일러

PROFILER

◆ 범죄 전문가

프로파일링이란 범죄 현장에 남은 증거를 통해 범인의 성격과 행동 특징(프로필)을 추정하는 기법으로, 이 분야 전문가를 프로파일러라고 부릅니다.

1972년 미국 연방수사국FBI에 행동과학부가 설립되면서 본격적으로 프로파일링이 수사 기법으로 도입되었고, 이후 컴퓨터 데이터베이스의 발전과 함께 실용적인 기술로 확립되었습니다. 일본에서는 1988년부터 이듬해까지 발생한 연쇄 여아 유괴 살인 사건 당시 범인의 범위를 좁힐 통계적 데이터의 정리·분석에 대한 필요성이 높아져 과학경찰연구소에서 기초연구가 시작되었습니다. 2000년에 설치된 홋카이도 경찰서의 특이범죄정보분석반을 시작으로 프로파일링 전문 부서가 설치되었으며, 과학경찰연구소에서는 프로파일러를 위한 연수도 실시하고 있습니다. 각 지역의 경찰 본부에는 과학수사연구소가 설치되어 심리학 연구원도 소속되어 있으나, 프로파일링이 아닌 거짓말 탐지 등의 연구가 중심입니다.

대중에게는 1994년에 출간된 FBI 심리 분석관 로버트 레슬러의 저서 『살인자들과의 인터뷰』가 베스트셀러에 오르면서 알려졌습니다. 심리학이나 행동과학적 접근으로 사소한 단서를 통해 범인을 추정하는 프로파일러는 '현대판 셜록 홈스'라는 이미지를 얻으면서 시대에 뒤떨어져가던 형사, 탐정을 대체할 새로운 범죄 수사 관련 직업으로 주목받고 있습니다.

FBI에서 퇴직한 후 법죄행동연구소FBS를 설립한 레슬러는 사건이 터질 때마다 TV 프로그램에 범죄 심리 전문가로 출연했고 프로파일러에 대한 인지도를 높였습니다. 1994년에 시작된 마쓰카타 히로키 주연의 TV 드라마 〈범죄 심리 분석관〉을 시작으로 1990년대 중반 이후 여러 영화나 만화에 프로파일러가 등장했습니다.

◆ 게임 속 취급의 어려움

현실의 프로파일링은 오랜 기간에 걸쳐 축적된 범죄 기록을 바탕으로 실제 일어난 사건과 유사한 과거 사건을 추출·분석하여 확률적으로 '범인 유형'일 가능성이 큰 정보를 산출해내는 작업입니다. 프로파일링 결과는 수사 범위를 좁히고 방향을 설정하는 데 도움이 되는 참고 의견 정도로, 수사 정보의 핵심이 되는 일은 거의 없습니다. 그러나 픽션에서는 프로파일링이 특정 인물을 지목하는 고도로 정밀한 수법으로 그려지는 경우가 많습니다.

범죄의 경향은 범죄가 일어난 지역이나 시기에 따라 다릅니다. 가공의 통계 데이터를 마련함으로써 게임 플레이어에게 실제로 프로파일링을 하게 만드는 것도 가능합니다. 그러나 이 방법은 손이 많이 갈뿐더러 차별 등 민감한 문제로 발전할 우려가 있습니다. 게임에 프로파일러를 등장시킨다면 플레이어에게 중요한 정보를 전달하는 NPCNon Player Character(사람이 직접 조작하지 않는 캐릭터-옮긴이) 정도로 설정하는 편이 무난합니다.

◆ 범죄자에 가장 가까운 인물

"괴물과 싸우는 자는 그 싸움 중 스스로 괴물이 되지 않도록 조심해야 한다. 우리가 괴물의 심연을 들여다봤다면 그 심연 또한 우리를 들여다볼 것이기 때문이다." FBI 심리 분석관이었던 레슬러는 철학자 프리드리히 니체의 『선악을 넘어서』를 인용하며 프로파일링에 잠재된 위험성을 경고했습니다.

프로파일러는 서류나 컴퓨터 데이터베이스상의 범죄 기록을 살펴볼 뿐만 아니라 교도소에 수감 중인 흉악 범죄자를 면회해 범죄 동기 등에 관해 장시간 대화를 나누기도 합니다. 범죄자 입장에서 사건을 바라보는 눈을 기르는 셈인데, 이는 다시 말해 흉악 범죄자와 자신을 동화시키는 일이며 결과적으로 프로파일러가 범죄자가 될 위험성이 있습니다.

1995년 TV 드라마 〈사쇼 다에코: 최후의 사건〉은 과거 프로파일링 팀에서 활동했던 여형사가 쾌락 살인자가 된 전 동료를 쫓는다는 프로파일링의 어두운 면을 다룬 작품입니다. 든든한 협력자이자 과학수사연구소 소속의 비중 있는 인물이 드라마 속 연쇄 살인범이었다는 전개는 시청자에게 엄청난 충격을 안겼습니다. 이후 나온 작품에서 심리 분석관 같은 캐릭터가 등장하면 독자나 시청자가 그를 가장 먼저 범인으로 의심할 정도였습니다.

067 피해자

VICTIM

범죄 피해자

수사 동기

가짜 피해자

◈ 도움의 손길이 필요한 사람들

피해자란 말 그대로 생명이나 신체, 재산 등에 어떠한 침해 또는 위협을 받은 사람을 가리킵니다. 여기서는 주로 타인의 범죄 행위로 피해를 입은 범죄 피해자를 다룰 것입니다.

미스터리에서 피해자의 존재는 주인공에게 사건을 수사할 동기를 부여한다는 측면이 있습니다. 탐정은 피해자에게 공감함으로써 동기를 얻고 독자도 피해자에게 감정 이입을 하게 됩니다. 그러면 어떤 범죄가 독자의 공감을 얻을 수 있을까요?

먼저 피해자가 느끼는 피해가 커야 합니다. 피해자 자신이 대수롭지 않게 생각하는 사건은 공감하기 어렵고 수사 동기를 유발하지도 않습니다. 단순히 피해 규모를 키우는 것도 하나의 방법이지만, 그것만으로는 부족합니다. 예를 들어 아이가 용돈을 모아 산 어버이날 선물을 빼앗겼다고 해봅시다. 그 '피해' 규모는 작지만 아이의 분한 마음은 공감할 수 있습니다.

또 하나는 피해자와의 관계성입니다. 주인공 입장에서 외국의 낯모를 인물이 피해자라면 그를 돕기 위해 외국으로 나갈 이유가 적지만, 거꾸로 가족이나 연인이라면 공감하기 쉬워집니다. 또 경찰에 맡겨도 되는 사건이라면 주인공이 꼭 움직여야 할 동기가 약하지만, 주인공밖에 도움을 줄 수 없다면 이 또한 피해자를 돕는 이유가 됩니다.

피해 종류로는 사기나 절도 같은 재산적 피해, 살인이나 상해 같은 신체적 피해, 협박을 비롯한 여러 가지 심리적 피해, 악의적 소문이나 차별 같은 사회적 피해가 있습니다. 재산적·신체적 피해는 누구나 알기 쉽고 공감할 수 있지만, 경찰 등 공적 기관에 맡기는 편이 더 설득력이 있습니다. 따라서 주인공이 경찰관이 아니라면 나서서 도와줄 타당한 이유가 필요합니다. 심리적·사회적 피해는 사람마다 공감의 정도가 다를 수 있는데, 반대로 말하면 주인공만이 개인적으로 공감하고 돕는 이유가 되기도 합니다.

◆ 주인공과 적대자와 피해자

앞서 피해자는 주인공에게 동기 부여를 해주는 존재라고 말했는데, 주인공 자신이 피해자인 경우도 있습니다. 피해를 입거나 표적이 된 주인공이 상황을 만회하기 위해 사건에 맞선다면 동기로서 충분하다고 볼 수 있습니다. 피해를 입는 데서 시작해도 좋고, 처음에는 제삼자로서 도와주던 주인공이 중반 이후 표적이 되면서 더 강한 동기 부여를 얻는다는 식으로 전개하면 이야기를 한층 더 고조시킬 수 있습니다.

반대로 주인공의 적대자인 범죄자가 피해자인 경우도 있습니다. 예를 들면, 어떠한 피해를 입고서 어쩔 수 없이 범죄에 손을 대기도 합니다. 이러한 내용이 수사 과정에서 서서히 밝혀지게 함으로써 적대자를 향한 호기심에서 시작해 점차 사건을 파헤칠 동기를 얻는 것으로 발전시킬 수 있습니다.

◆ 가짜 피해자

미스터리 작품에서는 피해자가 꼭 진짜 피해자인 것은 아닙니다. 여러 이유로 자신이 피해자라고 거짓말하거나, 피해를 당했다고 착각하기도 합니다. 예를 들어, 피해자 행세로 혐의를 벗으려고 하거나, 스스로 물건을 숨기고 도난당했다고 신고해 보험금을 타려는 경우 등이 있습니다. 이 때문에 추리의 퍼즐은 더욱 복잡해집니다.

이러한 가짜 피해자를 미스터리에 등장시킬 때는 두 가지 맹점이 중요합니다. 첫 번째는 '거짓말을 하는 이유 때문에 생기는 맹점'입니다. 명백히 수상한 인물의 빤한 거짓말은 퍼즐이 되지 않습니다. 허를 찌르는 방법 중 하나는 거짓말할 이유가 없는 뜻밖의 인물을 이용하는 것입니다. 예를 들어, 부모의 범행을 목격한 아이가 부모를 감싸기 위해 피해자인 척 나서는 경우를 생각해봅시다. 아이가 거짓말하는 것이 맹점이 되고, 또 아이 나름대로 꾸며낸 행동이 수사에 혼선을 가져옵니다.

두 번째는 '거짓말을 한 결과 생기는 맹점'입니다. 가짜 피해자는 존재하지 않는 범인이나 범행, 동기로 시선을 돌리게 만듭니다. 그렇게 해서 생겨난 맹점은 착각을 유도해 사건을 더욱 불가사의하게 만듭니다. 예를 들어 시체의 신분을 위장해 다른 인물로 착각하게 하는 경우를 생각해봅시다. 이 역시 가짜 피해자라고 할 수 있습니다. 이로써 살아 있는 사람을 죽은 사람으로 꾸며낼 수 있으며, 그 결과 그 '죽은 사람'이 하는 모든 행위가 독자에게는 맹점이 됩니다. 따라서 이를 잘 이용하면 불가사의한 사건, 있을 수 없는 상황을 만들어낼 수 있습니다.

또한 가짜 피해자가 반드시 범인이거나 범인과 공범일 필요는 없습니다. 그 인물이 가진 나름의 이유 때문에 결과적으로 독자와 탐정으로부터 진상을 숨기는 경우도 있습니다.

068 목격자

EYEWITNESS

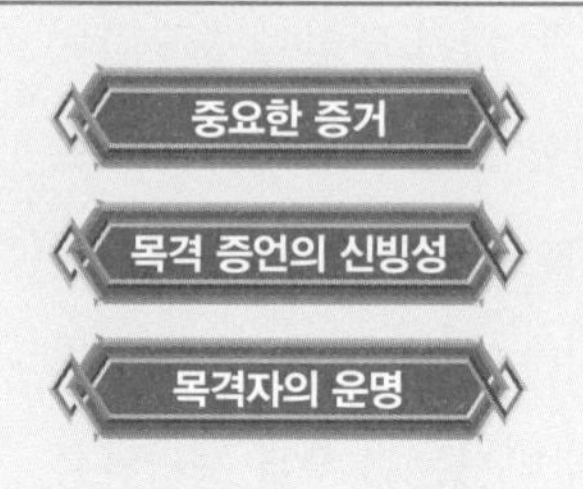

◆ 목격자의 증언

목격자란 사건이나 사고 현장을 눈으로 확인한 사람을 말합니다. 목격자의 증언은 수사에서 중요한 증거가 됩니다. 한편으로 살인이 일어난 경우라면 범행 현장에 있었다는 이야기가 되므로 당연히 범행 가능성을 의심받아 용의자로 취급되기도 합니다.

미스터리에서 목격자가 목격한 정보는 중요한 증거인 동시에 다음과 같은 역할을 합니다.

첫 번째, 목격자의 증언 자체가 트릭인 경우입니다. 범인이나 공범이 목격자로 나서 '다른 사람이 범인이다'라고 주장해 진범에게 수사의 손길이 미치지 않게 할 수 있습니다. '아무도 없었다', '아무것도 듣지 못했다'라고 거짓 증언을 하기도 합니다. 이때 목격한 경위가 지나치게 잘 맞아떨어지거나 설명이 막힘없이 술술 이어지면 의심해봐야 합니다. 그보다 결정적인 것은 '증언에 모순이 있는가', '범인만 아는 사실을 증언하는가'이고 이를 살피는 것이 관건입니다.

두 번째, 목격자의 증언에 틀린 부분이 있으며, 그 때문에 사건이 더 복잡하게 얽히는 경우입니다. 본인은 거짓 없이 증언했다 하더라도 눈의 착각(050), 만취, 시각 장애 등의 문제로 잘못 목격했거나 범인의 트릭에 걸려들어 착각하기도 합니다.

세 번째, 목격자의 증언에 신빙성은 없으나 중요한 진실이 포함된 경우입니다. 두 번째 경우와 비슷하지만, 경찰이 그 증언을 증거로 채택하지 않는다는 점에 차이가 있습니다. 목격자가 어린아이이거나 취한 사람으로 증언을 믿을 수 없는 상황에서 더구나 엉뚱한 말까지 한다면 경찰에게 무시당할 것입니다. 하지만 실은 그 엉뚱한 목격담이 사건의 진실을 전하고 있습니다.

어떤 경우이든 탐정이나 형사가 치밀하게 수사하고 상황을 정리해 범행 상황과 증언의 모순을 밝혀냄으로써 해결할 수 있습니다.

◇ 쫓기는 운명에 처한 목격자

목격 증언은 종종 범인을 궁지로 몰아넣습니다. 그렇기에 범인은 자신에게 방해물인 목격자를 해칠 기회를 호시탐탐 노립니다. '목격자를 남기지 않기 위해 모두 죽인다'라는 식의 전개가 가장 대표적입니다. 미스터리보다는 서스펜스 영화에서 사건을 목격한 여주인공이 범인에게 쫓기는 상황을 그리기에 적합한 전개입니다.

미국에서는 범죄를 목격한 인물이 생명의 위협을 받고 도망 다니거나, 형사가 목격자를 지키기 위해 분투하는 영화가 많습니다. 해리슨 포드 주연의 〈위트니스〉에서는 살인 사건을 목격한 모자를 지키려는 형사가 그들과 함께 독특한 공동체 삶을 사는 아미쉬 마을로 숨어듭니다.

또 미국에서는 마피아 같은 범죄 조직이 증인을 살해하는 사건이 자주 발생하기 때문에 증인을 보호하기 위한 제도인 증인 보호 프로그램(071)이 있습니다.

◇ 뜻밖의 목격자

뜻밖의 인물이 목격자인 경우도 있습니다. 목격이란 눈으로 본 것도 중요하지만, 소리나 말을 들은 것도 증언 대상이 됩니다. 시각 장애인은 목격자가 되지 못한다고 생각하겠지만, 그들은 앞을 보지 못하는 만큼 소리에 민감하기 때문에 중요한 증언을 할 수 있습니다. 통화 기록도 마찬가지입니다.

거리 곳곳에 설치된 CCTV도 중요한 목격자입니다. 은행의 ATM, 편의점, 공공 기관, 아파트 같은 곳에는 대개 CCTV가 설치되어 사람의 출입이나 주변 상황을 기록합니다. 또 도로에 설치된 CCTV는 속도위반과 신호 위반 적발은 물론 자동차 절도 방지 및 도주 차량 추적에 활용됩니다.

불법 촬영 중이던 사람이 우연히 범죄 상황을 촬영하기도 합니다. 불법 촬영은 범죄이기 때문에 증인으로 나서지는 못하지만, 주위에 자랑하거나 인터넷에 유포하는 경우도 생각할 수 있습니다. 살인범이 전혀 눈치채지 못한 사이에 목격 증언이 세상에 널리 퍼져 완전 범죄가 깨지는 것입니다. 도청한 사람이 활약하기도 합니다. 도청하고 있다가 우연히 살인자의 음성을 녹음하게 된 경우입니다.

069 용의자
SUSPECT

◇ 용의자? 피의자?

용의자란 범인으로 강하게 의심되지만 아직 뚜렷한 범죄 혐의가 드러나지 않은 사람을 말합니다. 조사가 진행되면서 범죄 혐의가 구체적으로 드러나 수사 기관이 수사를 시작하여 정식 형사 사건이 되면 용의자에서 피의자로 신분이 바뀝니다. 또 피의자로 조사를 받다가 재판에 넘겨지면 그때부터는 피고인 신분이 됩니다. 헌법상 무죄 추정의 원칙에 따라 재판에서 유죄 혹은 무죄가 확정되기 전까지는 범죄자가 아니라 용의자 또는 피의자로 취급됩니다. 그뿐만 아니라 범죄에 관여되었다는 소문만으로도 큰 피해를 입을 수 있으므로 공식 석상에서 용의자 또는 피의자라고 부르는 것은 명확하게 범죄 혐의가 인정된 경우로 한정됩니다. 수사 기관이 용의자나 피의자를 체포·구속하고자 할 때는 법원이 발부한 영장이 있어야 합니다. 반면에 임의 동행은 용의자나 피의자의 동의를 얻어 경찰서 등으로 동행하는 것으로, 당사자인 용의자나 피의자는 동행을 승낙할 수도 거부할 수도 있습니다.

미스터리에서 용의자는 죄의 유무에 따라 탐정이 대결하는 '범인' 또는 '구제해야 할 대상'(때로는 양쪽 모두)이 됩니다. 이에 더해 평면적 인물이 아닌 고유한 개성과 인생 드라마를 지닌 인물로 그리면 한층 더 풍성한 이야기를 만들 수 있습니다.

체포	상황	경찰에게 신체 구속을 당한 상태로 조사받는다. 그 후 검찰로 송치 여부가 결정된다.
	상태	용의자

송치	상황	검찰에서 조사를 받는다. 그 후 기소 여부가 결정된다.
	상태	피의자

기소	상황	재판에서 범죄의 유무를 가린다. 그 재판에서 형벌 정도가 결정된다.
	상태	피고인

처벌	상황	벌금, 금고, 징역, 사형 등의 형벌을 받는다.
	상태	죄수, 사형수 등

체포에서 처벌까지의 변화

◆ 용의자의 인권

용의자나 피의자는 수사 기관 입장에서는 수사 대상이지만, 그들의 기본적 인권은 지켜져야 합니다. 용의자 또는 피의자는 진술을 거부할 수 있는 권리(묵비권), 변호인의 도움을 받을 수 있는 권리(변호인 선임권), 변호인이나 가족과 면회하고 서류, 물건 등을 주고받을 수 있는 권리(접견 교통권) 등을 가집니다.

묵비권은 자신에게 불리한 진술을 강요당하지 않을 권리입니다. 말하고 싶지 않은 것은 말하지 않아도 됩니다. 변호인 선임권은 심문을 받을 때 변호인을 참여하게 하는 등 변호인의 도움을 받을 수 있는 권리입니다. 경제적 이유 등으로 변호인을 선임할 수 없는 경우에는 국선 변호인 선정을 청구할 수 있습니다. 영화나 TV 드라마에서 경찰관이 범죄 용의자를 체포할 때 "당신은 묵비권을 행사할 수 있으며, 변호사를 선임할 권리가 있습니다…"라고 말하는 장면이 종종 나옵니다. 이것은 기본적 인권의 대명사처럼 자리 잡은 미란다 원칙으로, 수사 기관이 범죄 용의자나 피의자를 체포 또는 구속할 때 반드시 알려줘야 합니다.

접견 교통권은 가족이나 변호사 등을 면회하고 필요한 물건이 있으면 주고 받을 수 있는 권리로, 도망이나 범죄 증거의 인멸 등을 꾀하지 않는 범위 내에서 인정됩니다.

그 밖에 용의자 및 피의자에게는 기본적 인권이 보장됩니다. 과거 강압적이고 폭력적인 방식으로 수사가 진행되는 경우가 있어 죄를 짓지도 않았는데 정신적으로 궁지에 몰려 거짓 자백을 하여 억울하게 고생한 사람들이 많았기에 용의자나 피의자의 인권 보호 강화를 요구하는 목소리가 여전히 강합니다.

이에 대해 일부 피해자나 피해자 유족은 범죄자의 인권이 과도하게 보호되고 있다며 반대하기도 하지만, 범죄 혐의만 받아도 사회적 신뢰를 잃고 때에 따라 회사에서 해고되거나 부득이 이사해야 하는 등 적지 않은 불이익을 받기 때문에 용의자 및 피의자의 인권 보호에 더욱 힘써야 한다는 의견도 있습니다.

피의자는 기소가 되면 구치소에 구속됩니다. 구속된 피고인은 일정 보증금을 내고 보석 허가를 받아 석방되기도 하는데, 이는 어디까지나 재범, 도주, 증거 은닉의 우려가 없는 경우로 제한됩니다. 불구속 기소된 경우에는 구속되지 않은 상태에서 재판을 받습니다. 교도소로 보내지는 것은 유죄 판결이 확정된 이후입니다.

◎ 미란다 원칙

- 당신은 묵비권을 행사할 권리가 있다.
- 당신이 하는 모든 진술은 추후 법정에서 불리하게 사용될 수 있다.
- 당신은 변호인을 선임할 수 있으며, 신문 과정에서 변호인의 조력을 받을 권리가 있다.
- 만약 당신이 변호인을 선임할 수 없다면 국가에서 변호인을 선임해줄 것이다.

070 공범자

PARTNER IN CRIME

◇ 공범자란

공범이란 형법상 여러 사람이 범죄에 관여하는 것을 말합니다. 여기서 범죄는 뇌물죄와 같이 원래 두 사람 이상이 협력해 이뤄지는 범죄뿐만 아니라 단독으로도 실행할 수 있는 살인이나 강도 사건을 저지른 범인(형법에서는 정범이라고 합니다)을 돕는 경우도 포함합니다.

공범은 주로 세 종류로 나뉘는데 여러 사람이 함께 범죄를 저지른 경우는 공동 정범, 남을 꾀거나 부추겨 범죄를 저지르게 한 경우는 교사범, 정범의 범죄를 도운 경우는 방조범이 됩니다.

공동 정범은 한쪽이 사람을 죽이거나 다치게 하고, 다른 한쪽은 그 사람이 움직이지 못하도록 누르고 있었을 뿐이라고 하더라도 기본적으로는 양쪽 모두 같은 죄가 적용되어 공동 정범으로 처벌받습니다. 상하 관계가 분명한 조직에서 상급자의 명령에 따라 하급자가 범죄를 저지른 경우, 상급자는 구체적인 범죄 행위는 하지 않았지만 공모에 가담해 실행하게 했기 때문에 공동 정범이 됩니다. 형법의 해석에 따라서는 공동 정범은 공범이 아니라 주범(정범)으로 처벌받기도 합니다.

교사범은 다른 사람에게 범죄 행위를 부추긴 경우로, 형법상으로는 정범으로 처벌하도록 정해져 있지만, 공동 정범과 구분이 어려워 대부분 공동 정범으로 처벌받습니다. 다만, 자살 교사의 경우 자살한 당사자는 살인죄가 되지 않지만, 교사범에게는 죄를 묻기도 합니다.

방조범은 이미 살인 의사를 굳힌 사람에게 흉기 등 편의를 제공하는 경우에 해당합니다. 최근에는 음주운전을 하다 사고를 낸 경우 운전자뿐 아니라 동승자 역시 방조범으로서 죄를 묻게 되었습니다.

공범 관계를 이용할 경우, 앞에서 살펴본 관계를 활용해 범죄 계획을 세우고 각 캐릭터가 자신을 지키기 위해 치열한 두뇌 싸움을 벌이는 상황을 그려도 재미있겠지요.

◈ 미스터리 속 공범자

현실과 달리 공범에 의한 범죄 사건이 그려지는 미스터리 작품은 많지 않습니다. 작품에 따라서는 범인 찾기 게임(후더닛), 다시 말해 누가 범인인지를 찾아나가는 게임과 같은 구조를 띠는데 공범에 의한 범행은 게임으로서 재미가 반감되기 때문입니다. 그러나 거대 범죄를 계획할 때 범행에 필요한 정보와 장치, 방법 등을 사전에 함께 모의하는 공범자를 등장시키면 작품 전체에 현실감을 불어넣을 수 있습니다. 예를 들어 비밀스러운 공간이 숨겨진 특수한 저택이 무대일 때, 저택을 설계하고 만드는 것은 물론 완성된 이후 점검하고 보수하는 인물이 등장하지 않는다면 어딘가 부자연스러울 수 있습니다. 이런 경우에는 주택의 설계와 건설은 신뢰할 만한 친구에게, 점검과 보수는 오랜 세월 함께한 집사에게 맡기는 편이 무난합니다. 이처럼 범인 주변에 신뢰할 수 있는 캐릭터를 배치해 최소한의 역할만 부여하고 실제 범행은 직접 실행하게 하는 것이 중요합니다.

그런데 그러한 범인 찾기 게임이라는 선입견을 훌륭하게 역이용한 작품이 있습니다. 바로 애거사 크리스티의 『오리엔트 특급 살인』으로, 열차에 탑승한 거의 모든 인물이 공범자였다는 충격적인 결말로 유명합니다. 지난날 어린 소녀를 유괴해 살해한 인물이 신분을 숨기고 도피 생활을 이어가고 있었는데, 피해 소녀의 가족, 그리고 가족과 친분이 있는 사람들이 복수하기 위해 살인범을 찾아내어 살해한다는 이야기로, 공범이라는 입장을 얼마나 효과적으로 활용할 수 있는지를 보여주는 좋은 예시입니다. 공범들은 각각 외모나 출신 국가 등에 맞춰 역할을 분담합니다. 가짜 신분상으로 무관한 사람들끼리 범행 시간 전후로 거짓 알리바이를 증언하고 외부 소행으로 보이게끔 가짜 단서를 준비하는가 하면, 애꿎은 승객들에게 혐의가 가지 않도록 감시자를 배치하는 등 공동 범행의 이점을 살려 계획을 실행했습니다. 또한 완전 범죄를 계획하는 경우 공범자가 많으면 의견 차이로 범행이 탄로 날 가능성이 커지는데, 사랑하는 이의 죽음을 중심으로 공범자 간의 유대가 형성되었기 때문에 발각될 가능성이 현저히 작았습니다.

다만 이런 소설 속에서나 가능할 법한 살인이 아니라 조금 더 현실성을 중시하는 이야기를 만들고자 할 때는 보통 사람들이 흔히 떠올리는 공범자를 등장시켜도 좋습니다. 예를 들어 강도라면 실행하는 인물이 물건을 훔치는 동안 망을 보는 인물을 배치한다거나, 살인이라면 아내나 연인처럼 믿을 수 있는 인물에게 가짜 알리바이를 증언해달라고 부탁하는 등의 설정이 자연스럽습니다. 따라서 이야기 방향과 범죄자 캐릭터의 특성에 맞춰 구체적인 범죄 계획을 짜야 합니다.

071 증인
WITNESS

◇ 증인에게서 유효한 증언을 끌어내라!

증인이란 재판에서 특정 사실을 증명하는 인물입니다. 더 넓은 의미로는 수사나 재판에서 증거가 되는 증언을 하는 인물을 가리킵니다. 사건의 목격자 이외에도 범죄와 관련된 중요한 사실을 아는 인물 등이 이에 해당합니다. 법정에서는 검사와 변호사, 양측 모두 증인을 부를 수 있습니다.

미스터리에서 증인은 증거의 한 형태인 동시에 이야기의 열쇠가 되는 중요 인물입니다. 우선 특정 증언을 통해 범인의 트릭이 깨지는 계기를 제공하지만, 그런 만큼 거짓 증언이나 잘못된 증언은 수사를 혼선에 빠뜨리기도 합니다. 범인과 공모하여 거짓 증언을 하는 공범도 있고, 착각해서 잘못된 증언을 하는 선의의 인물도 있습니다. 형사나 탐정, 판사나 변호사는 이러한 증인으로부터 어떻게 해서든 사실대로의 증언을 끌어내야 합니다. 위증할 때는 증언의 모순점을 지적해 거짓 증언임을 밝혀낼 수 있지만, 선의의 증언이 사실과 다른 경우라면 정면으로 증언을 부정해서는 안 됩니다. 증인이 완고해져서 수사에 협조하지 않을 수 있기 때문입니다. 어떻게 증인의 신뢰를 얻고, 사실과 다른 증언일 수 있음을 드러내며, 사건 해결에 결정적 역할을 하는 증언을 얻느냐가 형사와 변호사, 탐정의 실력을 보여줄 수 있는 부분입니다.

흉악 사건의 경우, 사건으로 정신적 충격을 받은 증인이 제대로 증언하지 못할 때도 있습니다. 특히 미성년자라면 사건의 충격이 더 클 것입니다. 때로는 그러한 마음의 상처를 어떻게 어루만지느냐가 사건 해결의 열쇠가 됩니다. TV 드라마로도 만들어진 혼다 데쓰야의 소설 『지우』(드라마 제목은 〈지우 경시청 특수범 수사계〉)에서는 수사 과정에서 부상을 당한 여형사가 또 다른 사건에서 유괴되어 손가락이 잘린 피해자 소년의 마음에 생긴 상처를 치유해 결정적인 증언을 끌어내는 에피소드가 나옵니다.

◆ 사법 거래와 증인

사법 거래란 말 그대로 검찰 측과 피고인 측이 거래하는 것으로, 피고인이 자신의 혐의를 인정하고 수사 시 또는 법정에서 협조하면 그 대가로 피고인의 일부 죄에 대해서는 기소하지 않거나 기소하더라도 보다 가벼운 형량을 선고받을 수 있게 하는 제도입니다. 미국에서 가장 적극적으로 활용하고 있으며 프랑스, 독일 및 최근에는 일본에서도 제한적으로 받아들여 시행하고 있습니다.

미국에서 시행되는 법률은 영미법 계통으로, 재판을 시작할 때 범죄 혐의의 인정 여부를 묻고, 혐의를 인정할 경우 사실관계를 따지는 절차는 생략하고 형량을 정하는 절차로 넘어갑니다. 따라서 자신의 죄를 인정할 경우 재판이 신속하게 종결됩니다. 또 배심원 제도가 있는 미국에서는 일반 시민의 판단에 따라 판결이 좌우되기 때문에 검찰 입장에서는 피고인의 유죄를 확정한다는 점에서 사법 거래가 효율적으로 작용하는 측면이 있습니다. 경찰은 사법 거래 제도를 이용해 공범자의 정보를 얻고 거대 범죄 조직에 관한 증언을 받아내기도 합니다.

한편으로 사법 거래로 인해 흉악한 범죄자가 가벼운 처벌만 받거나, 검찰의 압박으로 죄가 없는 피고인이 사법 거래에 응하는 바람에 누명을 쓰게 되는 부정적인 측면도 존재합니다.

◆ 증인 보호 프로그램

증인이 재판의 결정적 증거가 되는 경우 증인을 없애려는 움직임이 생긴다는 내용은 목격자(068)에서도 다루었습니다. 마피아 같은 거대 범죄 조직은 조직에 불리한 증언을 한 증인에게는 반드시 가혹한 보복을 합니다. 이로써 조직원이나 일반인을 두려움에 떨게 해 조직의 범죄에 관한 증언을 할 수 없게 만드는 것입니다. 이에 미국 정부는 증인과 증인 가족을 마피아를 비롯한 범죄 조직의 보복으로부터 보호하는 증인 보호 프로그램을 만들었습니다. 이 제도로 보호를 받는 증인은 거처는 물론 이름, 신분증 번호, 사회 보장 번호 등 신원을 완전히 바꿔 재판 기간 혹은 평생 보호받을 수 있습니다. 이주한 거처는 원래 살던 곳에서 멀리 떨어져 있습니다. 국내외 미군 기지가 이용되기도 하며 경비는 FBI가 담당합니다.

증인 보호 프로그램에 의해 완전히 다른 사람이 된다는 소재는 미스터리나 서스펜스에 적합해 다양하게 사용되고 있습니다. 또 비밀이 드러나 범인 쪽 추적자에게 쫓기거나, 중요 관계자가 증인 보호 프로그램을 통해 보호받고 있어 찾지 못한다는 식의 전개도 흔히 볼 수 있습니다.

072 살인범
MURDERER

◆ 살인하지 말지니라

살인범은 말 그대로 사람의 목숨을 빼앗는 범죄를 저지른 사람입니다. 살인은 인류 보편의 금기이며, 대부분의 나라에서 중범죄로 취급됩니다. 특히 여러 명을 죽인 잔학한 범인은 무기 징역 혹은 사형 등 극형을 선고받습니다. 다만, 긴급한 상황에서의 정당방위, 전쟁, 공무(사형 집행인, 경찰이나 군대의 치안 유지 행동) 등 때에 따라 살인이 죄가 되지 않는 예도 있으므로, 엄밀한 의미에서 '살인범'은 법적 근거 없이 고의로 살인을 저질러 유죄를 받은 사람을 가리킵니다. 불의의 사고로 사람을 죽게 한 경우에는 과실 치사죄가 됩니다.

의료 행위로서의 낙태는 적지 않은 나라에서 허용하고 있지만 종교적·인도적 의미에서 살인으로 봐야 한다는 주장도 있습니다. 안락사는 허용하지 않는 나라가 다수이며, 법적으로는 자살 방조죄나 살인죄에 해당합니다.

무엇을 살인이라 할 것인지는 문화적·종교적 측면이 크게 작용합니다. 예를 들어 사형 제도의 경우 일본이나 대만처럼 사형을 인정하는 나라도 있지만, 이를 국가가 하는 살인으로 보고 폐지한 나라도 많습니다. 다음은 살인죄가 적용되지 않는 대표적 사례입니다.

- **과실 치사:** 불의의 사고로 사람을 죽게 한 경우.
- **정당방위:** 자신의 목숨을 지키기 위해 사람을 죽게 한 경우.
- **의료 행위로서의 낙태:** 의사가 임신 중절 수술을 행한 경우.
- **사형 집행(공무):** 집행인이 사형수에게 형을 집행한 경우.
- **경찰관의 치안 유지 행동(공무):** 경찰 활동 과정에서 사람을 죽게 한 경우.
- **전쟁 시 군인의 전투 행위(군무):** 전쟁 상대국의 군인을 죽인 경우.

◇ 미스터리에서의 살인

살인은 인류 최대의 금기이지만, 한편으로 인간에게는 금기에 끌리는 심리가 있습니다. 어떤 사람이 어째서, 어떤 때, 금기를 어기면서까지 살인을 하고, 그 때 어떤 기분이 드느냐는 많은 사람의 마음을 사로잡아왔습니다. 그런 만큼 '살인'은 미스터리의 중요한 주제입니다. 미스터리뿐만 아니라 문학 전체를 보더라도 『죄와 벌』, 『이방인』 등 살인을 통해 인간성을 그린 작품은 수없이 많습니다. 또한 문학 이외의 미디어에서도 살인은 중요한 주제로 다뤄집니다.

종교에서도 살인은 중요한 주제입니다. 예를 들어, 기독교와 유대교에서는 창세기에 기록된 카인이 자신의 동생 아벨을 죽인 사건을 인류 최초의 살인으로 봅니다.

◇ 살인범이라는 인격

살인에 대한 관심은 곧 살인범을 향한 관심이기도 합니다. 매력적이고 신선한 살인범 캐릭터는 살인 사건을 다루는 미스터리에서 중요한 요소입니다.

매력적인 살인범 캐릭터를 만들 때는 우선 살인을 저지르는 과정과 동기를 정교하게 만들어내야 하지만 그것만으로는 부족합니다. 캐릭터의 행동 원리, 즉 행동의 근원적 동기가 되는 욕구나 신념, 가치관 등에 대해서도 기준을 세워 미리 설정해두어야 합니다.

예를 들어 『죠죠의 기묘한 모험』 4부에 등장하는 매력적인 연쇄 살인범 키라 요시카게는 사람들과 마찰이나 갈등 없이 평범하고 평온한 삶을 살기를 원하는 인물입니다. 그러한 행동 원리와 아름다운 손을 가진 사람을 죽여 손을 잘라내고 싶은 욕구의 모순은 기묘함과 섬뜩함을 동시에 자아냅니다. 단지 손목을 잘라내고 싶을 뿐인 쾌락 살인범이었다면 그의 비정상성을 충분히 드러내지 못했을 것입니다.

행동 원리는 쾌락 살인범뿐만 아니라 평범한 사람이 어쩔 수 없이 살인을 저지를 때도 중요합니다. 그 사람의 평소 행동 원리를 설정해두어야 비정상적 상황이 벌어졌을 때 어떻게 대응하는지를 설득력 있고 현장감 있게 그려낼 수 있습니다. 이때 행동 원리가 너무 복잡하면 작가는 물론 독자도 캐릭터를 파악하기 어려워지므로 간단하고 알기 쉽게 설정해야 좋습니다.

또 평소의 행동 원리와 살인에 이르는 경위의 간극이 넓으면 한층 더 기묘한 느낌의 살인범을 만들어낼 수 있습니다. 반대로 간극이 좁으면 우리 주변에서 함께 어울려 지내고 있을 법한 살인범 캐릭터가 되겠지요.

073 괴도

PHANTOM THIEF

◈ 신출귀몰 안티히어로

괴도란 미스터리 작품에 주로 등장하는 개성 넘치는 절도범을 말합니다. 명확한 정의는 없지만, 괴도 캐릭터에는 다음과 같은 공통점이 있습니다.

- 변장의 명수이며 성별과 외모도 자유자재로 바꿀 수 있다.
- 예고장을 보내 도발하고 대낮에 사람들이 보는 앞에서 범행을 저지르는 등 극장형 범죄를 선호한다.
- 명탐정 뺨치는 명석한 두뇌뿐 아니라 초인적 운동 능력을 지녔다.
- 과학 지식에 능통하고 최신 기술을 재빨리 습득해 범행에 활용한다.
- 대개 숙적이라 부를 만한 명탐정 또는 경찰관 캐릭터가 존재하지만, 패배하는 일은 드물고 붙잡혀도 바로 탈옥한다.

일본에서는 괴도라고 하면 살인은 절대 저지르지 않는 의적으로 묘사되는 경우가 많은데, 이는 프랑스의 모리스 르블랑이 창조한 괴도 신사 아르센 뤼팽의 영향을 받았다고 할 수 있습니다. 예를 들어, 에도가와 란포의 작품에 등장하는 괴인 이십면상은 일부 작품을 제외하면 사람을 죽이는 일은 하지 않는다고 설정되어 있습니다. 또 일본에는 의리와 인정이 넘치는 도적을 주인공으로 한 가부키 작품이 인기를 누린 역사가 있는데, 이것이 '괴도=의적'이라는 이미지의 원천일지도 모릅니다.

유럽의 경우 레옹 사지의 괴도 지고마르나, 마르셀 알랭과 피에르 수베스트르가 탄생시킨 범죄의 제왕 팡토머스 등 프랑스 괴도들은 때로 잔혹한 살인도 저지르는 데 반해, 토머스 핸슈의 40면상의 클리크나 어니스트 윌리엄 호닝의 신사 괴도 A. J. 래플스 같은 영국 괴도들은 의적으로 그려졌습니다. 어니스트 윌리엄 호닝은 코넌 도일의 매제로, 래플스와 홈스를 대결시킬 계획도 있었던 듯합니다.

◈ 괴도 ○○호

미스터리 작품에 등장하는 괴도는 '괴도 ○○호' 등 그럴싸한 번호가 붙곤 합니다. 아오야마 고쇼의 만화 『괴도 키드』, 『명탐정 코난』 등의 작품에 등장하는 괴도 키드는 '괴도 1412호'로 불립니다.

그러나 경찰청 공식 서류에서는 '괴도'라는 용어를 사용하지 않으며, 1962년 일본 경찰문화협회에서 펴낸 『경찰 용어 사전』에도 '괴도'라는 용어는 올라와 있지 않습니다. 옛날 신문을 보면, 예를 들어 1972년 6월 7일 자 〈아사히신문〉에 '괴도 802호'에 대한 기사가 실렸는데, 같은 날 〈요미우리신문〉에는 '중요 절도범 802호'라고 쓰여 있습니다. 이는 중요 절도범(침입 절도, 차량 절도, 날치기, 소매치기 등)에 대해 각 지역 경찰이 독자적으로 붙인 번호로 보입니다. 1984년부터 이듬해까지 발생한 기업 협박 사건인 '글리코 모리나가 사건'의 경우, 경찰청에서 부여한 사건 번호는 '경찰청 광역중요지정 114호'였으나, 범인이 스스로 '괴인 이십일면상'이라는 이름을 대고 나서 '괴인 이십일면상 사건'이라고도 불렸습니다. 이 때문인지 앞서 언급한 '괴도 802호'사건처럼, 이 사건의 정식 사건 번호인 114호가 범인에게 붙는 번호로 혼동되기도 했습니다.

참고로 경찰청 광역중요지정사건이란 '두 개 이상의 지역에서 발생한 사회적으로 영향이 큰 흉악 사건 또는 특히 중요한 사건으로, 각 지역이 연계해 조직적으로 수사할 필요성이 있어 경찰청이 지정한 사건'(2006년도 『경찰백서』)을 말합니다.

◈ 괴도이자 명탐정

캐릭터로서 괴도는 명탐정에 필적하는 매력적인 존재로, 앞서 언급한 아르센 뤼팽을 비롯해 괴도가 주인공을 맡은 미스터리 작품이 적지 않습니다. 괴도를 소재로 한 작품은 범죄자를 주인공으로 삼는 범죄소설(010)로 분류됩니다. 대개의 경우 괴도는 명탐정의 능력을 겸비하고 있어 다른 범죄자가 저지른 사건을 해결하기도 합니다.

이색적인 작품으로 미카엘 바르조하르의 모험소설 『디 에니그마』를 꼽을 수 있습니다. 뤼팽을 방불케 하는 대도둑 프랜시스 벨부아 남작이 연합군(영국 특수 작전 집행부)의 요구로 나치 독일이 점령한 파리에 잠입해 에니그마 암호기를 탈취한다는 이야기입니다.

074 범죄자

CRIMINAL

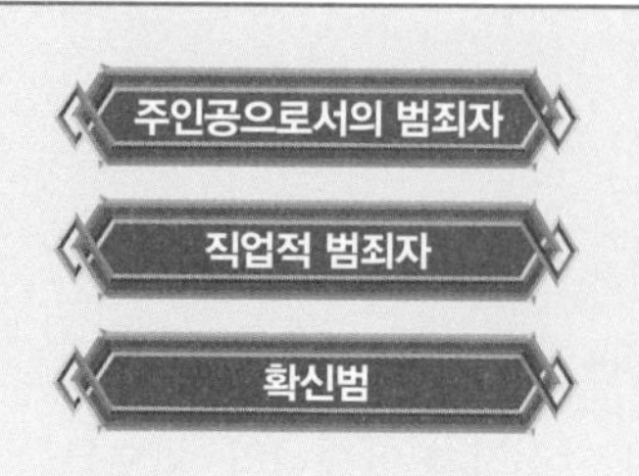

◆ 쫓거나 쫓기는 범죄자

범죄자란 말 그대로 범죄를 저지른 사람을 가리킵니다. 기본적으로 죄를 저지른다는 것은 법에서 죄로 정한 행위를 하는 것입니다. 즉 범죄자는 위법 행위를 한 자라고 할 수 있습니다.

어떤 범죄가 일어나고 이 범죄를 배경으로 이야기가 구성되는 미스터리 작품에서는 주인공의 적대자로서 대결 구도를 이루는 것이 범죄자입니다. 주인공은 자기 주변에서 일어난 범죄에 맞서기 위해 범죄에 얽힌 수수께끼에 도전하고, 그 과정에서 수수께끼를 만들어낸 범죄자에게 도달합니다. 그러다가 마침내 범죄자를 붙잡거나 혹은 범죄자에게 붙들려 갇힌 피해자, 신체나 재산을 위협받는 피해자를 구출합니다. 이러한 이야기라면 범죄자는 없어서는 안 될 존재입니다.

이 같은 이야기에서 범죄자는 주인공에 대한 도전자인 동시에 범죄자를 붙잡으려는 주인공에게 쫓기는 도망자이기도 합니다. 따라서 범죄자의 도전에 맞서 주인공이 자기 손으로 범죄자를 붙잡을 수 있느냐가 이야기의 중심이 됩니다.

그러면 여기서 시점을 바꿔봅시다. 만약 주인공이 범죄자라면? 자신의 의도대로 범죄에 성공하고 자신을 붙잡으려는 이들에게서 도망칠 수 있을까? 그런 이야기를 다루는 작품을 미스터리 중에서도 특히 범죄소설(010)이라고 합니다. 주인공이 범죄를 저지른 범죄자 위치에 놓일 경우, 주인공의 흥분과 긴장감을 고조시켜나가며 한층 더 박진감 넘치는 전개를 펼칠 수 있습니다.

이처럼 범죄자의 존재는 쫓기는 자로서든 쫓는 자로서든 미스터리에서 매우 큰 위치를 차지합니다.

◈ 직업 범죄자들

사람들이 범죄를 저지르는 동기는 다양한데, 그중에는 생계를 유지하기 위한 경우도 있습니다. 말하자면 범죄가 직업인 셈입니다. 이러한 사람들은 직업 범죄자라고 부릅니다.

직업 범죄자는 범죄를 반복해서 저지르며 생활을 유지합니다. 또 그러는 과정에서 경험을 쌓고 기술을 연마해 범죄 수법을 더 교묘하고 정밀하게 발전시킵니다. 때로는 범죄의 규모도 커집니다. 소매치기나 빈집 털이로 시작해 더 고가의 물건을 대량으로 훔치게 되거나 폭력까지 행사해 강도로 발전하는 등의 과정을 밟습니다. 그러면서 그들은 직업 범죄자가 되어갑니다.

또 생계가 아니라 쾌락이나 취미, 지적 호기심을 채우기 위해 범죄를 되풀이하기도 합니다. 이러한 형태로 범죄를 반복해서 저지르는 사람 역시 범죄를 거듭하는 사이에 직업 범죄자의 길로 들어섭니다. 살인의 쾌락에 눈을 떠 살인을 반복하는 쾌락 살인자나, 스릴이 주는 쾌락을 맛보기 위해 혹은 자신의 머리에서 나온 범죄 계획을 입증하기 위해 절도를 반복하는 괴도 등을 예로 들 수 있습니다.

그렇게 직업 범죄자가 된 그들도 이야기 속에서 주인공과 맞서게 되면 매력적인 존재가 됩니다. 그리고 그들과 관련된 비밀을 밝혀 붙잡는다거나 패배의 쓴맛을 보게 한다거나, 혹은 그들의 계략을 사전에 알아내어 범죄를 막는다면 주인공의 활약을 더 두드러지게 보여줄 수 있습니다.

◆ 확신범이란

확신범은 어떤 행위가 법에 어긋난다는 사실을 알면서도 고의로 범죄를 저지르는 사람으로 생각하기 쉽습니다. 하지만 이는 정확한 정의가 아닙니다. 원래 확신범이란 법으로 금지된 행위임을 알면서도 자신이 옳다는 확신을 가지고 범죄를 저지르는 사람을 말합니다.

확신범은 굳은 의지나 사상에 기반을 두고 범죄를 저지릅니다. 그러므로 범죄 수단이나 범죄가 불러오는 결과의 규모가 커지는 경우가 많습니다. 이처럼 확고한 의지를 지닌 범죄자도 독자에게는 매력적으로 비칠 수 있습니다.

스파이, 테러리스트

SPY, TERRORIST

◆ 음지에서 양지를 속속들이 들여다보는 사람들

스파이란 정보 수집을 임무로 삼는 사람들입니다. 실제로 정부나 군 첩보부, 정보부 직원이나 이들의 의뢰를 받아 일로서 스파이 행위를 하는 사람을 정보원, 첩보원, 에이전트(공작원) 등으로 부릅니다. 스파이란 다소 예스러운 말로, 최근에는 적대국이나 적대 조직의 정보를 파헤치는 사람을 의미하는 경우가 많습니다.

소설이나 게임에서 에이전트의 활동은 흔히 은밀하게 적대 세력에 침투해 상대 측 스파이와 치열한 접전을 펼친 끝에 정보를 탈취하거나, 다른 신분이나 직업을 가지고 이중생활을 하는 모습으로 그려지는데 스파이 활동은 이런 것만이 아닙니다.

현대에는 인터넷과 정보 통신 기술의 발달로 공개 정보가 넘쳐나고, 이를 해석하기만 해도 놀랄 정도로 많은 것을 알 수 있습니다. 설령 정보를 은폐하려 해도 무수한 공개 정보 가운데 은폐하려는 시도 자체가 눈에 띄는 행위가 됩니다. 따라서 오늘날 첩보 활동은 방대한 공개 정보의 수집과 분석에 상당한 노력과 인력을 투입하고 있습니다.

스파이의 임무가 음지에서 음지로 정보를 빼돌리는 것이라면, 테러리스트의 임무는 음지에 감춰진 사실을 양지로 끌어내 폭로하는 것이라고 할 수 있습니다. 테러리스트는 무시되거나 숨겨진 부당 행위를 세상에 알리고 자신과는 무관하다고 생각하는 사람들의 인식을 고치기 위해 파괴 활동 등을 하며 성명을 냅니다. 과거의 테러 조직은 특정 사상을 바탕으로 실제로 탄압받은 사람들이 모였지만, 정보화 시대인 지금은 인터넷 등을 통해 시간과 공간을 넘어 네트워크를 형성하며 결속하는 경우가 적지 않아 테러리스트를 특정하기 어려워졌습니다.

◆ 스파이 활동의 개요

다음 표는 대표적인 스파이 활동을 정리한 것입니다. 휴민트HUMINT나 방첩 활동은 스파이가 생동감 넘치는 액션을 펼치는 이야기와 조합하기 쉬운 소재입니다. 시긴트SIGINT는 해커가 등장하기에 좋습니다. 사진 정보 활동이나 공지 또는 공식 간행 정보를 이용하는 정보 활동은 화려하지는 않아도 잘만 사용하면 작품에 현실감을 부여할 수 있습니다. 이런 활동을 하는 캐릭터는 주인공의 믿음직한 파트너로 등장해도 좋습니다. 사무직 조사원이 얼떨결에 스파이 활동에 휘말리는 전개도 재미있을 것입니다. 짝사랑하는 상대의 감정이나 연인 유무를 조사하는 것도 휴민트입니다.

활동	설명
대인 정보 활동HUMINT	인적 네트워크를 통한 정보 수집 활동. 스파이나 미인계도 여기에 해당한다.
사진 정보 활동	촬영한 사진 내용에서 정보를 수집·분석한다.
정찰 영상을 이용한 정보 활동IMINT	정찰 위성이나 정찰기가 촬영한 영상에서 정보를 수집·분석한다.
전자 신호를 이용한 정보 활동SIGINT	주로 통신 정보를 수집·분석하거나 암호를 해독하는 코민트COMINT와 전자 정보를 수집·분석하는 엘린트ELINT로 분류된다.
공지, 공식 간행 정보를 이용한 정보 활동	미디어 등에 공지된 정보에서 필요한 정보를 수집·분석한다.
방첩 활동 Counter Intelligence	대항 세력의 정보 활동을 저지·방지한다. 또 그 세력의 정보를 수집·분석한다.

◆ 두려워해야 할 자들

현장 또는 뒤에서 활동하는 첩보원인 스파이나 테러 사건을 일으키는 테러리스트의 배후에는 그들을 지휘하고 지도하는 존재가 숨어 있습니다. 스파이에게는 흔히 스파이 마스터나 케이스 오피서라고 불리는 지휘관이 있고, 테러리스트에게는 알카에다의 오사마 빈 라덴 같은 지도자가 있습니다. 이들의 책략에 따라 단순한 정보가 적대국을 위협하는 정보로 바뀌고 산발적인 사건이 전 세계에 큰 타격을 입히는 결과를 만들어내기도 합니다. 그런 인물들은 미스터리 작품의 캐릭터로도 대단히 매력적이므로 배후 세력으로 활용하면 좋습니다.

076 초능력자, 점술가

PSYCHIC, FORTUNE-TELLER

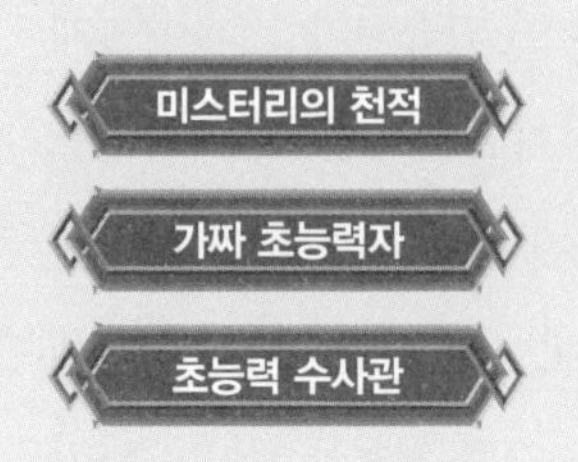

◆ 상식을 뛰어넘는 힘의 소유자

초능력자와 점술가는 완전히 다른 존재이지만 미스터리에서는 흔히 '초자연적인 능력을 지닌 사람'이라는 똑같은 위치에서 다뤄집니다.

이 둘은 미스터리의 천적이라는 공통점이 있습니다. 초능력을 지니고 있으면 트릭이 무의미해지고, 점술이나 독심술로 범인을 맞히면 추리가 무의미해집니다. 그런데도 미스터리에는 숱한 초능력자나 점술가가 등장해 인기를 얻습니다. 그 이유는 바로 그들이 미스터리의 천적이기 때문입니다.

미스터리란 원래 신비나 비밀, 불가사의를 뜻하는 말이므로 초능력이라는 소재는 탐정이 풀어야 할 비밀이나 불가사의와 잘 맞아떨어지는 것이기도 합니다. 자칭 초능력자나 사이비 점술가가 트릭을 써서 상식을 뛰어넘는 현상을 연출하고, 여기에 숨은 트릭을 탐정이 밝혀내는 것입니다.

반대로 탐정이 초능력자처럼 보이는 경우도 있습니다. 탐정이 지닌 초인적 추리 능력은 주변에서 보기엔 마치 예지 능력이나 독심술처럼 보입니다. 세계 최초의 명탐정으로 꼽히는 에드거 앨런 포가 만들어낸 오귀스트 뒤팽만 해도 그저 함께 걸어가며 잡담을 나누던 친구의 생각까지 알아맞히는 기술을 선보입니다. 뛰어난 탐정은 주위로부터 상식을 뛰어넘는 힘의 소유자로 오해받곤 합니다.

초능력을 믿는 사람들의 불합리한 심리나 초능력으로 가장한 트릭은 미스터리에 등장하는 범죄자에게 큰 무기가 됩니다. 그러한 범죄자에 맞서기 위해 탐정 역시 초능력 트릭의 전문가로 설정하기도 합니다.

지금까지 트릭을 사용하는 가짜 초능력자에 관해 이야기했는데, 물론 진짜 초능력자를 탐정이나 범인으로 등장시키는 일도 가능합니다. 다만 미스터리의 정체성을 잃지 않도록 초능력의 범위를 명확히 설정하는 등 여러 가지 방법을 궁리해야 합니다.

◈ 점술가라는 직업

현실에도 다양한 직업 점술가들이 존재합니다. 꽤 많은 사람이 인생의 문제를 점술가와 상담하는데, 점술가에게 필요한 능력은 미래를 내다보는 초능력이 아니라 상대의 이야기에 귀를 기울이고 유익한 조언을 해주는 인간 관찰 능력과 화술입니다. 이것은 탐정에게도 중요한 기술인만큼 직업적으로 익힌 이러한 기술을 살려 활약하는 점술가 탐정도 있습니다. 이 유형으로는 시마다 소지의 『점성술 살인사건』을 비롯해 여러 작품에 등장하는 미타라이 기요시가 유명합니다. 그는 처음에는 탐정 활동이 취미인 점성술사라는 설정이었습니다.

거리에서 실제로 찾아볼 수 있는 점술을 몇 가지 소개하겠습니다.

- **점성술:** 별자리와 행성의 위치 관계로 운세를 점친다.
- **손금점:** 다양한 손금의 모양으로 운세를 점친다.
- **이름점:** 이름을 구성하는 글자의 획수 등으로 운세를 점친다.
- **팔괘점:** 점대 등의 괘로 운세를 점친다.
- **사주풀이:** 생년월일시로 운세를 점친다.

물론 어디까지나 점술이기 때문에 점괘가 맞지 않으면 신뢰를 잃습니다. 점괘가 정확한 것처럼 보이는 기술을 마인드 리딩이라고 합니다. 이 기술은 상대방의 말투나 옷차림 등 겉으로 드러난 정보나 자기도 모르게 하는 말을 종합해 마치 점술로 맞힌 것처럼 유도하는 콜드 리딩과 뒷조사 등으로 미리 알아낸 정보를 그 자리에서 꿰뚫어 본 것처럼 말하는 핫 리딩 두 가지로 나뉩니다.

◆ 현실 세계의 초능력자들

현실에도 자신이 초능력자라고 주장하는 사람이 있고 범죄 수사에 협력한 사례도 있습니다. 대표적으로 네덜란드의 초능력자 피터 허코스가 있습니다. 그의 말에 따르면 서른 살 때 사다리에서 떨어져 머리를 크게 다친 뒤로 사이코메트리라는 초능력에 눈떴다고 합니다. 물건에 손을 대면 그 물건을 소유했던 사람에 관한 정보를 읽어낼 수 있는 이 힘을 이용해 허코스는 현장의 유류품을 만진 뒤 실종자를 발견하거나 살인 사건을 해결했다고 주장합니다. 같은 능력을 가진 사람으로 제라드 크로이셋도 유명합니다.

다만 초능력 수사관의 능력이 진짜인지는 또 다른 문제입니다. 많은 초능력자의 업적은 허위 경력과 마인드 리딩 기술로 설명할 수 있습니다.

후기 퀸 문제

칼럼

'후기 퀸 문제'란 1990년대 이후 일본의 본격 미스터리를 둘러싸고 벌어진 논쟁을 말합니다.

엘러리 퀸의 후기 작품에서는 범인이 명탐정(엘러리 퀸)의 개입을 전제로 범행 계획을 세우고 추리 재료가 되는 단서를 흩어 놓아 명탐정의 추리를 다른 방향으로 유도하는 스토리가 등장했습니다. 퀸의 전기 작품을 포함한 퍼즐 미스터리에서 탐정이 수집한 정보는 백 퍼센트 믿을 수 있는 것이며, 또 이런 정보가 탐정의 추리로 사건의 증거와 단서가 되는 것이 당연하게 여겨졌습니다. 그러나 퀸의 후기 작품에서 이런 부분이 흔들리면서 작중에서 탐정이 손에 넣은 정보가 진실인지, 동시에 그가 추리로 이끌어낸 해결이 진정한 해결인지를 작품 속에서는 증명할 방법이 없다는 문제가 드러났습니다. 그 이전부터 막연하게 인식되고 있던 문제였지만 퀸의 작품을 통해 확실하게 드러났다고 할 수 있습니다.

후기 퀸 문제는 말하자면 '어떤 이론 체계에 모순이 없다면 그 체계의 무모순성을 그 체계 안에서는 증명할 수 없다'는 쿠르트 괴델의 제2 불완전성 정리의 미스터리 버전이라고 할 수 있습니다. 이 문제가 처음으로 제기된 것은 잡지 〈현대사상〉 1995년 2월 호에 실린 미스터리 작가 노리즈키 린타로의 「초기 퀸론」을 통해서였습니다.

이후 '후기 퀸 문제'는 일본의 본격 미스터리 작가들에게 큰 영향을 미쳤고, 탐정 자신이 파악하지 못한 증거로 인해 추리가 무너진다는 히카와 도루의 『최후로부터 두 번째의 진실』처럼 정면으로 이 문제를 파고드는 작품도 등장했습니다.

그리고 세이료인 류스이의 작품에 등장하는 탐정 쓰쿠모 주쿠는 추리에 필요한 모든 단서를 수집하면 자동으로 진상을 깨닫는 '신통이기'라는 능력을 지녔다는 설정으로 이야기 바깥(메타 레벨)에서 그 추리가 진실이라고 보증함으로써 후기 퀸 문제를 피했습니다.

또 후기 퀸 문제 자체는 탐정의 추리가 확실한 것은 아닐 수 있다는 가능성을 제시해 작품 속에서 탐정이 전지전능한 신처럼 행동하며 범인을 포함한 등장인물의 운명을 결정하는 것에 시비를 불러일으켰고, '탐정 역할'이라는 캐릭터의 존재 의의와 관련된 윤리 문제로까지 발전했습니다.

관심이 있는 분은 가사이 기요시의 『탐정소설론 Ⅱ-허공의 나선』 등 연구서를 살펴보시기 바랍니다.

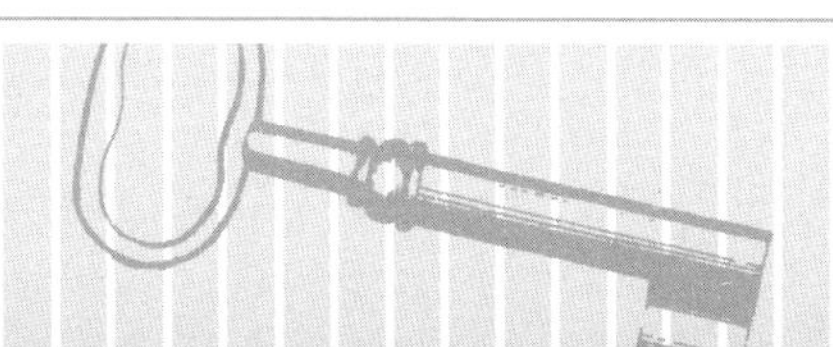

장치

077 시체

BODY

◈ 의사의 사망 확인 전까지는 살아 있다?

생명 활동이 영구히 정지된 상태를 죽음이라고 하고, 그 상태에 있는 육체를 시체라고 합니다. 죽음은 크게 자연사와 외인사로 나뉩니다. 자연사란 노환으로 사망하거나 다른 요인 없이 질병으로 사망하는 병사를 말합니다. 외인사는 사고사, 자살, 타살 등 자연사가 아닌 다른 모든 죽음을 포함합니다. 변사는 외인사와 같은 법률 용어로, 외인사 중 범죄와 관련이 없는 경우에는 변사에서 제외하며 자연사인지 외인사인지 확실하지 않으면 변사에 포함합니다.

사망 상태가 확인되면 의사는 사망진단서나 시체검안서를 작성합니다. 사망진단서는 자연사 또는 사인을 알거나 추정할 수 있을 때 의사가 작성합니다. 자연사가 아닌 경우 외인사로 간주하며 의사가 검안, 즉 사망 확인 검사를 한 뒤 시체검안서를 작성하여 시체가 발견된 장소의 관할 경찰서에 신고해야 합니다. 그 사이 시체의 신원이 밝혀지면 주민등록상 주소지의 관할 경찰서로 이관되기도 합니다.

사망진단서와 시체검안서는 동일한 서식이므로 둘 중 하나를 두 줄로 그은 다음 사용합니다. 또 사망신고를 할 때는 사망진단서 혹은 시체검안서, 사망신고서 등의 서류를 사망자의 본적지 또는 주소지 관할 행정 관청에 1개월 이내에 제출해야 합니다. 여행 중 사망했을 때는 사망지에서 사망신고를 하는 것도 가능합니다. 사망신고가 접수되면 주민등록이 말소되고 이로써 공적으로 죽음이 인정됩니다.

미스터리 작품에서 살인 사건의 상징이라고 할 수 있는 시체 발견 당시 상황도 작가에게는 고민거리입니다. 시마다 소지의 『어둠 비탈의 식인나무』에서는 나무에 거꾸로 처박힌 시체가 등장하고, 요코미조 세이시의 『이누가미 일족』에서는 호수에 상반신만 거꾸로 박힌 기괴한 시체가 등장합니다.

◈ 사인의 판명

외인사의 검안에서는 시체의 상태를 통해 사망 후 경과 시간, 외상 등을 통해 사인, 입고 있는 옷의 상태나 발견 현장을 통해 범죄 관련 여부 등을 확인합니다.

다음 표는 시체의 외관에서 어떤 점을 살펴야 하는지를 간단히 정리한 것입니다.

종류	외견/판단	설명
출혈	외견	출혈량, 피의 색, 출혈 부위
	판단	상해 정도 등
외상	외견	종류(열상, 타박상, 자상, 절단상, 파열상)
	판단	상해 부위와 정도, 흉기 종류, 범행으로부터 경과 시간 등
골절	외견	골절 부위, 종류(개방 골절, 폐쇄 골절)
	판단	상해 부위와 정도, 흉기 종류 등
안구	외견	충혈 유무, 동공(눈동자) 상태(확대, 수축), 공막(흰자위)의 색
	판단	약물 복용, 두부 외상의 유무 등
피부	외견	색상(흰빛, 붉은빛, 검푸른빛), 탄력(굳는 정도), 냄새
	판단	약물 복용이나 가스 흡입, 타박상 등의 유무, 사망 시각 등
구강	외견	냄새, 상처, 출혈, 구토, 타액의 색과 양
	판단	약물 복용이나 가스 흡입, 체내의 상처 유무 등

생명체의 몸은 살아 있을 때와 죽었을 때 외부 자극에 대해 완전히 다른 반응을 보입니다. 살아 있을 때 생긴 상처에는 딱지가 생기지만 사후 상처에는 생기지 않습니다(생활 반응). 사후에 목이 졸린 시체에서는 두부나 안면의 울혈, 경부 상처 등의 생활 반응이 나타나지 않습니다. 일산화탄소 중독이나 시안화칼륨(청산가리) 중독은 둘 다 정맥혈이 동맥혈보다 밝은 붉은색을 띱니다. 익사체라면 혈액이 정상적으로 응고되지 않거나 내장이나 피부에 울혈, 내출혈 등의 증상이 뚜렷하게 나타나지만, 사후에 물에 빠뜨리면 그런 특징이 보이지 않는 등 변화에 명확한 차이가 있습니다.

또한 시체의 백골화에도 여러 조건이 있습니다. 온도가 50℃ 이상이고 건조한 곳에서는 미라화되고, 5℃ 이하의 습한 곳에서는 밀랍 인형처럼 보존된 상태의 시랍화가 되는 등 백골화에도 여러 과정이 있습니다. 흙 속에 균이 많은 숲에 묻는다면 지표에서 15cm 이하, 온도가 10℃ 이상이어야 하며, 고습한 환경이라면 여름철에는 7~10일, 겨울철에는 3개월 이상이 필요합니다. 그러나 상온에서도 파리와 함께 비닐 등으로 덮으면 3일 정도면 백골화가 됩니다. 이처럼 작품 속에서 시체라는 요소 하나를 다룰 때도 다양한 상황을 검토해야 합니다.

078 범행 예고, 범행 성명

CLAIMING RESPONSIBILITY OF CRIME

◇ 전형적이지만 무시할 수 없는 연출 도구

범행 예고는 어떤 인물 또는 집단이 범죄를 저지르기 전에 경찰이나 언론에 그 사실을 알리는 행위입니다. 주로 편지나 전화를 이용하며 후자의 경우 발신자를 특정하기 어려운 공중전화나 선불식 휴대전화가 이용됩니다. 범행 예고는 그 자체가 범죄이므로 실행한 시점부터 다음과 같은 죄를 물을 수 있습니다.

- **협박죄:** 특정 개인을 협박하는 행위.
- **업무방해죄:** 허위 사실을 유포하거나 위계 또는 위력으로 사람의 업무를 방해하는 행위.

대개 의도적으로 범행을 예고하는 범인은 자신을 드러내 보이려는 자기 현시욕이 강하고 자신의 능력에 과도한 자신감을 가지고 있습니다. 그래서 못된 장난(경범죄 처벌법 위반)이 아니라면 주도면밀한 범행 계획을 세워 행동한다고 볼 수 있습니다. 예고 내용도 '범죄를 실행하겠다'는 식의 막연한 것이 아니라 일시나 장소 등 꽤 구체적인 내용이 담깁니다.

반대로 범행 성명은 사후에 범행 사실을 밝히는 것입니다. 중국 송나라 때 지어진 야사 『해사』에는 물건을 훔친 뒤 '내가 왔다 간다我來也'라는 표식을 남긴 의적에 대한 기록이 나옵니다. 또 1970년대부터 1990년대까지 장기간에 걸쳐 미국에서 우편 폭탄 사건을 일으킨 시어도어 카진스키, 일명 '유나바머'는 테러로 세간의 이목을 끈 뒤 자신의 범행 동기를 알리는 성명문을 여러 언론사에 보냈습니다. 한편 자신의 존재를 세상에 알리기 위해 타인이 저지른 테러를 자기 소행이라고 주장하며 범행 성명을 내는 이들도 있습니다. 예를 들어 19세기 런던을 뒤흔든 잔혹한 연쇄 살인범 '잭 더 리퍼'가 유명합니다. 이 살인범이 잭 더 리퍼라는 가명으로 신문사에 편지를 보내면서 한층 더 사람들의 주목을 받게 되었는데, 사실 이 편지는 다른 사람이 장난으로 보냈을 가능성이 큽니다.

◆ 예고장의 효과

괴도(073)로 대표되는 직업 범죄자는 자신만의 규칙과 방침으로 예고장을 보냅니다. 예를 들면 만화 『캣츠 아이』에서 세 자매 미녀 괴도는 범행 전에 반드시 예고장을 보내는 것을 자신들의 규칙으로 삼습니다. 이러한 연출을 통해 경찰의 무능력과 주인공의 능력이 강조될 뿐만 아니라, 범죄를 저지르는 인물들의 이야기에서 스포츠맨십과 같은 상쾌함이 느껴집니다.

특정 인물에게 복수하기 위해 범죄를 저지르는 범인이라면 상대에게 공포와 죄책감을 부추기고자 의도적으로 범행을 예고하는 경우도 있겠지요. 예고자는 목적에 따라 이름을 밝힐지 말지를 결정합니다. 수사를 교란하거나 상대를 압박하려는 목적으로 타인의 이름을 사용하기도 합니다. 이름을 숨기는 경우라면 신문이나 광고지에서 잘라낸 글자를 붙여 예고장을 작성하는 등 자신의 정체가 드러나지 않는 방법을 씁니다. 작품 속에서 범행 예고를 사용할 경우 작가는 지금까지 흔히 사용된 방식에서 벗어나 범행 목적에 맞춰 새로운 방식으로 예고장을 만들어야 합니다. 예를 들어 오래전에 죽은 사람의 이름으로 보내는 예고장을 최근에 발행된 광고지를 잘라 만든다면 그것을 보낸 사람이 예고장에 적힌 이름과 다른 사람이라는 사실이 바로 들통나버립니다.

◆ 아르센 뤼팽의 방법

모리스 르블랑이 창조한 괴도 아르센 뤼팽은 자신만의 규칙이나 방침으로서가 아니라 범죄를 성공으로 이끌기 위한 필수적인 수단으로 예고장을 활용합니다.

「감옥에 갇힌 아르센 뤼팽」에서 뤼팽에게 절도 예고장을 받은 카오른 남작은 마침 자신의 성 인근을 방문한 뤼팽의 숙적 가니마르 경감을 찾아가 개인 경비를 요청합니다. 그런데 이 '가니마르 경감'은 뤼팽의 부하가 위장한 가짜로, 예고장을 받고 불안해진 남작이 자기 손으로 범인을 자신의 성안으로 불러들인 것입니다.

「아르센 뤼팽의 탈옥」에서 감옥에 갇힌 뤼팽은 재판을 받기 전에 탈옥하겠다고 예고합니다. 뤼팽이 탈출했다고 확신한 경찰들은 다른 사람인 척 재판에 나타난 뤼팽을 보고 이미 바꿔치기가 이뤄졌다고 생각해 진짜 뤼팽을 풀어줍니다.

『기암성』에서는 레이몽드를 성으로 납치한 뤼팽이 그녀의 마음을 얻고자 화요일 밤 방문하겠다는 편지를 남깁니다. 고등학생 탐정 보트를레는 성의 주인인 발메라스의 도움으로 화요일 당일 레이몽드를 구출해내고 성주 발메라스와 레이몽드는 연인이 되는데, 실은 성주가 바로 뤼팽이었습니다.

079 다잉 메시지

DYING MESSAGE

◆ 다잉 메시지란

다잉 메시지란 죽어가는 사람이 남기는 전언입니다. 죽음이 임박한 피해자가 범인이 누구인지를 알리기 위해 남긴 흔적을 의미합니다. 자신에게 원한을 품은 상대를 알리기 위해 미리 준비한 유서나 편지 등은 포함되지 않습니다. 곧 죽게 될 것임을 깨달은 피해자가 순간적으로 현장에 있는 물건을 이용해 남긴 단서로 한정됩니다.

이런 다잉 메시지가 수사하는 측에 제대로 전달되면 좋겠지만, 여러 이유로 전달되지 않을 때가 있습니다. 피해자가 메시지를 쓰는 도중 힘이 다해 불완전한 메시지가 남기도 합니다. 정말 죽었는지 확인하기 위해 살해 현장으로 돌아온 범인이 자신을 가리키는 메시지임을 알아채고 지워버릴 수도 있습니다.

이처럼 여러 사정으로 불완전하거나 수정된 메시지는 탐정을 고민에 빠뜨립니다. 불완전하다는 의미에서 다잉 메시지는 암호와 비슷하지만 차이가 있습니다. 암호는 대부분 장문이며 해독에 필요한 단서가 갖추어져 있습니다. 다만 원래 뜻을 알 수 없는 문장으로 바뀌어 있는 데다가 해독 방법이 난해하기 때문에 제삼자가 읽어낼 수 없을 뿐입니다. 다잉 메시지는 단편적인 기호밖에 남길 수 없고 범인의 방해 등 특수한 이유로 해독할 수 없게 되기도 합니다. 피해자의 일상생활이나 살해 당시 상황과 같은 메시지 이외의 요소를 고려하지 않으면 풀 수 없습니다. 바로 그 점 때문에 미스터리 소재로 적합합니다.

한편 다잉 메시지가 반드시 범인을 추리하는 결정적 단서가 되지는 않는다는 약점도 있습니다. 피해자는 의식이 흐릿해진 탓에 경솔한 메시지를 남겼을지 모릅니다. 마지막에 관계자 모두를 모아놓고 탐정이 들려주는 추리가 정말로 맞는 해석인지는 피해자만이 알겠지요.

◈ 다양한 다잉 메시지

다음 표는 다잉 메시지를 해독할 수 없게 되는 이유입니다.

분류		설명
피해자	불완전	메시지를 쓰는 도중 힘이 다해 완성하지 못했다. 잘못 썼으나 고쳐 쓸 여력이 없었다.
	수단의 문제	부자연스러운 자세로 썼다. 필기구가 없어 몸짓이나 물건을 쥐는 등 우회적인 표현이 되었다.
	착각	피해자가 범인 이름을 잘못 기억하고 있었다.
	난해	범인이 돌아올 것을 염려해 알아보기 어렵게 썼다. 눈에 띄지 않는 곳에 숨겼다.
탐정	관찰 부족	메시지의 일부밖에 보지 않았다.
	잘못된 해석	기호를 다른 의미로 해석했다. 예를 들어 손으로 쓴 글자 'A'를 '4'로 잘못 보았다.
	지식 부족	해독에 필요한 전문 용어를 알지 못했다. 전문 지식, 동료끼리 부르는 별명 등.
범인	제거	범인이 메시지를 눈치채고 없애버렸다.
	조작	다른 사람을 범인이라고 생각하게끔 고쳤다.
제삼자	변경	고의가 아니더라도 범인이 아닌 제삼자나 자연 현상에 의해 변경되었다.

범인의 어떤 특징을 가리킬지에도 다양한 선택지가 있습니다. 가장 흔한 것은 이름인데, 죽기 직전의 피해자는 이름 전체를 쓸 여력이 없으므로 이니셜

을 남기게 됩니다. 또 피해자가 범인 이름을 모르거나 동명이인과 혼동될 가능성을 우려해 이름을 남기지 못하는 경우도 있는데, 신체적 특징이나 직업 등 이름이 아닌 다른 것을 남기게 됩니다.

다잉 메시지는 생각해내기는 쉽지만, 죽어가면서 남기는 전언이라는 특성상 복잡하고 어려운 메시지로는 만들 수 없습니다. 따라서 주로 단편에 쓰이고, 장편에서는 부수적인 요소로 취급됩니다. 그러나 다잉 메시지의 특성을 이용해 이야기를 끌어가는 장편도 있습니다. 엘러리 퀸의 『샴 쌍둥이 미스터리』에서는 죽은 자가 손에 쥐고 있던 트럼프 카드의 의미를 해석하는 과정에서 탐정이 농락당합니다. 그 배경에는 살인범이 아닌 제삼자가 다른 사람에게 죄를 뒤집어씌우기 위해 가짜 단서를 남겨놓았다는 복잡한 사정이 있습니다. 다잉 메시지는 '피해자가 범인의 이름을 남기려 했다'는 전제가 확실하다면 범인을 밝히는 데 힘을 발휘하지만, 복잡한 배경이 있을 때는 혼란을 가져옵니다.

080 지문

FINGERPRINT

◈ 하나뿐인 무늬

사람의 손가락 끝에 있는 지문은 사람마다, 또 손가락마다 모양이 다릅니다. 지문 모양은 평생 바뀌지 않으며, 더구나 그 사람이 손으로 만진 곳에 흔적이 남습니다. 따라서 채취한 지문이 어떤 인물과 일치한다면 그 인물의 것이라고 할 수 있습니다.

서구에서는 19세기부터 이 기법이 확립되어 범죄 수사에 활용되어왔습니다. 일본에서는 에도 시대(1603~1867)부터 본인 확인 수단으로 지장이 사용되곤 했으며, 지문을 채취해 비교하는 방법 또한 개국(1853) 이후 자연스럽게 범죄 수사에 도입되었습니다.

지문은 개개인의 행동 흔적을 손쉽게 검출하고 판정할 수 있는 수단이지만, 이에 맞서 위조 등 범죄자들의 수법 또한 교묘해지고 있습니다. 계획적인 범죄라면 현장에서 장갑을 사용해 지문을 남기지 않으며, 수사에 혼선을 줄 목적이라면 죽은 사람의 손목을 잘라 그 지문을 범죄 현장에 일부러 남기는 등 엽기적인 형태의 교란이 가능합니다. 따라서 지문은 결정적 증거가 되지는 못합니다.

또 최근에는 개인정보 보호 차원에서 예전처럼 쉽게 지문 날인을 요구할 수 없게 되었지만, 여전히 경찰의 방범 관리 수단으로서 지문이 이용되고 있습니다. 그리고 비교적 신속하게 동일인 여부를 확인할 수 있는 수단으로서 출입국 관리 현장이나 외국인 등록 등에 이용됩니다. 그 밖에도 지문과 정맥류의 박동 패턴을 활용한 개인 인증 시스템이 은행 ATM 등에 도입되기도 했습니다. 이 시스템은 잘라낸 손목이나 손가락이 악용되는 것을 막기 위해 정맥류를 같이 확인하지만, 개인 식별 자체는 지문의 판정으로 이루어집니다.

◆ 지문의 종류

지문은 모양에 따라 몇 가지 유형으로 나뉩니다. 크게 소용돌이 모양의 와상문, 말발굽 모양의 제상문, 활 모양의 궁상문, 그 밖의 모양인 변태문 등이 있습니다. 이처럼 개인별로 미세한 차이는 있더라도 기본 유형의 수가 적기 때문에 모양이 특이한 지문은 쉽게 눈에 띕니다. 에도가와 란포의 『악마의 문장』에서는 '삼중 와상문'이라는 지문이 중요한 역할을 합니다. 이는 특이한 지문이 쉽게 눈에 띄는 특성을 살려 란포가 창작해낸 지문으로, 독특한 지문을 범행 현장에 과시하듯 남기는 등장인물들의 기괴한 행동이 작품 속에서 매우 인상적으로 그려졌습니다. 또 만화 『어둠의 이지스』에는 태어날 때부터 지문이 없어 범죄자로 사는 것이 자신의 천명이라고 믿는 인물이 등장합니다.

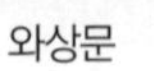
와상문

제상문

궁상문

◆ 지문의 검출과 채취

단순히 지문을 기록할 목적이라면 손가락 끝에 인주나 먹물을 묻혀 종이에 누르기만 하면 됩니다. 그런데 범죄 현장에 의도치 않게 남겨진 희미한 흔적을 검출하려는 것이라면 상황은 완전히 달라집니다. 육안으로 보이는 지문(현재 지문)은 셀로판테이프로 채취할 수 있지만, 육안으로 보이지 않는 지문(잠재 지문)이라면 먼저 눈에 보이게끔 지문을 드러내는 작업부터 해야 합니다. 잠재 지문의 주요 채취 방법은 다음과 같습니다.

방법	설명
분말법	알루미늄 가루, 흑연 가루, 숯가루 등 미세한 분말을 증거물에 묻힌 다음 솔로 문지른다.
액체법	닌히드린이 아미노산과 반응하면 자주색을 보이는 성질을 이용하거나, 초산은이 자외선에 반응하는 것을 이용한다.
기체법	시아노아크릴레이트 같은 가스를 분무해 화학 반응을 이용한다.

081 출입 기록

RECORD OF ENTRANCE

◆ 출입 기록 방법

카드 리더와 ID 카드

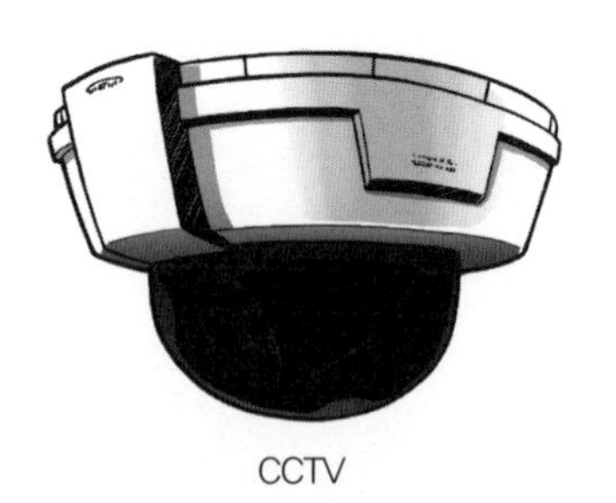

CCTV

어떤 인물이 어떤 시설에 들어가고 나가는 시간 등을 기록하는 출입 기록은 직장의 출퇴근 카드 같은 근태 기록이나 중요 시설의 기밀 유지 관리, 시설의 이용 실적 기록 등 다양한 목적으로 이용됩니다. 이런 종류의 기록은 시설을 이용하는 각 개인이 소지한 ID 카드(종이에 글자를 인쇄하거나 손으로 쓴 것과 메모리를 내장한 IC 카드 혹은 마그네틱 카드 등에 정보를 기록한 것이 있습니다)와 시설에서 관리하는 컴퓨터나 기록부에 보존됩니다.

마그네틱 카드나 IC 카드를 사용하는 시설이라면 카드 리더를 설치하는 출입구 쪽에 CCTV를 추가로 설치해 24시간 관리하는 일도 흔합니다. CCTV로 녹화하는 경우 무제한으로 기록을 보존하기란 불가능하므로 대개 일정 시간이 지나면 내용을 삭제하고 새로운 기록을 덮어쓰는 방식으로 운용합니다.

◆ 미스터리에서의 출입 기록

미스터리 작품에서는 어떤 특정 시간 어떤 시설에 그 인물이 있었음을 증명하는 출입 기록이 밀실 살인의 트릭으로 이용되곤 합니다. 예를 들면, 피해자가 어떤 시설에 혼자 들어갔으며 사망 추정 시간 전후로 다른 사람이 그 시설에 출입한 사실이 없는데도 살해당한 경우입니다. 특히 유일한 출입구에 녹화 기능이 있는 CCTV를 설치해 24시간 컴퓨터로 출입을 관리하는 시설이라면, 이러한 시스템이 정상적으로 작동할 경우 시스템에 감지되지 않고 시설에 침입해 누군가를 살해하고 다시 시스템에 감지되지 않고 탈출한다는 것은 사실상 불가능합니다. 따라서 이런 시스템을 갖춘 시설을 무대로 밀실 살인이 벌어지는 작품에서는 어떻게 밀실에서 빠져나갔고, 어떻게 다시 밀실로 만들었느냐에 초점이 맞춰집니다.

덧붙여 출입 기록을 수기로 작성하는 방식은 약간 구식으로 보이겠지만, 시간이 정확하게 기록되었다면 필적 감정으로 그 인물이 직접 썼음을 확인할 수 있다는 장점이 있어 꼭 낡은 방식이라고만 치부할 수 없습니다.

◆ 『모든 것이 F가 된다』로 보는 밀실

이러한 출입 기록 시스템을 완벽히 갖춘 밀실에서 일어난 살인 사건을 다룬 작품으로 모리 히로시의 『모든 것이 F가 된다』가 있습니다. 이 작품에 등장하는 밀실은 외딴섬의 연구소 내에 있으며 유일한 출입구는 24시간 CCTV로 녹화되며 삼엄한 감시가 이루어집니다. 연구소 역시 컴퓨터 시스템으로 엄격하게 관리됩니다. 이처럼 외부의 개입이 이루어질 수 없는 밀실에서 출입 기록도 없이 사건을 일으키는 방법은 사실 그다지 많지 않습니다. 외부에서 무언가를 가지고 들어갈 수 없을 만큼 완벽한 보안 관리 체제에서는 처음부터 내부에서 필요한 무언가를 준비해 실행할 수밖에 없습니다. 또한 이런 종류의 밀실은 일반적으로 외부에서 내부로는 영향을 주기 어렵지만, 내부에서 외부 상황에 개입하는 것은 비교적 쉽습니다. 따라서 아무에게도 들키지 않고 외부로 빠져나가는 방법에 자연스럽게 초점이 맞춰집니다. 『모든 것이 F가 된다』에서는 바로 이 부분에 많은 공을 들였고, 컴퓨터 시스템의 함정을 이용한 교묘한 논리로 트릭을 실현합니다.

082 시간표

TIMETABLE

◆ 시간표의 메커니즘

열차나 버스 등의 도착 및 출발 시간이 나열된 시간표는 알리바이를 만들거나 무너뜨릴 때 유용하게 사용되는 장치로서 미스터리소설에서는 오래전부터 이용되어왔습니다.

시간표는 열차나 버스 등의 운행 계획을 각 열차의 역별 출발 및 도착 시간을 일람표 형태로 나타낸 것으로, 일반적으로 시간을 가로축, 거리를 세로축에 두는 그래프(다이어그램)로 표시합니다. 또 시간표에는 영업 킬로미터라고 부르는 운임 계산상의 거리도 함께 표시합니다. 일반적으로 시간표에는 노선과 계통별로 상행과 하행 열차를 따로 게재하고, 급행열차와 보통열차가 만나는 주요 역의 경우 환승 가능 여부를 알 수 있도록 출발 시간과 도착 시각을 함께 표시합니다. 특별한 일이 없는 한 열차는 시간표대로 운행되기 때문에 시간표를 보고 이동 계획을 짜는 경우가 많습니다.

시간표의 예는 다음과 같습니다. 킬로미터 표기는 운임 계산에 이용하기 위한 것입니다.

킬로미터	목적지		G	G	G	E	G	G
	역명/열차 번호		101	1	103	51	105	53
0	A		6:00	7:00	7:10	7:25	8:10	8:25
15.2	B		6:25	통과	7:35	7:55	8:35	8:55
28.3	C		6:41	통과	7:51	8:16	8:51	9:16
35.5	D		7:05	통과	8:15	8:45	9:15	9:45
60.2	E	도착	7:41	7:42	8:51	9:10	9:51	10:10
		출발	7:47	7:43	9:05		10:06	
78.3	F		8:07	통과	9:25		10:25	
92.1	G		8:31	8:15	9:49		10:50	

◆ 『검은 트렁크』

1956년에 발표된 아유카와 데쓰야의 『검은 트렁크』는 정교하게 짜인 열차의 운행 시간표를 멋지게 활용한 대표적인 미스터리 작품입니다. 이 작품은 1949년 당시 국철 본선을 수없이 왕복하던 장거리 열차와 화물 열차 간의 환승, 여기에 세토 내해를 운항하던 기선 등 분 단위의 다이어그램과 시스템, 트렁크의 어떤 조건을 조합해 복잡한 알리바이를 구축한 작품입니다. 특히 심야의 한 역에서 상행, 하행 열차가 거의 동시에 출발하고 도착하는 점과 그 역에 철도 공안관이 있다는 점을 이용한 트릭, 이름이 같은 역이 여러 개 존재한다는 점을 이용한 트릭 등 당시의 시간표와 국철 시스템을 총동원해 트릭을 고안했습니다. 하지만 그런 정교한 속임수도 피해자의 위에서 발견된 특이한 음식 등 범인이 예상치 못한 유류품에 의해 밝혀지고, 트릭이 치밀한 만큼 오히려 그것이 범인을 특정하는 결정적 증거가 됩니다. 즉 시간표 트릭을 무너뜨리려면 예상 밖의 돌발 사태가 필요합니다.

◈ 시간표 트릭의 성립 조건

이 작품처럼 시간표 트릭은 열차 간 환승을 조합해 일반적으로는 거의 불가능한 이동을 가능하게 하므로 미스터리 작품에서 자주 쓰입니다. 지금이라면 인터넷 안내 사이트에서 열차의 환승 패턴을 쉽게 확인할 수 있지만, 과거에는 매월 발행되는 시간표가 유일한 단서였습니다.

무엇보다 이런 시간표 트릭은 열차가 시간표대로 정확하게 운행된다는 점이 전제되어야 합니다. 열차가 하루에 한 번밖에 왕복하지 않는다거나, 출발·도착 시간이 지연되기 일쑤라면 시간표를 이용한 분초 단위의 치밀한 트릭은 애초에 만들 수 없습니다. 2차 세계대전 발발 전 어느 영국 철도의 예처럼 '승객이 모이는 대로 출발'과 같은 허술한 다이어그램으로는 시간표 트릭이 성립하지 않습니다.

그런 의미에서 열차 운행 간격이 분초 단위로 정밀하게 유지될 뿐만 아니라 시간당 편도 30편 이상 운행되는 매우 정교한 다이어그램이 짜여 있고, 이것이 정해진 시간대로 운행되는 현재의 철도라면 열차 운행 시간표를 바탕으로 한 논리적 트릭이 성립하고 독자가 받아들이기 쉽겠지요.

083 전화

PHONE

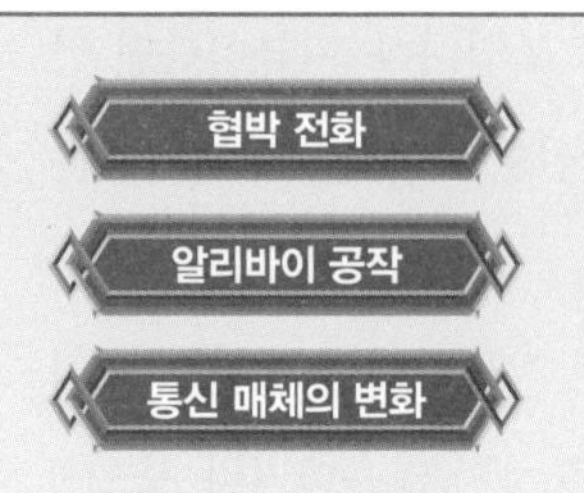

◆ 전화가 등장하는 상황

한밤중 울려 퍼지는 전화벨. 수화기를 들자 낯선 이의 수상한 목소리가 들려옵니다. 범인이 사건 관계자에게 전화를 걸어 정체를 숨긴 채 금품을 요구하거나 범행을 돕게 하는 상황은 미스터리 작품에 자주 등장합니다.

이처럼 전화는 자신이 있는 곳을 숨기고 모습도 드러내지 않은 채 목소리만으로 지시를 내릴 수 있어 범인에게는 매우 편리한 장치입니다. 작가 입장에서도 범인의 정체를 독자에게 밝히지 않고 이야기를 전개해나갈 수 있다는 이점이 있습니다.

또 물리 트릭(물리법칙이나 기계, 장치를 이용한 트릭-옮긴이)에 이용하기 쉽다는 장점도 있습니다. 전화는 생활필수품에 가까운 장치이기에 살해 현장에 놓여 있어도 전혀 이상하지 않습니다. 멀리 떨어진 곳에서 전화 한 통으로 트릭을 작동시킬 수 있어 알리바이 공작에도 적합합니다.

그러나 범인이 전화로 자신의 정체를 숨길 수 있는 것은 상대가 일반인인 경우에 한정됩니다. 유괴 사건을 소재로 한 미스터리 작품에서 범인으로부터 몸값을 요구하는 협박 전화가 걸려 오면 경찰이 통신사에 역탐지를 요청해 발신지를 추적하는 광경은 우리에게 친숙합니다. 1980년대 이후 전화교환기가 디지털화되면서 역탐지에 걸리는 시간도 크게 줄어들었습니다.

수사 기관은 법률에 따라 통화 내역(통신 사실 확인)을 통신 사업자로부터 제공받아 확인할 수 있습니다. 언제, 어디서, 누구에게 전화를 걸어 얼마 동안 통화했는지 알 수 있습니다. 또한 멀리 떨어진 장소의 정보를 실시간으로 파악할 수 있습니다. 통화 중인 상대가 갑자기 누군가에게 습격당해 통화가 끊어진다거나, 대화 중에 섞여든 잡음이 뜻밖에 사건 해결의 단서가 된다거나, 혹은 전화기에 도청 장치가 설치되어 있다는 식의 상황도 생각해볼 수 있습니다.

◈ 통신 매체의 변화와 영향

통신 환경은 1990년대부터 크게 변화했습니다. 1991년에 쓰인 우타노 쇼고의 『납치당하고 싶은 여자』에서는 자동차 안에 설치된 전화가 등장합니다. 1997년 이 작품이 문고판으로 출간될 때 저자는 고작 6년 만에 휴대전화가 폭발적으로 보급되었고, 무선 호출기가 중고생의 필수품이 되었다는 후기를 남겼습니다. 그리고 2010년대에 스마트폰이 등장하면서 통화나 문자 전송 등 기본적인 기능만 갖춘 휴대전화는 찾아보기 어려워졌습니다.

전화기 + 공중전화 / 무선 호출기 + 대형 휴대전화 / 휴대전화 + 스마트폰

이 같은 통신 매체의 급격한 변화는 일상생활에도 큰 변화를 가져오므로, 작중에 묘사되는 일상 풍경이 시대에 뒤떨어진 듯한 느낌을 주는 등 미스터리 작품에도 큰 영향을 미칩니다. 새로운 통신 매체를 활용하는 능력과 이해에도

개인차가 있습니다. 가령 스마트폰조차 써본 적 없는 독자들은 그러한 새로운 디지털 기기를 사용한 트릭을 이해하기 어렵습니다.

그러나 오히려 새로운 통신 매체에 도전해 지금까지 볼 수 없었던 독창적인 트릭이 태어날 가능성도 있습니다. 니타도리 게이의 「오늘부터 남자친구」(『곧 전차가 출현합니다』에 수록)에서 범인은 피해자의 휴대전화를 몰래 조작해 주소록에 등록된 이메일 주소를 바꾼 다음 수신된 이메일을 훔쳐 읽습니다. 주소록 기능에 완전히 의존하게 되면서 전화번호나 이메일 주소를 기억하지 못하게 된 세태를 이용한 것입니다.

기타야마 다케쿠니의 「거짓말쟁이 신사」(『우리가 별자리를 훔친 이유』에 수록)에서는 주인공이 휴대전화를 하나 줍게 되는데, 그 휴대전화의 원래 주인이 교통사고로 사망했다는 사실을 알게 됩니다. 사고로 죽은 남자에게는 장거리 연애 중인 여성이 있었고, 그녀는 아직 남자의 죽음을 모르는 듯합니다. 주인공은 휴대전화를 이용해 원래 주인 행세를 하며 여성을 속여 돈을 뜯으려고 합니다. 휴대전화가 자신의 분신과 같은 존재가 되었음을 여실히 보여주는 서스펜스물입니다.

084 신분증명서

IDENTIFICATION

◆ 개인 신분의 증명

신분증명서는 개인의 신분을 명확히 확인하기 위한 수단이므로 신뢰할 수 있고 정확한 것이어야 합니다.

가장 기본적인 신분증명서는 여권이나 주민등록증, 운전면허증, 건강보험증 등입니다. 공무원증이나 학생증, 국가자격증, 사원증뿐만 아니라 신용카드나 현금카드, 나아가 명함 등도 본인 확인 수단으로 사용됩니다.

공적 신분증에는 개인을 특정할 수 있는 정보가 필요합니다. 주소와 이름, 나이, 생년월일은 물론 얼굴 사진도 포함하고 있어야 합니다. 이 때문에 많은 나라에서 누구나 쉽게 취득할 수 있고 평소 가지고 다니기도 간편한 운전면허증을 신분증명서로 사용합니다.

운전면허증 취득에는 나이 제한이 있어서 운전면허증을 취득하지 않았거나 부득이한 이유로 취득할 수 없을 때는 여권을 신분증명서로 사용하기도 합니다. 여권은 일정 절차를 거쳐 수수료를 내면 갓 태어난 신생아도 발급받을 수 있습니다.

신분증명서 중에는 부정 사용이나 위조 방지를 위해 IC칩(집적회로)을 삽입하는 경우도 있는데, 운전면허증이나 여권, 현금카드, 신용카드 등이 그 예입니다. IC칩은 전자화폐로 사용할 수 있는 카드에도 사용됩니다.

◆ 소도구로서의 여권

여권은 국내는 물론 외국에서도 신분증명서로 사용할 수 있어서 미스터리 작품뿐만 아니라 다양한 작품에서 소도구로 활용됩니다. 현재의 여권 제도는 19세기 무렵 국내뿐만 아니라 국가 간을 오가는 자국민의 신분을 국가가 보증함과 동시에 자국민의 출입국을 관리하기 위해 생겨났습니다.

여권이 있으면 외국인 입국 시 범죄자나 범죄 이력이 있는 자, 불법 이민자, 테러리스트 같은 바람직하지 않은 사람을 사전에 배제할 수 있습니다. 범죄를 저지르고 국외로 도피하려는 사람도 출국 시에는 반드시 여권이 필요하므로 이들의 도주를 막기에도 효과적입니다. 여권의 부정 취득을 막기 위해 발행 심사는 매우 엄격하게 이뤄집니다. 따라서 범죄 조직은 대개 위조 여권을 마련할 수 있는 수단을 가지고 있으며, 그것이 조직의 장점이기도 합니다.

범죄자나 부득이 외국으로 도망가야 하는 인물이 국경을 넘기 위해 위조 여권이 필요한 상황은 많은 작품에서 찾아볼 수 있습니다. 캄보디아 내전을 그린 영화 〈킬링 필드〉에서는 취재차 온 외국인 기자가 조수였던 캄보디아인을 외국으로 탈출시키려고 여권을 위조하는 장면이 나옵니다. 탈출 계획은 실패로 끝나지만, 긴박한 장면을 연출하는 훌륭한 소도구로 여권이 사용되었습니다.

그 밖에도 여권의 신뢰성이 역이용되기도 합니다. 이를테면 유류품으로 발견된 여권에 적힌 주소지를 방문했지만 존재하지 않는 주소였다는 식으로 이야기 도입부나 수수께끼를 제시하는 데 사용합니다. 여권과 운전면허증의 취득 방법과 용도는 다음과 같습니다.

종류	취득 방법	용도
여권	필요한 서류를 갖춰 해당 관청의 여권 발급 창구에서 신청한다.	출입국 심사, 사증(비자) 신청, 외국에서의 신분 확인 등에 사용된다.
운전면허증	국가에서 시행하는 운전면허 시험을 통과한다.	주로 자동차(18세 이상)나 이륜차(16세 이상)를 운전할 때 필요하다.

085 기록

MEMORANDUM

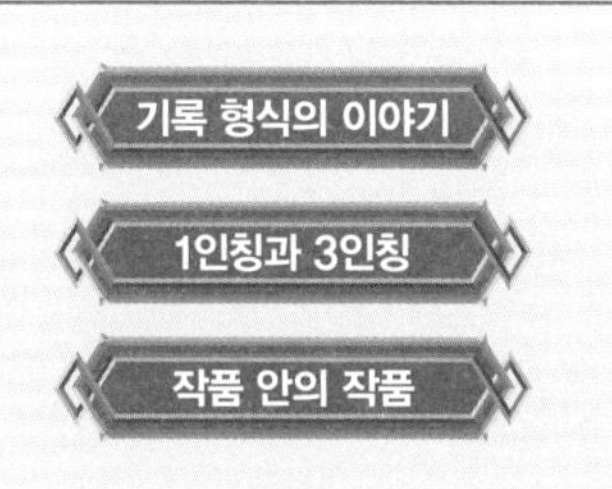

◆ 이야기로서의 기록, 이야기 속 기록

미스터리에서 기록이 등장하는 유형은 크게 두 가지입니다. '이야기 자체가 기록'인 유형과 '이야기 속에 기록이 등장'하는 유형입니다.

아서 코넌 도일의 '셜록 홈스' 시리즈는 홈스의 파트너인 왓슨 박사가 실제로 경험한 사건을 1인칭 시점으로 기록한 이야기를 정리해 책으로 펴낸 형식을 취하고 있으며 '이야기 자체가 기록'인 작품의 전형적인 예입니다. 또한 이야기가 곧 기록이라고 해서 반드시 1인칭 시점으로 쓰여야 하는 것은 아닙니다. 엘러리 퀸의 초기 작품 '국명' 시리즈는 탐정 퀸이 경험한 사건을 3인칭 시점으로 서술합니다. 이 부분은 왓슨 역(057)을 참조해주세요.

한편으로 이야기 전개에 사용되는 장치로 기록을 등장시킬 수도 있습니다. 범인의 기록, 피해자의 기록, 혹은 사건 목격자의 기록 등 기술하는 주체는 매우 다양합니다. 작중에 기록을 등장시키는 방법은 크게 두 가지입니다. 하나는 한 구절을 발췌하거나 '이런 것이 쓰여 있었다'라고 등장인물에게 말하게 하는 간접적인 인용입니다. 또 하나는 기록 자체를 이야기 속에 집어넣는 직접적인 인용으로, 일종의 작품 안의 작품입니다. 작품을 쓸 때는 아마도 후자 쪽에 더 많은 공이 들어갈 것입니다. 기록하는 사람은 당연히 작중 인물 가운데 한 명이어야 하고 동시에 기본 이야기와 문체나 표현에서 차이를 만들어내야 하니까요. 다만 만약 기본 이야기와 완전히 다른 문체를 만들어내고, 더욱이 그런 고유의 문체가 사건을 해결할 단서로 연결된다면 큰 효과를 낳을 것입니다.

작품 속에 독자적인 문체로 쓰인 기록이 통째로 들어가고, 그 안에 어떤 장치가 숨어 있는 작품으로는 노리즈키 린타로의 『요리코를 위해』, 시마다 소지의 『이방의 기사』 등이 있습니다.

◆ 기록의 변주

기록이라고 하면 대개 수첩이나 노트 등 종이 매체를 이용한다고 생각하겠지만, 꼭 그렇지는 않습니다. 감금처럼 극한의 상황에 놓인 인물이 벽에 글자를 새겨 기록을 남기기도 합니다. 또 더 넓은 의미에서 보자면, 음성 녹음기에 남겨진 목소리(사토 가즈키의 『D-브릿지 테이프』), 영상 편지(TV 드라마 〈장미 없는 꽃집〉)처럼 음성이나 영상을 통한 기록도 가능합니다.

◆ 단서가 되는 기록, 속임수 기록

미스터리에서 기록의 가장 기본적인 역할은 그 안에 사건의 단서가 적혀 있는 것입니다. 다만 범인 이름이 적혀 있다면 바로 사건이 해결되어버리므로(그런 경우에는 범인이 재빨리 기록을 처분하면서 새로운 사건이 발생하는 유형이 많습니다), 수수께끼 풀이 중심의 미스터리에서는 한 번 읽어서는 눈치챌 수 없는 속임수를 써야 합니다.

기록 내용이 아니라 사용된 필기구나 기록 상태가 단서가 되기도 합니다. 아서 코넌 도일의 「귀족 독신남」에서는 메모가 적힌 영수증이 단서로 등장합니다. 경찰이 메모 내용에 주목하는 사이 홈스는 영수증에 적힌 글자와 요금을 단서로 메모를 쓴 인물의 정체를 추리합니다.

앞에서 말한 추리는 기록이 진짜(수기를 썼다고 생각되는 인물이 실제로 쓴 것)인 경우이지만, 중요한 증거물이 될 수 있기에 범인이 기록을 일부러 조작할 수도 있습니다. 필적 모방, 문체 모방 등 속임수가 필요한 행위이므로 범인이 이를 실행할 수 있는지를 확실히 검토해두어야 합니다. 다만 지나치리만큼 완벽하게 기록이 조작되면 독자가 추리할 여지가 없어지므로, 기록이 조작되었음을 추측할 수 있는 복선을 깔아두어야 합니다. 필적이 위조되었음을 간파하기 위한 단서를 지극히 교묘하게 제공하는 작품으로 멜빌 데이비슨 포스트의 「하느님이 하시는 일」을 꼽을 수 있습니다.

이야기 결말부에 범인의 고백 기록을 배치해 사건의 진상과 동기를 밝히고 여운을 남기는 기법도 쓰입니다. 애거사 크리스티의 『그리고 아무도 없었다』와 같이 범인이 누구인지 알 수 없는 상태에서 결말에 이르지만 깜짝 반전으로 범인의 편지가 공개되어 독자의 허를 찌르는 작품도 있습니다.

086

편지
LETTER

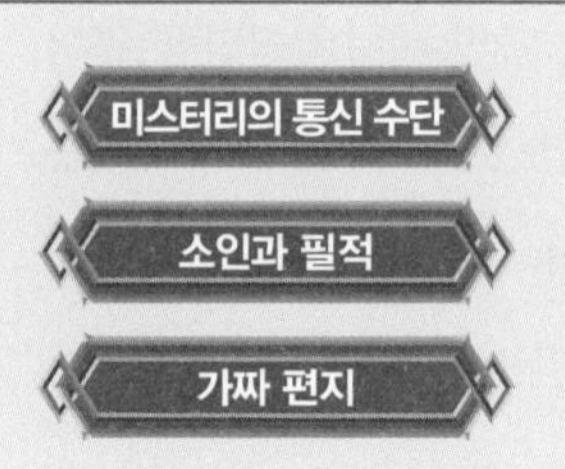

◆ 우편물의 미스터리

편지는 미스터리에서도 자주 그리고 다양한 형태로 다뤄지는 소도구입니다. 현대를 무대로 한 미스터리에서는 이메일이나 전화가 무대 장치로 사용되는 사례가 늘었지만, 그 이전 시대나 문화적 배경이 다른 장소가 무대인 경우 통신 수단은 여전히 편지가 주로 사용됩니다.

개인이 주고받는 편지는 그 사람이 어떤 생활을 했고, 어떤 생각을 했는지 알 수 있는 가장 좋은 재료이므로 특정 인물이 주고받은 편지를 모은 서한집은 문학이나 역사 연구에서도 매우 중요한 자료가 됩니다. 또 스마트폰과 이메일로 안부를 주고받는 일이 당연해진 오늘날에도 편지는 커뮤니케이션 수단으로서 중요한 위치를 차지합니다. 새해 인사 연하장을 우편으로 보내거나 기념일과 생일에 선물과 함께 편지를 건네기도 합니다. 국가나 시에서 발행하는 공공요금 통지서 등도 대개는 우편으로 전달됩니다.

이처럼 편지는 생활과 밀접하게 관련되어 있어 미스터리에도 자주 등장합니다. 따라서 편지를 이용하는 것을 전제로 한 트릭은 물론 서간 형식으로 이야기를 전개하는 작품도 많이 찾아볼 수 있습니다.

◈ 편지 트릭

편지를 이용하면 보내는 쪽은 정체를 숨긴 채 행동할 수 있고 받는 쪽의 행동도 원하는 대로 조종할 수 있습니다. 그리고 동시에 독자에게는 트릭을 밝혀낼 중대한 정보를 제공하기도 합니다.

편지에서 단서가 되는 요소를 정리하면 다음과 같습니다.

- **소인:** 날짜, 발송 장소
- **우표:** 발행 시기, 발행 장소
- **필적:** 작성 인물
- **용지:** 종이 종류
- **타자기 종류:** 활자의 차이
- **봉투:** 봉투 종류
- **잉크:** 특수한 잉크
- **편지지:** 편지지 종류

이러한 정보를 통해 범인이 트릭을 성립시키기 위해 어떤 일을 꾸몄는지 드러낼 수 있습니다. 소인이나 필적은 트래블 미스터리에서 빠뜨릴 수 없는 단서가 되며 특수한 잉크나 봉투를 실마리로 사건이 진전되기도 합니다.

암호로 쓰인 편지나 일부가 지워진 문장 혹은 봉투에 백지만 들어 있어도 사람들은 의미를 해석하려 듭니다. 심지어 그런 행동 자체가 범죄와 연결될지도 모릅니다. 노무라 고도의 『백지의 공포』는 어느 큰 가게의 주인 앞으로 매달 한 통씩 백지 편지가 도착하고 결국 주인이 공포에 질려 자살하고 만다는 내용입니다. 이는 범인이 주인의 어두운 과거를 이용해 생각해낸 계략입니다.

언제, 어떻게 도착했는지 알 수 없게 만드는 트릭도 두려움을 불러일으킵니다. 아침에 일어나보니 어느새 머리맡에 놓여 있는 편지, 여러 사람이 지켜보는 가운데 갑자기 날아든 예고장 등 그 존재 자체가 수수께끼가 되기도 합니다.

가짜 편지로 사람을 꾀어내거나 편지가 잘못 배달되어 생기는 혼란에서 사건이 시작되는 것도 편지를 이용한 트릭이라고 할 수 있습니다. 또 편지 내용이 범죄의 해결을 더 어렵게 만드는 경우라도 편지지나 우표 등 내용 이외의 요소가 진상을 파악하는 데 도움이 되기도 합니다.

◆ 편지를 이용해 이야기를 전개한다

트릭과 별개로 편지를 이용해 이야기를 전개하는 방법도 있습니다.

할런 엘리슨과 헨리 슬레서가 함께 쓴 「제공된 서비스」는 두 인물이 주고받은 편지 내용을 통해 사건의 전모를 파헤치는 미스터리입니다. 유메노 큐사쿠의 「유리병 속 지옥」처럼 수신자명이 없는 편지에 그 인물밖에 알지 못하는 사건이 쓰여 있다는 등의 방식으로 전개해나갈 수도 있습니다.

이러한 방식으로 이야기를 만들 때 주의할 점은 편지는 한쪽 입장에서 일방적으로 쓰인다는 것입니다. 대화처럼 바로 반응이 돌아오는 게 아니므로 서브플롯 같은 곁가지 이야기로 넣어주면 좋습니다.

087 유언
WILL

◆ 유언이란 무엇인가

유서란 자살이나 질병 등으로 죽음을 앞둔 사람이 자신의 사후 처리와 관련해 가족 등에게 남기는 당부나 인사를 담은 문서를 말합니다. 유언은 죽음이 임박한 상황에서 마지막으로 남기는 말을 가리킵니다. 미스터리에서 유언이 도구로 쓰일 때는 보통 유서나 유언장 형태로 등장하는데, 유서는 자살과 연관되는 경우가 많습니다.

법적으로 유언은 자신이 사망한 후 효력이 발생하도록 생전에 남기는 최종적인 의사 표시를 말합니다. 따라서 법에서 정한 요건과 방식을 갖춘 유언 이외의 유서나 유언은 법적인 효력이 없어 고인이 남긴 재산을 둘러싸고 가족이나 친족 사이에 종종 상속 분쟁이 벌어집니다. 만약 유언을 남겼더라도 법적 효력이 없는 경우에는 고인의 의사와 관계없이 법정상속분에 따라 각 상속인에게 재산이 상속됩니다. 상속 문제는 미스터리에서든 현실에서든 큰 문제를 낳습니다.

유언이 법적인 효력을 가지려면 법에서 정한 일정한 방식을 갖추어야 합니다. 법적으로 효력이 인정되는 유언 방식은 다음과 같습니다.

- **자필 증서 유언:** 유언자가 직접 유언 내용을 작성하고 작성 연월일, 주소, 성명을 쓰고 날인한

다. 대필이나 컴퓨터 출력본, 복사본은 효력이 없다.

- **공정 증서 유언:** 증인 두 명 앞에서 공증인이 유언자의 유언 내용을 듣고 작성한 후 유언자와 증인이 내용을 확인한 다음 서명한다. 공증인이 유언을 보관한다.
- **비밀 증서 유언:** 유언자가 성명을 쓴 증서를 엄봉·날인하고 두 명 이상의 증인에게 확인받은 후 5일 이내에 공증인 또는 법원에 제출한다. 유언 내용 작성은 대필도 가능하다.
- **구수 증서 유언:** 질병 등 급박한 사유가 있을 때 두 명 이상의 증인에게 말로 전달한다.

유언 내용이 사회질서, 강행법규를 위반하면 효력이 없습니다. 의사 표시를 제대로 할 수 없는 상황에서 한 유언 또한 당연히 무효입니다. 유언 보관자는 유언자가 사망한 후 가정법원에 제출해 검인 절차를 밟아야 합니다(공정 증서 유언은 검인 절차를 거칠 필요가 없습니다). 또 가정법원이 봉인된 유언 증서를 개봉할 때는 상속인이나 대리인이 참여해야만 합니다. 이처럼 유언에는 다양한 법적 요건이 있다는 점에 주의해야 합니다.

◆ 미스터리 작품 속 유서

미스터리에서 유서가 등장할 때는 자살자가 자신이 자살하는 이유를 밝히기 위해 작성하는 경우가 많습니다. 이때 유서의 내용은 크게 두 가지로 나뉩니다.

하나는 '자기 의지로 죽음을 선택했음을 전하고 싶다'는 내용입니다. 제삼자에게 죽임을 당한 것이 아님을 알리기 위함입니다. 빚 독촉에 견디다 못해, 혹은 정신적 고통에서 벗어나려고 스스로 죽음을 선택하는 사례가 있습니다.

또 하나는 '스스로 목숨을 끊음으로써 제삼자에게 무언가를 알리고 싶다'는 내용입니다. 성추행이나 횡령 등 누명을 쓴 사람이 자신의 결백을 증명하고자 죽음을 선택하는 사례가 있습니다.

미스터리에서는 유서에 담긴 이러한 자살의 이유가 범인에 의해 조작되기도 합니다. 즉 그 죽음은 자살이 아니라 제삼자에 의한 타살이고 유서는 위조된 것입니다. 따라서 수사하는 쪽은 그 유서의 필적이 사망자의 것이 맞는지,

또 유언 내용이나 남긴 방식이 사망자의 성격과 일치하는지 검증해야 합니다. 예를 들면 노리즈키 린타로의 『밀폐교실』에서는 문도 창문도 안에서 잠긴 상태로 의자와 책상 모두가 사라진 교실에서 자살한 학생이 발견됩니다. 거기에 남겨진 유서는 심지어 복사된 것이었습니다. 당연히 이 유서는 범인이 조작한 것입니다.

또 피해자가 살해당하는 순간 범인이 누구인지 알리기 위해 남기는 다잉 메시지(079)도 유서로 볼 수 있습니다.

◈ 미스터리에서의 유언장

미스터리 작품 중에는 사망자가 남긴 수수께끼 같은 유언이 살인 사건의 계기가 되는 '기묘한 유언'의 계보가 있습니다. 로저 스칼릿의 『엔젤가의 살인』은 '더 오래 산 쪽에 전 재산을 상속한다'는 이상한 유언을 둘러싸고 쌍둥이 형제가 사는 저택에서 벌어지는 연쇄 살인을 그린 작품입니다. 요코미조 세이시의 『이누가미 일족』 또한 막대한 유산과 관련해 복잡하고도 기묘한 유언장이 등장합니다. 유언 내용은 '전 재산은 은인의 딸에게 물려주되, 그 딸은 자신의 손자 세 명 가운데 누군가와 결혼해야 한다'는 것이 요지입니다. 재산을 상속하려면 손자 수가 적은 편이 유리하므로 유산을 둘러싼 연쇄 살인 사건이 벌어집니다. 그 밖에도 아야쓰지 유키토의 『미로관의 살인』에서는 며칠간 미로관에 머물며 최고의 본격 미스터리를 쓴 사람에게 재산을 물려주겠다는 기묘한 유언 때문에 연쇄 살인이 일어납니다. 이러한 기묘한 유언은 유언을 남긴 동기나 그것으로 촉발된 살인 사건에 얽힌 흥미로운 수수께끼와 충격을 만들어 냅니다.

088 복장

CLOTHES

◆ 미스터리와 복장

복장이란 셔츠나 코트처럼 몸에 걸치는 옷이나 장신구, 또는 옷을 차려입은 모양을 가리킵니다. 옷은 기본적으로 추위나 비바람, 햇빛과 같은 환경으로부터 몸을 보호하는 기능이 있지만, 동시에 권력이나 성별을 나타내는 등 문화와도 밀접한 관련이 있어 시대와 함께 변화하고 발전해왔습니다.

지역 환경이나 문화적·경제적 배경에 따라 기능적으로든 문화적으로든 복장의 발전에는 큰 차이가 나타나므로 지금의 복장은 세계 여러 지역, 여러 문화에 따라 다양한 형태를 보입니다. 다음 표는 복장을 간단하게 분류한 예입니다.

이러한 분류뿐만 아니라 기타에서 알 수 있듯이 우리는 환경이나 용도에 따라 다양한 옷과 액세서리를 선택합니다. 또 '멋을 내고 싶다'는 욕구가 더해지면서 복장은 한층 더 세분화되었습니다.

인류 역사와 함께 진화해온 옷은 캐릭터의 개성이나 상황 설정에 빼놓을 수 없는 요소입니다. 각 캐릭터의 설정에 맞춰 적절한 복장을 선택하면 이야기에 더욱 생동감과 현실감을 부여할 수 있습니다.

분류	설명
용도 차이	속옷(팬티, 브래지어 등), 상의(코트, 스웨터 등)
지역 차이	양복, 한복, 기모노, 치파오, 차도르 등
성별 차이	스커트, 트렁크스, 브래지어 등
연령 차이	유아복, 아동복, 고령자용 의복 등
신분 차이	경찰복, 의사 가운, 사제복, 군복(위장복), 죄수복 등
생활 상황	잠옷, 앞치마 등
기타	상복, 탈 인형, 모자, 장갑 등

◈ 탐정이나 경찰에게 복장의 역할

복장은 수사의 단서가 되므로 탐정이나 경찰에게 매우 중요한 정보입니다. 예를 들어, 무차별 살인 사건이 일어난 현장 부근에서 범인으로 보이는 사람에 관한 다수의 목격 증언이 나왔다고 합시다. 이런 경우 범인을 특정하기 위해서는 성별이나 키, 나이와 함께 복장의 세부적인 부분도 매우 중요합니다. 범인이 재킷을 입었는지, 점퍼를 입었는지, 모자를 쓰고 있었는지 또는 가방 등 무언가를 손에 들고 있지는 않았는지 세세하게 살펴야 합니다. 미스터리 장르에서라면 보통은 도저히 생각할 수 없는 기이한 복장을 하는 경우도 있습니다. 그러한 목격 증언을 통해 사건을 수사하는 인물은 범인의 성별이나 신분의 범위를 좁혀갑니다.

그 밖에 살해당한 사람이 입은 옷도 중요한 단서입니다. 신원을 조사하거나 범인의 유류품을 찾기 위해서도 중요하지만, 옷이 젖어 있거나 옷 일부가 벗겨진 상태라면 범인이 무언가를 숨기기 위한 은폐 공작을 벌였을 가능성이 있습니다. 또 종종 미스터리에 등장하는 목 없는 시체는 누구인지 알 수 있는 단서가 없기 때문에 복장이 신원을 특정하는 중요한 정보가 됩니다.

◆ 범인에게 복장의 역할

범인 캐릭터는 복장 때문에 자신의 신분이 드러나지 않도록 해야 합니다. 눈에 띄지 않는 복장을 한다거나 직업, 성별, 나이, 심지어 다른 사람으로 착각하게 하는 복장을 할 수도 있습니다. 에도가와 란포가 만든 '괴인 이십면상'은 변장술에 뛰어나 어떤 사람으로든 완벽하게 변장할 수 있는데, 그 정도까지는 아니더라도 조금만 신경을 쓰면 멀리서 봤을 때 착각할 정도의 변장은 가능할 것입니다.

범행을 저지를 때 혈흔이나 총기의 화약이 옷에 묻는 경우도 있으므로 증거를 은폐하기 위해 옷을 처분하고 갈아입기도 합니다. 다만 이러한 은폐 행위가 수사하는 측에 알려지면 반대로 자신의 범행을 드러내는 증거가 될 수 있습니다. 예를 들어 엘러리 퀸의 『중국 오렌지 미스터리』에서는 신원을 알 수 없는 남자가 죽은 채 발견됩니다. 사건 현장은 피해자가 입은 옷은 물론 그 방에 있는 책장, 카펫, 탁자 등 모든 가구가 모조리 거꾸로 뒤집혀 있었습니다. 이는 피해자가 넥타이를 매지 않는 성직자임을 은폐하기 위해 옷을 거꾸로 입히고, 방에 있는 모든 물건을 거꾸로 뒤집어 흩트려놓은 것입니다. 이처럼 미스터리에서 복장은 트릭인 동시에 단서를 제공하는 역할을 합니다.

089

수술 흔적

SURGERY SCAR

◆ 몸에 남은 수술 흔적

수술 흔적이란 말 그대로 과거에 수술을 받은 후 남은 자국을 말합니다. 이는 과거 피해자에게 어떤 사정이 있었고 어떤 환경에 있었는지를 보여주며 신원을 밝히는 데도 도움이 됩니다. 예를 들어, 여성의 아랫배에 세로로 남은 수술 흔적은 제왕절개로 출산했음을 나타내고, 팔꿈치나 무릎에 남은 수술 흔적은 운동선수로서 재기를 꾀한 증거일지 모릅니다. 수술 흔적이 얼마나 오래되었는지를 알면 수술받은 시기를 추정할 수 있고, 이에 따라 피해자의 나이 등을 근거로 관련 병원과 진료 기록을 조사하다 보면 신원을 알아낼 수도 있습니다. 치아 교정기를 하고 있거나, 심장박동 조율기, 유방 확대 실리콘 젤 등이 몸 안에 들어 있다면 그 종류와 제품 번호도 신원을 밝혀낼 중요한 단서가 됩니다.

수술 흔적을 통해 직업도 추정 가능합니다. 문신이 있거나 손가락이 절단된 흔적이 있다면 조직폭력배일 가능성이 있습니다. 1981년 일본에서 발생한 가부키초 러브호텔 연쇄 살인 사건에서는 두 번째 피해자의 겨드랑이에 땀 악취증 수술 흔적이 있어 접객업 여성으로 추정하기도 했습니다.

또 유대교나 이슬람교 혹은 중동, 아프리카 일부에는 할례 문화가 있어 성기 일부를 잘라내기도 합니다.

신체 부위별 수술 흔적의 사례를 정리하면 다음과 같습니다.

- **머리:** 뇌 수술, 모발 이식
- **안면:** 미용 성형, 치아 교정
- **흉부:** 유방암 수술, 유방 확대 수술
- **겨드랑이:** 땀 악취증 수술
- **복부:** 맹장 수술, 제왕절개
- **성기:** 할례
- **팔 · 다리:** 손가락 결손이나 절단 자국
- **피부:** 피부 이식

◆ 진화하는 의료 기술과 수술 흔적

일반적으로 수술 흔적이라고 하면 절개한 후 꿰맨 상처 자국을 떠올리겠지만, 최근에는 의료 기술이 발달해 이전만큼 눈에 띄는 수술 흔적은 남지 않게 되었습니다. 예를 들어, 예전 같으면 크게 절개했을 내장 계통의 수술도 절제해야 할 부위가 작을 때는 내시경 수술로 해결할 수 있습니다. 그런 경우 내시경이 들어갈 정도의 작은 흉터만 남습니다. 그래도 제왕절개나 심장 수술을 한 뒤에는 큰 흉터가 남으며, 손가락이나 팔다리가 절단된 경우 재생이 불가능하기 때문에 의수나 의족을 착용합니다.

흉터나 문신을 지우고 싶을 때는 자신의 피부나 인공 피부를 이식하는 방법이 있습니다. 그러나 흉터가 완전히 사라지지 않는 경우도 많아 당사자에게는 트라우마로 남기도 합니다.

◆ 캐릭터의 특성을 드러내는 수술 흔적

미스터리에서 수술 흔적은 상처 자국과 마찬가지로 캐릭터의 개성을 나타내는 기호로 사용됩니다. 예를 들어 얼굴에 남은 흉터는 폭력성을 보여줍니다.

지금은 전 세계적으로 금지되었지만 20세기 중반까지는 정신 질환을 치료하기 위해 머리에 구멍을 뚫는 로보토미 수술(전두엽 절제술)이 널리 시행되었는데, 머리에 남은 수술 흔적은 많은 사람에게 공포를 불러일으켰습니다. SF

호러 소설의 효시로 평가받는 메리 셸리의 『프랑켄슈타인』이 영화로 만들어질 때 괴물이 머리, 특히 전두엽이 있는 이마에 꿰맨 자국이 선명한 모습으로 그려진 것은 아마도 뇌 수술 후 남은 흉터를 통해 괴물이 된 인간을 상징하기 위해서였을 것입니다.

한편 더욱 끔찍한 상황을 연상케 하는 수술 흔적도 있습니다. 첫째로 장기 적출 수술 흔적입니다. 뒷골목 세계에는 이식용 장기를 밀매하는 범죄 조직이 있으며, 돈을 갚지 않으면 장기를 빼내 팔아넘기는 경우도 있습니다. 밀입국자 중에는 막대한 밀항 비용을 마련하기 위해 장기를 파는 사람도 있습니다.

둘째는 개성을 표현하는 방식으로서 신체 개조를 한 경우입니다. 신체 개조란 문신이나 피어싱을 비롯해 귀, 혀, 입술, 성기 등 신체 일부를 변형하는 행위입니다. 2004년 제130회 아쿠타가와상을 수상한 가네하라 히토미의 『뱀에게 피어싱』에는 전신에 문신을 하고 뱀처럼 혀를 두 갈래로 자르는 스플릿 텅을 한 청년 아마가 등장합니다. 이처럼 개성을 드러내기 위해 신체를 개조하는 건 그렇다 치더라도, 길거리에서 구걸시키기 위해 아이들의 손발을 자르거나 눈을 망가뜨리는 실제 사례가 있어 심각한 사회 문제가 되고 있습니다.

090 치과 치료 기록

DENTAL IDENTIFICATION

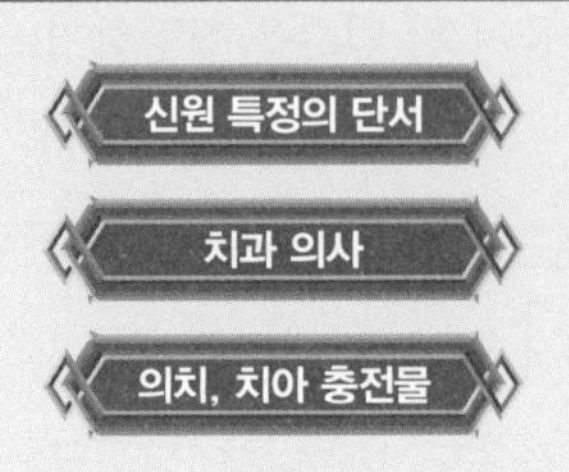

◆ 치열의 고유성

치과 치료 기록은 신원을 특정하는 데 가장 정확도가 높은 판단 재료 중 하나입니다. 심하게 손상되었거나 사망한 지 오래되어 부패하거나 뼈밖에 남지 않은 시체의 신원을 밝힐 때 매우 유력한 단서가 되므로 큰 재해가 일어났을 때도 활용됩니다.

개인마다 다르고 완벽하게 같은 것이 존재하지 않는다는 점에서는 지문도 신원을 특정하는 효과적인 수단이라 할 수 있지만, 시체가 부패했을 때는 확인하기 어렵습니다. 그런 경우 쉽게 부패하거나 손상되지 않고 인체에서 가장 단단한 조직인 치아가 가장 중요한 단서가 됩니다.

영구치는 일반적인 성인이라면 좌우 8개씩 위아래로 총 32개가 있습니다. 크게 전치(앞니)와 구치(어금니) 두 종류로 나뉘며, 각각 앞니 중앙부터 차례로 명칭은 다음 그림과 같습니다.

치아의 상태는 사람마다 다릅니다. 예를 들어 충치 치료의 경우, 충치가 진행된 정도나 구강 상태에 따라 치료 방법이 달라집니다. 따라서 피해자의 범위가 어느 정도 좁혀진 상황에서는 치아 각각의 충치 치료에 쓰인 방법을 알아내고 이를 조합하기만 해도 매우 큰 도움이 됩니다.

이처럼 어떤 인물이 생전에 치과 의사에게 받은 치료 기록이 남아 있다면

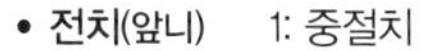

- **전치**(앞니) 1: 중절치
  - 2: 측절치
  - 3: 견치(송곳니)
- **구치**(어금니) 4: 제1소구치
  - 5: 제2소구치
  - 6: 제1대구치(6세 구치)
  - 7: 제2대구치(12세 구치)
  - 8: 제3대구치(사랑니)

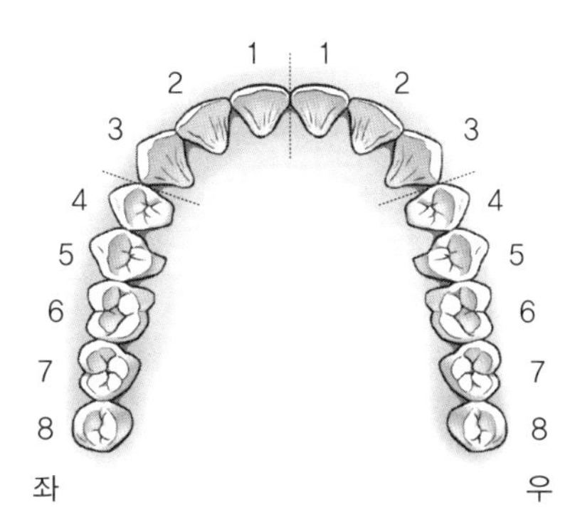

시체의 치아 상태와 대조해 동일인 여부를 상당히 정확하게 판단할 수 있습니다. 일반적으로 영유아부터 노인까지 치과 치료를 받은 적이 없는 사람은 거의 없습니다. 그러므로 치과 치료 기록만 제대로 보관되어 있으면 주변에 유류품이 전혀 남아 있지 않은 백골 시체라도, 가령 두개골에 치아만 붙어 있는 상태이더라도 남아 있는 치아를 이용해 신원을 확인할 수 있습니다. 예기치 못한 대형 사건·사고 현장에서 발견된 백골 시체의 신원 확인이 가능한 것은 수색 의뢰가 있었던 인물의 치아 치료 기록과 대조할 수 있기 때문입니다.

그러나 치아 치료 기록이 없어졌거나 혹은 기록이 없는 시체라면 시간이 흐를수록 신원 확인이 어려워집니다.

◈ 치열의 특징

그렇다면 구체적으로 치아 치료로 인해 치열에는 어떤 특징이 나타날까요? 일반적으로 금속 재료는 눈에 잘 띄지 않는 어금니에 사용되며 앞니에는 최대한 자연 치아에 가까운 색상의 재료가 사용됩니다. 충치만 보더라도 영구치 발치, 치아의 절삭과 수지나 합금 등의 재료 충전, 표면을 깎은 치아에 크라운 장착, 신경 제거와 근관 내 약물 주입, 의치, 발치 부분에 인공 뿌리를 심은 후 인공 치아를 올리는 임플란트 시술 등 기술의 발전에 따라 지금은 사용하지 않는 방법까지 포함해 다양한 종류의 치료 방법이 있습니다. 특히 충전물은 충치가 진행된 정도에 따라 절삭 부위나 형태가 다르므로 결과적으로 완전히 다른 형태가 됩니다.

이처럼 치열과 치료 상황은 겉으로는 알기 어렵지만 개인마다 차이가 큽니다. 하지만 고도로 전문적인 내용인 데다 이런 종류의 작업은 실제로 부검에 한정되기 때문인지 이러한 차이가 미스터리 작품에서 묘사되는 일은 그리 많지 않은 듯합니다. 마쓰모토 세이초의 단편 「검은 피부의 문신」에서도 주인공인 치과 의사의 임무는 치열을 확인해 전쟁 사망자를 식별하는 것이었지만, 치열에 대한 묘사는 거의 없습니다.

091 흉기
WEAPON OF MURDER

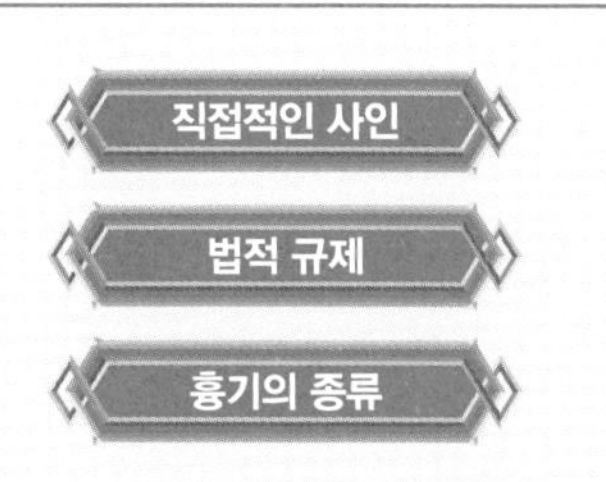

◇ 뜻밖의 흉기

미스터리에서 무언가를 부수거나 누군가를 다치게 하거나 죽게 하는 것은 사람의 의지로 이뤄지지만, 직접적인 사인으로 연결되는 것은 흉기입니다. 일상에서 흔히 접하는 물건이 흉기로 사용되기도 하지만, '사람을 죽이거나 해칠 때 쓰이는 도구'로서 법률로 규정된 총이나 칼 등과 같이 제조나 판매, 임대, 운반, 소지 등이 엄격히 제한되는 물품도 있습니다.

미국에서는 총기 소유가 합법이며, 칼에 대한 규제는 현재 철폐하거나 완화하는 추세입니다. 반면 일본의 경우 총기 관련 규정이 매우 엄격합니다. 원칙적으로 법률(총포·도검류 소지 등 단속법, 약칭 총도법)에 따라 총기(권총, 소총, 기관총, 엽총 등 총포류) 소지를 허용하지 않습니다. 다만 사냥에는 예외적으로 총기 소지를 허가하는데, 일정 기간마다 허가를 갱신해야 합니다. 또 칼날 길이 5.5cm 이상의 도검류는 일반 소지나 운반, 판매를 금지하며 모형 칼이나 공기총의 소지 또한 법률로 규제하고 있습니다.

총기나 도검 이외에 일반 칼의 소지나 사용에 관해서는 주로 경범죄법에 따라 규제합니다. 경범죄법에 규정된 흉기로는 가위, 커터, 부엌칼 등 일상적으로 사용하는 칼 이외에 삽이나 망치 같은 전용 공구, 야구 방망이나 스키 스틱 같은 스포츠 용품 등 여러 가지가 있습니다. 이런 물건들은 대부분 일상 용품이므로 공사 현장에서 일하거나 스포츠팀에 소속되어 연습장을 오가는 경우, 혹은 주방 용품을 새로 구입하는 등 정당한 이유를 증명할 수 있으면 소지한 채 거리를 다녀도 문제가 없습니다.

호신용 스프레이나 전기 충격기 등 호신 용품은 경범죄법에 규정된 '사람의 신체에 중대한 해를 끼치는 데 사용될 수 있는 기구'가 아닌 한 숨겨서 지니고 다녀도 범죄가 되지 않습니다(한국은 일본과 마찬가지로 총포류나 도검류, 화학류, 전기 충격기, 석궁 등은 법률에 따라 개인이 마음대로 소지하거나 제조·판매할 수 없고, 행정 당국의 허가를 받아야 합니다. 총포나 도검 소지를 허가받은 경우라도 일정 기간마다 허가를 갱신해야 하는 등 규제가 뒤따릅니다-옮긴이).

◆ 흉기의 종류

흉기는 본래의 용도로 사용했을 때 사람의 생명이나 신체에 해를 가하는 물건인 '용도상 흉기'와 범죄 행위에 사용되어 결과적으로 사람을 살상하는 물건인 '성질상 흉기', 또 사람을 다치게 할 수 없는데도 흉기와 모양이 비슷해 흉기로 착각하게 하는 '넓은 의미의 흉기', 세 종류로 나뉩니다. 이러한 흉기의 분류에 관해 정리하면 다음 표와 같습니다.

분류		설명
좁은 의미의 흉기	용도상 흉기	법적으로 흉기로 정의된 도구. 예) 총, 칼, 석궁 등
	성질상 흉기	흉기로 사용할 수 있는 도구. 예) 커터, 부엌칼, 골프 클럽, 야구 방망이, 꽃병, 가위, 다트 화살 등
넓은 의미의 흉기		장난감, 미술품 등으로 흉기와 형태가 비슷한 것. 예) 모형 총, 모형 칼 등

넓은 의미의 흉기는 법적 규제 대상인 흉기로 사용할 수 있는 도구가 아니

라 장난감, 연극 소품 등으로 판매되어 일반적으로 소지나 휴대가 제한되지 않는 것을 가리킵니다. 모형 칼은 칼날이 없고 나무나 플라스틱 등 비금속제로 만들어야 하고, 모형 총이라면 경찰의 지도에 따른 제조업체의 자체 규제 기준에 따라 만들어야 한다는 등의 조건이 있습니다(한국에서는 모형 총을 휴대할 경우 총구 부분에 주황이나 노랑, 파랑 등 원색의 플라스틱 부품인 컬러 파트를 부착해 실제 총기가 아니라는 표시를 명확히 해야 합니다-옮긴이).

그 밖에 최근에는 새로운 정의에 따른 '특수 흉기'가 생겨나고 있습니다. 특수 흉기의 예로는 확성기, 고압 물대포, 고압 절단 장치(가스, 물, 광학 레이저), 전자파 등이 있으며, 앞으로도 신기술을 이용한 기기의 보급으로 새로운 흉기가 속속 등장할 것입니다. 실제로 초음파의 진동이 서로 간섭을 일으키는 현상을 이용해 특정 방향, 특정 사람에게만 소리가 들리게 할 수 있는 초음파 스피커가 있습니다. 이 기술을 악용하면 어떤 사람에게 소리를 강제로 몰래 들려줄 수 있습니다. 또 무선으로 전력을 전송하는 비접촉 전력 전송을 이용해 기계를 원격으로 조작하는 기술이 실용화되기 시작했습니다. 이러한 새로운 기술을 이용한 미스터리는 앞으로도 계속해서 탄생할 것입니다.

092 독극물

POISON

◆ 독극물의 종류

독극물이란 인체에 유해하거나 생명을 위태롭게 하는 물질을 말합니다. 독극물은 유래에 따라 자연 독과 인공 독으로 구분됩니다. 또 자연 독은 생물 독과 금속 독으로 나뉘며, 생물 독은 동물 독, 식물 독, 병원균으로 나눌 수 있습니다. 자연에는 존재하지 않고 인간이 만들어낸 인공 독은 보통 유기화합물과 무기화합물로 나뉩니다.

또한 독의 효과가 빠르게 나타나느냐에 따라 즉효성, 지효성으로 분류합니다. 예를 들어 청산가리는 즉효성 독극물의 전형으로, 주사라면 3분, 음독으로도 최대 10분 이내에 죽음에 이릅니다.

독은 종류와 효과에 따라 다음 표와 같이 분류하기도 합니다.

종류	설명
동물 독	벌이나 전갈의 독, 복어 독, 뱀 독.
식물 독	투구꽃 같은 독초나 버섯의 독.
병원균	보툴리누스 독소, 살모넬라균, O-157 등. 곰팡이 독도 포함.
광물 독	수은 같은 중금속, 화합물.
인공 화합물	농약, 염화수은, 청산가리 등.

종류	설명
신경 독	신경 신호 전달을 방해해 호흡 곤란, 심부전, 경련 등을 일으킨다. 테트로도톡신(복어 독), 보툴리누스균, 마귀광대버섯, 전갈 독 등.
혈액 독	적혈구나 혈관 벽을 파괴해 출혈을 일으킨다. 심한 통증이나 구토, 부종을 일으킨다. 살모사 같은 독사의 독 등.
세포 독	세포막을 파괴하고 단백질 합성을 방해하며 DNA 손상을 일으킨다. 발암, 생식 이상, 기형 등이 발생한다. 발암 물질, 유기수은, 내분비 교란 물질 등.

◈ 청산가리와 비소

살인 사건에는 청산가리와 비소 같은 독극물이 자주 사용됩니다. 청산가리는 탄소와 질소가 결합한 시안기에 칼륨이 결합해 생긴 사이안화칼륨을 말합니다. 청산가리는 물에 녹으면 사이안이온과 칼륨이온으로 분리되고, 사이안이온이 위에 들어가면 위산과 반응하여 사이안화수소가 생성됩니다. 이 사이안화수소가 미토콘드리아에 산소를 공급하는 사이토크로뮴 산화 효소에 산소 대신 결합해 결과적으로 산소 전달을 막아 세포를 죽입니다. 원래는 금속 표면의 도금에 사용되었는데, 공업적으로 대량 생산되면서 독살이나 자살용으로 쓰이게 되었습니다. 청산가리를 마시면 위에서 청산 가스가 발생해 입에서 시큼한 냄새가 납니다.

비소는 독살의 역사에서 가장 자주 등장하는 독극물입니다. 비소 화합물은 예로부터 살충제나 쥐약, 화장품 원료로 사용되었는데 구하기도 사용하기도 쉬워 독극물로도 쓰였습니다. 비소 화합물은 세포의 에너지 전달을 담당하는 아데노신삼인산ATP의 작용을 방해해 세포를 죽입니다. 프랑스 희대의 독살범 브랭빌리에 후작 부인은 비소를 이용해 아버지와 형제를 독살하고, 독의 위력을 시험하기 위해 자선 병원의 환자를 50명 이상 죽였다고 전해집니다.

프랑스 황제 나폴레옹의 머리카락에서도 다량의 비소가 검출되면서 독살설이 제기되었습니다. 다만 이는 의도적인 독살이 아니라, 당시에는 비소가 포함된 페인트나 벽지를 많이 사용했기 때문에 그것을 흡입한 결과가 아니냐는 말도 있습니다. 독살설의 진위를 떠나 비소가 인류 역사에서 매우 널리 사용되어온 독극물이라는 것은 의심할 여지가 없습니다.

◆ 초록색 가지라고 불리는 탈륨

청산가리, 비소와 나란히 거론되는 독극물이 탈륨입니다. 원자 번호 81번의 중금속으로, 중금속 중에서 독성이 가장 강한 원소입니다. 탈륨이라는 원소명은 불순한 황산의 스펙트럼에서 초록색 선이 발견되면서, 그리스어로 '초록색 가지'를 뜻하는 탈로스에서 이름을 따 붙인 것입니다. 탈륨은 살충제와 쥐약, 탈모제, 렌즈 제조 등 공업 분야에서 사용되지만 쉽게 중독 증상을 일으키며 체내에서 칼륨을 대체하여 효소의 활성이나 단백질 합성을 억제합니다. 중독 증상은 파라티푸스, 뇌졸중, 알코올성 신경염 등과 비슷해 진단이 어려우며, 애거사 크리스티의 『창백한 말』에 등장하면서 이름을 널리 알렸습니다. 영국의 악명 높은 독살자 그레이엄 영이 가족과 직장 동료를 독살할 때 이용한 독극물도 탈륨입니다. 비소와 마찬가지로 현대에 이르기까지 탈륨을 이용한 사건은 다수 일어나고 있습니다.

093 화학 약품

CHEMICAL PRODUCTS

◆ 범죄에서의 화학

화학 약품이란 자연의 산물이 아니라 화학적으로 합성, 생산, 배합, 추출된 화학 물질 중 소량으로 사용되는 물질 전반을 가리킵니다. 약이라고는 해도 의료 목적으로 사용하는 것만을 가리키지는 않습니다. 산업용 화학 약품 중에는 인체에 유해한 물질도 많습니다.

미스터리에서는 독극물 또는 범죄를 보조하는 도구이지만, 반대로 범죄를 수사하는 과정에서도 많은 화학 약품이 사용됩니다.

화학 약품은 무기로 쓰이기도 하는데 염산이나 황산 등 강산이나 양잿물 같은 강알칼리를 뿌리면 심한 화상을 입힐 수 있습니다. 시체 및 증거를 처리할 때도 사용됩니다. 냄새가 강한 암모니아는 경비견을 처리하는 데 효과적이고, 겨자 추출액은 한동안 눈을 뜨지 못하게 할 수 있어 호신용 스프레이 재료로 쓰입니다. 또 폭발이나 방화 시 연소 촉진제로 화학 약품이 사용되기도 합니다. 예전에는 현관문을 여닫는 소리가 나지 않게 하려고 경첩에 바를 기름을 가지고 다니는 도둑도 있었습니다.

범죄에 화학 약품을 사용하는 예는 다음과 같습니다.

- 산 등의 약품을 직접 무기로 사용한다.

- 폭발성 약품이나 연소 촉진제로 무언가를 태우거나 파괴한다.
- 강산이나 강알칼리 수용액으로 시체 등을 인멸한다.
- 약품을 이용해 냄새를 지우거나 약품 냄새로 다른 냄새를 감춘다.
- 문이 소리 없이 잘 열리도록 기름이나 물을 이용해 쉽게 침입한다.
- 수면제, 근육 이완제, 알코올 등을 독약으로 이용한다.

◆ 과학의 진보가 상황을 바꾼다

과학이 발달하면서 미스터리에 등장하는 화학 약품도 다양해지고 있습니다. 집에서 청소할 때 쓰는 화학 세정제는 혼합하면 쉽게 유독가스가 발생해 인체에 피해를 줄 수 있습니다.

의료 현장에서도 점점 새로운 기술이 등장하고 있습니다. 의료용 다이메틸설폭사이드DMSO는 다른 약물이 피부에 잘 침투하도록 돕는 매개체 역할을 하지만, 약이 아닌 독을 섞으면 물총으로 쏘는 것만으로도 효과가 나타나는 독으로 만들 수 있습니다.

약의 사용량에 따라 독이 되는 경우도 있으며 의료 현장에서는 투약량이나 내용물을 변경해 실수를 가장한 살인도 일어날 수 있습니다. 예를 들어 TV 드라마 〈제너럴 루주의 개선〉에서는 정맥주사의 약물 투여 속도를 열 배 올려 의료사고를 일으키는 병원 직원이 등장합니다. 고혈압이 있는 사람에게 혈압 상승을 유발하는 약물을 투여하면 뇌내출혈이나 현기증 등을 일으키고, 혈당과 관련해서도 치료에 역효과를 낳는 약물을 투여하면 생명에 지장을 줄 수 있습니다. 실제로 근육 이완제를 과도하게 복용해 사망한 사례도 있습니다.

히가시노 게이고의 '탐정 갈릴레오' 시리즈는 기묘한 살인 사건을 과학적으로 해명해나가는 이야기로, 화학 레이저나 도금 현상 등 화학적 현상을 다룹니다.

◆ 과학 수사에 이용되는 화학 약품

화학 약품 사용에 익숙한 것은 범인만이 아닙니다. 과학 수사 현장에서는 수많은 약품의 시험이 이뤄지며, 매일 새로운 시약과 기술이 개발됩니다. 예를 들어, 혈흔 확인에는 루미놀 반응을 이용한다는 것이 잘 알려져 있는데, 최근에는 루미놀 용액을 뿌리는 동시에 다양한 파장을 만들어낼 수 있는 가변 광원기와 여러 색깔의 고글 등 장비를 사용해 육안으로 식별하기 어려운 혈흔이나 체액, 정액 및 기타 물질의 미세한 흔적을 확인할 수 있게 되었습니다.

지문 채취 방법에는 입자가 고운 가루를 묻힌 다음 솔로 문질러 지문이 드러나게 하는 분말법이 가장 많이 이용되며, 이때 알루미늄 가루나 흑연 가루, 숯가루, 형광 분말 등이 주로 사용됩니다. 사람 피부처럼 채취가 어려운 곳에는 사산화 루테늄 용액을 뿌려 지문을 채취하며, 그 밖에도 상황에 따라 액체법, 레이저법 등이 쓰입니다.

094 해독제

ANTIDOTE

◈ 해독제란

해독제는 독극물의 효과를 제거하거나 치료 또는 독성을 줄이기 위해 사용하는 약물입니다. 독극물에 의한 중독 증상 또는 치명적인 증상을 완화하거나 독극물에 대한 신체의 저항력을 높이기도 합니다. 해독제는 독극물에 따라 몇 가지 종류로 나뉩니다.

- **반응기:** 독과 반응하기 쉬운 물질을 투여해 독성을 줄인다. 예를 들어 청산가리는 혈액 속 효소와 결합해 세포의 호흡을 방해하는데, 티오황산나트륨은 그렇게 되기 전에 사이안화수소와 반응해 티오시안산이라는 인체에 무해한 물질로 바꾼다. 아질산나트륨은 혈액 속에 메트헤모글로빈을 만들어 효소에서 사이안이온을 떼어내어 독성을 감소시킨다.
- **독 증상 억제:** 독의 효과를 억제하고 독에 대항한다. 예를 들어 일부 독버섯에 포함된 무스카린은 부교감신경을 자극해 혈압을 급격하게 떨어뜨리는데, 이런 경우 부교감신경의 작용을 억제하는 아트로핀이 유효하다. 아트로핀은 나팔꽃 등 가짓과 식물에 들어 있는 성분으로 강한 독성을 지니고 있어 독으로 독을 제압하는 경우라고 할 수 있다.
- **독극물 흡수 방해:** 독의 흡수를 방해한다. 분말 형태의 활성탄은 물에 녹여서 먹이면 위의 독극물을 흡착해 체내 흡수를 방해한다. 그 후 위세척을 한다.
- **혈청, 백신:** 뱀, 전갈 등의 생물 독에는 혈청, 병원체에는 백신이 사용된다. 미리 소량을 몸에 투여했을 때 신체가 저항하기 위해 만들어낸 물질을 이용하는 것으로, 완전한 해독은 불가능하지만 해당 독에 대한 저항력이 강해진다.
- **알레르기 반응 억제:** 격렬한 알레르기 반응을 억제한다.
- **독극물 배출:** 독극물을 배출시켜 치료한다. 예를 들어 탈륨은 염화칼륨을 투여하면 체외 배출

이 촉진된다.

◇ 만능 해독제는 없을까?

미스터리에서는 범인이나 탐정이 해독제를 준비해놓고서 일부러 독을 먹는 경우가 있는데, 앞에서 말한 대로 어떤 독이냐에 따라 해독제의 효과와 사용법이 다릅니다. 미리 먹어두면 어떤 독을 먹어도 죽지 않는 만능 해독제는 없습니다. 어떤 특정한 독을 정해두고 미리 해독제를 먹는다고 해도 아무런 탈 없이 끝나지는 않습니다.

예를 들어, 치사량의 청산가리를 먹었다면 즉시 아질산나트륨과 티오황산나트륨을 해독제로 투여해도 살아난다는 보장이 없습니다. 또 설사 살아나더라도 당분간은 독의 후유증에 시달립니다. 그러한 위험성을 고려한다면 미리 활성탄을 먹어 독극물이 체내에 흡수되지 않도록 하고 거기에 해독제까지 먹은 상태에서 독극물을 먹은 직후 위세척을 하면 성공할 가능성은 커질지 모릅니다. 그러나 미스터리의 트릭으로는 사용하기 어렵습니다.

◇ 해독제 트릭

앞에서 만능 해독제는 없다고 말했지만, 미스터리에 자주 등장하는 해독제와 관련한 사항은 알아두는 게 좋습니다. 해독제가 트릭으로 사용되는 방식은 대략 세 가지입니다.

첫 번째는 범인을 용의선상에서 제외하기 위해 사용됩니다. '살아남은 것은 천운이었다', '범인은 ○○도 죽이려 했다'라고 수사진이 생각하게 할 수 있다면 독살 트릭(개요)(039)에서 언급한 독살범의 세 가지 위험 요소를 해결할 수 있습니다. 독은 자기 스스로 먹을 수 있는 데다 고통스러워하면서도 함께 먹은 상대의 죽음을 확인할 수 있어서 '자신이 죽을 수도 있는데 독을 넣었을 리가 없다'는 선입견을 만들어낼 수 있습니다.

두 번째는 범인이라는 증거로 삼기 위해 사용됩니다. 독이란 생각보다 훨씬 위험하고, 잘못 다루면 자신도 피해를 보게 됩니다. 독살 계획을 세운 범인이라면 미리 해독제를 준비하는 것이 당연합니다. 즉, 해독제를 가지고 있는 것이 범인이라는 증거가 됩니다.

세 번째는 시간제한을 만들기 위해 사용됩니다. 일정 시간 안에 해독제를 먹지 않으면 목숨을 잃는 독을 먹은 후 미션을 부여받는 영웅은 스파이 영화나 애니메이션에 자주 등장합니다. 이러한 경우 효력이 늦게 나타나는 지효성 독보다 일정 시간이 지나면 녹게끔 설계된 캡슐 약 등이 효과적입니다. 시시각각 다가오는 죽음의 공포와 싸우며 주어진 시간 내에 임무를 수행하거나 수수께끼를 풀기 위해 고군분투하게 만드는 것입니다.

095 수하물

LUGGAGE

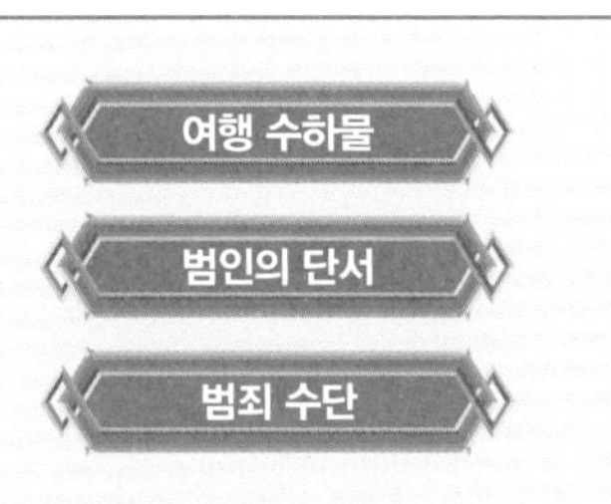

◆ 수하물이란

수하물이란 손으로 들고 다닐 수 있을 정도의 짐을 말하며, 짐 안에 든 물건 모두를 포함하기도 합니다. 대개는 여행 갈 때 준비하며 비행기나 배를 탈 때는 손에 들지 않고 화물로 부치기도 합니다.

지갑이나 명함 지갑, 열쇠 케이스, 메모장, 여권, 필기도구, 손수건, 휴대전화, 디지털카메라 등은 일반적으로 작은 가방에 넣어 다닙니다.

이동 수단에 따라서는 수하물을 가지고 탈 수 없는 경우가 있습니다. 항공기의 경우 손에 드는 작은 가방 등 다음 표의 조건에 부합하는 수하물만 기내 반입이 가능합니다. 이 크기를 초과하는 수하물이나 승무원이 객실에 안전하게 수납할 수 없다고 판단한 짐은 화물칸에 실어야 합니다. 또 커터나 가위, 전기 충격기 등 흉기로 사용될 수 있는 물품은 기내 반입이 금지됩니다. 화기류(불꽃놀이 용품 등)나 인화성 액체(라이터용 연료 등) 같은 위험물도 가지고 탈 수 없습니다. 인화성 액체를 몰래 가지고 타는 것을 막기 위해 국제선의 경우 화장품, 샴푸 등의 액체류는 개별 용기당 100ml 이하로 가로 20cm×세로 20cm 이내의 투명 비닐 지퍼 팩 한 개에 넣은 경우에만 기내 반입이 가능합니다. 이처럼 항공기 탑승 시에는 수하물을 엄격하게 확인하고 있으며, 그 밖에 배나 열차에도 규정이 있는 경우가 있으므로 클로즈드 서클(016)의 무대로 선택할 때는 확인해보는 것이 좋습니다.

세 변의 합	115cm 이내
크기	높이 55cm × 너비 40cm × 폭 20cm 이내
무게	10kg 이내

◆ 수사하는 쪽은 수하물을 어떻게 이용할까

사건을 수사하는 캐릭터가 범행 현장을 찾으면 피해자의 짐이나 소지품부터 확인하는 것이 원칙입니다. 발견 당시에는 신원이 불분명하더라도 가지고 있던 물건을 조사하면 신원을 밝힐 단서를 얻을 수 있기 때문입니다. 애거사 크리스티의 『오리엔트 특급 살인』에서 명탐정 푸아로는 피해자의 객실에 있던 성냥이 피해자 성냥갑에 있는 것과 생김새가 달랐던 점에서 범인이 준비한 성냥임을 간파합니다. 또 범행이 일어나기 전부터 명탐정 같은 인물이 현장 부근에 있다면 범행 관련자가 가진 수상한 짐 가방을 눈여겨볼지도 모릅니다.

클로즈드 서클을 무대로 살인 사건이 일어나면 당연히 모든 등장인물의 짐이나 소지품에 흉기가 들어있느냐에 관심이 쏠립니다. 그러나 당장 모두의 짐을 확인하는 일이 공식처럼 뒤따르지는 않습니다. 아야쓰지 유키토의 『십각관의 살인』에서는 각자의 방을 돌며 소지품을 조사해보자는 제안이 있었지만, 오히려 범인이 사건과 관련된 물건을 살짝 놓아두거나 이상한 것을 놔두고 갈 수도 있어 위험하다는 의견이 나와 결국 확인하지 않고 넘어갑니다.

◆ 범인은 수하물을 어떻게 이용할까

범인 캐릭터에게 피해자나 용의자, 그리고 자신의 수하물을 어떻게 이용하느냐는 중요한 문제입니다. 기본적으로는 자신에게 혐의가 쏠릴 만한 일을 해서는 안 되겠지만, 범죄의 수단으로 수하물을 이용하는 경우가 있습니다. 누군가에게 혐의를 씌우기 위해 흉기 또는 피해자의 짐에서 훔친 물건을 그 사람 짐에 몰래 넣어두거나, 또 다른 살인을 벌이기 위해 독극물을 넣어두기도 합니다.

『십각관의 살인』에서 범인은 섬에 갇힌 용의자 중 한 명이 가지고 있던 립스틱에 독극물을 묻혀 살해합니다. 방심하는 상대의 소지품에 미리 손을 써두는 일은 어렵지 않습니다. 또 범인은 클로즈드 서클 상황에서 연쇄 살인을 계획하고 있었기 때문에 소지품을 조사할 것을 고려해 발견되어도 상관없는 물건만 자신의 방에 두었습니다.

등장인물의 행동을 고려해 범인이 계획을 세우는 방식이 꼭 클로즈드 서클 미스터리에서만 쓰이는 것은 아닙니다. 일례로 이시모치 아사미의 『달의 문』에 등장하는 비행기 납치범은 가는 칼날을 안테나 대신 휴대전화에 장착하거나 전동 칫솔에 얼음송곳을 숨겨 넣는 등의 수법을 사용했습니다.

096 지도

MAP

◇ 지도를 읽는 능력

지도는 미스터리 작품에서 추리에 필요한 정보를 제공하는 정통적인 소도구입니다. 낡은 보물 지도나 사건의 희생자가 가지고 있던 지도 등 무대가 되는 공간의 위치 관계나 지형을 독자나 시청자가 한눈에 알 수 있는 형태로 나타내 추리의 단서를 제공하는 수단으로 다양한 미스터리 작품에 등장했습니다.

지도는 누구든 보면 한눈에 위치 관계를 알 수 있는 것이어야 하지만, 거기에 담긴 상세한 정보의 의미를 해독하려면 특별한 재능이나 훈련이 필요합니다. 예를 들면, 두 개의 시설이 지도상에 기록되어 있더라도 그 시설들이 왜 그곳에 있는지, 왜 그런 위치 관계에 있는지 등의 정보를 이해하려면 지형이나 해발고도 또는 그러한 시설에 대한 지식이 어느 정도 필요합니다.

이러한 지도 읽는 능력을 통해 탐정 역할을 맡은 인물은 추리 재능을 마음껏 보여줄 수 있습니다. 하지만 그런 능력이 없는 독자는 지리적 정보가 아무리 상세하게 나열되어도 이해하기 어렵습니다. 그 때문에 미스터리 작품에서 지도가 제시되는 경우에는 독자에게 필요 없는 정보는 생략된 간략한 지도가 주로 사용되며, 상세도가 그대로 작품에 등장하는 일은 드뭅니다.

또 지도를 사용할 때는 시대 설정을 무시할 수 없습니다. 지도는 군사 시설 정보가 기재되기도 해서 예로부터 기밀로 취급되었습니다. 가령 냉전 시대에 군사 시설의 위치가 상세하게 담긴 정밀 지도를 소지하고 있다가 발각된다면 스파이 활동 혐의로 체포될 것입니다. 즉 지도를 사용할 때는 작품의 시대 설정에 어긋나지 않도록 주의해야 합니다.

◇『바다가 있는 나라에서 죽다』

지도는 미스터리 작품에 비교적 자주 등장하지만 이야기의 수수께끼를 해결하는 데 중요한 역할을 할 기회는 의외로 적습니다. 미스터리소설에서는 기본적으로 문장으로 모든 것을 표현하므로 지도는 보조적인 역할을 할 수밖에 없고, TV 드라마나 영화에서는 화면 해상도의 제약으로 지도에 기재된 정보를 충분히 보여주기 어렵다는 문제가 있습니다.

그렇다고 지도가 중요한 역할을 하는 작품이 전혀 없는 것은 아닙니다. 예를 들면 아리스가와 아리스의 『바다가 있는 나라에서 죽다』에서는 범인의 알리바이를 무너뜨리는 정보가 담긴 지도가 결정적 단서가 되었고, 또 작품 제목과 관련된 장대한 결말이 어떤 조건에서 그려진 지도에 나타나 있습니다.

◇ 겨냥도

지금까지 지형과 사물의 위치를 나타내는 지형도에 관해 다뤘는데, 그중에서도 밀실 살인을 다룬 작품에서 지형도보다 훨씬 더 빈번하게 등장하는 '좁은 의미의 지도'가 있습니다. 바로 '건물의 겨냥도'로, 건물 내부에 있는 각 방의 배치나 위치 관계, 가구 배치, 화장실이나 욕실, 주방 등 건물을 이루는 모든 요소를 보여주는 그림입니다. 가장 간단하고 알기 쉬운 지도라고 할 수 있지만, 이를 통해 건물 구조를 제대로 이해하려면 재능이나 기술이 필요합니다.

예를 들어, 서양식 저택 속 수수께끼의 밀실이나 비밀 지하실로 통하는 계단을 찾기 위해서는 건물의 겨냥도와 실제 구조를 비교해 벽의 두께 등의 모순을 간파해야 합니다. 또 살인 사건이 발생했을 때 실내 가구 등의 위치 관계를 이용해 용의자가 내놓은 알리바이의 모순을 추궁하려면 실내의 위치 관계는 물론이고 등장인물 각각의 시야를 머릿속에서 재구성해 순식간에 재현해 내는 재능이 필요합니다.

그런데 이러한 겨냥도에는 문제점이 하나 있습니다. 공적 기관에서 정확히 측량해 작성하는 지형도와는 달리, 특히 방의 겨냥도는 축척이나 위치 관계 같은 정보가 바르게 기재되었으리라는 보장이 없습니다. 때로는 형태가 크게 변형되었을 수도 있습니다. 겨냥도가 정확한지 확인하려면 결국 각 방을 실제로 측정해보는 수밖에 없습니다.

097 암호

CIPHER

◆ 암호의 역사와 종류

암호는 문서나 통신 내용이 알려지는 것을 막는 정보 은폐 기술입니다. 어떤 정보가 담긴 문장이나 데이터를 특별한 방식으로 암호화(인코딩)해서 제삼자가 알아차릴 수 없는 문자의 나열로 변환합니다. 이를 해독하는 쪽은 미리 약속된 특별한 방식을 이용해 암호를 원래 상태로 복호화(디코딩)합니다. 암호는 일반적으로 제삼자에게 숨겨야 할 중요한 정보가 들어가지 않도록 또는 제삼자의 손에 암호문이 들어가더라도 단시간에 해독되지 않도록 하기 위해 사용합니다.

암호의 역사는 기원전까지 거슬러 올라갑니다. 예를 들어, 일정한 규칙에 따라 문자의 배열 순서를 바꾸는 전치 암호, 각 문자를 다른 문자로 바꾸는 치환 암호 등의 방식이 있으며, 주로 군사나 정치 분야에서 사용되었습니다. 이들은 서로 충돌하지 않고 상호 보완적이어서 조합해 사용하기도 했습니다. 이러한 단순한 암호화 기술은 9세기 이슬람 문화권 학자들이 문서 내의 문자 출현 빈도를 통계적으로 처리하면서 해독되었습니다. 15세기 레온 바티스타 알베르티가 고안하고 16세기 블레즈 드 비즈네르가 완성한 비즈네르 암호는 매우 복잡하고 풀기 어려워 19세기에 '컴퓨터의 아버지'로 불리는 찰스 배비지가 해독하기 전까지는 해독 불가능한 암호로 여겨졌습니다. 그 후 컴퓨터의 발명과 함께 '공개 키 암호'라는 완전히 새로운 암호가 실용화되면서 인터넷 상에서의 사용자 인증이나 신용카드 결제 등에 이용되고 있습니다.

'암호 해독'이라는 주제는 주어진 조건 속에서 수수께끼를 풀어가는 미스터리 장르와 매우 잘 어울려서 에드거 앨런 포의 「황금 벌레」를 시작으로 다양한 암호가 미스터리 작품에서 사용되었습니다.

널리 알려진 암호 방식은 다음과 같습니다.

분류		설명
고전적 암호	폴리비오스 암호	5×5 행렬 형태의 암호 표를 이용해 문장을 숫자로 변환한다.
	시저 암호	알파벳 ABC 순으로 일정하게 문자를 밀어 쓴다.
	전치 암호	일정한 규칙에 따라 문자의 배열 순서를 바꾼다.
	치환 암호	일정한 규칙에 따라 각 문자를 다른 문자로 치환한다.
	비즈네르 암호	치환 암호를 기본으로 하여 한 문자를 다른 여러 문자로 치환한다.
현대적 암호	치환-전치 암호	치환 암호와 전치 암호를 조합한다.
	블록 암호	일정 단위(블록)로 나눠 대칭 키를 사용해 각 단위를 암호화한다.
	스트림 암호	문자 단위로 대칭 키를 사용해 순차적으로 암호화한다.
	공개 키 암호	암호화와 복호화에 사용하는 키를 따로 만들어 하나는 자기가 안전하게 관리하고 다른 하나는 상대에게 공개한다.
	기타	양자의 물리적 상태를 이용하는 양자 암호(실용화에 박차를 가하고 있다) 등이 있다.

◆ 미스터리에 등장하는 암호화 기법

암호가 등장하는 미스터리소설 가운데 에드거 앨런 포의 「황금 벌레」와 어깨를 나란히 하는 작품으로 아서 코넌 도일의 단편 「춤추는 사람 그림」이 있습니다. 춤추는 사람 모양을 한 그림 문자가 나열된 암호문을 본 셜록 홈스는 특정 그림 문자가 자주 등장하는 것에 주목해 치환 암호 방식으로 이를 해독합니다.

춤추는 사람 그림을 이용해
'MYSTERY NOVELS'를 암호화한 예

이 작품에서 홈스는 영어에서 알파벳 'E'가 매우 많이 쓰이는 글자라는 점에 착안해 우선 'E'에 해당하는 그림을 확정했습니다. 이어 'E'가 두 개 포함된 그림을 한 단어로 추리해 이를 바탕으로 나머지 글자를 차례로 밝혀냈습니다. 여담이지만 작품 속에서 같은 그림이 서로 다른 글자를 의미하는 오류가 있는데, 이는 편집 과정에서 발생한 실수로 알려졌습니다. 그렇다고 해도 홈스의 진가를 여지없이 보여주는 작품이며, 매우 주도면밀하게 짜인 암호와 그 암호문이 점차 해독되어가는 과정에 대한 묘사는 독자의 지적 호기심을 자극하고 큰 재미를 선사합니다.

098 날짜

DATE

◆ 날짜의 역할

날짜란 '연월일'처럼 어떤 단위로 구분된 시간을 기록하는 것, 그리고 그 시간을 나타내는 숫자를 말합니다.

고대에는 태양의 위치나 계절의 변화를 통해 대략 날수를 계산했지만, 시간이 흐르면서 더욱 정밀하게 사회적으로 공유하기 위한 날짜가 정해지게 되었습니다. 나라와 지역마다 자연의 변화를 날짜에 따라 기록함으로써 인간은 자연에 대응할 수 있게 되었습니다. 예를 들어 씨 뿌리기나 고기잡이 시기, 1년에 한 번씩 발생하는 하천의 범람 시기도 예측할 수 있게 되었습니다.

현재 대부분의 국가는 16세기에 그레고리오 13세가 제정한 그레고리력(태양력)을 사용합니다. 태양력은 태양의 움직임에 따른 계절의 변화 주기를 바탕으로 만들어졌습니다. 다만 지역에 따라서는 달을 기준으로 한 태음력(예를 들면 이슬람력)이나 그 밖의 다양한 달력을 사용하기도 합니다. 달의 공전 주기는 약 354일로 지구의 공전 주기인 약 365일보다 짧아서 순태음력은 매년 달력의 날짜와 실제 계절이 맞지 않습니다. 이를 윤달로 보충하는 태음태양력(음력)도 있습니다. 과거 중국, 한국, 일본 등지에서는 태음태양력을 사용했지만, 지금은 태양력의 하나인 그레고리력을 사용합니다.

미스터리 작품에서 어떤 사건이 일어나는 경우 날짜와 관련된 규칙을 정해두면 좋습니다. 예를 들어, 직장에 다니는 주인공이 휴일이 끝나도 출근하지 않고 사건의 수수께끼를 쫓는다면 현실성이 떨어집니다. 사건을 설정할 때는 캐릭터 설정은 물론 사건 발생 지역과 캐릭터의 상황에 맞춰 날짜를 계산해 서로 모순이 생기지 않도록 해야 합니다.

◈ 탐정이나 경찰에게 날짜의 중요성

사건을 수사하는 캐릭터에게 사건 발생 일시는 매우 중요합니다. 범인의 알리바이 유무나 목격자 증언의 신빙성 등 여러 경우에서 정보의 진위를 판단하는 데 도움이 되기 때문입니다. 이처럼 작품 속에서 수사를 진행할 때 날짜가 중요한데, 만약 탐정 혼자만 알고 있으면 소용이 없으므로 다른 캐릭터의 입을 통해 알기 쉽게 정리해두면 좋습니다. 예를 들어 히가시노 게이고의 『용의자 X의 헌신』에서 경찰은 영화 입장권에 찍힌 날짜를 근거로 사건 당일 용의자 가족에게 알리바이가 있다고 판단합니다. 그러나 그 알리바이는 나중에 범인이 준비한 트릭이었음이 밝혀집니다. 그 밖에 미스터리에서 흔히 볼 수 있는 설정은 피해자가 차고 있던 손목시계가 난투 끝에 망가져 범행이 일어난 시간을 알 수 있게 되는 것입니다. 물론 그 시간은 범인이 시곗바늘을 돌려 조작한 것일 수도 있습니다.

◈ 범인에게 날짜의 중요성

범인 캐릭터에게도 당연히 사건이 발생한 일시는 중요합니다. 범행 시각에 다른 장소에 있었다는 알리바이가 성립하면 용의선상에서 벗어날 수 있기 때문이죠.

그러한 알리바이 트릭 외에 날짜가 범행 규칙이 되기도 합니다. 예를 들어 세이료인 류스이의 『사이몬가 사건』은 매월 19일에 일족이 살해당하는 사건을 그린 미스터리입니다. 어떤 이유로 범인이 특정 날짜를 선택한다는 설정은 그 전개와 동기에 따라 매혹적인 수수께끼가 됩니다. 이러한 기발한 발상이 돋보이는 작품으로 나카이 히데오의 『허무에의 제물』이 있습니다. 이 작품에서는 등장인물 주변에서 일어나는 살인 사건과 방화 사건의 장소와 일시가 사건을 밝히는 중요한 단서로 나옵니다. 그러나 그 추측은 사실 착각이었고, 범인이 그러한 규칙에 따라 범행을 거듭하고 있다고 꿰맞췄던 것이 사건을 더 혼란스럽게 만들었음이 나중에 밝혀집니다.

날짜는 자연 현상과도 관련이 있습니다. 예를 들어 범행이 일어난 날에 비가 왔는지 맑았는지에 따라 사건 양상이 크게 달라지기도 하고, 이를 이용한 트릭도 생각할 수 있습니다. 일식이나 월식이 일어난 날이라면 정확하게 범행 일시를 계산할 수 있습니다. 시마다 소지의 『현기증』에서는 일식 현상을 이용해 범행 현장을 마치 이세계의 그것처럼 묘사함으로써 이야기의 발단이 되는 남겨진 일기의 존재에 한층 더 불가사의함을 더했습니다.

099 날씨

WEATHER

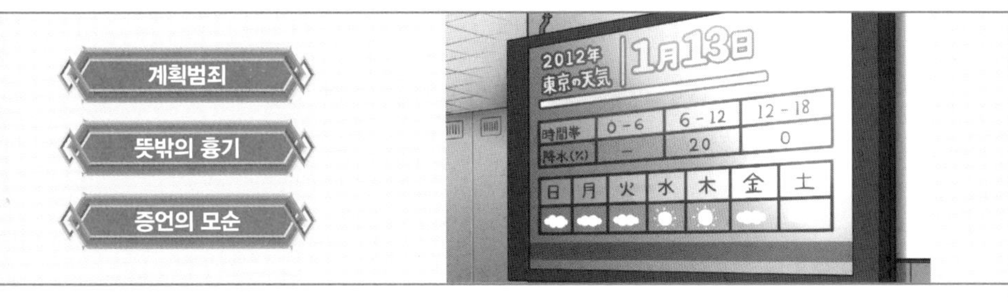

◈ 미스터리와 날씨

날씨란 특정 장소와 시간의 대기 상태를 말합니다. 주로 '맑음', '흐림', '안개', '비', '눈', '벼락' 등으로 표현하며 이러한 상황에 따라 기온, 습도, 기압, 풍향, 풍속, 강수량 등이 변화합니다. 날짜(098)와 마찬가지로 사람들은 예로부터 날씨 변화를 관찰하며 그에 대응해왔습니다. 예를 들어 집을 지어 비바람으로부터 몸을 보호하고, 하천 범람과 바다의 폭풍우에 대비하며 농업과 어업을 발전시켜왔습니다. 더군다나 날씨는 지역 환경에 좌우되므로 산간 지역에서는 밤이 되면 비나 안개가 발생한다거나 분지에서는 안개가 쉽게 발생한다는 등의 특성을 경험으로 배웠습니다. 이처럼 날씨는 경험을 바탕으로 예측해왔는데, 현재는 기상 위성과 세계 규모의 지역 관측망이 발달해 거기서 얻은 데이터를 컴퓨터로 수치 해석을 함으로써 조금 더 정확하게 예측할 수 있게 되었습니다.

미스터리에서도 날씨는 이야기 전개에 영향을 미칩니다. 클로즈드 서클을 무대로 설정한다면 태풍을 만나 외딴섬에서 벗어날 수 없는 상황, 폭우로 산사태가 일어나 길이 막힌 상황 등을 생각할 수 있습니다. 또 이야기의 분위기를 연출할 때도 날씨는 큰 도움이 됩니다. 하드보일드풍 이야기라면 비바람이나 폭풍우가 몰아치는 날에도 계속되는 잠복 수사나 미행 수사는 설정에 현실감을 더합니다. 모험소설이라면 폭우나 폭풍 자체가 극복해야 할 장애물이 됩니다. 또 사이코 미스터리 등에서 무대가 되는 거리나 저택의 환상적인 분위기를 연출하고 싶을 때는 눈이나 안개, 폭풍 장면이 매우 효과적입니다. 앞이 보이지 않을 만큼 진한 안개, 세찬 눈바람 소리, 사나운 천둥 번개는 극적인 분위기를 더욱 고조시킵니다.

◆ 범인에게 날씨의 중요성

범죄를 사전에 계획하는 범죄자 캐릭터에게 날씨는 반드시 고려해야 할 사항입니다. 거짓 증언과 날씨 사이에 모순이 생기지 않게 하는 것은 물론이고, 트릭이 실현 가능한 날씨인지를 고려해야 하며 날씨에 따라 활용할 수 있는 상황이나 도구가 달라지므로 이를 잘 선택해 사용해야 합니다. 예를 들어 눈이 쌓이는 날씨라면 범행 후 발자국이 눈에 덮여 보이지 않게 되는 '발자국 트릭'이 가능하며 폭우가 내리는 날씨라면 온몸을 가리는 비옷을 입은 범인의 성별을 착각하게 만드는 '심리 트릭'을 사용할 수 있습니다. 눈이 쌓인 저택이라면 고드름을 뜻밖의 흉기로 만들 수 있으며, 아파트가 늘어선 곳이라면 폭우로 시야가 나빠졌을 때 옆 아파트에 연결해둔 밧줄을 타고 몰래 이동하는 상황도 생각할 수 있습니다.

트릭과 직접적인 관련은 없더라도 기상 상황에는 주의를 기울여야 합니다. 악천후라면 성립하기 어려운 알리바이 트릭이나 1인 2역 트릭을 범인이 계획하고 실행한다면 이야기 전체의 현실성이 떨어지게 됩니다. 따라서 작품에서 사용할 트릭을 정한 다음 '만약 사건 전후에 비나 눈이 오면 어떻게 될까' 하고 확인하는 과정도 필요합니다.

◆ 탐정이나 경찰에게 날씨의 중요성

명탐정이나 형사, 경찰관 등 캐릭터가 사건을 수사할 때는 사건 전후의 날씨와 피해자나 용의자가 하는 말에 모순이 없는지 확인해야 합니다. 사건 현장이 맑았는지 비가 내렸는지에 따라 피해자나 용의자의 행동이 달라지기 때문입니다. 예를 들어 용의자가 증언한 내용의 진위를 확인할 때 사건 당일의 날씨와 모순된 말을 하지 않는지, 아니면 그 증언과 실제로 사용된 우산이나 신발, 자동차 등의 상태가 모순되지 않는지를 조사합니다. 또 창을 통해 들어오는 햇빛이나 달빛, 달이 차고 기우는 모양 변화와 관련한 정보와 용의자의 증언 사이에 모순이 있을지도 모릅니다. 그러한 사소한 모순이 사건의 단서가 되기도 합니다. 사건 현장에 폭우나 폭설이 내려 변화가 생긴 경우에는 주의를 기울여야 합니다. 뒷마당에 쏟아지는 비나 눈에 지워진 발자국이나 혈흔 등이 중요한 단서일 가능성이 있기 때문입니다.

칼럼

유명 미스터리 상

- **에도가와 란포 상:** 일본 추리작가협회에서 주최하는 일본에서 가장 유명하고 오래된 장편 미스터리 신인상. 니시무라 교타로, 모리무라 세이치 등 걸출한 작가들이 이 상을 받으며 데뷔했습니다.
- **요코미조 세이시 미스터리 대상:** 출판사 가도카와쇼텐이 주최하는 장편 미스터리 신인상. 수상작으로는 핫토리 마유미의 『시간의 아라베스크』, 시바타 요시키의 『리코, 여신의 영원』 등이 있습니다. 2019년 제39회부터 일본 호러소설 대상과 통합해 요코미조 세이시 미스터리&호러 대상으로 명칭이 바뀌었습니다.
- **아유카와 데쓰야 상:** 출판사 도쿄소겐샤가 주최하는 장편 미스터리 신인상. 수상작으로는 아시베 다쿠의 『살인 희극의 13인』, 가노 도모코의 『일곱 가지 이야기』, 기타모리 고의 『광란 사계절』 등이 있습니다.
- **'이 미스터리가 대단하다!' 대상:** 다카라지마샤를 비롯한 3개 출판사가 주최하는 장편 미스터리 신인상. 수상작으로는 아사쿠라 다쿠야의 『4일간의 기적』, 가이도 다케루의 『바티스타 수술 팀의 영광』 등이 있습니다.
- **미스터리즈! 신인상:** 도쿄소겐샤의 미스터리 전문 잡지 〈미스터리즈!〉가 주최하는 신인상으로 단편 미스터리를 대상으로 합니다. 수상작으로는 다카이 시노부의 「표류 간류지마」 등이 있습니다.
- **메피스토 상:** 출판사 고단샤가 발행하는 문예지 〈메피스토〉가 주최하는 신인상으로, 응모 마감이 따로 없으며 특정한 날짜를 정하지 않고 수상자를 발표합니다. 수상작으로는 모리 히로시의 『모든 것이 F가 된다』 등이 있습니다.
- **에드거 상(MWA 상):** 미국 추리작가협회$_{MWA}$가 주관하는 상으로 미국에서 전년도에 발표된 미스터리 분야 작품에 수여됩니다. 다양한 부문에 걸쳐 우수한 작품이 선정됩니다.
- **대거 상(CWA 상):** 영국 추리작가협회$_{CWA}$가 주관하는 상으로 영국에서 그해 발표된 최고의 미스터리 작품에 수여됩니다. MWA 상과 마찬가지로 다양한 부문에서 우수한 작품이 선정됩니다.

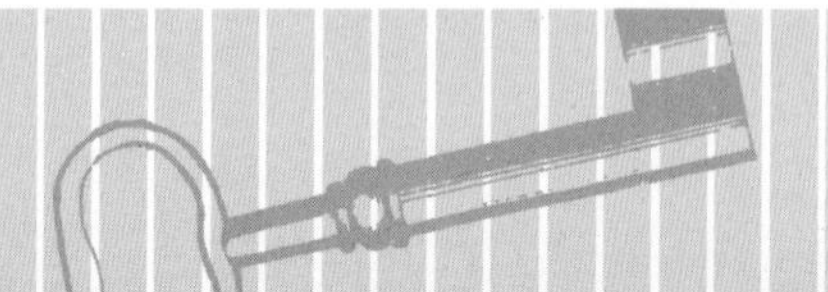

공식

100 녹스의 십계

KNOX'S TEN COMMANDMENTS

◆ 미스터리 작품을 쓸 때 지켜야 할 열 가지 규칙

엘러리 퀸 등 실력파 작가들이 속속 등장하면서 퍼즐 미스터리소설 장르가 무르익어가던 1929년, 로널드 녹스가 엮은 미스터리소설 선집 『1928년 올해 최고의 탐정소설 걸작선』이 발간되면서 큰 화제를 불러일으켰습니다. 이 선집 서문에 녹스가 「탐정소설의 십계」를 발표했기 때문입니다. 이것이 밴 다인의 20칙(101)과 함께 널리 알려진 '녹스의 십계'입니다. 일본에서는 에도가와 란포가 처음 소개한 후 번역되어 출간되었습니다. '십계'라는 말은 구약성경의 『출애굽기』에서 야훼가 모세에게 전한 열 가지 계명에서 유래했습니다. 이는 '모세의 십계'라고 불리는데, '녹스의 십계'라는 이름은 여기서 따왔습니다.

1888년 잉글랜드 레스터셔에서 영국 국교회 주교의 아들로 태어난 녹스는 어려서부터 어학과 시 짓기에 뛰어났습니다. 옥스퍼드대학교를 수석으로 졸업한 뒤 영국 국교회 사제가 되었으나 가톨릭으로 개종하여 대주교 자리에까지 올랐습니다. 미스터리 작가로서 작품 수는 많지 않지만 1925년에 발표한 장편 『철교 살인 사건』이나 단편 「밀실의 수행자」 등이 높은 평가를 받았습니다.

녹스는 모든 작가가 '녹스의 십계'를 따라야 하는 것은 아니라고 말합니다. 녹스가 말하는 열 가지 규칙이란 뛰어난 미스터리소설에 나타나는 공통점이자 스포츠의 기본 규칙 같은 것으로, 독자가 작품을 즐길 수 있도록 미스터리소설을 쓸 때 지켜야 할 규칙으로 제시한 것입니다. 녹스 자신도 반드시 이 십계를 따르지는 않았으며 『1928년 올해 최고의 탐정소설 걸작선』에도 이 규칙에 어긋나는 작품이 포함되어 있습니다.

• **녹스의 십계**

1. 범인은 이야기 초반에 언급된 인물이되, 독자가 알아채게 해서는 안 된다.
2. 초자연적인 능력이나 불가사의한 수단을 동원해서는 안 된다.
3. 비밀의 방이나 비밀 통로는 하나 정도로 자제한다.
4. 지금까지 발견되지 않은 독극물이나 마지막에 과학적 설명을 늘어놓아야 하는 장치를 사용해서는 안 된다.
5. 중국인을 등장시켜서는 안 된다.
6. 우연히 사건을 해결하거나, 탐정이 직관적인 판단으로 진상을 밝혀서는 안 된다.
7. 탐정이 범행을 저질러서는 안 된다.
8. 탐정이 단서를 발견했을 때는 즉시 독자에게 알려야 한다.
9. '왓슨' 같은 탐정의 우둔한 친구는 자기 생각을 독자에게 숨겨서는 안 된다. 또 그의 지능은 일반 독자보다 약간 낮아야 한다.
10. 독자가 잘 모르는 상태에서 쌍둥이 혹은 대역을 등장시켜서는 안 된다.

◈ 십계의 시대성

1920년대에 발표된 '녹스의 십계'를 현재의 시선으로 보자면 다섯 번째 '중국인을 등장시켜서는 안 된다'라는 항목은 조금 황당하게 느껴질 수 있습니다. 당시는 청나라가 몰락한 지 얼마 되지 않은 시기로, 서구인에게 중국인은 셜록 홈스 작품에도 나오듯이 아편굴로 상징되는 수상쩍은 이미지, 머리는 좋지만 범죄에 손을 대며 신비로운 힘을 부리는 사람이라는 인식이 있었던 것 같습니다. 미스터리소설에서 종종 이런 캐릭터가 등장해 진부한 악역으로 독자의 실소를 자아내곤 했습니다. 이러한 이미지가 만들어진 데는 당시 런던 라임하우스 지역에 있던 차이나타운에 대한 인상이나, 영국 작가 색스 로머의 소설 속 주인공으로 세계 정복을 꿈꾸는 수수께끼의 동양인 후만추 같은 기괴한 캐릭터도 한몫했을 것입니다. 이 규칙을 현대식으로 재해석한다면 '명백히 수상한 캐릭터를 등장시켜서는 안 된다' 정도가 될 것입니다.

'녹스의 십계'는 하나의 기준이기는 하지만, 녹스 자신이 인정했듯이 결코 엄격한 규칙이 아니며 시대에 따라 변화할 수밖에 없습니다.

101 밴 다인의 20칙

VAN DINE'S TWENTY RULES

◈ 페어플레이를 유지하기 위한 규칙

S. S. 밴 다인은 박학다식하고 현학적 풍모가 넘치는 탐정 파일로 밴스가 활약하는 『그린 살인 사건』, 『비숍 살인 사건』 등 장편 시리즈로 알려진 미국의 미스터리 작가인 동시에 수천 권의 작품을 독파한 미스터리소설의 열성적인 독자입니다. 1926년에 발표된 애거사 크리스티의 『애크로이드 살인 사건』을 두고 페어플레이 논쟁(102)이 일었을 때, 밴 다인은 정당하지 못한 방법이라고 신랄하게 비판했다고 합니다. 그에게는 이 논란이 이상적인 미스터리소설에 관해 생각하는 계기가 되었겠지요.

밴 다인은 미스터리소설에 관한 자신의 신조를 스무 가지 규칙으로 정리해 「탐정소설 집필을 위한 스무 가지 규칙」이라는 제목으로 〈아메리칸 매거진〉 1928년 9월 호에 기고했습니다. 이것이 이른바 '밴 다인의 20칙'입니다.

'로맨스 요소를 넣지 않는 게 좋다', '진범은 반드시 한 사람이어야 한다', '살인보다 가벼운 범죄는 다루지 않는 것이 좋다'와 같이 미스터리소설 작법의 기본 원칙으로 알려진 '녹스의 십계'보다도 훨씬 엄격한 규칙입니다. 이를 뒤집어 생각해보면 당시 이러한 규칙에 어긋나는 졸작이 넘쳐났던 것에 대한 반발이라고도 볼 수 있습니다. 실제로는 '녹스의 십계'와 마찬가지로 밴 다인 자신도 이 규칙을 지키지 않은 작품이 있었습니다.

작가에게는 오히려 이러한 규칙을 지키지 않고도 뛰어난 작품을 만들어내겠다는 도전 의식을 불러일으키고, 실제로 그러한 시도를 한 작가도 적지 않습니다. '밴 다인의 20칙'을 간추린 내용을 소개합니다.

- **밴 다인의 20칙**(개요)

1. 사건의 수수께끼를 푸는 단서는 작품 속에 모두 명확하게 기술되어야 한다.
2. 작가는 등장인물이 설치한 트릭 외에 독자를 속이기 위한 서술을 해서는 안 된다.
3. 수수께끼를 쫓는 지적 추리에 방해가 될 뿐인 로맨스 요소는 넣지 않는 것이 좋다.
4. 탐정이나 형사 등 사건을 수사하는 사람이 범인이라고 결말을 지어서는 안 된다.
5. 우연이나 이유 없는 자백 등이 아니라 논리적인 추리를 통해 범인이 밝혀져야 한다.
6. 반드시 탐정이 등장해야 하며, 사건은 탐정의 추리와 수사로 해결되어야 한다.
7. 반드시 시체가 등장해야 하며, 살인보다 가벼운 범죄는 다루지 않는 것이 좋다.
8. 범죄의 진상을 밝히기 위해 점이나 심령술 등 오컬트 요소를 사용해서는 안 된다.
9. 탐정은 한 명이면 충분하다. 탐정이 여러 명이면 독자의 흥미가 분산되고 논리 체계가 흐트러진다.
10. 범인은 작품 속에서 어느 정도 중요 인물이어야 한다. 범인이 단역 또는 갑자기 등장한 인물이라면 작가 스스로 무능을 고백하는 것이나 마찬가지다.
11. 집사나 하녀 등 고용인을 범인으로 설정하는 안이한 수법을 써서는 안 된다.
12. 공범자가 있어도 상관없으나 진범은 반드시 한 사람이어야 한다.
13. 비밀 결사, 마피아 등에 소속된 인물은 배후 조직의 보호를 받을 수 있으므로 범인으로 설정해서는 안 된다. 탐정과 범인의 대결이 불공정하게 진행되기 때문이다.
14. 살인 방법과 트릭, 탐정의 조사 방법은 과학적이고 합리적이어야 한다. 알려지지 않은 독극물, 유사 과학이나 상상력에 의존한 방법을 사용해서는 안 된다.
15. 사건을 해결하는 단서는 마지막에 탐정이 사건의 진상을 설명하기 전에 독자에게 모두 제시되어야 한다.
16. 장황한 묘사나 지엽적인 일에 관한 문학적 설명은 자제해야 한다.
17. 직업 범죄자가 범인인 것은 바람직하지 않다. 범죄와 무관해 보이는 인물이 저지른 범죄라야 더 흥미로운 소재가 된다.
18. 사고 또는 자살로 결말을 지어서는 안 된다. 이는 독자에게 속임수를 쓰는 것밖에 안 된다.
19. 범죄 동기는 개인적인 것이 바람직하다. 국제적 음모나 정치적 동기에 의한 범죄라면 탐정소설이 아니라 스파이소설이 되기 때문이다.
20. 탐정소설 작가의 자존심을 걸고 너무 많이 써서 진부해진 트릭을 사용하는 것은 피해야 한다.

102 페어플레이

FAIR PLAY

◈ 공정한 미스터리

페어플레이란 스포츠처럼 정해진 규칙 내에서 경쟁할 때 정정당당하고 공명정대하게 상대와 대결을 펼치는 태도를 가리킵니다. 이는 미스터리에도 적용되는데, 꽤 까다로운 문제임에는 분명합니다. 미스터리의 재미는 예상을 뛰어넘는 뜻밖의 해결이 가져다주는 것인데, 스포츠처럼 명확한 규칙을 갖고 있지 않을뿐더러 그 속에서의 공명정대와 의외성은 서로 모순되기 때문입니다. 독자를 깜짝 놀라게 했다가 이후 이어지는 설명을 통해 납득시키는 트릭은 이상적인 형태이지만, 이를 독자가 수긍할지 어떨지는 매우 미묘해서 간단히 말할 수 있는 문제는 아닙니다.

미스터리 작품에서 페어플레이와 관련한 유명한 사례는 애거사 크리스티의 『애크로이드 살인 사건』을 들 수 있습니다. 이 작품은 고전 명작으로 꼽히며 크리스티의 작품 중에서도 인기가 높습니다. 서술 트릭(053)을 미스터리 장르에 본격적으로 적용한 작품으로도 평가받습니다.

이야기는 마을의 명사이자 재산가인 로저 애크로이드가 의사 제임스 셰퍼드에게 어떤 비밀을 들려준 날 밤 자신의 방에서 살해당하면서 시작됩니다. 애크로이드의 방에서는 그 전날 의문의 자살을 한 패러스 부인에게서 온 편지가 사라집니다. 그리고 사건 직후부터 종적이 묘연해진 애크로이드의 의붓

아들 랠프 페이튼은 돈 문제로 애크로이드와 자주 다투었던 것으로 보입니다. 경찰이 랠프를 용의자로 지목하자 그의 약혼녀인 플로라 애크로이드는 마침 마을에 머물고 있던 명탐정 에르퀼 푸아로에게 수사를 의뢰합니다.

이 작품은 홈스의 활약을 기록한 존 H. 왓슨이 그랬던 것처럼, 처음부터 끝까지 마을 의사 셰퍼드가 사건을 따라가며 기록하는 형식으로 쓰였는데, 여기에는 커다란 트릭이 숨어 있습니다. 결말에 이르러 사건의 진범이 놀랍게도 이 이야기의 화자인 셰퍼드 의사였다는 사실이 푸아로의 추리로 밝혀집니다.

당시 미스터리 작품에서는 범죄자가 살인 등의 범죄를 은폐하기 위해 사용하는 트릭이 경찰이나 탐정 같은 인물에게 향했던 반면, 이 『애크로이드 살인 사건』에서는 작가가 독자를 향해 트릭을 썼던 것입니다.

◇ 페어플레이 논쟁

『애크로이드 살인 사건』은 출간 직후 '공정한가, 아니면 반칙인가'를 두고 큰 논란에 휩싸였습니다. 이른바 '페어플레이 논쟁'입니다. 논쟁거리 중 하나는 서술 트릭을 미스터리의 기법으로 인정할 수 있느냐였습니다.

정정당당하지 못한 방법이라고 거세게 비판한 이는 명탐정 '파일로 밴스' 시리즈로 인기를 얻은 S. S. 밴 다인이었습니다. 그는 미스터리 작품은 작가와 독자의 공정한 두뇌 싸움이 이루어져야 하고 페어플레이를 유지하기 위해서는 지켜야 할 규칙이 있다고 주장하며 '밴 다인 20칙'을 발표했습니다. 그중에는 서술 트릭을 비판한 것으로 보이는 내용도 있습니다(제2칙). 그러나 무엇이 공정하고 무엇인 반칙인지는 주관적으로 해석할 여지가 많고, 시대와 함께 변하기도 합니다. 현대에는 '밴 다인의 20칙'이나 '녹스의 십계' 같은 규칙은 잘 지켜지지 않으며 참고하는 정도로 활용됩니다. 『애크로이드 살인 사건』을 시작으로 페어플레이 논쟁이 일어난 서술 트릭 또한 다른 수많은 트릭과 마찬가지로 미스터리의 한 가지 기법으로 인정되면서 사용 시의 규칙이 점차 다듬어졌습니다. 그러한 규칙은 지금도 계속해서 변화하고 있습니다.

서술 트릭을 사용할 때 생기는 문제는 화자를 믿을 수 없는 경우 작품 자체가 성립하기 어려워진다는 점입니다. 조금 과장해서 말하자면 화자의 서술이 전부 거짓이고 사건 자체가 일어나지 않았을 가능성마저 있습니다. 『애크로이드 살인 사건』의 화자 셰퍼드는 자신이 범인이라는 사실을 제외하면 거짓된 내용은 쓰지 않았습니다. 하지만 셰퍼드의 1인칭 시점으로 서술된 만큼 다른 내용도 셰퍼드의 거짓말일 수 있다는 점은 이야기 속에서 검증할 수 없습니다. 페어플레이 논쟁에서도 이 점이 큰 쟁점이 되었습니다.

이 작품이 공정한가 반칙인가는 제쳐두고, 추리 대결로서 서술 트릭을 다룰 경우에는 화자의 시점과 별개로 상황을 관찰해 그대로 전달하는 3인칭 관찰자 시점 등의 객관적 시점이 더해지면 더 공정하다고 할 수 있습니다.

반대로 오히려 여러 시점으로 서로 모순되게 사건을 서술하여 사건 자체에 혼란을 가져오는 재미를 노린 작품도 있으며, 그러한 작품은 안티 미스터리(미스터리의 기존 문법을 조롱하고 비판하는 미스터리 작품-옮긴이)로 분류되기도 합니다.

103 박학다식

PEDANTRY

◈ 박학다식과 천재성

미스터리는 마술과 마찬가지로 트릭과 그 해결이 중심이 됩니다. 그런 한편으로 트릭은 그 맛을 제대로 살린 연출로 빛을 발합니다. 마술사가 빈 상자 속에서 무언가 튀어나오게 하는 마술을 펼칠 때, 트릭만 놓고 보자면 개를 이용해도 좋고 심지어 공 같은 물건이어도 상관없습니다. 그러나 사자가 튀어나오는 장면을 연출한다면 관객에게 더 큰 놀라움과 재미를 선사하겠지요.

미스터리의 중심적 이미지는 지성입니다. 거대하고 심오한 수수께끼가 있고, 탐정은 타고난 천재적 두뇌를 최대로 가동해 맞섭니다. 이때 탐정의 뛰어난 지성을 상세하게 묘사할수록 탐정이 진지하게 맞서는 수수께끼는 더 중대해 보입니다. 마술사가 평범한 개보다 사나운 사자를 이용하는 것처럼 미스터리 작가는 탐정이 뛰어난 천재로 보이게끔 다양한 수법을 씁니다. 탐정이 범죄에 대해 훤히 꿰고 있다는 건 특별할 게 없습니다. 거기에 더해 학문이나 예술 등 다방면에 걸쳐 박학다식한 면모를 넌지시 드러내는 것이 미스터리에 맞춤한 연출인 셈입니다.

또 다방면에 걸친 폭넓은 지식은 이야기 전반에 녹아들기도 합니다. 등장하는 사건에 여러 가지 아이디어와 주제를 접목해 지적이고 신비로운 이야기로 보이게끔 연출하는 것입니다. 대표적으로는 '비유 살인'이 있습니다. 옛 동요나 전설 등을 연상하게 하는 사건들이 일어나고, 그것을 둘러싸고 무수한 해석이 나옵니다.

어떤 경우든 트릭이나 이야기에 폭넓은 지식을 잘 녹여 넣으면 미스터리의 중심 주제를 좀 더 깊이 파고들 수 있습니다.

◈ 미스터리의 계보와 지식

탐정이나 등장인물이 갖춘 폭넓은 지식에는 미스터리 작품에 대한 지식도 포함됩니다. 예를 들어 셜록 홈스는 『주홍색 연구』에서 처음 등장했을 때 에드거 앨런 포가 창조한 명탐정 오귀스트 뒤팽과 에밀 가보리오의 탐정 르코크에 관해 언급했습니다. 여기에는 많은 의미가 있습니다. 먼저 미스터리와 관련된 지식은 내공이 쌓인 미스터리 팬이라면 가장 먼저 알아보고 즐거움을 느낍니다. 다시 말해, 미스터리 관련 지식은 독자에게 공감과 즐거움을 선사합니다.

또 트릭을 중시하는 미스터리 장르가 과거 작품의 트릭이나 문제의식의 축적 위에 성립한 것과도 관련이 있습니다. 선배 작가들의 트릭을 이어받아 개량하는 등 특정 작품을 비판하는 형태로 혹은 오마주 형태로 쓰인 작품도 종종 등장합니다. 미스터리 자체에 관한 지식을 언급함으로써 그 작품이 미스터리의 계보에서 어떤 위치에 있고, 과거 작품에 대해 어떤 견해와 경외감을 품고 있는지 보여줄 수 있습니다. 이 두 가지가 더해지면서 독자들은 작품을 즐기는 한편으로 작가와 작품에 관한 해석을 듣는 듯한 기분을 맛볼 수 있습니다.

◈ 마음껏 펼쳐지는 방대한 지식

폭넓은 지식은 작품에 지적인 이미지와 주제성, 역사성을 부여하기도 하지만, 때로는 작가의 지나친 열정으로 인해 주객이 전도되기도 합니다. 오구리 무시타로의 『흑사관 살인 사건』은 작품 속 탐정이 쏟아내는 지식이 과도하리만치 방대해 일본 미스터리 3대 기서로 꼽힙니다. 탐정 노리미즈 린타로가 수수께끼에 싸인 가문을 덮친 살인 사건을 파헤치는 이 작품은 괴테의 『파우스트』를 비롯한 수많은 인용과 지식과 일화가 언어의 미궁을 만들어내 정작 중요한 사건을 이야기의 중심에서 벗어나게 만듭니다. 참고로 노리미즈의 모델이 된 것은 밴 다인이 창조한 박학다식한 탐정 파일로 밴스입니다. 파일로 밴스 또한 『비숍 살인 사건』을 시작으로 많은 작품에서 방대한 지식을 마음껏 펼쳐 보였으며 서양에는 밴스, 동양에는 노리미즈라는 식으로 쌍벽을 이루는 탐정으로 꼽힙니다.

미스터리 독자들은 대체로 신비로운 수수께끼를 원합니다. 그러나 아무리 기상천외하고 뜻밖의 해결로 끝을 맺어도 수수께끼가 풀리는 순간 신비로움은 사라집니다. 언어의 미궁 속에 신비로움을 영원히 가두고 싶은 마음이 이런 작품을 만들어내는 것일지도 모릅니다.

104 비유 살인

MURDER OF LIKENING

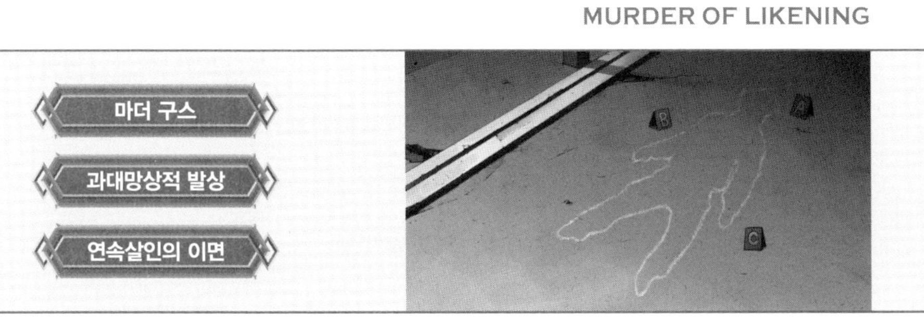

◇ 비유 살인이란

밀실 살인(035)과 마찬가지로, 비유 살인은 미스터리만의 독특한 기법으로 꼽힙니다. 비유라고 하면 언뜻 시나 소설에 쓰이는 문학 기법으로 생각하기 쉽지만, 사실 일상에서도 흔히 접할 수 있습니다. 일상에 녹아들어 있어 알아채지 못할 뿐 무언가에 비유한 것은 우리 주변에 많이 존재합니다.

예를 들어 일본의 정원 양식 중 하나인 가레산스이식 정원은 흰 모래와 돌을 깔아 산수풍경을 표현한 것입니다. 또 아이들이 인형 놀이를 할 때는 작은 물건을 음식에 비유하여 먹는 척하거나, 집안일을 하는 부모의 행동을 흉내 내기도 합니다. 이는 실제로 눈앞에 없는 무언가를 비유한다는 발상이 어렸을 때부터 익숙하다는 증거로 볼 수 있습니다. 다만 사람의 모양을 본떠 만든 인형은 오래전부터 다른 목적으로 사용되기도 했습니다. 짚이나 헝겊으로 만든 인형에 저주하고 싶은 상대의 머리카락이나 손톱을 넣고 뾰족한 도구로 찔러 상대에게 고통을 주는 주술적 의미가 있었습니다.

이처럼 비유란 정원을 산수풍경에, 인형을 사람에 빗댄 것처럼 다른 무언가를 연상케 하는 것을 이용해 그 조합으로부터 의도를 읽어내도록 하는 것입니다. 이를 살인 사건에 적용한 것이 '비유 살인'으로, 무언가에 빗대어 사람을 살해한다는 기상천외한 발상이 바탕이 됩니다.

비유 살인이라는 기법이 쓰이기 시작한 것은 S. S. 밴 다인의 『비숍 살인 사건』으로 여겨집니다. 이 작품은 영국의 전래 동요(마더 구스)인 〈누가 울새를 죽였나〉의 내용대로 J. 코크레인 로빈이 살해되면서 시작됩니다. 그리고 다음 노랫말대로 두 번째 살인이 발생합니다. 이 같은 기법은 〈열 꼬마 인디언〉의 노랫말대로 기묘한 살인 사건이 벌어지는 애거사 크리스티의 『그리고 아무도 없었다』로 이어졌고, 이후 다양하게 변주되었습니다.

◈ 비유 살인의 목적과 분류

S. S. 밴 다인이 고안해낸 비유 살인은 이후 많은 미스터리 작품에서 활용되었습니다. 처참한 살인 사건을 통해 당시의 시대상을 그려낸 요코미조 세이시의 『옥문도』도 그중 하나입니다. 여기서는 고립된 섬에 사는 세 자매가 '휘파람새의 몸을 거꾸로 하여 첫울음일까' 등 세 편의 짧은 시 내용을 재현한 듯한 형태로 잇따라 살해당합니다. 『그리고 아무도 없었다』 같은 작품에서 동요의 역할이 사건의 연속성을 전달하는 동시에 범인의 과대망상적 발상을 표현하는 것이었다면, 『옥문도』에서는 시구에 빗댄 살인이 유언에 따른 대리 살인임을 암시하기 위한 도구로서 작용하는 등 새로운 변주가 더해졌습니다. 아야쓰지 유키토는 『키리고에 저택 살인 사건』에서 비유 살인이 어떤 의도로 실행되는지에 대해 '시체를 장식하는 행위 자체에서 의의를 찾는 경우, 비유하는 노래나 시 자체에 의미가 있는 경우, 비유는 눈속임에 지나지 않으며 단서를 숨기거나 뭔가를 위장하기 위한 경우'로 분류했습니다. 이 분류를 따르면 『그리고 아무도 없었다』는 첫 번째에 해당하고, 『옥문도』는 두 번째, 세 번째 목적도 약간 달성했습니다. 이처럼 범인이 어떤 목적을 위해 범행을 실행하는 것처럼 위장하고서 다른 목적을 이루고자 하는 경우가 있습니다.

그 극단적인 형태가 무언가의 비유처럼 보이게 하고서 사실은 다른 것에 빗댄 살인이나 다른 소설 작품의 내용에 따라 벌어지는 연속살인입니다.

◈ 비유 살인의 여러 형태

비유 살인을 이용한 작품은 다음과 같습니다. 무대 설정이나 등장인물의 의도에 따라 다양한 대상을 비유한 연속살인이 일어납니다.

비유 대상	미스터리 작품
요한 묵시록	가사이 기요시 『묵시록의 여름』
그리스도교의 7대 대죄	영화 〈세븐〉
선문답	교고쿠 나쓰히코 『철서의 우리』
불교의 6도	가스미 류이치 『목 잘린 여섯 지장』
요시쓰네 전설	시마다 가즈오 『니시키에 살인 사건』
요쓰야 괴담	다카기 아키미쓰 『대도쿄 요쓰야 괴담』
일본 동요 〈도토리 데굴데굴〉	오가와 가쓰미 『현기증을 사랑하고 꿈을 꾸자』
일본 동요 〈비〉	아야쓰지 유키토 『키리고에 저택 살인 사건』
동화 『늑대와 새끼 양 일곱 마리』	이마무라 아야 『에니시다 장의 살인』
엘러리 퀸 '국명' 시리즈	마야 유타카 『날개 달린 어둠』

105 최초 발견자

FIRST DISCOVERER ON THE SCENE

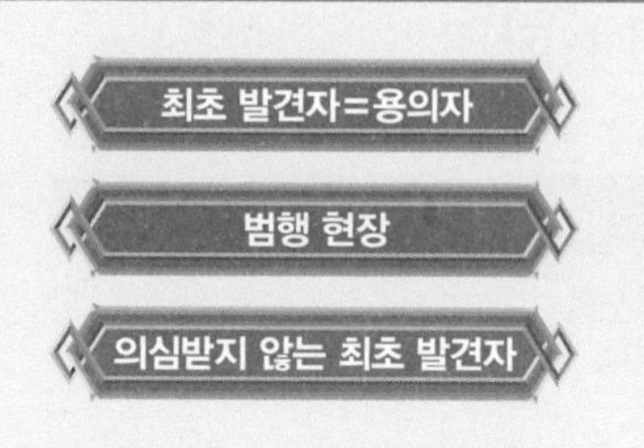

◇ 최초로 사건을 발견하다

미스터리에서 최초 발견자는 시체나 범행 현장 등 사건 발생을 최초로 확인한 사람을 가리킵니다. 대개는 경찰 등 제삼자에게 연락하거나 비명을 질러 불특정 다수에게 사건이 발생했음을 알립니다. 다만 이야기의 시간 순서상 이 최초 발견자가 꼭 사건 발생을 처음으로 확인한 인물이 아닐 수도 있습니다.

엄밀히 말하면 사건 발생을 최초로 확인하고도 살아 있는 등장인물이라면 범인으로 의심해볼 수 있습니다. 도서 미스터리나 범죄소설 같은 작품을 제외하면 범인은 독자 눈에 보이지 않고 스스로 나서는 일도 거의 없습니다. 또한 변사체를 발견하면 경찰에 신고할 의무가 있지만, 귀찮은 일에 휘말리기 싫거나 범인으로 의심받고 싶지 않다는 등 다양한 이유로 자신이 본 것을 신고하지 않는 일도 흔합니다. 최초 발견자는 중요한 증인으로서 경찰 조서 작성에 협조해야 하며 그 때문에 반나절 이상 잡혀 있기도 합니다. 또 일본에서는 연락이 닿지 않는 입주민의 상태를 확인하기 위해 집주인이나 가족의 양해를 얻어 부동산업자가 집 안으로 들어가는 경우도 있습니다. 그러다 보니 부동산업계에는 최초 발견자가 되지 말라는 일종의 수칙 같은 것이 있고, 대개 변사가 예상되는 집에 들어갈 때는 반드시 경찰관에게 동행을 요청해 자신보다 먼저 들어가게 합니다.

또 공중전화를 이용하는 등 익명으로 사건이 발생한 사실을 신고하는 '미지의 최초 발견자'도 미스터리의 등장인물로서 생각할 수 있습니다. 이 경우 신고 내용보다 더 많은 정보를 알고 있을지 모를 최초 발견자를 찾아내야 합니다.

◆ 최초 발견자를 의심하라!

최초 발견자는 종종 첫 번째 용의자로도 간주됩니다. 정신을 차려보니 누군가 죽어 있었다고 신고한 경우라면, 그 현장에 함께 있었던 피해자를 죽일 기회가 있었을 것이 명백하기 때문입니다. 실제로도 살인범이 피해자를 죽인 후 '○○가 누군가에게 살해당했다'며 신고하는 일이 흔하게 벌어집니다. 최초 발견자가 범인인 상황은 최근 급증한 가정 폭력이나 아동 학대로 인한 사망 사건의 대다수를 차지합니다. 학대자가 '웬일인지 ○○가 죽었다'며 신고하고 경찰이 조사해보면 학대나 폭력으로 사망한 사실이 밝혀지는 사례가 빈번하게 발생합니다.

반면 미스터리 작품에서 '최초 발견자=범인'인 경우 여러 이점이 있습니다. 범인이 제일 먼저 현장에 들어갈 수 있어 현장 증거를 가져가거나 현장 상황을 바꿔놓을 수 있습니다. 피해자가 남긴 다잉 메시지를 고칠 수도 있습니다. 일부러 현장을 어지럽혀 지문이나 DNA가 발견되어도 의심받지 않도록 할 수도 있습니다. 또 최초 발견자가 되어 신고할 때 다른 범인이 있었던 것처럼 위증할 수 있습니다. 현실에서도 뺑소니 사건의 범인이 최초 발견자로 가장해 다른 차가 뺑소니를 친 것처럼 신고하기도 합니다.

◆ 의심받지 않는 최초 발견자가 되는 방법

범인으로 의심받지 않는 최초 발견자가 되는 방법은 몇 가지가 있습니다. 우선 중요한 것은 '혼자 발견하지 않는 것'입니다. 현실적으로 범행 현장에서 멀리 도망칠 수 없는 경우라면 도망치는 것이 오히려 부자연스러울 수 있습니다. 그럴 때는 지인이나 이웃, 집주인, 가능하면 경찰과 함께 현장에 발을 들이고 시체를 발견했을 때 충격받은 연기를 실감 나게 해야 합니다. 이런 식으로 여러 사람과 함께 최초 발견자가 되면 쉽게 의심을 받지 않고, 알리바이도 있는 것처럼 보입니다. 시체를 발견한 충격을 공유함으로써 같이 있었던 사람들을 자기편으로 만들어가는 식으로 이야기를 전개할 수 있습니다.

물론 누군가에게 최초 발견자 역할을 떠넘기고 범인은 나중에 현장에 도착한다면 좀 더 의심을 피할 수 있습니다. 여기에 피해자와 범인이 함께 아는 지인으로 피해자에게 원한 등 강한 감정을 품고 있는 인물이 등장하면 완벽합니다. 이를 위해 피해자 명의의 이메일 등을 이용해 살인 현장에서 만날 약속을 잡는 트릭도 생각할 수 있습니다.

106 사후 공범자

ACCESSORY AFTER THE FACT

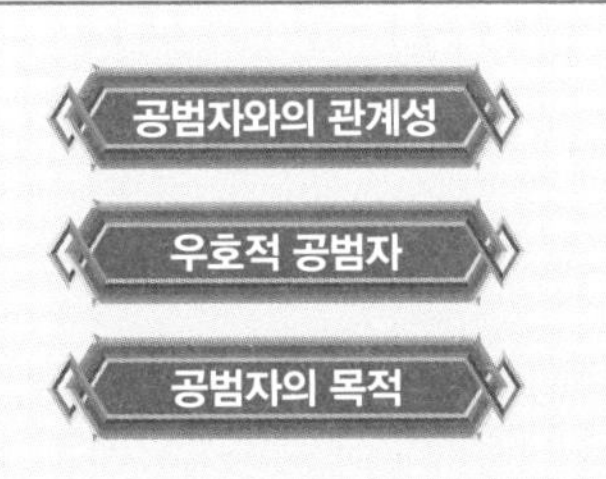

◇ 사후 공범자란

사후 공범자란 살인이나 강도 등 발단이 되는 범행을 사후에 알고 그 실행범을 보조하는 사람을 가리킵니다. 사후 공범자는 공범자(070)의 분류로는 방조범에 해당하지만, 여기서는 다음번 살인 사건에 협력하는 등 더는 방조범이라 할 수 없는 경우까지 포함합니다. 구체적으로는 범행 일부를 목격하거나, 범행 이후 그 진상을 알게 되었으나 범인이 자신과 친하다는 이유로 시체 운반, 도주 차량 마련 등 범행에 협조하는 사람이 사후 공범자입니다. 사후 공범자를 등장시킬 때는 목격 혹은 발각 시점, 범인과 사후 공범자의 관계성, 협력 동기 등의 설정에 따라 전개가 달라집니다.

먼저 목격 혹은 발각 시점이 범행 직후인지 아니면 시간이 지난 후인지, 범행 후 어떻게 대응 중인지(시체 은닉, 도망 등)에 따라 범인과 공범의 관계도 달라질 수 있습니다. 사후 공범자와 범인의 관계는 부부 관계, 부모 자식 관계, 친구 관계, 비즈니스 이해관계 등 다양합니다. 범인과 우호적 관계뿐만 아니라 적대적 관계이더라도 자신에게 이득이 된다면 일시적으로 협력하기도 합니다. 이러한 인간관계는 사후 공범자가 협력하게 되는 설정과도 관련이 있습니다. 대부분의 사후 공범자는 범인이 저지른 범죄에 공감해 협조하지만, 범인이 저지른 범죄가 해결되지 않아야 자신의 목적을 이루기 쉬워져서(횡령 사건이나 다른 살인 사건) 협력하는 경우도 있겠지요.

이처럼 사후 공범자의 설정은 범죄 사건 전체 스토리와 밀접하게 관련됩니다. 따라서 사건과 관련된 인물이나 무대에 맞춰 자연스러운 시점과 동기를 설정해야 합니다.

◆ 사후 공범자의 구체적인 예

미스터리에서 사후 공범자의 전형적인 예는 살해 현장을 발견한 인물이 살인범과 친한 친구로서 시체 은닉에 협력하는 경우입니다. 가령 우발적으로 사람을 죽인 범인은 운전면허가 없어서 차량으로 시체를 다른 곳으로 옮길 수 없습니다. 그런데 그 현장을 우연히 목격한 친구가 자신의 차로 시체를 옮기자고 제안해 멀리 떨어진 곳에 시체를 유기할 수 있게 되는 경우가 이에 해당합니다. 이때 실종 사건으로 수사를 진행하던 경찰관이나 형사가 진상을 밝혀내려면 시체의 소재를 찾는 동시에 시체를 멀리 운반할 수 있는 인물이 용의자일 가능성을 검토해야 합니다.

사후 공범자는 차량으로 시체를 운반하는 것만이 아니라 거짓 증언을 하거나 범죄에 사용한 흉기를 숨기는 등 그 유형이 다양합니다. 예를 들어 흉기를 숨기기 위해 사후 공범자가 몰래 가지고 가는 것도 여기에 해당합니다. 극단적으로는 흉기나 물증을 사후 공범자가 먹어버리는 경우도 있습니다. 또 사후 공범자가 한층 더 적극적으로 범죄에 협력하기도 합니다. 이들은 범인으로 변장해 알리바이를 만들거나 피해자로 가장해 행동함으로써 피해자의 사망 시간을 오인하게 만드는 심리 트릭에 활용할 수 있습니다.

이와 반대로 실행범과 아무런 상의 없이 사후 공범자가 범행에 다른 요소를 더하는 경우가 있습니다. 이런 유형의 미스터리 가운데 특색 있는 작품이 요코미조 세이시의 『이누가미 일족』입니다. 이 작품에서는 살해 장면을 목격한 인물이 살인범에게 혐의가 가지 않도록 외부자가 비유 살인(104)을 벌인 것처럼 조작합니다. 그 밖에도 단순한 살인 사건이 사후 공범자의 공작에 의해 밀실 살인 사건으로 바뀌거나, 실제로는 자살이지만 사후 공범자의 위장으로 살인 사건으로 오인되는 경우도 있습니다. 연쇄 살인 사건의 경우, 이러한 변주가 더해져 사건은 더욱 복잡해지고 수사하는 캐릭터는 사건의 전체적 윤곽을 파악하기 어려워집니다.

다만 범인과 끈끈한 유대 관계가 없는 사후 공범자라면 그만큼 범행이 발각될 가능성이 커집니다. 따라서 사후 공범자는 종종 범인에게 두 번째 피해자로 선택됩니다. 이와 반대로 사후 공범자가 살인범에게 반격함으로써 제2의 살인범이 될 가능성도 있습니다. 이처럼 사후 공범자는 살인 사건의 플롯을 좀 더 복잡하게 만드는 데 상당히 도움이 됩니다.

107 미스터리 강의

MYSTERY LECTURE

◆ 미스터리 강의의 시작

미스터리 강의의 시초는 존 딕슨 카의 『세 개의 관』에 등장하는 '밀실 강의'로 알려져 있습니다. 이 작품에서 기디언 펠 박사는 자신이 소설 속 등장인물임을 밝힌 뒤 밀실 트릭에 관한 강의를 시작합니다(밀실 살인[035]). 카의 밀실 트릭 분류는 후대에 적지 않은 영향을 주었습니다. 예를 들면 이 밀실 강의에 영향을 받은 에도가와 란포는 당시 널리 알려진 동서양의 미스터리 작품에 등장하는 트릭을 수집해 정리한 「유형별 트릭 집성」(『속 환영성』에 수록)을 썼습니다.

카는 『초록 캡슐의 수수께끼』에서 독살에 관한 강의도 했습니다. 이렇듯 트릭이나 장치의 유형을 체계적으로 분류해 정리한 것은 탐정의 과학적 추리에는 관찰력이나 지식량뿐만 아니라 "쓸데없는 요인을 하나씩 없애가다 보면 마지막에 남는 것이 진실"(『네 사람의 서명』)이라는 셜록 홈스식 분석 정신이 필요하다고 생각했기 때문인 듯합니다.

그와 동시에 독자가 의문을 가질 법한 사건의 트릭이 나올 때마다 설명하는 것 또한 작가의 페어플레이 정신의 발로라고도 볼 수 있습니다. 물론 그런 분류나 설명만으로는 실제로 작중에 쓰인 트릭을 독자가 알 수 없으리라는 자신감도 있었겠지요.

무엇보다 최후에 사건의 전말을 밝히는 탐정의 추리가 자기만족에 그치는 것이라면 독자의 이해를 얻기 어렵습니다. 따라서 과학적인 분류를 바탕으로 추리를 펼쳐야 공정성을 강조할 수 있다는 장점이 있습니다. 미스터리 강의는 아니지만 S. S. 밴 다인의 명탐정 파일로 밴스는 『그린 살인 사건』에서 사건에 관한 사실을 98개 항목으로 나눈 일람표를 작성해 이를 바탕으로 사건의 진상을 추리합니다. 이 또한 페어플레이 정신을 추구했다고 볼 수 있습니다.

◈ 트릭의 분류와 미스터리 규칙

미스터리 강의라는 발상이 생겨난 것은 트릭을 유형별로 분류해 이야기가 아닌 트릭의 내용으로 다른 작품과 비교하는 경향이 나타났기 때문입니다. 이러한 경향은 『세 개의 관』 출간 이전에 발표된 S. S. 밴 다인의 「탐정소설 집필을 위한 스무 가지 규칙」(101) 등에서도 발견됩니다. '탐정이 범인이라고 결말을 지어서는 안 된다' 등의 규칙을 제시한 것을 보면 아마도 당시 미스터리 독자들은 트릭의 다양한 유형을 알고 있었고, 신작에서는 안이한 트릭보다는 새롭고 참신한 트릭을 만나길 원했던 것 같습니다. 유머러스한 작풍으로도 유명한 카는 작중의 살인 사건 현장에서 미스터리 강의를 한다는 등의 대담한 기법을 시도했지만, 다른 영미 작가들이 이를 따르는 경우는 거의 없었습니다.

◈ 미스터리 강의의 변주

이에 반해 일본에서는 1980년대 후반 본격 미스터리를 현대에 되살리려는 신본격 운동이 일어나면서 미스터리 강의와 같은 기법을 도입한 작품이 여러 편 등장했습니다. 그것도 펠 박사처럼 유머러스한 방식뿐만이 아니라 각 작품에 어울리는 방식으로 삽입되었습니다. 이는 신본격 운동이 일어나면서 미스터리 강의 같은 상상력이 발휘된 기법을 받아들일 수 있는 토양이 만들어졌기 때문일 것입니다. 다음 표는 미스터리 강의의 대표적 사례입니다(엄밀하게 말해 강의 형식이 아닌 것도 포함합니다).

덧붙여 구지라 도이치로의 『미스터리어스 학원』은 밀실 강의, 알리바이·트릭 강의에 본격 미스터리의 정의까지 다룬 이색적인 작품입니다. 이야기가 전개되는 도중에 탐정 캐릭터가 이러한 미스터리 강의를 펼치면 미스터리 기법에 대한 사전 지식이 없는 독자들도 사건을 쉽게 이해할 수 있습니다.

분류	작품명
밀실 강의	아비코 다케마루 『8의 살인』 니카이도 레이토 『악령의 관』
다잉 메시지 강의	야마구치 마사야 『열세 번째 탐정사』 기리샤 다쿠미 『라그나로크 동굴』
알리바이·트릭 강의	아리스가와 아리스 『매직 미러』
발자국 강의	니카이도 레이토 『흡혈의 집』
모방 살인의 분류	아야쓰지 유키토 『키리고에 저택 살인 사건』
신체 소실의 분류	미쓰다 신조 『흉조처럼 꺼림칙한 것』
머리 잘린 시체의 분류	미쓰다 신조 『잘린 머리처럼 불길한 것』

108 여행지의 살인

MURDER HAPPENED ON THE JOURNEY

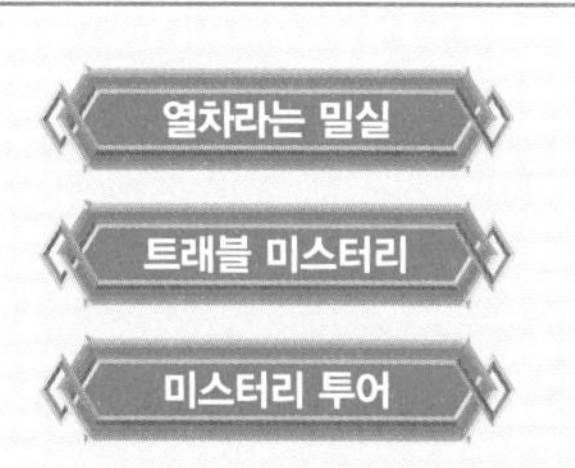

◆ 밀실 살인과 여행

미스터리 장르에는 오래전부터 명소나 유적을 향하는 교통 기관을 무대로 한 작품이 많습니다. 대표적인 작품으로 서구에서 철도가 육상 교통의 왕좌를 차지했던 시절에 쓰인 애거사 크리스티의 『오리엔트 특급 살인』이 있습니다. 이 작품을 원작으로 한 동명의 영화가 화려한 출연진과 1930년대 초호화 열차의 충실한 재현에 힘입어 큰 성공을 거두면서 더욱 널리 알려졌습니다.

이들 작품은 독자에게 간접적으로 관광 체험을 하게 해주는 관광 가이드로서의 역할도 합니다. 한편 이러한 작품에서 다뤄지는 명소나 유적, 교통 기관, 그중에서도 특히 고급 호텔이나 객실이 주류였던 서구의 장거리 열차, 호화 여객선의 일등 선실, 혹은 항공기 일등석은 밀실을 형성할 수 있어 미스터리의 무대로서도 제격입니다.

1930년대 호화 열차 객실

교통 기관 내에서 벌어지는 밀실 살인 사건이 미스터리소설에 도입된 것은 1830년대 유럽에서 여행 가이드북 출간이 일반화되고 관광 대중화 시대가 열린 것과 더불어, 1860년 12월 6일 뮐하우젠에서 출발한 파리행 열차에서 일어난 밀실 살인 사건이 계기 중 하나가 된 것으로 보입니다. 이 사건은 당시 작가들의 상상력을 자극했고 열차 내 밀실 살인을 소재로 한 작품이 여러 편 발표되었습니다. 여행지에서 일어나는 살인을 다룬 트래블 미스터리는 이러한 19세기 말의 사회 상황을 배경으로 성립했습니다.

◆ 트래블 미스터리와 니시무라 교타로

이러한 트래블 미스터리를 일본에 보급한 작가는 니시무라 교타로입니다. 1960년대 중반 본격 미스터리와 사회파 미스터리 작품으로 데뷔한 그는 1978년 때마침 불어닥친 블루 트레인(일본에서 침대 특급 열차를 가리키는 애칭. 열차 외관이 모두 파란색인 데서 붙여진 이름-옮긴이) 열풍으로 크게 인기를 끈 『침대 특급 살인 사건』 이후, 열차나 정차역 혹은 종착역 주변 관광지를 무대로 한 트래블 미스터리로 분류되는 작품을 잇달아 발표했습니다. 니시무라의 작품이 역 내 매점에서 대대적으로 판매되었다는 사실이 말해주듯이 독자에게는 간편한 관광 가이드북처럼 인식되었을지도 모릅니다. 또 TV아사히의 〈토요 와이드 극장〉 등 당시 많은 인기 TV 드라마의 원작이라는 점도 그의 작품이 큰 인기를 얻은 요인이 되었습니다. 이러한 니시무라의 작품이 관광객과 승객 수에 미치는 영향은 대단히 컸습니다. 심지어 한 철도 회사 중역은 자사의 신형 관광 열차를 홍보하기 위해 니시무라에게 그 열차를 무대로 한 작품을 써달라고 간청하는 편지를 보냈습니다. 이를 받아들인 니시무라는 얼마 후 신형 관광 열차를 무대로 한 작품을 출간했고, 그 후 열차 이용객이 급증했다는 일화도 전해집니다. 해당 철도 회사는 나중에 취재차 열차가 운행되는 지역을 방문한 니시무라를 극진히 환대하며 감사의 뜻을 전했다고 합니다. 니시무라는 독자에게 친절한 작가로 평가될 만큼 작품 속 관광지나 철도를 매우 충실하게 묘사했고, 이를 십분 살려 매력적인 트릭을 만들어냈습니다. 이런 점들이 니시무라의 작품이 상업적 성공을 거두는 데 큰 역할을 했습니다. 트래블 미스터리의 성패는 무대가 되는 지역이나 교통 기관을 얼마나 매력적으로 그리느냐에 달려 있습니다.

◈ 미스터리 투어의 등장

트래블 미스터리의 성공과 보급으로 새로운 여행 형태가 만들어졌습니다. 이를테면 트래블 미스터리에 등장하는 장소를 둘러보며 간접 체험을 하는 여행이 탄생했는데, 이를 미스터리 투어라고 부릅니다. 미스터리 투어가 변형된 미스터리 열차 여행도 있습니다. 일본에서는 1970년대 말 애니메이션 〈은하철도 999〉의 극장판 개봉에 맞춰 국철에서 도착역을 비밀에 부친 특색 있는 단체 관광 열차를 기획·운행한 것을 계기로 이러한 종류의 기획 단체 여행이 일반화되었습니다. 나아가 1990년대 이후에는 작품의 무대가 된 지역이나 교통 기관과 연계해 다양한 형태로 발전했고, 이러한 투어를 무대로 하는 셀프 패러디 미스터리 작품까지 발표될 정도로 널리 일반화되었습니다.

109 반전
REVERSING

◆ 반전이란

반전이란 소설이나 만화, 영화 등 작품에서 전반과 중반까지 일정한 흐름으로 스토리가 전개되다가 후반에 들어 독자의 예상을 뒤집는 결말을 맞는 것을 말합니다. 예를 들면 '범죄 조직의 수장은 경찰청장이었다'라는 식의 역전된 구도가 그려집니다. 이는 미스터리뿐만 아니라 영화 〈트루먼 쇼〉나 〈식스 센스〉, 애니메이션 〈바다의 소년 트리톤〉 등 마지막에 이르러 숨겨졌던 깜짝 놀랄 만한 사실이 밝혀지는 작품에도 나타납니다. 반전의 효과는 전반부터 중반까지 이어진 스토리가 후반에 얼마나 뜻밖의 전개로 전환하느냐에 달려 있습니다. 한편으로 전반부터 중반까지의 스토리와 모순 없이 맞아떨어져야 합니다. 바꿔 말해 전반부터 반전을 뒷받침하는 근거를 복선으로 깔아두는 동시에 후반의 전개도 독자가 예상하지 못하도록 해야 합니다. 따라서 미스터리 작품을 쓸 때는 표면적 스토리와 별개로 범죄의 설계도라고 할 수 있는 플롯을 준비합니다. 예를 들면, 표면적인 스토리에서 캐릭터들이 갑작스럽게 일어난 살인 사건에 우왕좌왕하게 해놓고 그중 한 명은 플롯의 설정에 따라 다음 살인을 준비합니다. 또 '범죄 조직의 수장이 경찰청장이었다'라는 식의 플롯도 있습니다. 이 경우에는 범죄 조직의 사건을 설정하고, 사건을 수사하는 캐릭터들과 청장의 구체적 관계(과거 상사와 부하 관계 등)도 생각해야 합니다. 범죄 사건의 수사를 진행하면서 차츰 범죄 조직 수장의 정체를 암시하고, 마지막에 청장이 범죄 조직에 발을 담그게 된 이유와 함께 정체를 밝힙니다. 이것이 전형적인 반전의 예이며. 미스터리 작품에는 크든 작든 반전 기법이 사용되어왔습니다.

◆ 미스터리의 반전-고전편

강력한 반전을 가져오려면 먼저 독자를 완전히 속여 넘기기 위해 어떤 트릭을 사용할지 플롯을 바탕으로 계획을 세워야 합니다. 그리고 어떤 식으로 그때까지 전개된 스토리를 뒤집어 놀라운 결말을 만들어낼지도 결정해야 합니다. 그러기 위해서는 밀실 트릭을 비롯한 다양한 트릭을 알고 있어야 합니다. 각 트릭의 사용법과 장단점을 파악하고 그것이 어떻게 스토리에 녹아들어 독자를 속이는 반전으로 이어질지 확인해두어야 합니다. 등장시키는 캐릭터와 플롯 또는 트릭 간에 모순도 없어야 합니다. 작가 교고쿠 나쓰히코는 명탐정 교고쿠도를 비롯해 개성적인 캐릭터를 만들어냈지만, 한편으로 캐릭터는 플롯을 위해 움직이는 장기 말일 뿐이라고도 했습니다.

에드거 앨런 포의 「모르그가의 살인」이 발표된 시기, 즉 밀실 살인 하면 떠오르는 일반적인 이미지가 아직 만들어지지 않았던 시대에는 새로운 트릭을 고안하는 것만으로도 독자를 놀라게 할 수 있었습니다. 하지만 밀실 트릭이나 알리바이 트릭이 널리 알려진 지금은 웬만해선 독자를 놀라게 할 수 없습니다. 그러므로 독자의 뒤통수를 치는 반전을 만들어내려면 발상의 전환이 필요합니다.

◆ 미스터리의 반전-현대편

지금은 일반적인 트릭만으로는 독자의 허를 찌르는 반전을 만들어낼 수 없게 되었습니다. 따라서 트릭 자체보다는 트릭을 활용할 수 있도록 플롯에 더 많은 공을 들여야 합니다. 예를 들어 애거사 크리스티의 『그리고 아무도 없었다』

는 고립된 섬(클로즈드 서클)을 무대로 초대받은 손님들이 차례차례 살해당하는 이야기인데, 도중에 살해당했다고 생각한 인물은 사실 죽지 않았고 그 인물이 바로 범인이었다는 뜻밖의 진상이 드러납니다. 이 플롯을 현대에 부활시킨 작품이 아야쓰지 유키토의 『십각관의 살인』입니다. 외딴섬을 찾은 미스터리 연구회 회원들이 차례로 살해당하는 이야기인데, 범인은 섬에 있는 회원에게는 함께 섬에 왔다고 여기게 하고, 육지에 있는 회원에게는 섬에 가지 않았다고 생각하게 하는 알리바이 트릭을 썼습니다. 거기에 더해 독자를 속이기 위한 서술 트릭(053)도 사용했습니다. 알리바이 트릭과 서술 트릭, 이중 트릭을 사용해 『그리고 아무도 없었다』의 플롯을 현대에 되살린 것입니다. 이처럼 현대 미스터리에서 반전은 플롯이나 트릭을 어떻게 새롭게 재해석해 사용하느냐에 달렸다고 할 수 있습니다.

110 독자를 향한 도전

CHALLENGE TO THE READER

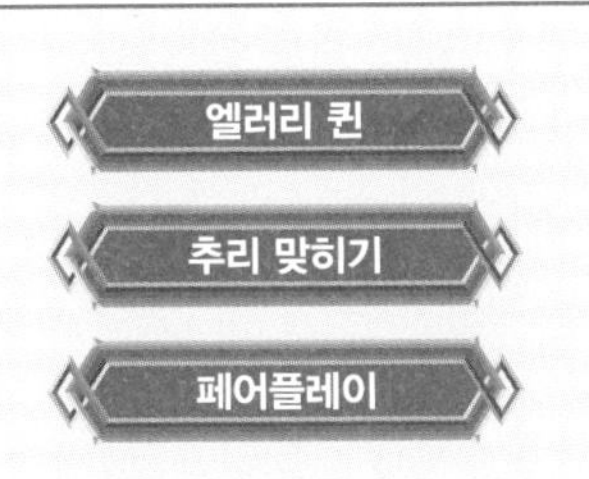

◆ 엘러리 퀸의 유산

독자를 향한 도전은 퍼즐 미스터리 작품에서 종종 접할 수 있는 기법입니다. 이야기의 절정, 곧 명탐정이 사건의 진상을 밝히기 직전 화자 혹은 작가가 독자에게 보내는 메시지로 내용은 대략 다음과 같습니다.

- 명탐정은 이 단계에서 사건의 모든 진상을 간파했다.
- 명탐정이 추리에 사용한 단서는 모두 독자에게도 제시되었다.
- 독자는 작중에 흩어져 있는 단서를 짜 맞춰 논리적으로 사건의 진상을 추리할 수 있다.
- 짐작만으로 범인을 맞히는 것은 인정되지 않는다.

최초로 '독자를 향한 도전'이 삽입된 작품은 퍼즐 미스터리의 거장 엘러리 퀸의 『로마 모자 미스터리』입니다. 이 『로마 모자 미스터리』를 시작으로 『스페인 곶 미스터리』로 끝나는 '국명' 시리즈 중 『샴 쌍둥이 미스터리』를 제외한 모든 작품에 '독자를 향한 도전'이 등장합니다. 이러한 기법은 퀸의 전매특허가 아닙니다. 예를 들어 퀸과 동시대에 활동한 패트릭 퀜틴은 『S. S. 살인』에서 "어떤 페이지에 중요한 단서가 숨어 있는데 지금 이 글을 읽는 당신은 눈치챘을까?"라는 내용을 삽입했습니다. 그렇기는 해도 '독자를 향한 도전'이라는 형식을 확립한 것은 분명히 퀸이며, 시마다 소지나 히가시노 게이고, 노리즈키 린타로 등 일본의 본격 미스터리 작가들이 자신의 작품에 '독자를 향한 도전'을 삽입한 것은 미스터리의 기법이 아니라 엘러리 퀸에 대한 오마주로 볼 수 있습니다. 참고로 미스터리 잡지와 단편집 편집자이기도 했던 퀸은 잡지에 수록되는 작품에 '독자를 향한 도전'을 넣기도 했습니다.

◆ 범인 맞히기? 추리 맞히기?

퍼즐 미스터리 혹은 일본의 본격 미스터리의 중심이 수수께끼 풀이라는 것은 본격 미스터리(002)에서 설명했습니다. 이 때문에 퍼즐 미스터리는 범인 맞히기 소설로 불리기도 하는데, 여기서 퀸이 '독자를 향한 도전'에서 언급한 '짐작만으로 범인을 맞히는 것은 인정되지 않는다'라는 것에 주목할 필요가 있습니다.

엘러리 퀸 연구가 이키 유산은 퀸의 '국명' 시리즈의 주제는 작가가 숨긴 단서를 명탐정이 어떻게 찾아내고 추리해 나가느냐에 맞춰져 있으며, 따라서 '범인 맞히기'가 아니라 '추리 맞히기' 소설로 봐야 한다고 지적했습니다.

한편으로 퀸이 또 다른 필명으로 쓴 '드루리 레인' 4부작은 독자에게 모든 단서가 제시되지 않기 때문에 '추리 맞히기'가 아닌 '범인 맞히기' 소설로 볼 수 있습니다. 만약 퀸이 여기에 '독자를 향한 도전'을 넣었다면 분명 '국명' 시리즈와는 내용이 달라졌을 것입니다. '독자를 향한 도전'은 작품이 논리적으로 완벽하게 구성되었다는 점, 페어플레이(102)를 준수한다는 점 등을 강조해 긴장감을 끌어올려 절정으로 치닫게 하는 연출로서는 효과적이지만, 어느 작품에나 적용할 수 있는 마법의 주문은 아닙니다. 예를 들어, 소설의 맨 앞에 범인과 범행 방법을 모두 드러내는 도서 미스터리라면 '독자를 향한 도전'을 삽입해봤자 아무 의미가 없습니다. 미스터리 작가는 작품 내용에 따라 '독자를 향한 도전'을 넣을지 말지, 만약 넣는다면 어떤 내용으로 할지도 검토해야 합니다.

◇ 명탐정, 사건의 진상을 밝히다

퍼즐 미스터리에서 '독자를 향한 도전'과 짝을 이루는 것이 이야기의 절정에서 명탐정 캐릭터가 사건의 진상을 밝히는 장면입니다. 명탐정은 단순히 진범의 정체를 밝히는 것만이 아니라, 자신이 어떻게 단서를 찾고 추리해서 사건의 진상에 도달했는지를 등장인물과 독자에게 이해시키기 위해 처음부터 차례대로 설명해야 합니다. 최근의 미스터리 작품에서는 주위 사람에게 등 떠밀려 엉겁결에 명탐정 역할을 맡게 되는 주인공도 종종 보입니다. 그런 소극적인 명탐정이 범인만 지목하고 넘어가려다가 다른 등장인물의 질문 공세에 못 이겨 설명하게 되는 작품도 있습니다. 이 같은 작품도 경위가 어떠하든 독자에게 사건의 진상을 밝히고 설명한다는 점에서는 전통적인 미스터리 작품과 다르지 않습니다.

참고 문헌

* 외국 작가

'007' 시리즈, 이안 플레밍, 뿔(웅진문학에디션)

『12인의 성난 사람들(Twelve Angry Men)』, 레지널드 로즈, Penguin

『1928년 올해 최고의 탐정소설 걸작선(The Best of Detective Stories of the Year 1928)』 중 서문 「탐정소설의 십계(Ten Commandments of Detective Fiction)」, 로널드 녹스, London: Faber&Faber, 4.

『9마일은 너무 멀다』 중 「9마일은 너무 멀다」, 해리 케멜먼, 동서문화사

『S. S. 살인(S. S. MURDER)』, 패트릭 퀜틴, Farrar and Rinehart

『Y의 비극』, 엘러리 퀸, 검은숲

『검은 고양이』, 에드거 앨런 포, 더클래식

『결백』(브라운 신부 전집 1) 중 「날아다니는 별들」·「보이지 않는 남자」·「이상한 발걸음 소리」, G. K. 체스터턴, 북하우스

『괴도 신사 아르센 뤼팽』 중 「감옥에 갇힌 아르센 뤼팽」·「아르센 뤼팽의 탈옥」, 모리스 르블랑, 브라운힐

『구부러진 경첩』, 존 딕슨 카, 고려원북스

『구석의 노인 사건집』, 에마 오르치, 엘릭시르

『그리고 아무도 없었다』, 애거사 크리스티, 황금가지

『그린 살인 사건』, S. S. 밴 다인, 동서문화사

『그린 이글 스코어(The Green Eagle Score)』, 리처드 스타크, University of Chicago Press

『기암성』, 모리스 르블랑, 지식의숲

『기요틴 살인(The Red Widow Murders)』, 존 딕슨 카, Penzler Publishers

『꼬리 많은 고양이』, 엘러리 퀸, 검은숲

『꼭 읽어야 할 스릴러 100선(Thrillers: 100 Must Read)』, 행크 바그너 · 데이비드 모렐, Oceanview Publishing

『나바론 요새(The Guns of Navarone)』, 알리스테어 맥클린, Sterling
『노래하는 백골』 중 「오스카 브러트스키 사건」, R. 오스틴 프리먼, 동서문화사
『다빈치 코드』, 댄 브라운, 문학수첩
'다아시 경' 시리즈, 랜달 개럿, 행복한책읽기
『대실 해밋』 중 「피 묻은 포상금 106,000달러」, 대실 해밋, 현대문학
『드루리 레인 최후의 사건』, 엘러리 퀸, 검은숲
『디 에니그마(The Enigma)』, 미카엘 바르조하르, New America Library
『레어 코인 스코어(The Rare Coin Score)』, 리처드 스타크, University of Chicago Press
『로마 모자 미스터리』, 엘러리 퀸, 검은숲
『뤼팽 대 홈스』, 모리스 르블랑, 지식의숲
『리처드 스타크의 파커: 스코어』, 리처드 스타크, 시공사
『리플리 1: 재능있는 리플리』, 퍼트리샤 하이스미스, 그책
'리플리' 시리즈, 퍼트리샤 하이스미스, 그책
『마술사가 너무 많다』, 랜달 개럿, 행복한책읽기
『맥베스』, 윌리엄 셰익스피어, 민음사
『모자에서 튀어나온 죽음』, 클레이튼 로슨, 피니스아프리카에
『모히칸족의 최후』, 제임스 페니모어 쿠퍼, 열린책들
『몰타의 매』, 대실 해밋, 열린책들
『밀실의 수행자(Solved By Inspection)』, 로널드 녹스, Ronald Knox, National Institute for the Blind
『보물섬』, 로버트 루이스 스티븐슨, 연암서가
『블랙피쉬(Backflash)』, 리처드 스타크, University of Chicago Press
『비숍 살인 사건』, S. S. 밴 다인, 열린책들
『빨강집의 수수께끼』, 앨런 알렉산더 밀른, 동서문화사
『뻐꾸기 알』, 클리포드 스톨, 동아출판사
『사라진 마술사』, 제프리 디버, 랜덤하우스코리아
『사라진 소녀』, 콜린 덱스터, 행복
『사이코』, 로버트 블록, 해문출판사
『샴 쌍둥이 미스터리』, 엘러리 퀸, 검은숲

『세 개의 관』, 존 딕슨 카, 엘릭시르

「셜록 홈스와의 저녁(My Evening with Sherlock Holmes)」, 원출처 〈스피커 매거진(The Speaker magazine) 1891년 11월 호

『셜록 홈스의 회상』 중 「해군 조약문」·「주식 중개인」·「마지막 사건」, 아서 코넌 도일, 더클래식

『셜록 홈스 전집 1 주홍색 연구』, 아서 코넌 도일, 황금가지

『셜록 홈스 전집 2 네 사람의 서명』, 아서 코넌 도일, 황금가지

『셜록 홈스 전집 5 셜록 홈스의 모험』 중 「빨간 머리 연맹」·「귀족 독신남」·「신랑의 정체」·「보헤미아 왕국 스캔들」·「얼룩 띠의 비밀」, 아서 코넌 도일, 황금가지

『셜록 홈스 전집 7 셜록 홈스의 귀환』 중 「춤추는 사람 그림」·「여섯 점의 나폴레옹 상」, 아서 코넌 도일, 황금가지

『셜록 홈스 전집 9 셜록 홈스의 사건집』 중 「세 명의 개리뎁」·「탈색된 병사」·「사자의 갈기」, 아서 코넌 도일, 황금가지

『스캔들』(브라운 신부 전집 5) 중 「폭발하는 책」, G. K. 체스터턴, 북하우스

『스페인 곶 미스터리』, 엘러리 퀸, 검은숲

『신의 등불』, 엘러리 퀸, 동서문화사

『실종 당시 복장은(Last Seen Wearing)』, 힐러리 워, Pan MacMillan

『심야 플러스 원』, 개빈 라이얼, 해문출판사

『심플 아트 오브 머더』 중 「심플 아트 오브 머더」, 레이먼드 챈들러, 북스피어

『아서 코넌 도일, 미스터리 걸작선』 중 「사라진 특별열차」, 아서 코넌 도일, 국일미디어

『안데스의 음모』, 데스몬드 배글리, 고려원

『애거사 크리스티 전집 45 푸아로 사건집』 중 「'서방의 별'의 모험」·「백만 달러 채권 도난 사건」·「데번하임 씨의 실종」, 애거사 크리스티, 황금가지

『애거사 크리스티 전집 51 헤라클레스의 모험』 중 「스팀팔로스의 새」, 애거사 크리스티, 황금가지

『애크로이드 살인 사건』, 애거사 크리스티, 황금가지

『양들의 침묵』, 토머스 해리스, 나무의철학

『엉클 애브너의 지혜』 중 「하느님이 하시는 일」, 멜빌 데이비슨 포스트, 동서문화사

『에드가상 수상작품집 2』 중 「직사각형의 방」, 에드워드 D. 호크, 명지사

『에드거 앨런 포 소설 전집 1: 미스터리 편』 중 「모르그가의 살인」·「도둑맞은 편지」·「황금 벌레」, 에드거 앨런 포, 코너스톤

『엔젤가의 살인(Murder Among the Angells)』, 로저 스칼릿, Duobleday, Doran and Co.
『오리엔트 특급 살인』, 애거사 크리스티, 황금가지
『유령 사냥꾼 카낙키(The Casebook of Carnacki the Ghost Finder)』, 윌리엄 호프 호지슨, Wordsworth Editions
『장미의 이름』, 움베르토 에코, 열린책들
「제공된 서비스(For Services Rendered)」, 할런 엘리슨&헨리 슬레서, 〈앨프리드 히치콕 미스터리 매거진(Alfred hitchcock's Mystery Magazine) 1960/3 No.7〉
『중국 오렌지 미스터리』, 엘러리 퀸, 검은숲
『쥐덫』 중 「사랑의 탐정들」, 애거사 크리스티, 황금가지
「지미니 크리켓 사건(The Gemminy Crickets Case)」, 크리스티아나 브랜드, 〈엘러리 퀸 미스터리 매거진 1968년 8월 호(Ellery Queen's Mystery Magazine August 1968)〉
『창백한 말』, 애거사 크리스티, 황금가지
『천사와 악마』, 댄 브라운, 문학수첩
『철교 살인 사건』, 로널드 녹스, 엘릭시르
『초록 캡슐의 수수께끼』, 존 딕슨 카, 로크미디어
『추운 나라에서 돌아온 스파이』, 존 르 카레, 열린책들
『컴백(Comeback)』, 리처드 스타크, University of Chicago Press
『크로이든발 12시 30분』, 프리먼 윌스 크로프츠, 동서문화사
『타이태닉호를 인양하라』, 클라이브 커슬러, 한길사
「탐정소설 집필을 위한 스무 가지 규칙(Twenty rules for writing detective stories)」, S. S. 밴 다인, 원출처 〈아메리칸 매거진(The American Magazine)〉 1928년 9월 호
『파괴된 사나이』, 앨프리드 베스터, 시공사
『파우스트』, 요한 볼프강 폰 괴테, 문학동네
『파이어 브레이크(Firebreak)』, 리처드 스타크, University of Chicago Press
『패배한 개』 중 「잠수함의 설계도」, 애거사 크리스티, 해문출판사
『퍼스트 블러드(First Blood)』, 데이비드 모렐, Grand Central Publishing
『포터맥 씨의 실수(Mr. Pottermack's Oversight)』, R. 오스틴 프리먼, The Hogarth Press
『프랑켄슈타인』, 메리 셸리, 문학동네
『해저 2만리』, 쥘 베른, 열림원

『화요일 클럽의 살인』 중 「금괴들」·「동기와 기회」·「방갈로에서 생긴 일」, 애거사 크리스티, 해문출판사

『화형 법정』, 존 딕슨 카, 엘릭시르

『환상의 여인』, 윌리엄 아이리시, 해문출판사

『흑거미 클럽』, 아이작 아시모프, 동서문화사

*** 일본 소설**

'QED' 시리즈, 다카다 다카후미, 講談社

'S&M' 시리즈, 모리 히로시, 한스미디어

『D-브릿지 테이프(D-ブリッジ·テープ)』, 사토 가즈키, 角川書店

『가면이여, 안녕(仮面よ、さらば)』, 다카기 아키미쓰, 光文社

『검은 트렁크(黒いトランク)』, 아유카와 데쓰야, 東京創元社

『검은 피부의 문신(黒地の絵)』, 마쓰모토 세이초, 新潮社

『검은 화집 3』 중 「흉기」, 마쓰모토 세이초, 태동출판사

『경합 50엔 동전 스무 개의 수수께끼(競作五十円玉二十枚の謎)』, 와카타케 나나미 외, 東京創元社

『고서점 탐정의 사건부(古本屋探偵の事件簿)』, 기다 준이치로, 東京創元社

'고식(GOSICK)' 시리즈, 사쿠라바 가즈키, 대원씨아이

『곧 전차가 출현합니다(間もなく電車が出現します)』 중 「오늘부터 남자친구(今日から彼氏)」, 니타도리 게이, 東京創元社

『그리고 문이 닫혔다(そして扉が閉ざされた)』, 오카지마 후타리, 講談社

『기아 해협(饑餓海峡)』, 미즈카미 쓰토무, 新潮社

『기울어진 저택의 범죄』, 시마다 소지, 시공사

『날개 달린 어둠』, 마야 유타카, 한스미디어

『납치당하고 싶은 여자』, 우타노 쇼고, 블루엘리펀트

『노리즈키 린타로의 모험』 중 「사형수 퍼즐」, 노리즈키 린타로, 엘릭시르

『니시키에 살인 사건(錦絵殺人事件)』, 시마다 가즈오, 徳間書店

'니카이도 란코(二階堂蘭子)' 시리즈, 니카이도 레이토, 講談社

『달의 문』, 이시모치 아사미, 씨네21북스

『대도쿄 요쓰야 괴담(大東京四谷怪談)』, 다카기 아키미쓰, 角川書店
'도조 겐야(刀城言耶)' 시리즈, 미쓰다 신조, 講談社
『동경이문』, 오노 후유미, 학산문화사
『떠들썩한 악령들(にぎやかな悪霊たち)』, 쓰즈키 미치오, 講談社
『라그나로크 동굴(ラグナロク洞)』, 기리샤 다쿠미, 講談社
『로웰성의 밀실(ローウェル城の密室)』, 고모리 겐타로, 角川春樹事務所
『마크스의 산』, 다카무라 가오루, 손안의책
『맑은 뒤 살인(晴れのち殺人)』 중 「증거 없음(証拠なし)」, 사노 요, 文藝春秋
『매직 미러(マジックミラー)』, 아리스가와 아리스, 講談社
『모든 것이 F가 된다』, 모리 히로시, 한스미디어
『모래그릇』, 마쓰모토 세이초, 문학동네
『모방범』, 미야베 미유키, 문학동네
『목 잘린 여섯 지장(首断ち六地蔵)』, 가스미 류이치, 光文社
『묵시록의 여름』, 가사이 기요시, 현대문학
『미로관의 살인』, 아야쓰지 유키토, 한스미디어
『미스터리어스 학원(ミステリアス学園)』, 구지라 도이치로, 光文社
『밀폐교실(密閉教室)』, 노리즈키 린타로, 講談社
『바다가 있는 나라에서 죽다(海のある奈良に死す)』, 아리스가와 아리스, 角川書店
『배덕의 메스(背徳のメス)』, 구로이와 주고, 新潮社
『배틀로얄』, 다카미 고슌, 대원씨아이
'백귀야행(교고쿠도)' 시리즈, 교고쿠 나쓰히코, 손안의책
『뱀에게 피어싱』, 가네하라 히토미, 문학동네
『벌룬 타운의 살인(バルーン・タウンの殺人)』, 마쓰오 유미, 東京創元社
『부드러운 볼』, 기리노 나쓰오, 황금가지
『불확정 세계의 탐정 이야기(不確定世界の探偵物語)』, 가가미 아키라, 東京創元社
『사이몬가 사건(彩紋家事件)』, 세이료인 류스이, 講談社
'소년 탐정단 시리즈', 에도가와 란포, 왓북
『십각관의 살인』, 아야쓰지 유키토, 한스미디어
『아시아의 새벽(亜細亜の曙)』, 야마나카 미네타로, 講談社

『아이이이치로의 전도(亜愛一郎の転倒)』 중 「스나가가의 증발(砂蛾家の消失)」, 아와사카 쓰마오, 東京創元社

『아일랜드의 장미(アイルランドの薔薇)』, 이시모치 아사미, 光文社

'아카카부 검사(赤かぶ検事)' 시리즈, 와쿠 슌조, 光文社

『악령의 관(悪霊の館)』, 니카이도 레이토, 講談社

『악마의 문장』, 에도가와 란포, 아프로스미디어

『안개와 그림자(霧と影)』, 미즈카미 쓰토무, 新潮社

『안락의자 탐정 아치(安楽椅子探偵アーチー)』, 마쓰오 유미, 東京創元社

『어둠 비탈의 식인나무』, 시마다 소지, 검은숲

『에니시다 장의 살인(金雀枝荘の殺人)』, 이마무라 아야, 講談社

『에도가와 란포 전단편집 1』 중 「D언덕의 살인사건」, 에도가와 란포, 두드림

『에셔 우주의 살인(エッシャー宇宙の殺人)』, 아라마키 요시오, 中央公論

『열세 번째 탐정사(13人目の探偵士)』, 야마구치 마사야, 講談社

『옥문도』, 요코미조 세이시, 시공사

『옥야의 전설(沃野の伝説)』, 우치다 야스오, 徳間書店

『완전무결 명탐정(完全無欠の名探偵)』, 니시자와 야스히코, 講談社

『외딴섬 악마』, 에도가와 란포, 동서문화사

『요리코를 위해』, 노리즈키 린타로, 모모

『용의자 X의 헌신』, 히가시노 게이고, 재인

『우리가 별자리를 훔친 이유(私たちが星座を盗んだ理由)』 중 「거짓말쟁이 신사(嘘つき紳士)」, 기타야마 다케쿠니, 講談社

'우리들의 시대(ぼくらの時代)' 시리즈, 구리모토 가오루, 講談社

『유리병 속 지옥』 중 「유리병 속 지옥」, 유메노 규사쿠, 이상

『이누가미 일족』, 요코미조 세이시, 시공사

『이방의 기사』, 시마다 소지, 시공사

『인격전이의 살인』, 니시자와 야스히코, 북로드

『인랑성의 공포(人狼城の恐怖)』, 니카이도 레이토, 講談社

『인사이트 밀』, 요네자와 호노부, 엘릭시르

『일곱 가지 이야기』, 가노 도모코, 피니스아프리카에

『잘린 머리처럼 불길한 것』, 미쓰다 신조, 비채
『잘린머리 사이클-청색 서번트와 헛소리꾼』, 니시오 이신, 학산문화사
『점과 선』, 마쓰모토 세이초, 모비딕
『점성술 살인사건』, 시마다 소지, 검은숲
'제도탐정 이야기(帝都探偵物語)' 시리즈, 아카기 쓰요시, 光文社
『죽마 남자의 범죄(竹馬男の犯罪)』, 이노우에 마사히코, 講談社
『지우』, 혼다 데쓰야, 씨엘북스
『차가운 밀실과 박사들』, 모리 히로시, 한스미디어
『철서의 우리』, 교고쿠 나쓰히코, 손안의책
'초몬인(チョーモンイン)' 시리즈, 니시자와 야스히코, 講談社
『침대 특급 살인 사건(寝台特急殺人事件)』, 니시무라 교타로, 光文社
『키리고에 저택 살인 사건』, 아야쓰지 유키토, 시공사
『팔묘촌』, 요코미조 세이시, 시공사
'페리 메이슨' 시리즈, 얼 스탠리 가드너, 엘릭시르
『하늘을 나는 말』 중 「설탕 합전」, 기타무라 가오루, 한스미디어
『허무에의 제물』, 나카이 히데오, 동서문화사
『현기증(眩暈)』, 시마다 소지, 講談社
『현기증을 사랑하고 꿈을 꾸자(眩暈を愛して夢を見よ)』, 오가와 가쓰미, 角川書店
『혼진 살인사건』, 요코미조 세이시, 시공사
『화차』, 미야베 미유키, 문학동네
『흉조처럼 꺼림칙한 것(凶鳥の如き忌むもの)』, 미쓰다 신조, 講談社
『흑사관 살인사건』, 오구리 무시타로, 동서문화사
『흡혈의 집(吸血の家)』, 니카이도 레이토, 講談社

＊해설서·사전

『경찰 용어 사전(警察文化協会)』, 경찰문화협회
『과학수사-사건의 범인은 이것으로 드러났다!(科学捜査―あの事件の犯人は、これで浮かび上がった！)』, 법과학감정연구소, 主婦の友社
『글리코·모리나가 사건(グリコ·森永事件)』, 아사히신문 오사카사회부, 朝日新聞社

『글리코·모리나가 사건-중요 참고인 M(グリコ·森永事件—最重要参考人M)』, 미야자키 마나부, 오타니 아키히로, 幻冬舎
『노란 방은 어떻게 개조되었을까?(黄色い部屋はいかに改装されたか?)』 중 「나의 추리소설 작법(私の推理小説作法)」, 쓰즈키 미치오, 晶文社
『도해 잡학 경찰의 구조(図解雑学警察のしくみ)』, 기타시바 겐 감수, ナツメ社
『동서양 미스터리 베스트 100(東西ミステリーベスト100)』, 분게이슌주 편집, 文藝春秋社
『만일의 경우에 써먹는 핸드북(いざというときの手続きハンドブック)』, PHP研究所
『명탐정 등장(名探偵登場)』, 신포 히로히사, ちくま新書
『명탐정 사전 일본편(名探偵事典 日本編)』, 고하라 히로시, 東京書籍
『명탐정 사전 해외편(名探偵事典 海外編)』, 고하라 히로시, 東京書籍
『모험·스파이소설 핸드북(冒険·スパイ小説ハンドブック)』, 하야카와쇼보 편집부, 早川書房
『무덤에 들어가고 싶지 않은 사람, 들어갈 수 없는 사람을 위해(お墓に入りたくない人-入れない人のために)』, 도쿠토메 요시유키, はまの出版
『미스터리 교차점(ミステリ交差点)』, 구사카 산조, 本の雑誌社
『미스터리 백과사전(ミステリ百科事典)』, 하자마 요타로, 文藝春秋社
『미스터리 팬을 위한 일본의 범죄(ミステリーファンのためのニッポンの犯罪)』, 기타시바 겐 감수, 사가라 소이치 글, 双葉社
『미스터리 핸드북(ミステリ·ハンドブック)』, 하야카와쇼보 편집부, 早川書房
『범인은 모르는 과학수사의 최전선!(犯人は知らない科学捜査の最前線!)』, 법과학감정연구소, メディアファクトリー
『본격 미스터리 베스트 100(本格ミステリ·ベスト100)』, 탐정소설연구회 편저, 東京創元社
『본격 미스터리 크로니클 300(本格ミステリ·クロニクル300)』, 탐정소설연구회 편저, 原書房
『본격 미스터리의 현재(本格ミステリの現在)』, 가사이 기요시 편저, 国書刊行会
『살인자들과의 인터뷰』, 로버트 레슬러, 바다출판사
『새벽의 수마-해외 미스터리의 새로운 물결(夜明けの睡魔-海外ミステリの新しい波)』, 세토가와 다케시, 東京創元社
『세계 미스터리 작가 사전 본격파편(世界ミステリ作家事典 本格派篇)』, 모리 히데토시, 国書刊行会
『셜록 홈스 일레귤러스(シャーロック·ホームズ·イレギュラーズ)』, 모리세 료 편저, エンターブレイン

『속 환영성(続・幻影城)』 중「유형별 트릭 집성(類別トリック集成)」, 에도가와 란포, 光文社

『속임수의 천재(A Talent to Deceive: An Appreciation of Agatha Christie)』, 로버트 버나드, Mysterious Pr.

『시체 검안 핸드북 개정2판(死体検案ハンドブック 改訂2版)』, 마토바 료지 편저, 金芳堂

『시체는 말한다(死体は語る)』, 우에노 마사히코, 文藝春秋

『아메리카 하드보일드(アメリカ・ハードボイルド)』, 고다카 노부미쓰, 河出書房新社

『엘러리 퀸론(エラリー・クイーン論)』, 이키 유산, 論創社

『이상한 독, 무서운 독-살짝 공개하는 독학 입문(へんな毒、すごい毒-こっそり打ち明ける毒学入門)』, 다나카 마치, 技術評論社

『일본 미스터리 100년(日本ミステリーの100年)』, 야마마에 유즈루, 光文社

『일본 미스터리 사전(日本ミステリー事典)』, 곤다 만지 · 신포 히로히사 감수, 新潮社

『정신장애의 진단 및 통계 편람(DSM-IV)』, 미국정신의학회, 하나의학사

『탐정소설 40년(探偵小説四十年)』, 에도가와 란포, 光文社

『탐정소설론 I (探偵小説論 I)』, 가사이 기요시, 東京創元社

『탐정소설론 II (探偵小説論 II)』, 가사이 기요시, 東京創元社

『탐정소설의 '수수께끼'(探偵小説の「謎」)』, 에도가와 란포, 社会思想社

『탐정소설의 크리티컬 턴(探偵小説のクリティカル・ターン)』, 한계소설연구회, 南雲堂

『포켓 육법 2011년판(ポケット六法 平成23年版)』, 에가시라 겐지로 외 편저, 有斐閣

『하드보일드 잡학(ハードボイルドの雑学)』, 고다카 노부미쓰, グラフ社

『해외 미스터리 사전(海外ミステリー事典)』, 곤다 만지 감수, 新潮社

〈미스터리 미궁 독본(ミステリー迷宮読本)〉, 洋泉社

〈실록 완전 범죄-발각된 트릭과 의외의 '진범'(実録完全犯罪-暴かれたトリックと意外な「真犯人」)〉, 宝島社

〈철도사 자료보호회 회보 제1호(鉄道史資料保存会会報 鉄道史料 第1号)〉, 철도사 자료보호회

〈헤이세이 명탐정 50인(平成の名探偵50人)〉, 洋泉社

* 만화

『괴도 키드』, 아오야마 고쇼, 서울문화사

『명탐정 코난』, 아오야마 고쇼, 서울문화사

『소년 탐정 김전일』, 아마기 세이마루 글, 사토 후미야 그림, 서울문화사
『어둠의 이지스』, 나나쓰키 교이치 글, 후지와라 요시히데 그림, 학산문화사
『죠죠의 기묘한 모험』, 아라키 히로히코, 문학동네
『철인 28호(鉄人28号)』, 요코야마 미쓰테루, 潮出版社
『캣츠 아이』, 호조 쓰카사, 학산문화사

*** 드라마**

〈갈릴레오(ガリレオ)〉, 후지TV
〈범죄 심리 분석관(犯罪心理分析官)〉, 니혼TV
'본즈(BONES)' 시리즈, 20세기폭스
〈불 닥터(ブルドクター)〉, 니혼TV
〈사쇼 다에코-최후의 사건(沙粧妙子-最後の事件-)〉, 후지TV
〈외교관 구로다 고사쿠(外交官黒田康作)〉, 후지TV
〈장미 없는 꽃집(薔薇のない花屋)〉, 후지TV
〈제너럴 루주의 개선(ジェネラル・ルージュの凱旋)〉, 후지TV
〈지우 경시청 특수범 수사계(ジウ 警視庁特殊犯捜査係)〉, TV아사히
〈페이스 메이커(フェイスメーカー)〉, 요리우리TV
'형사 콜롬보' 시리즈, ABC
'형사 콜롬보' 시리즈 시즌 10 에피소드 01 〈콜롬보, 대학에 가다(Columbo Goes to College)〉, ABC
'후루하타 닌자부로(古畑任三郎)' 시리즈, 후지TV

*** 영화**

〈TRICK〉, 도호
〈사이코〉, 파라마운트픽처스
〈세븐〉, 뉴라인시네마
〈스팅〉, 유니버설픽처스
〈식스 센스〉, 브에나비스타픽처스
〈오션스 일레븐〉, 워너브라더스

〈위트니스〉, 파라마운트픽처스
〈유주얼 서스펙트〉, 그래머시픽처스
〈캐치 미 이프 유 캔〉, 드림웍스
〈킬링 필드〉, 워너브라더스
〈태양은 가득히〉, 티타누스
〈트루먼 쇼〉, 파라마운트픽처스
〈프레스티지〉, 워너브라더스

＊애니메이션
〈공각기동대 STAND ALONE COMPLEX〉, 공각기동대 제작위원회
〈루팡 3세〉, 도쿄무비
〈바다의 소년 트리톤〉, 도에이
〈은하철도 999〉, 후지TV · 도에이동화

＊게임
'J. B. 해럴드' 시리즈, 리버힐 소프트
'역전재판' 시리즈, 캡콤
〈카마이타치의 밤〉, 춘소프트
〈포트피아 연쇄 살인 사건〉, 에닉스
〈호라이 학원의 모험!〉, 엔타이

찾아보기

ㅇ

ㅋ

ㅌ

ㅍ

ㅎ

감수자 및 저자 소개

감수자 모리세 료

작가이자 편집자. 동서양 고전을 중심으로 미스터리 작품을 즐겨 읽으며, 특히 좋아하는 작가는 엘러리 퀸과 오구리 무시타로다. 셜록 홈스 패스티시물을 매우 좋아해서 2008년에 해설서 『셜록 홈스 이레귤러스』를 기획하고 제작했다. 대학 시절 와세다대학교 미스터리 클럽의 유령 부원이었다는 뒷이야기가 있다.

가이호 노리미쓰

작가이자 번역가. 좋아하는 미스터리 작품은 많지만, 하나를 꼽자면 초등학교 시절 만난 에도가와 란포의 '소년 탐정단' 시리즈다.

오와리 고

작가, 번역가, 편집자. 출판사에서 근무하다가 현재 프리랜서로 일한다. 필명으로 미스터리·호러소설 등을 번역했고, 단편 호러·SF 창작 작품도 발표했다.

쓰루바 노부히로

미스터리 비평가. 미스터리 잡지와 신문 등에 평론과 서평을 기고하고 있다. 공저로 『현대 미스터리란 무엇인가』, 『서브컬처 전쟁』 등이 있다.

오다 마키오

미스터리 평론가. 탐정소설연구회 소속. 『탐정이 추리를 죽인다』로 제20회 본격 미스터리 대상 평론·연구 부문 후보에 올랐다.

가와이 겐지

에히메현 출신의 미스터리 작가. 2007년 「논리=유희」로 제1회 탐정소설평론상 장려작에 입선했다. 본격 미스터리 작가 클럽 회원이다.

야스마 세이

SF, 군사물, 역사물 등 다양한 장르의 글을 쓴다. 오카야마대학교 SF문학 팬클럽 출신. 철도와 컴퓨터를 특히 사랑한다.

시즈카와 닷소우

게임 시나리오나 공략집, 애니메이션과 게임 관련 무크지, 판타지 해설서, 소설 등을 집필하고 있다. 공저로 『우리 집 메이드는 부정형』 등이 있다.

구사나기 슈스케

역사물부터 크툴루 신화까지 다양한 장르의 작품을 쓰는 작가. 고전 미스터리의 거장이나 일본 잡지 〈신청년〉에서 활약한 작가들을 좋아한다.

미이무

작가이자 편집자. 일곱 살에 '셜록 홈스'에 빠져 대학에서는 전공이 아님에도 시체 해부 실습 과정을 참관하고 독약과 농약에 관한 지식을 익혔다.

호나미 에이치

게임 시나리오, 사전, 해설서 등 다양한 장르의 글을 쓴다. 일반 서적은 다른 이름으로 작업하는 경우가 많으나 이 책에는 굳이 이 이름으로 참여했다.

고무라 다이스케

언어, 음악, 외교, 역사를 사전이나 데이터베이스 같은 형태로 만들려는 목표를 가지고 있다. 미스터리는 시마다 소지의 '미타라이' 시리즈를 좋아한다.

도키타 유스케

TRPG 디자이너이자 작가. 대표작은 다크 판타지 〈심연 제2판〉이다. 에도가와 란포의 작품을 시작으로 미스터리 팬이 되었고 『영장도시 수사 파일: 죄의 거리 신주쿠』로 오컬트 형사물에 도전 중이다.

후루카와 사이카

프리랜서로 활동하는 게임 시나리오 작가다. 『프리메이슨: 역사의 잃어버린 상징』 등에 공저자로 참여했다.

미스터리 스토리텔링 사전

2023년 9월 11일 1판 1쇄 인쇄
2023년 9월 22일 1판 1쇄 발행

지은이 미스터리사전편집위원회
감수자 모리세 료
옮긴이 송경원
펴낸이 한기호
책임편집 유태선
편집 도은숙, 정안나, 김미향, 김현구
디자인 늦봄
일러스트 다이비 겐타
마케팅 윤수연
경영지원 국순근
펴낸곳 요다
출판등록 2017년 9월 5일 제2017-000238호
주소 04029 서울시 마포구 동교로12안길 14, 2층(서교동, 삼성빌딩 A)
전화 02-336-5675 팩스 02-337-5347
이메일 kpm@kpm21.co.kr
홈페이지 www.kpm21.co.kr

ISBN 979-11-90749-63-3 03800

- 요다는 한국출판마케팅연구소의 임프린트입니다.
- 책값은 뒤표지에 있습니다.
- 잘못된 책은 구입처에서 교환해드립니다.